|grafit|

Mehr von Stefanie Ross und Jan Storm:
Das Schweigen von Brodersby. ISBN 978-3-89425-490-2

© 2018 by GRAFIT Verlag GmbH
Chemnitzer Str. 31, 44139 Dortmund
Internet: http://www.grafit.de
E-Mail: info@grafit.de
Alle Rechte vorbehalten.
Dieses Werk wurde vermittelt durch
die Literarische Agentur Kossack, Hamburg.
Umschlagfoto: © Nele Schütz Design unter Verwendung von
shutterstock/Madlen (Gras), schankz (Vogelschwarm),
Wilm Ihlenfeld (Landschaft)
Druck und Bindearbeiten: GGP Media GmbH, Pößneck
ISBN 978-3-89425-584-8
1. 2. 3. / 2020 19 18

Stefanie Ross

Jagdsaison in Brodersby

Ein Landarzt-Krimi

Die Autorin

Stefanie Ross wurde in Lübeck geboren. Sie verbrachte einen Teil der Schulzeit in Amerika und unternahm später ausgedehnte Reisen unter anderem durch die USA, Kanada und Mexiko. Nach dem Studium der Betriebswirtschaftslehre folgten leitende Positionen bei Banken in Frankfurt und Hamburg. Sie ist verheiratet, Mutter eines Sohnes, fährt gerne Motorrad und schreibt seit 2012 Thriller. *Das Schweigen von Brodersby* war der erste Roman um den charismatischen Landarzt Jan Storm.
www.stefanieross.de

Für Hector. Unvergessen.

Kapitel 1

Jan Storm wünschte sich, er könnte das Vibrieren seines Handys ignorieren. Aber das funktionierte nicht mehr, nachdem ihn das Geräusch aus dem Schlaf gerissen hatte. Als Arzt war er ebenso wie in seinem ehemaligen Job als Soldat darauf trainiert, sofort wach zu sein.

Innerlich reihte er einen Fluch an den anderen, als er nach seinem Smartphone griff und sich leise aus dem Doppelbett schob, das er sich mit Lena teilte. Er hätte durchaus nichts dagegen gehabt, sie zu wecken und die frühen Morgenstunden mit ihr gemeinsam im Bett zu verbringen, aber der Anrufer hatte garantiert anderes für ihn vorgesehen.

Als er vor dem Schlafzimmer einen Blick auf das Display warf, war er endgültig wach. Seine Tante Liz würde ihn niemals ohne guten Grund am Wochenende so früh anrufen.

»Was ist passiert?«, fragte er sofort, als er das Gespräch angenommen hatte.

»Ich weiß es nicht. Felix ist weg.«

»Was ist passiert?«, wiederholte er besorgt, da ihm diese Information nicht wirklich weiterhalf. Seine Tante führte eine stürmische Wochenendbeziehung mit Jans Freund Felix, der leider auch zugleich sein Patient war, weil er unter einer fortgeschrittenen Krebserkrankung litt.

»Er hat sich vor ein paar Minuten rausgeschlichen.«

Jan seufzte. Felix hatte einen alten Resthof zu einem Paradies für Tiere umgebaut, die dort ihr Gnadenbrot erhielten. »Dann füttert er die Viecher oder konnte nicht schlafen und macht einen Spaziergang.«

»Sag mal, hältst du mich für bescheuert? Da habe ich doch als Erstes nachgesehen. Du weißt doch, dass er nach einer besseren Phase in letzter Zeit wieder unter starken Schmerzen leidet.«

Da Jan ihm Medikamente auf Morphiumbasis besorgt hatte, war ihm das bekannt. »Worauf willst du hinaus?«

»Er hat gestern ein geheimnisvolles Telefonat geführt. Da fiel das Wort ›Gewehr‹. Darf ich mir vielleicht jetzt Sorgen machen?«

Jan atmete tief durch. »Hast du ihn darauf angesprochen?«

»Selbstverständlich. Er hat ... na ja, er hat nicht direkt darauf geantwortet und ich habe das Ganze dann vergessen. Aber eben ist es mir wieder eingefallen.«

Ein Kaffee wäre nicht verkehrt gewesen und hätte vielleicht geholfen, dieses Chaos zu sortieren. Jan wollte Liz gerade erklären, dass er leider keine Kristallkugel hatte, mit deren Hilfe er Felix' Aufenthaltsort ausfindig machen könnte, als es in seinem Gehirn plötzlich klick machte. Wenn er Felix' Tierliebe, seine Abneigung gegen jede Form von Jagd und die Bemerkung eines seiner Fußballkumpels zusammenaddierte, ergab sich ein Bild. Allerdings keins, das ihm gefiel.

»Verdammte Scheiße!«, entfuhr es ihm.

»Das heißt wohl, dass du eine Idee hast, wo er steckt«, mutmaßte Liz hoffnungsvoll.

»Ja. Ich muss los. Ich melde mich bei dir, wenn ich den Idioten gefunden habe.« Jan unterbrach die Verbindung ohne jede weitere Erklärung, die ihn nur unnötig Zeit gekostet hätte.

Himmel, das Leben in zwei Wohnungen hatte Nachteile. Jan musste zunächst gedanklich sortieren, wo er welches Fahrzeug finden würde. Da sie gestern Abend noch mit seinem Motorrad unterwegs gewesen und danach bei Lena gelandet waren, stand seine Ninja hier vor der Tür. Allerdings wäre ihm sein Audi, der bei ihm zu Hause parkte, ausnahmsweise lieber gewesen.

In Rekordzeit suchte er seine Sachen zusammen und wollte gerade aus dem Haus stürmen, als Lena verschlafen im Flur auftauchte. Ihre langen blonden Haare waren vollkommen zerzaust.

»Ein Notfall?«, fragte sie gähnend.

»So ähnlich. Eher ein akuter Anfall von Irrsinn bei Felix. Ich melde mich.« Er gab ihr einen Kuss, nahm seinen Helm von der Garderobe im Windfang und beeilte sich, zu seinem Motorrad zu kommen.

Die Fahrtzeit von Lenas Haus zum Söbyer See betrug normalerweise zwischen zehn und fünfzehn Minuten. Jan trieb die Kawasaki ZX10R an die Grenzen der Physik und schaffte es in der Hälfte der üblichen Zeit.

Seiner Einschätzung nach würden die Jäger, die heute an dem Gewässer auf Gänsejagd gehen wollten, von Westen über einen Feldweg kommen. Daher bog Jan vorher ab und fuhr über die Brücke zu einem kleinen Anleger.

Wenn ihn nicht alles täuschte, wäre das der ideale Ausgangspunkt für eine Gruppe Naturschützer, die die Jagd bei Morgenanbruch stören wollten. Dass sie damit vielleicht ins Kreuzfeuer der Schrotflinten gerieten, schien sie nicht übermäßig zu stören. Jan konnte mit der Jagd auf Tiere nichts anfangen, war aber auch kein fanatischer Gegner.

Die letzten Meter durch den Wald waren für sein Motorrad eine Belastungsprobe. Die Maschine war für die Straße und nicht für Touren durchs Gelände geeignet. Jan fluchte innerlich. Sollte die schwarzgraue Verkleidung auch nur einen Kratzer abbekommen, hatte sein Freund ein Problem. Und zwar ein sehr ernsthaftes.

In der Nähe des Bootsanlegers waren drei Fahrzeuge kreuz und quer geparkt, unter anderem auch der Wagen von Felix.

So weit hatte Jan also schon mal richtiggelegen. Er suchte sich eine ebene Stelle, an der er die Ninja abstellen konnte, und sah sich um.

Es wäre wohl zu einfach gewesen, wenn er gleich hier auf Felix gestoßen wäre.

Von seinem Standort aus würden sich die Jäger irgendwo links platziert haben und darauf warten, dass die Gänse abhoben. Es wäre absoluter Irrsinn, wenn die Tierschützer sich ausgerechnet in der Schusslinie rechts von den Schützen platziert hätten. Doch genau deswegen ging er davon aus, dass er seinen Freund exakt dort entdecken würde. Platt getretenes Gras zwischen einigen Pappeln bestätigte seine Vermutung.

Jan fluchte. Er hätte seine ehemalige Dienstwaffe mitnehmen sollen, die er immer noch tragen durfte. Ein, zwei Schüsse in die Luft hätten sämtliche Vögel in der Umgebung vertrieben und die ganze Aktion beendet, bevor sie überhaupt richtig begonnen hätte. Aber auch das wäre wohl zu einfach gewesen.

Jan seufzte, ließ seinen Helm auf der Sitzbank seiner Ninja liegen und folgte der Spur entlang des Sees. Nach wenigen Metern hörte er leise Stimmen.

Dank seiner Ausbildung für die Eliteeinheit der Bundeswehr – Kommando Spezialkräfte – war es für ihn kein Problem, sich den Männern lautlos zu nähern.

»Ich bin mir nicht sicher, ob wir uns ausgerechnet hier aufhalten sollten«, sagte jemand, der anscheinend noch einen Rest Vernunft besaß. »Das ist doch sozusagen die Flugschneise für die Kugeln.«

Diese Ausdrucksweise brachte Jan zum Lächeln, aber in der Sache gab er dem Mann recht.

»Ach was. Es geht um den Schutz der Vögel«, brummte jemand, den Jan sofort erkannte. Felix.

Ein Dritter mischte sich ein: »Wir haben ja die Warnwesten. Nun ja, zumindest wir beide. Felix, du hättest deine mitnehmen sollen. Die bieten ausreichend Schutz.«

Na, sicher doch! Vor allem für Schrotkugeln. Jan unterdrückte mit Mühe ein ironisches Lachen und zwängte sich nun offen durch das Gebüsch. »Guten Morgen, die Herren!«

Immerhin hatte Felix genug Anstand, ihn verlegen anzusehen.

»Ich habe als Arzt hier genug zu tun. Auch ohne dass ich noch ein paar Schrotkugeln aus empfindlichen Körperteilen entfernen muss. Da einer von Ihnen genug Grips hat, um zu bemerken, dass von Westen aus genau in diese Richtung geschossen werden könnte, sollten Sie hier verschwinden. Und zwar sofort!«

Jan musterte Felix' Begleiter genauer. Ein Mann, vielleicht Mitte dreißig, sah mit Arbeitshose und verdrecktem Sweatshirt aus, als ob er direkt vom Feld kam. Daneben ein jüngerer Typ, vielleicht Anfang oder Mitte zwanzig, nach Jans Ansage deutlich verängstigt und mit seiner teuren Jeans und den ebenfalls nicht billigen Sneakers auch nicht unbedingt passend für eine Wanderung am See angezogen.

Felix kniff missmutig die Augen zusammen. »Woher wusstest du, dass ich hier bin?«

»Das war nun wirklich nicht schwierig herauszufinden. Können wir denn jetzt gehen?«, fragte Jan und schob noch ein »Bitte« hinterher.

Felix trat einen Schritt dichter an das Wasser heran. »Siehst du die Vögel dort in der Nähe des Ufers?«

»Logisch, sie sind ja nicht zu übersehen.«

»Das sind aber gar keine. Sondern Lockvögel, die mit dem Ruderboot ausgebracht wurden, um einen Gänseschwarm anzulocken. Im Schilfgürtel warten sechs oder acht oder vielleicht auch noch mehr gut getarnte Jäger darauf, dass hier Vögel landen oder zumindest ausreichend dicht rankommen. Und dann wird es knallen und die Gänse sind tot. Das ist einfach unfair.«

»Mag sein. Aber es bringt doch wohl überhaupt nichts, deswegen sein Leben aufs Spiel zu setzen, indem ihr euch ausgerechnet da herumtreibt, wo Querschläger vorprogrammiert sind. Schrotmunition kann bis zu zweihundert Meter weit fliegen. Also weg hier. Jetzt!« Zumindest ließ sein Offizierston, den er nicht verlernt hatte, den Jüngeren zusammenzucken.

»Wir sollten auf ihn hören«, schlug der Mann vor und fuhr sich nervös übers Kinn.

»Ach was, mein Freund neigt dazu, alles schwarz zu sehen«, widersprach Felix.

Der Typ mit der Arbeitshose sah in den Himmel. »Egal. Sie kommen.«

Jan folgte seinem Blick und fluchte. Ein Schwarm Gänse war im Anflug auf den See. Sekunden später krachte der erste Schuss, dann der zweite.

Etwas strich an ihm vorbei. Jan handelte instinktiv. »Runter«, brüllte er und warf sich auf Felix.

Sein Freund stöhnte, als er hart auf dem Boden aufschlug, aber das interessierte Jan nicht.

Einige Male wurden Schrotflinten abgefeuert. Erst als der Beschuss aufhörte, rappelte sich Jan hoch und hielt Felix eine Hand hin.

Sein Freund starrte an ihm vorbei. »Oh nein«, flüsterte er.

Jan wirbelte herum und erstarrte.

Der Mann mit der Arbeitshose lag am Boden und blutete stark aus einer Wunde am Hals.

Innerhalb eines Sekundenbruchteils wurde Jan an einen anderen Ort, in eine andere Zeit zurückkatapultiert. In Afghanistan war sein bester Freund verblutet und er hatte nichts dagegen tun können. Dieses Erlebnis war der Grund dafür gewesen, die Bundeswehr zu verlassen und in Brodersby einen Neuanfang zu wagen.

»Jan!«, schrie Felix und packte ihn fest am Arm. »Das hier ist nicht Afghanistan. Tu was!«

Er löste sich aus seiner Starre und kniete sich neben dem schwer verwundeten Mann hin. Jans Arztmodus funktionierte wieder einwandfrei, sagte ihm allerdings auch, dass er in diesem Fall nicht mehr helfen konnte. Selbst wenn er den Verletzten in einen perfekt ausgestatteten OP-Raum beamen könnte, wäre es nahezu unmöglich, die Blutung zu stoppen. Ein Teil des Unterkiefers, insbesondere aber die Halsschlagader war durch eine oder wohl eher mehrere Schrotkugeln getroffen worden. Der Blutverlust war jetzt schon extrem hoch und ließ sich vor allem nicht stoppen. Jan presste dennoch eine Hand auf die Schusswunde. Vergeblich. Er hatte mit seiner ersten Diagnose richtiggelegen. Leider.

Noch lebte der Mann, bemühte sich, etwas zu sagen, brachte aber aufgrund seiner Verletzung kein Wort über die Lippen. Jan griff nach seiner Hand und hielt sie fest. Mehr konnte er nicht tun. Er glaubte, in dem Blick des Sterbenden Dankbarkeit zu entdecken, bevor schließlich jedes Lebenszeichen erlosch.

Würgend erbrach sich der Jüngere ins Gebüsch.

Jan betrachtete seine blutverschmierte Hand und kämpfte gegen die Erinnerungen an, die ihn einzuholen drohten. »Ruf die Polizei an«, bat er Felix.

Sein Freund schluckte schwer und trat dann dicht an das Ufer heran. »Hey, hierher! Unfall! Es ist jemand gestorben! Ruft die Polizei!«, brüllte er über die Wasseroberfläche hinweg und verzog den Mund. »Sorry.« Er warf Jan einen entschuldigenden Blick zu. »Mein Handy liegt zu Hause.«

Es dauerte nicht lange, bis sich Schritte näherten. In der Ferne erklang das Geräusch eines Martinshorns. Jan wollte sich erleichtert über die Stirn reiben, stoppte die Bewegung aber in letzter Minute. Mit der blutverschmierten Hand war das eine schlechte Idee.

Durch das Gebüsch brach nun ein Mann in Tarnhose und schwarzem Sweatshirt, der einen Rucksack und eine Schrotflinte trug. Erst auf den zweiten Blick erkannte Jan ihn und musste einen weiteren Fluch unterdrücken. Von allen Jägern in dieser Gegend musste er ausgerechnet auf Heiner Zeiske treffen!

Der ehemalige Polizist war nach einem Herzinfarkt aus dem Dienst ausgeschieden. Vorher hatte er Jan jedoch das Leben schwer gemacht. Als ob das nicht reichen würde, hatte sich Zeiskes Sohn als Verbrecher entpuppt, den Jan mithilfe einiger Freunde vor einigen Monaten ins Gefängnis gebracht hatte.

Im Vergleich zu ihrem letzten Treffen hatte Zeiske ordentlich abgenommen, allerdings waren dadurch auch seine Falten im Gesicht tiefer geworden. Früher hatte er seine Uniform meist schlampig getragen und auf die gleiche Art und Weise seinen Job erledigt, aber nun wirkte er anders. Wacher. Aufmerksamer. Und an seiner Kleidung gab es auch nichts auszusetzen.

Zeiske stutzte ebenfalls und runzelte die Stirn. »Dr. Storm! Was ist passiert?«

Die korrekte Anrede, auf die Jan normalerweise keinen Wert legte, überraschte ihn ebenso wie die ruhige Nachfrage. Sonst hatte Zeiske ihn in der Regel angebrüllt und jede Umgangsform vermissen lassen.

»Der Mann stand dicht am Ufer, als die Ballerei losging. Einige Schrotkugeln haben ihn am Hals und im Kieferbereich getroffen. Ich konnte nichts mehr für ihn tun.« Jan verfluchte sich innerlich dafür, dass seine Stimme auffallend heiser klang.

Zeiske trat näher und runzelte dann die Stirn. »Fürchterlich«, sagte er leise und ging dichter an das Ufer heran, betrachtete dort einige Schilfblätter und brummte etwas. Nachdem er über den See geblickt hatte, holte er eine Packung Feuchttücher aus seinem Rucksack und bot sie Jan an. »Für Ihre Hände …«

Unter anderen Umständen hätte der Anblick des lachenden Babys auf der Vorderseite, das so gar nicht zu einer Jagdausrüstung passte, ihn zum Schmunzeln gebracht. »Danke.« Nachdem Jan sich von dem Blut gereinigt hatte, sah er sich rasch um. Der junge Mann mit den Markenklamotten hatte sich gegen einen dünnen Baumstamm gelehnt und war noch sichtlich geschockt. Felix war zwar blass und wich Jans Blick aus, ging aber ebenfalls dichter ans Ufer.

Zeiske breitete die Hände aus. »Ich verstehe das nicht. Wenn ich mich nicht sehr irre, kam der Schuss aus dieser Richtung.« Er deutete auf den See und sah Jan dabei fragend an. »Sie kennen sich doch auch mit Waffen aus. Was meinen Sie?«

Jan musste keine Sekunde überlegen, sondern begriff die Überlegung des Ex-Polizisten sofort. »Sie haben recht, Herr Zeiske. Der …«

»Mensch, nun warte mal kurz«, unterbrach Zeiske ihn barsch. »Wir hatten einen sehr ungünstigen Start und die Sache mit meinem Sohn macht es nicht leichter, aber – ich heiße Heiner! An dem ›Herr Doktor‹ verknote ich mir sonst noch mal die Zunge.«

Jan bemühte sich, seine Überraschung zu verbergen. Damit hatte er nun wirklich nicht gerechnet. »Gern. Jan«, erwiderte er und lächelte. »Aber noch mal zurück zu dem Schusswinkel, den du angesprochen hast. Den zerfetzten

Blättern nach ist das Geschoss genau da durchgegangen. Das passt auch dazu, dass der Mist Felix und mich gefühlt nur um Millimeter verfehlt hat.« Jan kniff die Augen etwas zusammen. »Mit Schrot trifft man aber je nach Kaliber nur auf dreißig, höchstens fünfzig Meter exakt, auch wenn es bis zu zweihundert Meter weit fliegen kann. Wenn ich mir den Standort des Opfers und das Schilf ansehe, müsste da vorn jemand gestanden haben.« Jan deutete zu dem Uferbereich hinter dem Bootsanleger, der als Standort infrage kam.

»Ganz genau. Nur … Da war keiner von uns. Ich war am dichtesten an euch dran und darum bin ich auch hergelaufen. Und ich stand noch mindestens fünfzig Meter weiter entfernt.«

Langsam musterte Jan den Uferbereich, an dem sich die Jäger verteilt hatten, und überlegte dann, aus welcher Richtung der Schwarm Gänse gekommen war. Schließlich schüttelte er den Kopf. »Einen Querschläger kann ich mir nur schwer vorstellen.«

Zeiske nickte knapp. »Ich mir auch. Das wird kompliziert.«

Felix hatte bisher geschwiegen. »Ich kapiere nicht, was ihr meint. Übersetzt das mal für jemanden, der sich nicht mit Waffen auskennt.«

Jan übernahm die Erklärung. »Als ich euch vorhin gewarnt habe, dass es hier, wo wir uns gerade befinden, gefährlich sein könnte, wusste ich noch nicht, dass die Gänse von dort hinten angeflogen kamen. Damit gab es überhaupt keinen Grund, dass jemand zu uns herüberschießt.«

»Außerdem passt die Höhe auch nicht«, ergänzte Zeiske. »Man versucht, die Vögel noch in der Luft zu treffen. Dieser angebliche Querschläger ist aber den Spuren im Schilf nach praktisch waagerecht angesetzt worden.«

Jan sah erneut zu dem Ufer hinüber. »Wo genau standst du?«, fragte er Zeiske nach einem kurzen Zögern.

Einen Augenblick wirkte der ehemalige Polizist verärgert, dann nahm er seine Flinte von der Schulter und reichte sie Jan vorsichtig. »Schnupper mal am Lauf.«

So hatte Jan seine Frage zwar nicht gemeint, nahm das Angebot aber an. »Du hast nicht geschossen.«

»Eben. Ich hatte einen Vogel anvisiert, den dann einer der anderen Jäger abgeschossen hat. Ehe ich ein neues Ziel hatte, waren die Viecher bereits in alle Richtungen verschwunden. So was nennt sich wohl Pech.«

»Ich hatte auch nicht daran gedacht, dass du für den Querschläger verantwortlich bist«, erklärte Jan beschwichtigend, »sondern eher, ob du jemanden bemerkt hast, der nicht zu eurer Gruppe gehörte.«

»Ach so. Von meinem Standort aus hätte ich das Opfer noch treffen können. Also nicht jeder hätte das geschafft, aber ich schon.« Er runzelte die Stirn und rieb sich dann übers Kinn. »Da war tatsächlich was. Ein Geräusch. Aber gesehen habe ich niemanden. Ich dachte, da schleicht eine Katze oder ein Hase herum.«

»Ihr meint, da hat jemand gezielt geschossen? Also absichtlich?«, fragte Felix ungläubig.

»Könnte so sein. Ist zumindest nicht ausgeschlossen. Kennen Sie das Opfer, Herr Mommsen?«, fragte Zeiske.

Felix winkte ab. »Felix reicht. Nee. Ich bin ihm heute zum ersten Mal begegnet. Aber der dort sollte ihn kennen.« Er deutete auf den jüngeren Mann, der nervös an seinem Ärmel zupfte und jeden Blick auf die Leiche vermied.

»Was machst du denn überhaupt hier, wenn du deine Mitstreiter nicht mal kennst?«, erkundigte sich Jan bissig.

Eine Antwort blieb seinem Freund erspart, weil in ihrer Nähe plötzlich Rufe ertönten. »Polizei! Wo genau sind Sie?«

Seufzend überließ Jan es Zeiske, seine ehemaligen Kollegen zu ihnen zu lotsen, um die Situation zu erklären. Vielleicht würde er dann erfahren, wieso Felix mit Männern in Sachen Tierschutz unterwegs war, mit denen er sonst offensichtlich nichts zu tun hatte.

Kapitel 2

»Na, das ist ja wirklich mal eine unschöne Art, das Wochenende zu beginnen«, stellte Lena treffend fest und stand auf. »Ich hole dir noch einen Kaffee.«

Dankbar sah Jan ihr nach. Er war zwar nicht der Typ, der sich gern bedienen ließ, aber im Moment genoss er es, auf ihrer Terrasse in der Sonne zu sitzen und den Blick über das Feld schweifen zu lassen. Die Formalitäten hatten eine halbe Ewigkeit gedauert und es war bereits fast Mittag, als er sein Motorrad endlich wieder vor Lenas Haus parken konnte.

›Haus‹ war eigentlich der falsche Ausdruck, sie hatte ein ehemaliges Stallgebäude in ein Paradies verwandelt, in dem er sich mittlerweile mehr zu Hause fühlte als in der Wohnung, die direkt über seiner Arztpraxis lag. Außerdem ahnte er, dass er bei ihr nach dem Zwischenfall vor den Bildern aus der Vergangenheit sicherer war. Die Art und Weise, wie der Mann am Söbyer See gestorben war, erinnerte Jan einfach zu sehr an den Tod seines Freundes. Mittlerweile hatte der Tote wenigstens einen Namen: Dietmar Gerhardt.

Als Lena zurückkehrte, brachte sie nicht nur zwei Kaffeebecher, sondern auch einen Cognacschwenker mit, in dem eine goldbraune Flüssigkeit schimmerte.

»Ist es nicht noch etwas zu früh dafür?«, fragte er, als er den Duft des edlen, französischen Getränks genoss.

»Und wenn schon. Ich bin nicht blöd, Jan. Nur blond. Mir ist doch klar, was die Schussverletzung dieses Mannes in dir auslöst.«

Und dabei war er über den Punkt so gekonnt hinweggegangen ...

»Ich dachte mir, dass du dich nach einem Drink nicht mehr auf die Ninja setzt und wegfährst, um den Bildern davonzurasen, sondern vielleicht den Tag mit mir am Strand verbringst.«

Jan drehte das Glas in der Hand. Lenas Worte beinhalteten so viel mehr, als seine Freundin offen aussprach. Als sie sich kennengelernt hatten, war er einige Male nachts oder auch tagsüber mit dem Motorrad vor den Erinnerungen geflohen. Aber diese Zeit lag hinter ihm. Mittlerweile hatte er Freunde in Brodersby gefunden – und vor allem gab es Lena.

»Das hätte ich auch ohne Alkohol gemacht«, erwiderte er schlicht.

Das Funkeln in ihren blauen Augen verriet ihm, dass er die richtigen Worte gefunden hatte.

»Sehr schön«, erwiderte sie mit einem Lächeln. »Dann hole ich jetzt mal mein Notebook und wir beginnen unsere Nachforschungen!«

Prompt verschluckte sich Jan an seinem Cognac und hustete. »Wir machen was?«

Ihr vernichtender Blick hatte es in sich. »Wie ich schon sagte: Halt mich bitte nicht für bescheuert, Jan. Ich weiß doch genau, dass es dich in den Fingern juckt, mehr über den Mord herauszufinden.«

Jan nippte an seinem Glas, um nicht sofort antworten zu müssen. Wieso hatte sie ihn nur dermaßen durchschaut? »Ich wollte mir nur ansehen, mit wem sich Felix dort herumgetrieben hat«, meinte er schließlich gedehnt.

»Na, sicher doch! Was sagte ich gerade?«

Er musste grinsen. »Ich halte dich weder für blöd noch für bescheuert. Aber vergiss nicht, dass ich Arzt bin.«

Ihr Zeigefinger zielte wie eine Waffe auf ihn. »*Ich* vergesse das bestimmt nicht. Aber wer von uns beiden hat denn einige Polizisten als Freunde? Wer hat eine Topausbildung? Und wer hat einen fiesen Umweltskandal aufgedeckt und sich dabei in Lebensgefahr gebracht?«

Diese Diskussion konnte er nur verlieren. »Du wolltest doch an den Strand, oder?«, lenkte er deshalb ab.

»Natürlich. Internet, Essen, Strand. Passt doch.«

Als Soldat wusste er, wann eine Schlacht entschieden war. »Wir beginnen bei dieser Tierschutzgruppe, der Felix sich angeschlossen hat«, schlug er vor.

Lena kniff die Augen zusammen. »Reicht es, wenn ich die Suchmaschine starte, oder soll ich vorher noch salutieren, Herr Major?«

Lachend legte Jan den Kopf etwas schief. »Sorry, falls der Vorschlag wie ein Befehl klang.«

»Falls?«, wiederholte Lena sarkastisch, hatte aber bereits Google aufgerufen.

Wohlweislich überließ Jan ihr das Notebook, obgleich er es ihr zu gerne weggezogen hätte.

»Hmpf«, meinte Lena schließlich, nachdem sie die Webseite der Tierschützer überflogen hatte. »Fanatisch, aber harmlos. Felix ist also über den Hashtag auf diese Leute aufmerksam geworden?«

»Ja, das hat er mir vorhin so erzählt.«

»Wenn du mich fragst, sind die ziemlich durchgeknallt. Ich bin zwar kein Freund der Jagd, aber so ein bisschen Sinn macht die Bestandsregulierung schon. Vor allem stelle ich mich doch nicht freiwillig in die Schusslinie! Außerdem dachte ich, es wäre noch Schonzeit.«

»Ist es auch. Aber Gänse dürfen gejagt werden. Zeiske – ich meine Heiner – hat mir vorhin einen Crashkurs in Sachen Jagd verpasst.«

Lena lehnte sich zurück. »Ich habe schon gehört, dass er sich verändert haben soll, aber dass ihr euch nun sogar duzt ...«

»Ehrlich gesagt, wunderte ich mich auch. Aber aus welchem Grund hätte ich sein Angebot ablehnen sollen?«

»Bist du dir sicher, dass er nicht der Täter ist? So nach dem Motto, wie der Sohn, so auch der Vater?«

Die schräge Anspielung auf Zeiskes kriminellen Sprössling brachte Jan zum Schmunzeln. »Vergiss nicht, dass er sich am Ende gegen ihn gestellt hat. Ich weiß nur, dass aus der Flinte, die Heiner dabeihatte, kein Schuss abgefeuert worden ist.«

»Aber er könnte eine zweite Waffe gehabt und die irgendwo auf dem Weg zu euch ins Gebüsch geworfen haben«, überlegte Lena laut.

Der Gedanke war Jan auch schon gekommen. Doch er kam nicht dazu, darüber nachzugrübeln, weil plötzlich zu seinen Füßen ein tiefes Grollen erklang. Der schwarze Labradormix Tarzan, der von Lena adoptiert worden war, schien ausnahmsweise wach zu sein. Es war Jan ein Rätsel, wie ein Hund dermaßen viele Stunden am Tag schlafen konnte.

Lena beugte sich zu dem Riesenviech hinab und kraulte seinen Rücken. »Du hast doch gesagt, dass die Polizei nicht so richtig engagiert war. Ich finde, wir sollten neben dem Strandausflug noch etwas zusätzliches Gassigehen mit Tarzan einplanen ...«

»Lass mich raten: am Söbyer See.«

»Korrekt. Nur um sicherzugehen, dass die Polizei nichts übersehen hat.«

Jan hatte schon die gleiche Idee gehabt, dabei allerdings weder seine Freundin noch den Hund eingeplant – was er lieber nicht laut sagte. Die Polizei hatte zwar ihre Namen und Aussagen aufgenommen, aber ansonsten wenig getan, um Spuren zu sichern. Trotz Zeiskes und Jans Angaben waren sie sehr schnell von einem bedauerlichen Jagdunfall ausgegangen, hatten jedoch weitere Untersuchungen angekündigt. Wie immer die auch aussehen mochten.

Jan trank einen Schluck Kaffee und überlegte, wie hoch die Erfolgsaussichten waren, Lena von ihrem Vorhaben abzubringen. Vermutlich ziemlich exakt bei null. »Also gut. Erst Strand oder erst See?«

»Lass uns heute am späten Nachmittag nach Söby fahren. Wie geht's denn eigentlich Felix?«

»Ziemlich schlecht, schätze ich, denn Liz hatte keine besonders gute Laune, als ich sie angerufen und ihr gesagt habe, wo ich ihren Freund gefunden habe.«

»Ihren Freund? Er ist doch auch dein Freund!«

»Eigentlich schon. Aber das vergesse ich gelegentlich schon mal für ein paar Stunden, wenn ich seinetwegen am Samstag um vier Uhr morgens wegen so einem Blödsinn geweckt werde.«

»Wer's glaubt …« Lena konzentrierte sich wieder auf ihr Notebook. »Ich sehe mir diesen Tierschutzverein, den Toten und den Typen in den Markenklamotten noch mal genauer an. Wie hieß der noch? Arne Sanders?«

Jan seufzte. »Ja, aber eigentlich …«

»Ich weiß. Eigentlich wolltest du dir das alles selbst angucken. Doch das kannst du vergessen. Mein Haus, mein Notebook.«

»Wird Zeit, dass wir das ›mein‹ durch ein ›unser‹ ersetzen«, entfuhr es ihm.

Verdutzt vergaß Lena ihr Notebook. »Das kommt jetzt überraschend.«

Nicht nur für sie. Aber für einen Rückzieher war es jetzt zu spät. »Wieso? Wir verstehen uns gut und dieses ewige Hin und Her mit zwei Wohnungen ist unpraktisch. Denk einfach mal darüber nach.«

Sie schüttelte missbilligend den Kopf. »Und wieder dieser Befehlston«, tadelte sie. »Werde ich aber trotzdem tun. Also darüber nachdenken. Verrätst du mir denn auch, wo du dann leben möchtest?«

»Na ja, da die Treppe in meinem Haus bei deinem Riesenbaby den Rücken zu sehr belastet, stellt sich die Frage ja nicht wirklich.«

Lena stand auf und gab ihm einen Kuss auf die Wange. »Dein Timing ist das Letzte und die Art und Weise, wie du solche Punkte ansprichst, auch. Aber dass du dabei sofort an Tarzan denkst, ist total lieb von dir«, erklärte sie und strahlte Jan an. Dann wurde sie wieder ernst. »Lies dir mal durch, wer dieser Sanders ist. Das klingt alles irgendwie merkwürdig. Ich schiebe in der Zwischenzeit die Tortillas in den Ofen.«

Endlich hatte er Zugriff auf das Notebook. Außerdem war er froh, dass das Thema Zusammenziehen erst einmal beendet war.

Er begann mit dem Tierschutzverein. Die Seite war professionell aufgemacht, aber die Artikel für seinen Geschmack zu fanatisch. Als Erster Vorsitzender wurde dort Arne Sanders genannt, der Typ, der für den Ausflug an den See so absolut unpassend gekleidet gewesen war. Der Name des Toten tauchte nicht auf.

Jan klickte auf den Link zu der Facebook-Seite der Gruppe und staunte. Relativ viele Tierschützer und Veganer tauschten sich dort aus. Die Zahl der Likes betrug über fünftausend! Kein Wunder, dass Felix auf diese Leute gestoßen war.

Die Fotos waren interessant, die Postings …

Jan stutzte und überflog die Seite noch einmal. Die kurzen Artikel waren tatsächlich extrem gut gemacht: reißerische Überschrift, dann wenige, prägnante Fakten. Dafür, dass der Verein klein und nur regional tätig war, gab sich da jemand sehr viel Mühe.

Als Nächstes suchte Jan nach Informationen über Sanders und stieß auf eine Webseite, auf der er als Finanzberater seine Dienste anbot. Den Fotos und Referenzen nach brummte das Geschäft. Jan runzelte die Stirn. Und so einer kümmerte sich dermaßen aktiv um Gänse, dass er sich dabei selbst in Gefahr brachte?

Er musste Lena recht geben. Irgendwas passte da nicht zusammen. Vielleicht war er aber auch einfach zu misstrauisch.

Es wurde Zeit, sich das Opfer genauer anzusehen. Nachdem er den Namen des Mannes in die Suchmaschine eingetippt hatte, sah Jan sofort, dass er mit seiner Vermutung richtiggelegen hatte. Dietmar Gerhardt war ein Landwirt, allerdings ein sehr streitbarer. Sein Name fiel in einigen Zeitungsartikeln. Gerhardt hatte gegen etliche politische Entscheidungen protestiert und dabei anscheinend tatsächlich immer den Naturschutz im Sinn gehabt. Sein Hof lag ein paar Kilometer von Brodersby entfernt, in der Nähe des ehemaligen Militärgeländes, das zu einer Ferienhaussiedlung umgebaut wurde.

Wer konnte es auf so jemanden abgesehen haben? Und wie passte der Finanzberater zu ihm? Jan nahm sich vor, Felix danach zu fragen – sofern sein Freund die Gardinenpredigt von Liz überlebt hatte. Seine Tante konnte beim passenden Anlass durchstarten wie eine Rakete und genau das hatte sie getan, als Felix sich mit Jans Smartphone telefonisch bei ihr gemeldet hatte. Er hatte mühelos einige Sätze mithören können, ehe sein Freund zur Seite gegangen war.

Als Lena mit einem voll beladenen Tablett aus der Küche zurückkehrte, sah sie ihn erwartungsvoll an. »Bist du auf was gestoßen?«

»Leider nichts Konkretes. Aber ich habe ein ungutes Gefühl.«

»Du meinst, dass es kein Unfall war?«

»Auf keinen Fall. Da hat jemand gezielt geschossen. Der Winkel stimmte einfach nicht, weil die Gänse aus der anderen Richtung kamen.«

Lena seufzte und setzte sich neben ihn. »Gib zu, du hast so ein wenig Aufregung vermisst und das hier kommt dir ganz recht.«

Jan wollte diese Unterstellung empört von sich weisen, denn in seinem Hinterkopf lauerte immer noch das Bild des sterbenden Mannes, dessen Hand er gehalten hatte. Doch trotzdem musste er zugeben, dass Lena nicht ganz falschlag. In seinen Tagesablauf hatte sich tatsächlich eine gewisse Routine eingeschlichen. Vor einigen Monaten hatte er festgestellt, dass ihm die Landarztpraxis zwar Spaß machte, er aber auch die Spannung genossen hatte, die mit der Jagd auf einige kriminelle Umweltsünder verbunden gewesen war. Seine ehemalige Dienstwaffe wieder zu tragen, hatte ihm gefallen. Er hätte deshalb nichts dagegen, wenn sich dieser Fall ähnlich entwickeln sollte.

»Hast recht«, sagte er daher nur und nahm sich eine der gefüllten Tortillas von dem Teller.

Lena sah ihn so verdutzt an, dass er schmunzeln musste.

»Was ist?«, fragte er grinsend.

»Ich dachte, du leugnest das.«

»Na ja, mir tut es schon leid, dass da jemand gestorben ist, aber der Vorschlag, sich den Tatort noch einmal genau anzusehen, kam ja von dir. Ich habe jedenfalls nichts dagegen, ein paar harmlose Nachforschungen anzustellen.«

Lena schnaubte. »Harmlos?«

»Solange du dabei bist, nur ganz harmlos!«, bekräftigte Jan.

Lenas Tortilla landete wieder auf dem Teller, ohne dass sie abgebissen hatte. »Und die spannenden Sachen sparst du dir dann für deinen Kumpel Jörg auf?«

Gelassen nickte Jan. »Sicher, wenn er Zeit und Lust hat. Denn er ist Polizist und kann auf sich aufpassen. Ich werde nicht zulassen, dass du noch einmal in Gefahr gerätst.«

Wenn er sich nicht sehr täuschte, murmelte Lena etwas wie »Abwarten«, aber er würde schon dafür sorgen, dass sie sich aus sämtlichen gefährlichen Dingen heraushielt – sofern es überhaupt zu welchen kommen sollte.

An einem so sonnigen Septembertag hätte Jan im Normalfall niemals freiwillig seinen Audi genommen, um an den Strand zu fahren. Aber auf seiner Ninja war nun mal kein Platz für überdimensionierte Hunde. Lenas Haus lag nur gut vier Kilometer von der Ostsee entfernt, wenn man querfeldein ging. Doch ihrer Ansicht nach war die Strecke für Tarzan unzumutbar, da der Hund schließlich durch den Sand toben wollte und danach noch den Rückweg bewältigen musste. Nachdem Jan die ersten Diskussionen deswegen verloren hatte, war er einfach dazu übergegangen, eine Hundedecke im Auto aufzubewahren, die er bei Bedarf über seine Ledersitze legen konnte.

»Wenn du deine Krallen an dem Bezug wetzt, bist du Hundegulasch«, drohte er Tarzan an.

Völlig unbeeindruckt gähnte der Hund.

Kopfschüttelnd startete Jan den Motor. Die sechs Zylinder des S6 erwachten zum Leben. »Es ist ein Frevel, die paar Meter bei dem Wetter mit dem Wagen zu fahren.«

»Tarzans Pfoten sind eben empfindlich.«

»Wären sie vermutlich nicht, wenn er sich mehr bewegen würde.«

Lena lächelte nur.

In Schönhagen angekommen, war Jans Ärger bereits wieder verflogen. Da die Sommerferien in allen Bundesländern vorbei waren, gab es keine Parkplatzprobleme mehr an dem

Strand, der zur Gemeinde Brodersby gehörte. Besonders schön waren die Gebäude dort zwar nicht – eher typischer Siebzigerjahre-Betonklotzstil. Aber das kleine Café entschädigte mit einem liebevoll dekorierten Inneren, köstlichen Kuchen und einer wunderbaren Sicht auf die Ostsee.

Jan hätte ein schneller Kaffee im Strandcafé gereicht, um dann sofort zum Söbyer See zu fahren, aber Lena hatte andere Vorstellungen.

Auf dem Weg zur Steilküste war Tarzan wie verwandelt, tobte durch die Wellen und jagte jedem Stock hinterher, den Lena warf.

Jan war das nur recht. Sonst war er gerne am Meer. Gerade die Steilküste mit ihrem wilden Charme hatte eine ablenkende Wirkung auf ihn, wenn Bilder aus der Vergangenheit ihn einzuholen drohten. Doch heute war er einfach nur ungeduldig.

»Ach, nö. Das muss ja nun nicht sein«, sagte Lena plötzlich und machte eine Miene, als ob sie Zahnschmerzen hätte.

Deutlich später als sie erkannte schließlich auch Jan das Paar, das ihnen entgegenkam. Auf eine weitere Begegnung mit Heiner Zeiske – nun in Begleitung seiner grauhaarigen, etwas pummeligen Frau – hätte er verzichten können.

»Wortlos vorbeigehen ist wohl nicht«, murmelte Lena.

»Leider ...«

Lena gelang immerhin ein freundliches Lächeln, was seinen eigenen Gesichtsausdruck anging, war Jan nicht sicher.

Heiner blieb stehen und verzog den Mund. »Zweimal an einem Tag ... Aber wenigstens nun unter angenehmeren Umständen.«

Was sollte er dazu sagen? Jan nickte lediglich.

Heiners Frau schien sich extrem unwohl zu fühlen und betrachtete so interessiert einige Steine im Sand, als ob es sich um die englischen Kronjuwelen handeln würde.

»Das ist übrigens meine Frau Irene«, stellte Zeiske sie ihnen offiziell vor.

Lena und Jan lächelten. »Lena kennen Sie ... Ich meine, kennt ihr ja«, erwiderte er nicht besonders geschickt. »Hast du noch was von deinen Ex-Kollegen gehört?«

Ärger blitzte in Heiners Miene auf. »Guter Punkt. Da hake ich morgen wieder nach, wenn nicht mehr diese Deppen aus Eckernförde Dienst haben, sondern ein paar von meinen alten Kumpels. Mir gefällt es gar nicht, dass die das vorhin alles einfach so als bedauerlichen Unfall eingeordnet haben. Meiner Meinung nach sollte die Kripo schon die Ermittlungen übernommen haben. Ich mach da noch mal ordentlich Dampf.«

Seine Empörung schien ehrlich zu sein. Ehe Jan die hitzigen Äußerungen kommentieren konnte, grinste Heiner etwas gequält.

»Ich kann mir gut vorstellen, was du denkst«, erklärte er mit fester Stimme. »Aber es ist ein Unterschied, ob ich mal ein Auge zudrücke, weil einer nach einem Ehekrach und einem Glas Köm zu viel noch hundert Meter geradeaus fährt, oder ob es um Kapitalverbrechen geht. Da verstehe ich keinen Spaß!«

Langsam hob Irene Zeiske den Kopf, bis sie ihren Mann direkt ansah. »Du hast es nicht nötig, dich zu verteidigen!« Sie deutete mit dem Zeigefinger auf Jan. »Weißt du eigentlich, wie mein Sohn im Gefängnis leidet? Das ist einfach kein Ort für ihn.«

Heiner atmete scharf ein. »Das ist seine Schuld und nicht die von Jan! Klaus mag da am Anfang reingeschliddert sein, aber er hätte aussteigen müssen. Spätestens als es erste Todesopfer gegeben hat.«

Zeiskes klare Einschätzung nötigte Jan Respekt ab. Er nickte erneut und wollte etwas sagen, aber Lena kam ihm zuvor.

»Hätte sich Jan vielleicht umbringen lassen sollen?«, erkundigte sie sich erstaunlich sachlich, denn ihre Augen funkelten vor Wut.

Irene zog den Kopf ein.

»Ich verstehe, dass es für eine Mutter schwer ist, den eigenen Sohn dort zu sehen«, fügte Lena ruhig hinzu.

»Vor allem, wenn man sich jeden Tag fragt, was man falsch gemacht hat«, erwiderte Irene leise und schluckte. »Aber genug davon. Mein Mann hat jedenfalls nichts Böses gemacht. Das wollte ich klarstellen. Und du, Jan, du solltest dich vielleicht lieber um deine Konkurrenz kümmern. Das geht ja mal gar nicht, was da gerade läuft. So ein Scharlatan!«

Sie ging einfach weiter, ehe Jan nachfragen konnte, über wen sie sich dermaßen aufregte. Seine Praxis war die einzige weit und breit, die nächsten Ärzte gab es erst wieder in Kappeln, der nächstgrößeren Stadt.

»Ich melde mich«, versprach Heiner und Jan wusste nicht, ob er sich deswegen freuen sollte.

Ratlos sah er ihnen nach und streichelte abwesend Tarzan, der seinen Kopf an seinem Bein rieb. Angestrengt überlegte er, ob es nicht tatsächlich ein paar Patienten gab, die er schon länger als üblich nicht mehr gesehen hatte. Er hatte zwar ausreichend zu tun, aber übermäßig ausgelastet oder gar überlaufen war seine Praxis nicht. »Weißt du, was oder wen sie meinte?«, fragte er Lena.

»Nee. Aber das bekommen wir raus. Du fragst Gerda und deine Fußballjungs und ich nehme mir Erna vor. Das wird wieder so ein Ding sein, worüber man mit Zugereisten nicht spricht.«

»Also manchmal nervt dieses Dorfleben. Ich dachte, wir gehören mittlerweile dazu.«

Lena hakte sich grinsend bei ihm ein. »Tust du auch, Doktor Jan. Und das hast du in Rekordzeit geschafft. Aber es gibt da diesen kleinen Rest, den du erst erfährst, wenn du in mindestens zweiter, wenn nicht sogar dritter Generation hier lebst.«

»So was wie die Tatsache, dass mein Vorgänger etwas sehr selbstherrlich entschieden hat, wer leben und sterben sollte?« Jan konnte nicht verhindern, dass er bitter klang.

Lena nickte und kuschelte sich an ihn. »Genau. Das wird wieder was sein, das auch deine engen Freunde, also Jo, Jörg und Felix, nicht wissen, sonst hätten sie es dir gesagt. Und deine Kumpels vom Fußball haben das bestimmt nicht für wichtig gehalten. Wir bekommen schon raus, was sie gemeint hat. Und vergiss nicht, dein neuer Freund Heiner hat ja auch versprochen, sich zu melden.«

Da er sich noch nicht einmal daran gewöhnt hatte, den ehemaligen Polizisten zu duzen, hielt sich seine Begeisterung übers nächste Treffen in Grenzen. »Großartige Aussichten! Lass uns zum See fahren. Der Tag könnte nun langsam besser werden.«

Außer etwas platt gefahrenem Gras, das von den Einsatzfahrzeugen stammte, die rund um den Bootsanleger geparkt hatten, erinnerte nichts mehr an das frühmorgendliche Drama.

»Hm«, brummte Lena und tastete nach Jans Hand. »Es ist hier so idyllisch. An so einem Fleckchen Erde einen Mord zu begehen, kommt mir wie ein Frevel vor.«

Unwillkürlich musste Jan an die Schönheit der afghanischen Berge und Wüsten denken, die dennoch Schauplatz so vieler blutiger Gefechte gewesen waren.

»Das ist wie bei so vielen Dingen wieder einmal ein Fall, bei dem der Mensch keine Rücksicht auf die Natur nimmt.« Er spähte durch die Äste einer Weide auf die Wasseroberfläche des Sees. »Früher wäre hier vielleicht ein Ort gewesen, an dem die alten Priesterinnen ihre Kräuter gesammelt hätten.«

Verblüfft trat Lena einen Schritt zur Seite und ließ seine Hand los. »Solche Worte zum ›Alten Wissen‹ aus deinem Mund? Das hätte ich nicht erwartet.«

»Altes Wissen?«, hakte Jan nach.

»Klar. So nennt man alles, was sich mit Kräuterkunde, dem Wissen über den Jahreszeitenzyklus und solchen Dingen beschäftigt.«

»Das wusste ich nicht. Ich wusste auch nicht, dass du dich für so was interessierst.«

»Tu ich aber! Mit Kräutern kann ich nicht viel anfangen, aber den Einfluss des Mondes oder auch der Jahreszeit aufs eigene Befinden finde ich hochinteressant!«

Das klang so energisch, dass Jan darauf lieber nicht direkt einging. »Alles, was den Heilprozess oder die psychische Verfassung fördert, ist in Ordnung. Der Placeboeffekt hat ja auch seine Vorteile. Mir ging's bei meiner Bemerkung allerdings mehr um die Natur, die man früher noch mehr zu schätzen wusste und in Ehren hielt.«

Lena gab einen undefinierbaren Laut von sich. »Also gut, da sind wir uns einig.« Sie schielte kurz zu der Stelle, an der Reste des Blutflecks, den der Verstorbene hinterlassen hatte, noch gut sichtbar waren, und wandte den Kopf dann ruckartig ab. »Hier gibt es nichts mehr zu sehen. Wo stand der Schütze denn so ungefähr?«

In ihrer Nähe bellte Tarzan, dessen Leine Lena gelöst hatte. Jan sah sich um, entdeckte aber von dem Hund keine Spur und seufzte. »Wir müssen in die Richtung, aus der das Bellen kommt. Aber ich bin nicht sicher, ob wir tatsächlich die richtige Stelle finden.«

»Wir können es ja wenigstens versuchen«, erwiderte Lena und stapfte davon.

Damit hatte sie recht, auch wenn Jan sich mittlerweile fragte, was er eigentlich erwartet hatte: dass der Täter seine Brieftasche und ein Geständnis liegen gelassen hatte?

Der Schusswinkel schloss einen Jagdunfall aus – aber das war ihm auch schon vorher klar gewesen.

Jan wollte seiner Freundin folgen, als ihm etwas auffiel. »Lena! Warte mal kurz.«

Sekunden später stand sie wieder vor ihm. »Was ist denn?«

»Stell dich bitte mal da hin.« Er gab ihr noch ein paar Anweisungen, bis sie sich dort befand, wo am Morgen der geschniegelte Finanzberater gestanden hatte. Anschließend ging Jan zu der Stelle, an der Gerhardt von dem Schrot getroffen worden war.

Als er sich zu Lena umdrehte, sah sie ihn mit offenem Mund an und eilte auf ihn zu. »Ich weiß, worauf du hinauswillst! Der Tote stand vielleicht nur zufällig in der Schusslinie. Es hätte auch jemand auf Sanders gezielt haben können.«

»Ganz genau. Das heißt dann aber auch, dass der Schütze freie Sicht auf uns gehabt hat.« Jan trat dicht ans Ufer heran und fotografierte mit seinem Handy den Standort, an dem sich der Mörder befunden haben musste, wenn seine Theorie stimmte. »Okay, ich hab's. Lass uns deinen Köter suchen und uns dahinten umsehen.«

Lena sah ihn mit vor der Brust verschränkten Armen an.

»Unser Köter?«, schlug er vor.

»Schon besser, aber er hat auch einen Namen …« Lena drehte sich um und ging in die Richtung, aus der das Gebell kam.

Grinsend folgte er ihr.

Tarzan kläffte nun lauter. In der nächsten Sekunde krachte ein Schuss. Nach einer kurzen, eigentümlichen Stille erklang ein leises Gejaule.

Lena war wie erstarrt stehen geblieben.

»Du bleibst hier!«, befahl Jan und rannte los.

Kapitel 3

Äste schlugen Jan ins Gesicht, als er durch das Dickicht am Ufer sprintete. Er hatte nicht gewusst, dass man so viel Angst um ein Tier haben konnte, aber eins war schon jetzt sicher: Sollte tatsächlich jemand auf Tarzan geschossen haben, würde derjenige ein ernsthaftes Problem bekommen.

Er entdeckte etwas Rotes, das sich deutlich von den Blättern abhob. Jan beschleunigte noch einmal und erreichte eine kleine ebene Fläche zwischen den Bäumen, gerade groß genug für einen durchschnittlichen Personenwagen. Ein Mann in einem grellroten T-Shirt zielte mit einem Gewehr auf einen Busch.

»Hey!«

Als der Mann nicht reagierte, warf Jan sich auf den Typen und riss ihn zu Boden. Die Waffe landete neben ihnen.

Aus dem Gebüsch war ein klägliches Fiepen zu hören. Tarzan!

»Bleiben Sie ja liegen und bewegen Sie sich keinen Millimeter, wenn Sie nicht riskieren wollen, dass ich Sie bewusstlos schlage!«, drohte Jan. Er sprang auf, entlud das Gewehr und warf es ins Dickicht. Dann zwängte er sich durch die Äste und hockte sich neben Tarzan, der ihm sofort winselnd die Hand abschleckte.

»Ganz ruhig, mein Großer. Ich kann hier nichts erkennen. Kommst du her oder muss ich dich tragen?«

Am ganzen Körper zitternd, wollte Tarzan auf ihn zuhumpeln, doch nach einem Schritt blieb er stehen. Sein Halsband hatte sich an einem Ast verfangen.

»Das haben wir gleich. Einen Moment.« Jan löste den Riemen und half Tarzan aus dem Gebüsch.

»Hunde sind hier anzuleinen«, meldete sich der Kerl zu Wort.

»Sind Sie der örtliche Jäger?«, fragte Jan, ohne die Untersuchung von Tarzan zu unterbrechen. Langsam fuhr er mit der Hand an der Flanke des Hundes entlang und hielt sofort inne, als das Tier zusammenzuckte.

»Nein, aber ...«

»Dann halten Sie die Klappe, ehe ich *Sie* wie einen wildernden Hund behandle! Man sieht doch deutlich, dass Tarzan kein Streuner ist! Und wir waren auch in der Nähe! Ein lautes Rufen hätte gereicht.«

Da Jan unter seiner Handfläche Feuchtigkeit spürte, hatte er wohl die Wunde entdeckt. Aufgrund der schlechten Lichtverhältnisse zwischen den Bäumen und wegen Tarzans schwarzem Fell fiel die blutende Stelle kaum auf.

»Was ist passiert?«, fragte Lena außer Atem.

Jan verzichtete darauf, sie an seine klare Anweisung zu erinnern, die eigentlich nicht zu missverstehen gewesen war. »Leuchte mal mit der Taschenlampe deines Handys hierher«, bat er.

Endlich konnte Jan das Ausmaß der Verletzung erkennen: eine tiefe Schramme an der Flanke.

Tarzan hatte die Untersuchung leise wimmernd über sich ergehen lassen und drängte sich nun eng an Jans Bein.

»Alles gut«, sprach er beruhigend auf das Tier ein. »Wir fahren gleich in die Praxis und da verarzte ich dich.« Er zog sein T-Shirt aus und presste es auf die verletzte Stelle.

Lena war kreidebleich. »Wie schlimm ist es?«

»Unangenehm, aber ich denke, es ist nur eine Fleischwunde.« Jan sah den Mann, der mittlerweile vor Wut förmlich bebte, ruhig an. »Ihren Personalausweis! Ich will Ihren

Namen und Ihre Adresse haben, denn das hier wird noch Konsequenzen haben.«

Als der Kerl aufstand, richtete sich auch Jan rasch auf. Falls der Idiot handgreiflich wurde, wollte er nicht von vornherein in einer ungünstigen Position sein. Außerdem war Tarzan nicht so lebensgefährlich verletzt, dass er ihn sofort behandeln musste.

»Beruhige ihn«, bat er Lena stattdessen, bevor er seine ganze Aufmerksamkeit dem Fremden widmete.

Der Idiot grinste höhnisch. »Ich bin Ihnen überhaupt keine Rechenschaft schuldig! Ihr Köter ist hier ohne Leine herumgelaufen, was er nicht darf. Aus dem Weg jetzt! Ich will mein Gewehr wiederhaben!«

Jan war nicht sicher, ob an dem See ein Leinenzwang für Hunde galt, aber selbst wenn, war der Kerl vor ihm offenbar kein normaler Jäger. »Die Waffe können Sie sich bei der nächsten Polizeistation abholen. Die müsste in Eckernförde sein. Was machen Sie hier eigentlich? Es gilt doch für alle Tiere eine Schonzeit – außer Gänsen. Aber die werden morgens gejagt ...«

Die Hände zu Fäusten geballt, trat der Idiot noch einen Schritt auf Jan zu. »Sie halten sich wohl für sehr schlau?«

»Geht so. Aber ich werde jetzt Ihr Gewehr aufsammeln und meinen Hund mitnehmen. Und Sie geben mir Ihren Ausweis.«

»Halten Sie sich für einen Polizisten?«

Jan kam nicht dazu, zu antworten.

»Es wäre mir neu, dass Dr. Storm Polizist ist«, ertönte plötzlich eine Stimme. »Ich bin allerdings einer ...«

Ein Mann mit hellblonden Haaren und auffallend blauen Augen trat hinter dem Stamm einer dicken Weide hervor. Jörg Hansen warf Jan einen warnenden Blick zu, der überflüssig war. Denn Jan hatte nicht vor zu verraten, dass Jörg nicht nur Polizist, sondern auch einer seiner engsten Freunde war.

»Einiges habe ich bereits mitbekommen. Beginnen wir damit, dass der Hund hier nicht wie ein Streuner aussieht und Sie ganz sicher nicht der zuständige Jäger sind, denn den kenne ich. Ihre Papiere, aber ein bisschen schnell«, forderte Jörg.

Der Typ sah unsicher zwischen Jan und dem Polizisten hin und her. Dann hatte er sich entschieden – und zwar für die Flucht. Er sprintete los.

Fluchend folgte Jörg ihm und hatte ihn nach wenigen Metern eingeholt. Vorausgesetzt, Jan interpretierte das laute Geschrei des Idioten richtig.

Wenige Augenblicke später stand Jörg wieder vor ihm. »Was für ein Trottel! Du erwähntest ein Gewehr?«

Jan deutete in die Richtung, in die er die Waffe geworfen hatte. »Aber pass auf, da sind üble Brennnesseln.«

»Großartig. Übrigens ...«, Jörg gab Lena einen Kuss auf die Wange und blickte erneut zu Jan, »schön, euch zu sehen, und gut, dass das Riesenbaby nichts Ernstes abbekommen hat. Fahrt schon los. Ich melde mich nachher. Es wird eine Ewigkeit dauern, bis ich den Herrn versorgt habe.«

»Was machst du hier eigentlich?«

»Vermutlich das Gleiche wie du: Felix hat mich gebeten, mich vor Ort mal umzusehen. Er glaubt nämlich nicht an einen Jagdunfall. Du ja offenbar auch nicht.«

»He! Binden Sie mich gefälligst los!«, zeterte der Fremde in einiger Entfernung. »Das ist Freiheitsberaubung!«

Jan und Jörg grinsten sich kurz an.

»Viel Spaß mit dem Kerl«, meinte Jan. »Ich bin gespannt, was er hier wollte. Du kannst dich ja noch ein bisschen umsehen, ich muss los, um Lenas Riesenbaby zu versorgen. Brauchst du den Standort des Schützen?«

»Klar. Der Typ mit dem Gewehr läuft mir ja nicht weg«, stellte Jörg grinsend fest.

Jan schickte ihm das Foto per WhatsApp, bevor er sich schließlich wieder Tarzan zuwandte und ihn hochhob. Obwohl der Weg zum Audi nicht weit war, wollte Jan dem Hund die kleine Anstrengung ersparen.

Als er wegen des Gewichts das Gesicht verzog, lächelte Jörg boshaft. »War euer Marschgepäck beim Bund etwa leichter?«

»Es hat mir jedenfalls nicht das Gesicht abgeschleckt«, erwiderte Jan und drehte den Kopf zur Seite.

Lena hatte erstaunlich lange geschwiegen. Erst nachdem er den Hund sanft auf dem Rücksitz gebettet hatte, sah sie Jan übers Dach des Audis hinweg ernst an. »Ich denke, es ist besser, wenn du deine Waffe wieder trägst.«

Der Gedanke war Jan auch schon gekommen. »Stimmt. Du solltest dir wegen des Kerls von gerade eben allerdings keine Sorgen machen. Der erschien mir dämlich, aber harmlos. Es ist schon ein Unterschied, ob man auf ein Tier oder auf einen Menschen schießt.«

Erst als Lena kopfschüttelnd einstieg, wurde ihm klar, dass das vermutlich keine besonders kluge Bemerkung gewesen war.

In der Praxis bestätigte sich Jans Eindruck. Tarzans Verletzung war zwar schmerzhaft, aber letztlich nicht weiter dramatisch. Die Versorgung dieser Wunde traute er sich auch selbst zu, sodass er dem Hund einen Besuch in der Tierklinik ersparen konnte.

Während Lena Tarzan ablenkte und nach Strich und Faden mit allem verwöhnte, was Jans Kühlschrank hergab – inklusive einer Portion Roastbeef, die definitiv nicht für den Hund bestimmt gewesen war –, desinfizierte und nähte er die Schramme, nachdem er die Stelle örtlich betäubt hatte.

Lena verzog den Mund, als sie sah, dass Jan Tarzan ein paar Haare abrasiert hatte. »Der Arme ...«

»Wir müssen jetzt nur aufpassen, dass er die Wunde nicht ständig aufkratzt oder womöglich an ihr nagt. Eine Halskrause wäre ...«

Lena blitzte ihn an. »Das ist Quälerei! Ich passe schon auf.«

Seufzend gab Jan die Diskussion verloren. »Wir sollten noch etwas abwarten, bis die Wirkung der Betäubung komplett nachgelassen hat. Er sollte das Bein sowieso schonen und nicht gleich durch die Gegend taumeln.«

Erst am Abend, als Jan und Lena es sich auf der Terrasse gemütlich gemacht hatten, kam Jörg vorbei und ließ sich auf den letzten freien Stuhl fallen. Da er einfach ums Haus herumgegangen war, verzichtete er auf eine Begrüßung und warf stattdessen einen prüfenden Blick auf Tarzan, der seit der Behandlung förmlich an Jan klebte.

»Hat der Dicke es gut überstanden?«

Lena kniff die Augen zusammen. »Tarzan geht es bis auf einen bösen Schock gut. Wenn du ihn allerdings noch einmal so nennst, wird es dir sehr schlecht ergehen.«

Abwehrend hob Jörg die Hände. »Huch, bring mich nicht um. Meinetwegen ist er eben nur flauschig. Bekomme ich ein Bier?«

»Wenn du es dir holst«, gab Lena zurück.

Jan wies auf Tarzan. »Ich würde ja gehen, aber wenn ich aufstehe, will er garantiert mit. Dabei soll er sich noch schonen. Hol einfach zwei Flaschen und dann erzähl, was du rausgefunden hast.«

»Und noch ein Glas Weißwein«, bestellte Lena.

Seufzend stand Jörg auf. »Ihr wisst echt, wie man Gäste behandelt. Soll ich vielleicht auch noch salutieren?«

Lena winkte ab. »Meinetwegen nicht. Aber vielleicht für Jan?«

»Lass mal, ich glaube nicht, dass er das vernünftig hinbekommt ...«

Jörgs Blick hatte es in sich, aber er ging ins Haus. Als er zurückkam, brachte er nicht nur ein Tablett mit Getränken, sondern auch einen Hundekeks für Tarzan mit.

Nachdem sie alle versorgt waren und der Hund krachend an seinem Keks kaute, kam Jörg sofort auf den Zwischenfall am See zu sprechen. »Da stinkt einiges ganz gewaltig«, begann er. »Ich werde Montag mal die Kripo in Kiel auf die Sache ansetzen, denn die Kollegen aus Eckernförde waren meiner Ansicht nach mit ihrem Bericht ein wenig zu schnell bei der Hand. Von wegen Jagdunfall. So daneben kann man gar nicht schießen!«

»Finde ich auch und habe ich auch gefühlte neunundneunzig Mal zu Protokoll gegeben.«

»Ich will das gar nicht schönreden, was da gelaufen ist, aber die Situation ist schon durch die Zuständigkeiten ziemlich vertrackt.«

Jan trank einen Schluck Bier und überlegte, was Jörg meinte. »Wieso? Dafür ist doch Kiel zuständig, oder? Wir haben bei diesem Umweltskandal ja auch mit den dortigen Kollegen zusammengearbeitet.«

Jörg grinste spöttisch. »Da hatten wir über Markus unsern direkten Draht zum LKA, das bei Wirtschaftsverbrechen aller Art ermittelt. In dem aktuellen Fall ist es komplizierter. Eckernförde gehört zur Polizeidirektion Neumünster. Wenn es sich allerdings um ein Tötungsdelikt handelt, kommt die Kieler Kripo ins Spiel. Wenn nicht, bleibt es bei den Kollegen vor Ort. Es wäre viel einfacher, wenn wir das Ganze gleich als Fall fürs LKA definieren könnten, aber mir fällt nichts ein, womit man das begründen könnte.«

Jan seufzte. »Eure Zuständigkeit ist ähnlich bescheuert geregelt wie die bei der Bundeswehr. Trotzdem würde mir aber vielleicht was einfallen ...« Er zögerte und sah Jörg an, bevor er fortfuhr. »Dieser dubiose Finanzberater könnte das eigentliche Ziel gewesen sein. Das wäre dann doch wieder ein Wirtschaftsverbrechen ... also indirekt.« Da Jörg ihn ratlos ansah, erklärte Jan ihm, was er im Internet über das Opfer und den Zeugen herausgefunden hatte.

Jörg nickte nachdenklich. »Klingt tatsächlich gar nicht so weit hergeholt. Aber verrate mir bitte, warum wir uns privat dahinterklemmen sollten? Das ist Sache der Polizei – welcher auch immer.«

»Weil ich es persönlich nehme, wenn einer vor meinen Augen verblutet? Weil auch Felix in Gefahr war? Weil ...«

Lena hob ihr Glas. »Weil ihr euch langweilt! Weil ihr glaubt, es geht ohne euch nicht! Weil ihr wie die kleinen Kinder seid! Prost!«

Jörg und Jan erwiderten den Gruß mit ihren Bierflaschen und grinsten lediglich. Dabei hätte Jan durchaus noch einen ernsten Punkt gehabt, den er jedoch nicht ausgesprochen hatte: Er machte sich Sorgen um Felix. Sein Freund war schon immer ein Tierschützer gewesen, aber durchweg vernunftgesteuert. Eine solche Aktion passte nicht zu ihm, sondern hatte vermutlich etwas mit diesem ominösen Verein zu tun, auf den er im Internet gestoßen sein musste. Da der angebliche Jagdunfall direkt dorthin führte, würde Jan sich die Gruppe einmal genauer ansehen. Auch wenn Jörg es nicht explizit erwähnt hatte, vermutete Jan, dass auch dessen Überlegungen in diese Richtung gingen. Aber es war besser, wenn Lena sich über sie lustig machte, als wenn sie sich sorgte.

»Dann erzähl mal, was es mit diesem Mistkerl auf sich hat, der auf Tarzan geschossen hat«, bat Jan seinen Freund schließlich.

»Tja, ich habe natürlich die Kollegen gebeten, eine Anzeige aufzunehmen, aber du weißt ja, wie es ist. Ein Tier ist vor dem Gesetz eine Sache und der Kollege wusste auch nicht so recht, ob Tarzan am Seeufer ohne Leine rumlaufen durfte. Aber ich habe betont, dass der Kerl unkontrolliert in eure Richtung geschossen hat. Damit hatte er dann doch ein Problem und seine Flinte wurde erst einmal einbehalten. Aber ich denke, außer einer Ermahnung und einem Ordnungsgeld wird dabei nicht viel rauskommen. Er hat keine Vorstrafen, heißt Reik Pawlik und wohnt in Kappeln. Es war nur noch auffällig, dass er keinen richtigen Grund angeben konnte, was er am See eigentlich wollte. Eine Jagdausrüstung hatte er auch nicht mitgeführt. Wenn du mich fragst, hängt der irgendwie in dieser Schießerei von heute Vormittag mit drin. Ich habe nur leider keine Ahnung, worum es dabei überhaupt geht und wieso man Stunden später noch mal mit einer Flinte losziehen sollte.«

Lena lehnte sich in ihrem Stuhl zurück. »Vielleicht ist er ja gar nicht mit ihr losgezogen, sondern hat sie erst dort gefunden.«

Jan und Jörg sahen sich verblüfft an.

»Das würde erklären, warum er so ein unpassendes buntes T-Shirt trug«, überlegte Jan laut.

»So ein verdammter Mist, dass man bei Schrotmunition keine Waffe eindeutig zuordnen kann«, sagte Jörg.

Lena stellte ihr Glas weg, ohne getrunken zu haben. »Wie meinst du das? Oder warte … Ich verstehe. Bei einer Schrotflinte kann man die Tatwaffe nicht anhand der Kugeln sicher identifizieren. Richtig?«

»Genau. Man kann nur sagen: kommt infrage oder scheidet aus. Und das ist natürlich nur ein grober Anhaltspunkt.«

Nach kurzem Überlegen schüttelte Jan den Kopf. »Das würde aber doch dafür sprechen, dass der Täter sein Gewehr einfach wieder mitgenommen hat und nicht später wieder hingefahren ist, um es zu holen.«

Lena schien das Jagdfieber gepackt zu haben. »Aber nur, wenn du davon ausgehst, dass es ein Jäger war. Jemand anders hätte vielleicht die Flinte erst einmal versteckt und später geholt.« Sie überlegte einen Moment. »Oder es war dein neuer Freund, der doch ein zweites Gewehr gehabt und dir nur das erste gezeigt hat.«

»Neuer Freund?«, hakte Jörg sofort nach.

Jan erzählte ihm von dem Treffen mit Zeiske. »Ausschließen kann ich nicht, dass Lena recht hat. Wir sollten uns die Namen sämtlicher Teilnehmer besorgen und klären, wer wo gestanden hat. Dann sind wir einen Schritt weiter.«

Lena seufzte demonstrativ. »Und genau das wäre doch der Job der Polizei!«

Jan zog es vor, auf den Punkt nicht weiter einzugehen, denn eigentlich hatte sie recht. Er wechselte vorsichtshalber das Thema. »Sag mal, Jörg. Hast du irgendwas von einem Scharlatan gehört, der mir Konkurrenz macht?«

Prompt verschluckte sich sein Freund an seinem Bier. »Bitte was?«

Jan wertete das als ein Nein. Er überlegte, wo er als Nächstes ansetzen konnte. Aber mehr, als alle verfügbaren Quellen anzuzapfen, fiel ihm nicht ein. »Ich werde morgen früh mal die Brötchen an Ernas Kiosk holen«, verkündete er deshalb und erntete zustimmendes Nicken von Lena und Jörg.

Der kleine Laden verfügte über ein Sortiment, das jedem Spätkauf in Berlin Konkurrenz machen konnte, und war vor allem die inoffizielle Nachrichtenzentrale des Dorfes. Wenn jemand wusste, was hier vor sich ging, war es Erna. Blieb nur die Frage, ob sie es Jan auch erzählen würde.

Als Tarzan am Sonntag an der Schlafzimmertür kratzte, wollte Lena aufstehen und ihn rauslassen.

»Lass mal, das übernehme ich«, bot Jan an.

»Stimmt, du wolltest ja bei Erna Detektiv spielen«, sagte Lena gähnend und zog sich die Bettdecke bis über den Kopf.

So viel zu seinem Versuch, besonders fürsorglich wirken zu wollen …

Tarzan zog das Bein kaum noch nach und bewegte sich so gemächlich wie immer. Der Weg zum Kiosk war nur kurz, aber dennoch traf Jan einen Dorfbewohner, den er vom Sehen kannte und der auch schon um halb sieben unterwegs war. Zum Glück reichte ein ›Moin‹. Niemand erwartete in Brodersby um diese Zeit einen Klönschnack von ihm. Small Talk war noch nie sein Ding gewesen und ohne ausreichend Kaffee schon mal gar nicht.

Am Himmel war keine Wolke zu sehen und es versprach, ein sonniger Tag zu werden. Da noch keine Fahrzeuge unterwegs waren, lag eine Stille über dem Dorf, die Jan an seine Zeit in den afghanischen Bergen erinnerte. Erst wenn man einige Zeit fernab von dem Lärm verbracht hatte, der zu jeder Kleinstadt dazugehörte, wusste man diese Stille zu schätzen.

Irgendwo bellte ein Hund, dann krächzte eine Krähe. Unwillkürlich blieb Jan stehen und entdeckte einen Schwarm der schwarzen Vögel in einem Baum. Die Krähen schienen ihn seit seinem Umzug nach Brodersby zu verfolgen. Obwohl er sonst nicht abergläubisch war, betrachtete er sie als Unglücksboten. Da aber ansonsten nur das Rauschen der Blätter im Wind zu hören war, schüttelte er über sich selbst den Kopf und ging weiter.

Nicht zum ersten Mal dachte Jan darüber nach, wie es wohl wäre, ein Haus direkt am Meer zu besitzen. Der Blick über die Ostsee und vor allem das Geräusch, mit dem die Wellen ans Land schlugen, gefielen ihm. Leider hatte er noch kein passendes Objekt gefunden. Er wollte weder in einer Ferienhaussiedlung wohnen, in der die Häuser so dicht nebeneinanderstanden, dass man vom eigenen Badezimmer direkt in die Küche der Nachbarn blickte, noch konnte er ein Vermögen für eine Alleinlage aufbringen. Vor einigen Jahren waren Resthöfe direkt an der Ostsee oder aber an der Schlei, wie die von Jo und Felix, noch bezahlbar gewesen. Aber dann hatten reiche Hamburger die Gegend für sich entdeckt und Immobilien aufgekauft, obwohl sie dort nur ihre Wochenenden verbrachten. Besonders gut war diese Entwicklung der idyllischen Gegend nicht bekommen: Junge Leute zogen fort, weil es wenig Arbeitsplätze gab, und für die Älteren wurde es schwieriger, weil einige Supermärkte dichtmachten und man mittlerweile ohne Pkw fast aufgeschmissen war.

Der köstliche Duft nach frischem Rührei riss ihn aus seinen Gedanken. Er hatte den Kiosk erreicht. Als er Tarzan draußen anbinden wollte, öffnete Erna die Tür.

»Nimm den armen Kerl mal mit rein. Ist noch niemand da, und wenn jemand kommt und sich gestört fühlt, soll er nach Kappeln oder Karby fahren. Ich hole dem Kleinen mal was Leckeres.« Erna drehte sich um und warf ihm dann über die Schulter einen entschuldigenden Blick zu. »Ach ja, moin, Jan. Ein Brötchen mit Rührei, eines mit Mettwurst und 'nen Pott Kaffee? Die Brötchen für Lena packe ich extra ein.«

Eigentlich hatte er vorgehabt, nur etwas zu trinken, aber das Angebot klang zu verführerisch. Es war einer der Nachteile eines Dorfes, dass jeder jeden kannte, hatte manchmal aber auch Vorteile. Wenig später kaute Tarzan zufrieden an einem Stück Mettwurst, das als Brotbelag locker eine Woche für Jan und Lena gereicht hätte, und die versprochenen Brötchen und der Kaffee standen vor Jan auf einem Stehtisch.

Erna sah ihn mit etwas schief gelegtem Kopf an. »Was hast du denn auf dem Herzen, dass du am Sonntag hier auftauchst?«

War er wirklich so leicht zu durchschauen? »Vielleicht will ich ja nur Lena etwas abnehmen …«

»Nee, mien Jung, das kannst du jemand anderem erzählen. Geht's um den Jagdunfall, an den hier keiner glaubt? Ich habe einen ordentlichen Schrecken bekommen, dass du und Felix da so dicht dran gewesen seid.«

»Eigentlich nicht, aber wenn du was darüber weißt, höre ich es mir gerne an.«

»Na, jetzt bin ich erst recht gespannt, was dich so früh aus den Federn getrieben hat.«

»Die Frau von Heiner Zeiske hat mir gestern vorgeworfen, nichts gegen einen Konkurrenten zu unternehmen, den sie dann auch noch als Scharlatan bezeichnet hat.«

Erna hob eine Augenbraue. »Na, das nenne ich mal frech.«

»Finde ich auch, denn ich habe nicht die leiseste Ahnung, von wem sie überhaupt spricht.«

Auffordernd sah er die Kioskbesitzerin an, die sich prompt abwandte und die blitzsaubere Theke mit einem weichen Tuch polierte.

»Erna!« Jan biss von seinem Brötchen ab und wartete.

Endlich seufzte Erna und blickte ihn wieder direkt an. »Das ist ja nun mal ein bisschen kompliziert und ich will da auch nichts Falsches sagen. Aber andererseits hättet ihr euch schon längst mal treffen sollen. Sonntags ist sie meistens unterwegs, aber fahr mal in der Woche bei ihr vorbei.«

»Ihr? Ich dachte, es geht um einen Mann.«

»Geht es ja auch. Aber der Weg zu ihm sollte über Schaima führen.«

»Über wen?«

»Schaima. Auf dem Weg zum Strand kommst du an ihrem Haus vorbei. Es liegt etwas abseits der Straße inmitten von Bäumen. Es ist leicht zu erkennen, weil der Vorgarten recht bunt ist.«

Jan hatte keine Ahnung, was das nun wieder heißen sollte oder wer die Frau war. Er hatte den Namen bisher noch nie gehört und das Haus war ihm auf dem Weg zur Ostsee auch nic aufgefallen – noch nicht einmal ein Waldstück. Außerdem gab es mehrere Wege, die vom Dorf aus ans Meer führten. Anscheinend sah Erna ihm seine Ratlosigkeit an, denn sie lächelte verschmitzt.

»Du oder auch Lena hättet sie schon kennengelernt, wenn ihr sie gebraucht hättet. Sie lebt sehr zurückgezogen, ist aber eine ganz Liebe. Und nun genug damit. Kommen wir zu dem Mord am See!«

Das nannte man einen Themenwechsel! Außerdem musste er bei ›Mord am See‹ sofort an einen Agatha-Christie-Krimi denken. Er aß deshalb zunächst lieber weiter sein Brötchen, während Erna zu Hochform auflief.

Die Kioskbesitzerin beschrieb den Vorsitzenden des Tierschutzvereins wortreich als einen arroganten Schnösel, der eigene Interessen und ganz bestimmt nicht das Wohl der Vierbeiner im Sinne hatte. Richtige Beweise hatte sie dafür eigentlich nicht, nur seinen Auftritt in ihrem Kiosk, als er nach einem veganen Brötchen gefragt hatte.

Jan musste sich ein Lachen verkneifen. Ernas strafender Blick machte die Sache nicht gerade einfacher.

»Reiß dich besser zusammen, Jan«, warnte sie. »Ich habe gerade ein Buch gelesen, in dem die Besitzerin eines Diners jedem, der ihr komisch kam, mit Chili gewürzte Pommes serviert hat. Die waren so höllisch scharf, dass mir schon beim Lesen heiß wurde.«

Jan betrachtete den Rest Rührei auf seinem Brötchen. »Ist das eine Drohung?«

»Aber so was von!«

Er zog es vor, wieder das eigentliche Thema anzusprechen. »Und der, der erschossen worden ist?«

»Ein typischer Weltverbesserer, der sich mit jedem anlegte, wenn es sein musste. Ich weiß nur, dass er was gegen die Ferienhäuser in Olpenitz hatte. Aber damit ist er ja nicht alleine.«

Da er gerade kaute, stimmte Jan ihr mit einem Brummen zu. Auf dem ehemaligen Militärgelände waren an der Grenze zwischen Schlei und Ostsee etliche Häuser entstanden, die das Gebiet nicht gerade verschönerten. Er konnte nachvollziehen, dass Menschen aus der Region von dem Projekt nicht begeistert waren.

»Hatte er denn mit irgendjemandem besonders viel Streit?«

»Nee!« Erna schüttelte den Kopf. »Ich wüsste niemanden, der ihn so auf dem Kieker hatte, dass er ihm eine Ladung Schrot verpassen würde. Das war eher so ein grantiger Typ. Wenn du mich fragst, hat eher der andere, dieser junge Schnösel in den modischen Klamotten, richtige Feinde gehabt. Vielleicht hat er jemanden mit seinen Finanzanlagen übers Ohr gehauen.«

»Hast du so etwas gehört?«

Erna breitete die Arme aus. »Glaubst du vielleicht, hier ist was für so 'nen neumodischen Kram zu holen? Geh mir ab! Der hat mir mal einen Hochglanzprospekt über eine von diesen hässlichen Windmühlen hiergelassen. Das Heft stank so schrecklich, dass ich es gleich raus in die blaue Tonne gebracht habe. Ich kenne keinen, der bei ihm Kunde ist. Aber rede doch mal mit ihm. Du als Doktor hast doch da ganz andere Möglichkeiten.«

Jan wollte sie gerade darauf hinweisen, dass er keineswegs im Geld schwamm, da winkte Erna schon schmunzelnd ab.

»Ich meine doch nur, du sollst so tun, als ob bei dir was zu holen wäre! Ich bin doch nicht von gestern und weiß, dass nur die Ärzte in der Stadt das große Geld verdienen. Die mit ihren schicken Praxen, mit all den neumodischen Apparaten. Die Orthopäden, Radiologen und die anderen mit ihrem Dialysekram.«

Wie immer war Erna absolut umfassend und korrekt informiert. Auch wenn ihm die Gestaltung des ärztlichen Abrechnungssystems oft genug den Appetit verschlug, galt das nicht für Ernas Frühstück. Deswegen nickte Jan nur und widmete sich seinem Mettwurstbrötchen.

Einige Minuten redeten sie über Belanglosigkeiten, aber zum Abschied sah Erna ihn noch einmal ernst an. »Ich mache mir Sorgen um Felix.«

Diese kurze und knappe Formulierung ließ Jans Alarmglocken läuten. »Meinst du wegen des Tierschutzvereins?«

»Ja, genau. Das passt nicht zu ihm. Geht es ihm schlechter?«

Es war kein Geheimnis, dass Felix an Krebs erkrankt und von seinen früheren Ärzten mehr oder weniger aufgegeben worden war. Auch Jan konnte ihm nur noch dabei helfen, mit den Schmerzen zu leben.

Ernas Nachfrage brachte ihn eigentlich an die Grenzen der ärztlichen Schweigepflicht, aber im Dorfleben galten teilweise etwas andere Spielregeln. »Mir hat er nichts gesagt«, erwiderte Jan zögernd. »Auch nichts von seinen merkwürdigen neuen Freunden. Ich hake da morgen mal nach. Im Moment ist Liz noch bei ihm.«

Erna seufzte. »Es wäre besser für beide, wenn deine Tante ganz zu ihm ziehen würde.«

»Ich weiß, aber das müssen die zwei unter sich klären. Und immerhin hat Liz ihren Job in Hannover.«

»Das ist ein Grund, aber kein Hindernis. Und was ist eigentlich mit dir und Lena? Wird die ewige Pendelei zwischen zwei Wohnungen nicht langsam nervig?«

Das Thema würde er bestimmt nicht mit Erna diskutieren! »Apropos Lena«, lenkte er deswegen ab. »Ich gehe dann mal lieber, ehe ich Ärger bekomme. Tschüss!«

Zum Glück folgte Tarzan ihm ohne Aufforderung. Ernas Lachen überhörte Jan einfach.

Kapitel 4

Obwohl Lena ihm vorgeschlagen hatte, das sonnige Wetter für eine Motorradtour auszunutzen, brachte Jan es nicht fertig, sie und Tarzan alleine zu lassen. Ohne die Verletzung wären die beiden an den Strand gegangen oder hätten im Garten etwas herumgetobt, aber so erschien es ihm unfair, einfach wegzufahren.

Trotzdem war er mit dieser Situation nicht besonders unglücklich. Bis zum Abend konnten sie auf der Terrasse sitzen und die warmen Temperaturen genießen. Erst als mit der Dunkelheit auch die ersten Mücken auftauchten, zogen sie in den Wintergarten um.

Tarzan stand erwartungsvoll vor der großen, bequemen Doppelliege, aber Lena blieb hart. »Du kommst hier nicht rauf«, belehrte sie ihn mit strenger Stimme. »Denn wenn ich damit erst einmal anfange, bekomme ich dich da nie wieder runter.«

Mit einem beeindruckenden Gähnen legte sich der Hund so vor das Möbelstück, dass Jan über ihn hinwegsteigen musste. »Ich hätte nicht gedacht, dass du seinem Dackelblick widerstehen kannst«, zog er Lena auf und legte einen Arm um sie.

Lena schielte zu Tarzan. »Ist mir auch schwergefallen«, gab sie zu und kuschelte sich an Jan. »Es war wirklich lieb von dir, dass du heute bei mir und unserem invaliden Hund geblieben bist, statt dich auf deine Ninja zu setzen oder dich mit Jörg zu treffen. Ich fand es übrigens auch großartig, dass du Tarzan gestern am See als deinen Hund bezeichnet hast.«

Jan wusste nicht, was er sagen sollte, und entschied sich für ein unbestimmtes Brummen. Im selben Moment hörte er ein scharrendes Geräusch, das er im ersten Moment nicht einordnen konnte. Dann erkannte er, dass sein Handy auf einem der kleinen Beistelltische lag und vibrierte.

»Bitte kein Notfall«, kommentierte Lena, als sie den Arm ausstreckte und Jan das Telefon gab.

Er sah aufs Display. »Hm, Liz. Und das um diese Zeit?« Er nahm das Gespräch an, kam aber nicht dazu, etwas zu sagen.

»Du musst sofort nach Felix sehen!«, forderte seine Tante, ohne sich mit einer Begrüßung aufzuhalten.

»Nun mal langsam. Was ist denn los?«

»Er geht nicht ans Handy. Und jetzt komm mir bloß nicht mit irgendwelchem Blödsinn. Es ist unser Ritual, dass ich ihn anrufe, wenn ich in Hannover angekommen bin. Das machen wir immer so! Wir wünschen uns eine gute Nacht und reden noch etwas miteinander. Das würde er nicht vergessen. Hat er auch noch nie.«

Jan sah auf die Uhr. Halb zehn. »Ich ...«

»Es ist ganz einfach«, unterbrach Liz ihn, »entweder siehst du nach ihm oder ich fahre zurück.«

Seine Tante mochte zwar manchmal etwas spontan sein, neigte aber nicht zu falscher Panik. Und mit Felix' Ausflug zum See hatte sie schließlich auch richtiggelegen. »Ich bin unterwegs«, sagte Jan daher nur.

Lena war schon aufgestanden. »Zieh dich an. Ich hole deinen Rucksack. Ist da alles drin?«

»Ja. Danke.«

Für Notfälle hatte Jan sich angewöhnt, immer ein paar Dinge, die über ein reines Erste-Hilfe-Set hinausgingen, griffbereit zu haben. Er überlegte kurz, Jo und Jörg zu informieren, die in unmittelbarer Nähe von Felix wohnten, entschied sich dann aber dagegen. Er selbst wäre schneller vor Ort als jeder Notarzt.

Dank Lenas Unterstützung war er wenige Minuten nach Liz' Anruf schon auf dem Weg zu Felix. Wenn die Sorge um seinen Freund nicht gewesen wäre, hätte er die schnelle Fahrt mit dem PS-starken Motorrad genossen. So aber konzentrierte er sich auf den Verkehr, überholte einige langsame Urlauber und hatte dann in neuer Bestzeit den Feldweg erreicht, der zu Felix' Resthof führte. Ohne Rücksicht auf die Schlaglöcher jagte er die Ninja über den Sand und stoppte direkt vor der Tür.

Jan drückte die Klinke herunter.

Nicht abgeschlossen.

Er betrat den Windfang. »Felix?«, rief er laut.

Ein lautes Bellen antwortete ihm. Rambo. Die Promenadenmischung kläffte, kam aber nicht wie sonst angerannt. Der Hund schien sich in Felix' Schlafzimmer aufzuhalten.

Jans Sorgen erreichten schlagartig neue Höhen. Er sprintete los. Kaum hatte er den Raum betreten, sprang Rambo an ihm hoch.

Felix saß auf dem Bett. Sein hageres Gesicht wirkte wie versteinert, seine Augen glänzten unnatürlich.

Jan wollte etwas sagen, dann erkannte er, dass Felix eines seiner beiden Meerschweinchen auf dem Arm hielt. Innerlich reihte Jan einen Fluch an den anderen. Sein Freund hing mit fast abgöttischer Liebe an Hannibal. Das Tier hatte ihm neuen Lebensmut gegeben, als Felix mit Brandwunden im Krankenhaus gelegen hatte. Es wäre eine Katastrophe, wenn ...

Jan packte Rambo am Halsband und zog ihn aus dem Raum. »Geh raus, Kleiner. Mach schon.« Kaum war Ruhe eingekehrt und der kläffende Hund verschwunden, setzte sich Jan neben Felix aufs Bett.

»Es geht zu Ende. Einfach so. Ohne Vorwarnung«, flüsterte sein Freund heiser.

Jan legte sanft eine Hand auf den Rücken des Meerschweinchens. Die Atmung war zu flach, der Puls kaum spürbar, eine Flanke zuckte unkontrolliert, so gut wie keine Muskelspannung. In einem solchen Zustand hatte er Hannibal noch nie erlebt. Er kannte ihn nur als unglaublich aktives Tier, das etliche Tricks beherrschte. Jan war kein Experte, spürte aber instinktiv, dass Felix recht hatte.

»Kannst du etwas tun? Irgendwas? Bitte.« Felix' leise Stimme war kaum zu verstehen.

Es fiel Jan unglaublich schwer, den Kopf zu schütteln. »Wir müssen ihn gehen lassen.«

Die ersten Tränen flossen bei Felix.

Jan konnte nichts anderes tun, als ihm einen Arm um die Schultern zu legen. Wie damals in Afghanistan, als sein bester Freund auf einer staubigen Piste verblutete, verfluchte er nun seine Hilflosigkeit.

Wenn es doch nur irgendein Wunder geben würde.

Für andere mochte Hannibal nur ein leicht ersetzbares Tier sein, aber Felix würde dieser Verlust hart treffen. So hart, dass sich Jan die Folgen nicht ausmalen wollte. Normalerweise konnten die Tiere acht, neun Jahre alt werden – Hannibal war noch keine fünf. Damit, dass er plötzlich sterben würde, hatte keiner von ihnen gerechnet, denn bis auf eine harmlose Magenverstimmung war das Tier immer topfit gewesen.

Mühsam drehte sich Hannibal noch einmal um. Da Felix' Hände zitterten, nahm Jan das Meerschweinchen sanft hoch und setzte es auf die Brust seines Freundes. In dieser Position hatte er die beiden oft zusammen gesehen. Das Tier schmiegte sich an Felix, zuckte noch einmal und wurde dann starr.

»Nein«, flüsterte Felix, umfasste Hannibal und vergrub sein Gesicht in dem wuscheligen Fell mit den schwarzen und braunen Flecken.

Jan hielt ihn fest, als die Schultern seines Freundes immer heftiger bebten. Mitanzusehen, wie sein Freund litt, brach Jan schier das Herz.

Das Leben konnte so verdammt unfair sein. Wieso ausgerechnet Hannibal? Es gab unendlich viele Meerschweinchen, die in irgendwelchen Käfigen vor sich hin vegetierten. Aber dieses eine Tier war so viel mehr für seinen Freund gewesen und hatte ihm nähergestanden als Rambo.

Felix hatte die Trennung von seiner Familie verkraftet, gelernt, sich mit dem Krebs zu arrangieren, und die Lebenserwartung seiner ehemaligen Ärzte weit übertroffen. Wie konnte das Schicksal ihn da so grausam bestrafen?

Jan war nie gläubig gewesen und das hier war für ihn ein weiterer Beweis dafür, dass er mit seiner Einstellung richtiglag. Wenn es eine höhere Macht gab, erfüllte sie ihren Job nicht besonders gut.

Erst als Felix wieder etwas ruhiger atmete, ließ Jan ihn los. »Ich suche etwas für Hannibal, in das wir ihn legen können.«

Sein Freund nickte. »Ich will ihn gleich begraben. Da, wo er am liebsten gelaufen ist.«

Das war zwar wegen der Dunkelheit keine besonders gute Idee, aber Jan würde Felix das nicht ausreden, sondern ihm helfen. Ehe er sich in der Küche nach einem Karton oder etwas Ähnlichem umsah, informierte er seine Tante und

Lena per WhatsApp und kündigte an, dass er bis zum nächsten Morgen bei Felix bleiben würde. Eine weitere Nachricht sendete er an Jörg. Da sein Freund die kommende Woche freihatte und bei Jo verbringen wollte, in dessen Haus er einen Zweitwohnsitz hatte, konnte er Jan ablösen, wenn es Zeit war, die Praxis zu öffnen.

Jörgs Antwort kam sofort. *Was für ein Scheiß. Bin morgen um sieben Uhr da und übernehme die Tiere.*

An die Pferde, Ponys und sonstigen Viecher in Felix' Stall hatte Jan noch gar nicht gedacht. Es hatte aber Vorteile, wenn Probleme gelöst wurden, ehe sie auftauchten.

Lena schickte ihm ein Herz und einen weinenden Smiley, gefolgt von einem kurzen Text. *Ich rufe Liz an. Es hilft niemandem, wenn sie jetzt womöglich extra wieder zurückfährt. Wir überlegen morgen, wie es weitergeht.*

Jan wurde schlagartig bewusst, wie dankbar er sein konnte: Gegenüber Lena und Jörg waren keine Erklärungen notwendig. Sie verstanden, was der Verlust für Felix bedeutete, und halfen sofort.

Felix hatte so gut wie kein Wort gesprochen. Erst als sie ihre traurige Aufgabe erledigt hatten, atmete er tief durch. »Irgendwie albern«, sagte er zusammenhangslos.

Jan hatte keine Ahnung, was er meinte. »Was?«

»Bei eBay Kleinanzeigen gibt's Meerschweinchen für unter zehn Euro.« Sichtlich verlegen wischte sich Felix über die Augen.

Jan hielt seine Hand fest. »Vergiss es. Ich weiß, was dir Hannibal bedeutet hat. Er war ein ganz besonderes Tier und es ist die normalste Sache der Welt, um ihn zu trauern. Es gibt nur eine Sache, die du berücksichtigen musst: Das Leben geht weiter. Das klingt so verdammt billig, ist aber so. Aufgeben ist nicht drin.«

Felix schnaubte, widersprach aber nicht, sondern fuhr sich durch die Haare.

»Du gehst ins Schlafzimmer und versorgst Hannibals Partner. Der wird nun deine Hilfe brauchen. Ich komme gleich nach. Ich will mir vorher nur noch überlegen, wie du wenigstens ein paar Stunden Schlaf bekommst.«

»Du kannst fahren, ich komme schon zurecht.«

»Würdest du mich allein lassen, wenn ein Freund von mir gestorben wäre? Also verlang das nicht von mir. Ich bleibe.«

Felix nickte knapp, aber Jan war die Erleichterung in Felix' Augen nicht entgangen. Zusätzlich zu der normalen Trauer hatte ihn der plötzliche und unerwartete Tod des Tiers vermutlich auch an seine eigene Sterblichkeit erinnert. Besorgt sah Jan seinem Freund nach, als er Richtung Schlafzimmer schlurfte. Schlagartig wirkte Felix, der noch keine sechzig war, um Jahre älter.

Auf der Suche nach Tee fiel Jan ein durchsichtiger Plastikbehälter in die Hände. Er öffnete den Deckel und schnupperte vorsichtig an der Mischung, die aus Blättern und klein geschnittenen Ästen zu bestehen schien. Angewidert verzog er den Mund. Der Geruch war streng, sogar etwas faulig. Das musste irgendein Tierfutter sein, das er nicht kannte.

Mit einem Becher Rooibostee, den er mit Honig und einem kräftigen Schuss Rum aufgewertet hatte, und einer Flasche Whisky samt passenden Gläsern ging er wenig später wieder zu seinem Freund.

Felix kehrte ihm den Rücken zu und streichelte das schwarze Glatthaarmeerschweinchen, das nun alleine in dem großen Gehege wohnte. Hannibal war so dominierend gewesen, dass Jan erst überlegen musste, bis ihm der Name des Tieres einfiel. Arthur.

Jan stellte die Flasche und die Gläser auf dem Nachttisch ab und reichte Felix den Becher. Erst hatte er den Eindruck, dass sein Freund das Angebot ablehnen wollte, aber dann nippte er doch an dem heißen Getränk.

Da Felix keine Anstalten machte zu reden, sah sich Jan im Schlafzimmer um. Es war deutlich zu merken, dass hier regelmäßig eine Frau übernachtete. Die bunten Kissen waren ebenso neu wie die beiden Kristalle auf dem Nachttisch. Auch auf der Fensterbank entdeckte er einen Teller, auf dem verschiedene Steine lagen. Die bunten Kissen überraschten ihn nicht, die passten zu Liz. Aber die Kristalle irritierten ihn. Nachdenklich nahm er einen davon. Der Brocken war schwer und so groß, dass er ihn kaum mit einer Hand halten konnte.

Seit wann interessierten sich Felix oder Liz denn für Geologie? Billig waren diese Dinger bestimmt nicht. Jan hätte eventuell mit einem Arrangement aus einigen schönen Steinen gerechnet, die man am Strand überall fand, aber nicht hiermit.

»Das ist die neueste Marotte deiner Tante«, erklärte Felix plötzlich.

Jan drehte den Kristall und beobachtete, wie sich das Licht darin brach. »Nett. Aber du meintest wohl, dass es die Marotte deiner Freundin ist …«

»Wie auch immer. Ich kann mit den Dingern nichts anfangen.«

»Die waren bestimmt ganz schön teuer«, überlegte Jan laut.

Felix' Miene verfinsterte sich schlagartig. »Es geht ihr um die Schwingungen. Die haben angeblich eine positive Wirkung. Wenn du mich fragst, ist das totaler Schwachsinn.«

Es dauerte einen Augenblick, bis Jan die Puzzleteile zusammengefügt hatte und sich ein Bild ergab. Allerdings keins, das ihm gefiel. »Was genau meint sie damit?«, erkundigte er sich bewusst neutral.

»Irgendwas mit Raumenergie. Ich lasse sie ihren Kram machen und habe meine Ruhe.« Felix stutzte. »Verdammt, ich habe Liz ganz vergessen. Sie wird sich Sorgen machen, wenn sie mich nicht erreicht. Ich suche mal mein Handy.«

»Bleib hier. Sie weiß Bescheid.«

Felix setzte sich aufs Bett. »Sie hat dich angerufen?«

»Ja. Und beschwere dich deshalb jetzt bitte nicht. Es ist doch normal, dass sich Freunde um einander kümmern. Du wärst doch auch vorbeigekommen, wenn Lena dich angerufen hätte, weil sie sich Sorgen macht.«

Felix ging nicht direkt auf Jans Worte ein. »Du kannst jetzt wieder fahren.«

»Kann ich, mach ich aber nicht. Es sei denn, du schmeißt mich raus. Erzähl mir nicht, dass du lieber alleine bist. Ich weiß, wie man sich fühlt, wenn man jemanden verliert. Sich zu vergraben, bringt einen aber nicht weiter. Du musst nicht die Fehler wiederholen, die ich gemacht habe.«

Felix' Mundwinkel hoben sich minimal. »Du meinst, nachts mit deiner Ninja durch die Gegend zu rasen?«

»Das meine ich.«

Felix schüttelte leicht den Kopf. »Du vergleichst das hier ernsthaft mit dem Tod deines Freundes in Afghanistan?«

»Warum denn nicht? Es ist doch egal, ob es um einen Menschen oder ein geliebtes Tier geht. Der Verlust und die Trauer hängen doch davon ab, welche Rolle derjenige in dem Leben eines Hinterbliebenen gespielt hat.«

Felix starrte ihn stumm an, schien aber nicht überzeugt zu sein, sondern immer noch mit einer gewissen Verlegenheit zu kämpfen.

Wenigstens das wollte und konnte Jan ihm ersparen. »Ich habe keine Ahnung, was es über mich als Mensch oder Arzt aussagt, aber Hannibals Tod trifft mich mehr als die Sache am See.«

Ungläubig blinzelte Felix, dann nickte er kaum merklich. »Mich auch. Mir fallen auf Anhieb viele Menschen ein, denen ich eher den Tod gewünscht hätte als meinem Meerschweinchen. Wenn ich dafür in die Hölle komme, ist es eben so.«

Jan legte den Kristall zurück und schenkte sich ein Glas Whisky ein. »Wenn das so sein sollte, dann können wir gemeinsam auf Hannibal anstoßen. Mir geht's nämlich auch so wie dir.«

Felix gab einen Laut von sich, der eine gewisse Ähnlichkeit mit einem Lachen hatte. »Wir sollten dafür sorgen, dass sich deine Einstellung nicht herumspricht. Das könnte einen ziemlich schlechten Einfluss auf deine Praxis haben.«

Jan grinste flüchtig. »Ich weiß, dass ich mich auf dich verlassen kann. Wie lief denn das Wochenende nach dem üblen Start am See für dich weiter?« Er hob schnell die Hand, als er bemerkte, dass die Frage zweideutig war. »Ich will nicht wissen, was du und Liz gemacht habt, sondern ob du ausreichend essen konntest und ob du Schmerzen hattest.«

»Ging so. Mir war etwas der Appetit vergangen. Auf Schmerzmittel habe ich verzichtet, weil ich von denen immer so verdammt müde werde, wenn ich nichts gegessen habe.«

Den Teufelskreis kannte Jan bereits. »Ich gebe dir etwas Leichteres als sonst. Zusammen mit dem Alkohol wird es dafür sorgen, dass du heute Nacht schläfst.«

»Erst ziehst du ein Tier einigen Menschen vor und jetzt kombinierst du Alkohol und Schmerzmittel? Du setzt gerade deinen Ruf als Arzt aufs Spiel.«

Jan lächelte nur. Bei Felix' Krankheit kam es darauf an, ihm das Leben lebenswert zu machen. Er fragte sich nicht zum ersten Mal, wie Liz damit umging, dass sie sich ausgerechnet in einen todkranken Mann verliebt hatte. Andererseits gehörte Felix neben Jörg und Jo auch zu Jans engsten Freunden und er würde trotz des absehbaren Endes auf keinen einzigen Tag verzichten wollen. Jan ahnte, dass es seiner Tante ähnlich ging.

Felix fuhr sich mit der Hand über die Stirn. »Mir fällt da noch was ein. Ich wollte dich Montag besuchen, nicht wegen der Sache am See. In meinem Arbeitszimmer liegt ein ganzer Stapel Papierkram. Lies dir mal das Schreiben durch, das ganz obendrauf liegen müsste. Du weißt schon, welches ich meine, wenn du es siehst. Es hätte eigentlich an dich gehen sollen.«

Dass Felix nicht selbst aufstand, verriet Jan einiges. »Ist der Bericht von deiner letzten Untersuchung da?«

»Ja.«

Eigentlich lehnte Felix jede Behandlung seiner Krebserkrankung ab, aber Jan hatte ihn überredet, regelmäßig sein Blut untersuchen zu lassen, um wenigstens einen Anhaltspunkt über das Wachstum des Lebertumors zu haben. Dass sein Freund ihn nun sogar auf das Ergebnis ansprach, alarmierte ihn.

Er ging über den Flur ins Arbeitszimmer. Normalerweise herrschte hier eine akribische Ordnung, nun lag auf dem Schreibtisch der angekündigte Papierstapel.

Das oberste Blatt war jedoch ... Jan stutzte, nahm es in die Hand und überflog den Ausdruck.

Nun hatte er eine ungefähre Vorstellung, warum sein Freund sich mit den Männern morgens am See getroffen hatte. Dieser ominöse Tierschutzverein hatte Felix einen Fragebogen geschickt, der die Grundlage für eine mögliche monatliche Unterstützung für Futter bilden sollte. Felix hatte etliche Tiere auf dem Hof aufgenommen, die hier ihr

Gnadenbrot erhielten, doch es war für ihn nicht einfach, die Kosten aufzubringen.

Jan legte das Schreiben zur Seite. Das nächste Blatt war der Laborbericht. Er überflog die Werte, runzelte die Stirn und überprüfte eine der Zeilen ein weiteres Mal. Das Ergebnis war interessant. Wenn hier kein Fehler vorlag, dann war der Tumor geschrumpft. Das kam immer mal wieder vor und war leider kein Hinweis auf eine mögliche Heilung, aber immerhin auch kein Signal einer drohenden Verschlechterung von Felix' Zustand. In jedem anderen Fall hätte Jan nun weitergehende Untersuchungen empfohlen, um sich Gewissheit zu verschaffen, aber da er wusste, wie Felix auf einen solchen Vorschlag reagieren würde, verwarf er den Gedanken sofort wieder.

Er kehrte ins Schlafzimmer zurück. Sein Freund saß unverändert auf dem Bett und starrte auf das Meerschweinchengehege.

Jan nahm wieder neben ihm Platz. »Die Werte gefallen mir«, sagte er nur.

»Meinst du ... Könnte der Tumor vielleicht eines Tages ganz verschwinden?«

Noch nie hatte Felix über die Möglichkeit einer Heilung gesprochen. Jan sah ihn eindringlich an. »Es gibt solche Fälle, die Medizin ist in dem Bereich noch lange nicht am Ende der Forschung angekommen. Aber die Wahrscheinlichkeit ist leider nicht besonders hoch. Ich würde die Entwicklung erst einmal so interpretieren, dass deine Lebensweise dir nicht schadet, sondern gut bekommt.«

»Das ist dann wohl eher dein Verdienst. Das Zeug, das du mir verschreibst, vertrage ich besser als das von deinem Vorgänger.«

»Vielleicht, aber deine gesunde Ernährung sorgt auch dafür. Du solltest allerdings nach wie vor allzu viel Stress meiden.«

Jan sah zu dem Meerschweinchen und verzog den Mund. Das war eindeutig der falsche Moment für einen solchen Rat gewesen.

Aber Felix grinste flüchtig. »Du meinst, ich sollte Schießereien am See und Todesfälle vermeiden? Ich arbeite dran.«

Jan nahm ihm den leeren Teebecher ab, schenkte einen Fingerbreit Whisky in das zweite Glas und reichte es seinem Freund. »Genau das meinte ich! Seit wann riskierst du für ein paar Gänse deinen Hals?«, fragte er und setzte sich wieder neben Felix aufs Bett.

»Das war so nicht beabsichtigt. Ich bin doch nicht auf Selbstmord aus! Das könnte ich einfacher haben.«

So ganz überzeugt war Jan nicht, denn Stimmungsschwankungen und auch eine latente Todessehnsucht waren bei schweren Erkrankungen nicht ungewöhnlich. »Überzeug mich«, forderte er Felix deswegen heraus. »Was wolltest du da heute Morgen? Und woher kennst du die beiden Männer eigentlich?«

»Tu ich doch gar nicht. Also nicht so richtig.«

»Das hast du am See auch schon gesagt. Jetzt mal raus mit der Sprache. Wieso stürzt du dich mit zwei Unbekannten in ein solches Abenteuer?« Im letzten Moment hatte Jan eine zutreffendere Bezeichnung vermieden, mit der er seinen Freund beleidigt hätte.

»Nachdem ich über den Hashtag *#Naturschutzschwansen* auf die Gruppe gestoßen war und mich ein wenig an den Diskussionen auf Facebook beteiligt habe, hatte Arne mir angeboten, dass der Verein mich eventuell unterstützen würde. Einen Zuschuss zum Futter könnte ich ja gebrauchen. Er meinte dann, es käme ganz gut an, wenn ich nicht nur auf dem Papier schreibe, was ich für Tiere tue, sondern auch noch etwas Engagement zeige. Daraufhin hat er mir sehr anschaulich geschildert, wie unfair auf Gänse Jagd gemacht wird. Mensch, ich dachte doch nicht ernsthaft daran, vor eine Flinte zu geraten! Ich war der Meinung, das wird ein netter Ausflug am Morgen, ich brülle im richtigen Moment los und verjage die Vögel.«

Das klang schlüssig, wenn auch etwas naiv.

»Ich habe mir den Verein angesehen«, erwiderte Jan. »Irgendwie kommt er mir merkwürdig vor.«

Felix drehte sein Glas in der Hand. »Stimmt, irgendwie ist deren ganzes Auftreten etwas überdimensioniert. Aber du weißt doch: Einem geschenkten Gaul und so weiter. Ich habe Jörg auch schon danach gefragt.« Er grinste schief. »Sieht so aus, als wären wir wieder im Geschäft.«

Jan verstand die Anspielung auf ihre Ermittlungen vor einigen Monaten sofort. Das war genau das, was sein Freund brauchte, um über den Verlust seines Meerschweinchens hinwegzukommen. Er hob sein Glas. »Ich habe da sogar noch einen zweiten Fall, den wir uns vornehmen können. Aber erst einmal: Auf Hannibal!«

Felix stieß sein Glas gegen Jans. »Auf Hannibal. Run free, kleiner Freund. Du warst ein ganz besonderes Tier.«

Einen Augenblick schwiegen beide, dann gab Felix sich einen Ruck. »Was für einen zweiten Fall meinst du?«

Felix' Interesse wertete Jan als gutes Zeichen. »Vielleicht liege ich völlig falsch, aber ich fürchte, in dem steckst du schon mittendrin.« Er zeigte auf die Kristalle und erzählte Felix von seiner Begegnung mit Zeiskes.

»Mensch, das ist ja ein Ding!« Felix starrte ihn an. »Du meinst ernsthaft, Liz ist einem dieser spirituellen Geistheiler auf den Leim gegangen und hat ein Vermögen für solches Zeug ausgegeben?«

»Ich halte es für möglich.«

»Sie hat da auch noch einen Tee angeschleppt, aber von dem Geruch habe ich schon fast gekotzt.«

Jan dachte an den Plastikbehälter, den er in der Küche entdeckt hatte. »Den würde ich gerne mal mitnehmen und mir genauer ansehen. Ich würde dir die Brühe auch nicht wegtrinken.«

»Klar, mach das. Der steht da nur, weil ich Liz nicht verletzen wollte.« Felix betrachtete die Kristalle. »Nett anzusehen sind sie ja und gestört haben sie mich eigentlich auch nicht. Aber wenn Liz damit übers Ohr gehauen wurde, dann werde ich böse. Ich werde sie mal fragen, woher sie die Dinger hat.«

»Hast du schon mal den Namen Schaima gehört?«

»Nein. Doch, warte mal.« Felix überlegte einen Moment. »Bei Jo. Seine Frau hatte neulich irgendwas erzählt. Ich glaube, Schaima ist so eine esoterische Tante.«

Die beiden Männer sahen wieder zu den Kristallen.

Felix kratzte sich am Kopf. »Das würde ja zumindest schon mal passen. Ich frage mich nur …« Er brach mitten im Satz ab.

»Was denn?«, hakte Jan sofort nach.

Felix hob seine Hände und ließ sie wieder fallen. »Na ja, es geht mir ja gerade irgendwie besser.«

Kapitel 5

Jan hatte vergessen, den Vorhang in Felix' Gästezimmer zu schließen, sodass ihm die Sonne direkt ins Gesicht schien und ihn weckte, lange bevor der Alarm seines Handys ertönte. Gähnend sah er aufs Display und entschied sich aufzustehen.

Im Haus war es noch ruhig, aber das hatte er erwartet. Felix hatte ihm bis in die frühen Morgenstunden alle möglichen Geschichten über Hannibal erzählt und Jan hatte ihn einfach reden lassen, weil er spürte, dass sein Freund auf diese Weise Abschied nahm.

Nachdem ihn die Kaffeemaschine mit dem ersten koffeinhaltigen Getränk des Tages versorgt hatte, fühlte er sich munter genug, um die neuen Nachrichten auf seinem Handy zu überfliegen. Die besorgten Nachfragen von Liz und Lena beantwortete er und grinste dann über Jörgs Frage: *Schon wach?*

Schmunzelnd schrieb Jan *Nein* zurück.

Sekunden später erschien ein lachender Smiley.

Die nächste Nachricht kam von Andrea, der Witwe seines verstorbenen Freundes, und war länger als üblich. Sie hatten geraume Zeit überhaupt keinen Kontakt gehabt, weil Andrea Jan vorgeworfen hatte, Schuld am Tod ihres Mannes in Afghanistan zu sein. Seit einiger Zeit schrieben sie sich regelmäßig und hatten hin und wieder telefoniert. Michaels Familie liebte ebenfalls Meerschweinchen und Ida, die Tochter, würde auch um Hannibal trauern. Jan hatte ihr einige Bilder des possierlichen Tieres geschickt.

Er las Andreas Nachricht ein zweites Mal und fluchte dann. Das deutsche Gesundheitssystem war doch wirklich das Letzte! Ida hatte sich ausgerechnet in den Sommerferien eine Lungenentzündung eingefangen gehabt und litt immer noch unter Atembeschwerden. Eigentlich sollte sie zur Erholung an die Nordsee, doch es stand nirgendwo ein freier Platz für eine Mutter-Kind-Kur zur Verfügung. Nun plante Andrea, ihre Tochter auf eigene Faust aus der Schule zu nehmen und mit ihr für zwei bis drei Wochen ans Meer zu fahren.

Jan rieb sich nachdenklich übers Kinn. Felix' Haus war für eine Person eigentlich zu groß. Der gesamte linke Flügel wurde praktisch nie genutzt, obwohl die Zimmer möbliert waren. Platz genug für zwei Gäste wäre dort. Vielleicht konnte er ja verschiedene Probleme mit einem Schlag lösen? Denn es gefiel ihm überhaupt nicht, dass sein kranker Freund alleine in dem großen Haus lebte, zumal ihm die Versorgung der Tiere auch nicht immer leichtfiel.

Keinen Schnellschuss! Attest kann ich dir ausstellen, habe eine Idee und melde mich nachher, antwortete er Andrea.

Jan überflog noch ein paar Schlagzeilen im Internet und stand dann seufzend auf. Da er jetzt sowieso schon wach war, konnte er Jörg dabei helfen, die Tiere zu füttern und die Ställe auszumisten.

Für Felix hatte er auch schon einen Auftrag. *Bekomm raus, woher Liz die Kristalle und den Tee hat! Inklusive Adresse. Aber unauffällig!*, schrieb er ihm per WhatsApp, überlegte und fügte dann noch hinzu: *Zusätzlich Hintergrundrecherche über deinen Gänseschutzverein. Insbesondere finanzielle Situation.*

Damit wäre Felix zumindest etwas beschäftigt. Sein Freund neigte dazu, in Grübeleien zu verfallen, die zu depressiven Stimmungen führten und bei seiner Krankheit lebensgefährliche Folgen haben konnten. Dagegen war Hannibal das ideale Heilmittel gewesen, für das Felix möglichst schnell einen Ersatz brauchte.

Jan war gerade dabei, den störrischen Ziegenbock zu überzeugen, ihn in seine Box zu lassen, als hinter ihm ein bekanntes Lachen erklang.

»Hast du Probleme?«, erkundigte sich Jörg anzüglich.

»Keine, die ich nicht mit einem gezielten Schuss lösen könnte! Hast du deine Dienstwaffe dabei?«

»Nee. Zum Stallausmisten brauche ich die eigentlich nicht.«

Zu zweit schafften sie es, Herrn Schröder zur Seite zu schieben, was er mit deutlich beleidigtem Gemecker kommentierte.

»Wie geht's Felix?«, wollte Jörg wissen.

»Geht so. Schöner Scheiß, das Ganze. Ich habe mir was als Beschäftigungstherapie ausgedacht.« In Kurzform brachte Jan seinen Freund auf den neuesten Stand.

»Alles klar. Klingt gut. Nebenbei: So ein paar Ermittlungen sind auch für mich die ideale Beschäftigung. Ich habe für die nächsten Tage auch noch nichts vor, außer mir endlich die letzte Staffel *Game of Thrones* anzusehen. Und vor allem könnte ich am Mittwoch irgendeinen wichtigen Grund gebrauchen, damit ich nicht bei Jo mitgrillen muss.«

Verständnislos ließ Jan die Mistgabel sinken. »Muss ich das verstehen? Jo will grillen, ist berühmt dafür, die besten Steaks zwischen Nord- und Ostsee anzubieten, und du willst dich vom Acker machen?«

»Ja, das meine ich. Neben Dirk und Sven kommt auch noch ein Freund der beiden.«

Jan stützte sich auf der Forke ab. Er verstand überhaupt nichts mehr. »Sonst freust du dich doch immer, wenn die Jungs vom Hamburger LKA uns besuchen. Wo ist das Problem?«

»Die Frage muss nicht lauten ›wo‹, sondern ›wer‹.«

»Also der Dritte, der sich angekündigt hat? Dann ist das wohl nicht Alexander, denn mit dem hast du doch keine Schwierigkeiten.«

»Nein, natürlich nicht. Das ist ein anderer, und zwar einer, den ich nicht treffen will, während Jo viel daran liegt, dass ich mit ihm … ach, das ist alles höllisch kompliziert.«

Jan wusste, dass Jörg eine schwierige Kindheit gehabt hatte und auch zeitweise mit dem Gesetz in Konflikt geraten war. So schlimm konnten seine Jugendsünden jedoch nicht sein, sonst wäre er nicht bei der Polizei angenommen worden und hätte dort nicht in Rekordzeit Karriere gemacht. »Versuch, es mir in einfachen Worten zu erklären.«

»Kann ich nicht.«

»Und wie soll ich dir dann helfen, dem Grillen zu entkommen?«

Jörg wandte sich ab und wuchtete einen Strohballen in die Pferdebox. »Vergiss es einfach. Wenn du den Typen kennen würdest, dann würdest du es verstehen.«

»Es sieht ja aus, als würde ich ihn bald treffen ...«

»Stimmt. Aber da du nicht mit ihm zusammengerasselt bist, als du ziemlichen Mist gemacht hast, dürftest du kein Problem mit ihm haben. Jo hält unglaublich viel von ihm. Und er und Dirk sind so enge Kumpel, dass sie fast als Brüder durchgehen.«

»Jo und Dirk?«, zog Jan ihn gnadenlos auf, obwohl er natürlich wusste, dass Jörg mit ›er‹ auf den Unbekannten anspielte. So durcheinander hatte er seinen Freund noch nie erlebt.

»Mensch, du weißt doch, was ich meine!«, erwiderte Jörg verärgert und verteilte das Stroh in der Box, während er missmutig vor sich hin knurrte.

Jan grinste nur. »Ich fahre dann mal in die Praxis, es sei denn, du möchtest mir doch noch verraten, worum es eigentlich geht.«

Er war nicht übermäßig überrascht, dass Jörgs Abschiedsgruß lediglich aus einem Brummen bestand.

Während er vor seiner Ninja stand und sich seine Handschuhe anzog, überlegte er, warum und auf was für einen Typen sein sonst so selbstbewusster Freund dermaßen ausweichend reagierte. Ihm fiel keine Antwort ein.

Jörgs Bemerkung über die Serie, die er sich ansehen wollte, hatte Jan jedoch auch daran erinnerte, dass im Leben seines Freundes etwas fehlte: eine Partnerin. Außer seinem Job und Jo nebst Frau, die wie Adoptiveltern für ihn waren, hatte Jörg nur wenige Freunde. Was nicht zuletzt auch daran lag, dass seine Arbeitszeiten extrem unregelmäßig waren und er häufiger ein paar Tage am Stück undercover unterwegs war.

Jan nahm sich vor, die Staffel gemeinsam mit Jörg zu sehen. Im Gegensatz zu ihm mochte Lena *Game of Thrones* überhaupt nicht. Er jedoch wollte wissen, wie es mit den Drachen und den Königreichen weiterging. Wenn er dabei gleichzeitig einem Freund Gesellschaft leisten konnte – umso besser.

Jan stoppte seine Ninja vor der Doppelhaushälfte, in der sich im ersten Stock seine Wohnung und im Erdgeschoss seine Praxis befanden. Da bereits Licht durch die Fenster schimmerte, war Gerda, seine Arzthelferin, offensichtlich schon da.

Er stieg ab und bedachte die andere Haushälfte nur mit einem flüchtigen Blick. Alles dunkel. Eigentlich wohnte dort die Witwe seines Vorgängers, aber seit ein paar Monaten reiste sie durch die Welt oder besuchte Verwandte. Jan war das relativ egal. Er respektierte zwar, dass sie das plötzliche Ableben ihres Mannes aus der Bahn geworfen hatte, aber deswegen musste er noch lange kein Verständnis dafür haben, dass sie versucht hatte, ihn umzubringen. Und das alles nur, weil er kurz davorgestanden hatte, ein paar sehr selbstherrliche Entscheidungen ihres verstorbenen Mannes aufzudecken, die zum Tod einiger Patienten geführt hatten.

Obwohl Jan überhaupt nichts von Selbstjustiz hielt, gab er zu, dass den damaligen Opfern zu Recht keine Träne nachgeweint wurde und es den Hinterbliebenen anschließend sogar besser ging. Da die Vorfälle vor seiner Zeit in Brodersby stattgefunden hatten, sah er keinen Sinn darin, die Behörden zu informieren. Außer einer nachträglichen Rufschädigung eines ansonsten engagierten Arztes hätte er sowieso nichts erreicht. Doch da Elvira, die Witwe, nicht ahnen konnte, dass Jan nicht vorhatte, etwas zu unternehmen, und sie die Ehre ihres Mannes schützen wollte, hatte sie recht stümperhaft versucht, Jan aus dem Weg zu räumen.

Nachdem ihr klar geworden war, was sie getan hatte, wollte sie sich der Polizei stellen, aber Jan hatte auf eine Anzeige verzichtet. Danach war sie verreist und bisher nicht zurückgekehrt. Ihm war es nur recht.

»Willst du da draußen Wurzeln schlagen?«, rief Gerda ihm durchs offene Fenster zu.

Grinsend machte sich Jan auf den Weg ins Haus. Manchmal fragte er sich, wer eigentlich die Praxis führte. Da er jedoch heilfroh war, dass die Mittfünfzigerin, die so gut wie jeden in Brodersby und Umgebung kannte, ihm so hilfreich zur Seite stand, übersah er einige ihrer Eigenmächtigkeiten. Ihre Kleidung variierte ständig zwischen konservativem Schick und einem bequemeren, farbenfroheren Look, nur ihr weißblonder Pferdeschwanz blieb unverändert.

Einige Male war Gerda morgens bewusst vor ihm da gewesen, um das Wartezimmer neu zu dekorieren, was meistens nichts anderes hieß, als dass sie Plakate für Veranstaltungen an der Wand befestigte. In der Regel ging das für Jan in Ordnung, aber gelegentlich hatte er ein Veto einlegen müssen. Er hatte nichts gegen alternative Heilmethoden und verschrieb teilweise auch selbst einige Globuli – wobei er dabei tendenziell von einer Placebowirkung ausging. Doch es gab Grenzen. Und die waren definitiv dann erreicht, wenn eine von Gerdas Freundinnen zu einem ›Hexentanz am Lagerfeuer‹ einlud.

Gedanklich schlug Jan sich im nächsten Moment vor die Stirn. Wenn jemand wusste, was es mit dieser Schaima auf sich hatte, dann seine Arzthelferin! Lena hatte sie ja sogar ins Spiel gebracht, als es um diesen angeblichen Scharlatan ging.

Da der Empfangsbereich leer war, suchte und fand Jan Gerda in der kleinen Pantry.

»Ich bin gleich bei dir. Raus hier!«, wies sie ihn sofort zurecht.

Das war eine ihrer Eigenheiten. Die kleine Küchenecke betrachtete sie als ihr Reich und wehe, er betrat es ohne Aufforderung. Offensichtlich war es wieder einmal an der Zeit, sie daran zu erinnern, wer ihr Gehalt zahlte.

Jan fuhr seinen PC hoch und kalkulierte die Zeit, die er zum Duschen und Umziehen brauchen würde. Entschieden zu knapp. Das würde er dann eben in der Mittagspause erledigen.

Da Gerda noch herumhantierte, nutzte er die Zeit und suchte bei Google nach Preisen für Mineralien. Wenn er einigermaßen richtiglag, waren die Steine, die er bei Felix entdeckt hatte, ein Bergkristall und ein Rosenquarz.

Schon die ersten Treffer ließen ihn nach Luft schnappen. Kristalle, die nur ungefähr ein Zehntel so groß waren wir Felix', kosteten schon um die fünfzig Euro. Jan schnaubte, als er auf einen Artikel stieß, der dem Käufer praktisch ewige Gesundheit versprach, sofern er nur die richtigen Steine um sich herum drapierte. Na, sicher doch. Wenn das so einfach wäre, würde Jan sofort sämtliche Halbedelsteine oder Mineralien kaufen, die Felix helfen konnten.

Gerda trat mit einem Tablett an seinen Schreibtisch. »Frische Brötchen, selbst gemachte Erdbeermarmelade und starker Kaffee. Wie geht's Felix?«

Wieder einmal hatte der Dorfklatsch ganze Arbeit geleistet. Aber wenn ihm das ein vernünftiges Frühstück bescherte, hatte Jan nichts dagegen. »Geht so. Immerhin hat er etwas geschlafen. Jörg ist bei ihm.«

»Der ist auch ein guter Junge. Aber es wird Zeit, dass er eine eigene Familie gründet.«

Jan zog es vor, nicht weiter darüber nachzudenken, ob seine Arzthelferin ihn gerade ebenfalls als ›guten Jungen‹ bezeichnet hatte.

Gerda drehte den Monitor einfach zu sich um, warf einen kritischen Blick darauf und atmete dann tief ein. »Du interessierst dich für Heilsteine?«

»Hätte ich sonst die Seite aufgerufen? Ist doch toll, dass ich nur dieses Set für zweihundert Euro kaufen muss und ewige Gesundheit erhalte.«

»Mensch, das ist doch Blödsinn«, regte sich Gerda auf. »Aber so 'n bisschen was Wahres ist dennoch dran.«

»Und das wäre?«

Gerda hob eine Augenbraue, bis sie einen perfekten Bogen bildete. »Was hattest du neulich der Tina geraten? War es nicht, dem zahnenden Baby eine Bernsteinkette zu kaufen?«

»Das ist doch …« Jan brach mitten im Satz ab. Gerda hatte vielleicht recht: Etwas grundlegend anderes war das tatsächlich nicht. »Bernstein ist ein altes Hausmittel, dessen Wirkung erwiesen ist«, rechtfertigte er sich dennoch, merkte aber selbst, wie lahm das klang.

»Und wer sagt dir, dass es nicht noch viel mehr alte Hausmittel gibt, die man heute nur vergessen hat?« Sie tippte auf den Monitor. »Such doch mal nach dem Stichwort ›Altes Wissen‹.«

»Brauche ich nicht, Lena hat mir schon gesagt, was das ist. Kennst du eigentlich eine Frau, die sich Schaima nennt?«

»Selbstverständlich. Und meiner Ansicht nach wird es auch höchste Zeit, dass ihr beide euch endlich mal trefft. Ihr solltet nämlich zusammenarbeiten.«

»Zusammenarbeiten?«, wiederholte Jan perplex.

Gerda schnaubte. »Natürlich. Klassische Medizin und alte, überlieferte Traditionen ergänzen sich perfekt. Mittwoch fährst du mal bei ihr vorbei.«

»Mittwoch? Und warum nicht heute?«

»Weil es ihr heute und morgen nicht passt.«

Jan öffnete den Mund, schloss ihn wieder und verkniff sich sämtliche ätzenden Bemerkungen über Kristallkugeln und ähnliches Zeug, die ihm auf der Zunge gelegen hatten.

»Und das weißt du einfach so?«

Gerdas blaue Augen blitzten vor Vergnügen. »Natürlich. Sie hatte erwähnt, dass sie für ein langes Wochenende in den Harz fährt und erst Dienstagabend zurückkehrt. Hast du gedacht, sie hätte mir eine telepathische Nachricht geschickt?« Herausfordernd sah sie ihn an. Jan rollte nur mit den Augen, sodass sie weiterredete. »Im Normalfall kann man jederzeit bei ihr vorbeifahren, wenn man sie braucht, aber natürlich nicht, wenn sie gar nicht da ist. Passt doch prima. Mittwochnachmittag hast du ja eh frei.«

Es stimmte zwar, dass die Praxis Mittwoch- und Freitagnachmittag geschlossen blieb. Aber Jans Begeisterung darüber, seine freie Zeit mit einer wunderlichen alten Dame zu verbringen, hielt sich in Grenzen.

Zum Glück läutete in diesem Moment das Telefon und Gerda ging, erbost über die Störung, zurück an ihren Arbeitsplatz. »Glaub bloß nicht, dass das Thema schon durch ist, Jan!«, drohte sie noch, ehe sie sich förmlich meldete.

Jan rechnete mit einer Terminanfrage oder Ähnlichem, aber nicht damit, dass Gerda plötzlich laut wurde.

»Dies ist eine Praxis für Menschen! Was stellen Sie sich eigentlich vor? Sie können nicht einfach …« Sie verstummte mitten in der Tirade und knallte den Hörer auf. »So eine Frechheit! Legt einfach auf, ehe ich das tun kann«, schimpfte sie.

»Worum ging es denn?«, erkundigte sich Jan äußerst vorsichtig, um zu vermeiden, dass Gerda ein weiteres Mal explodierte.

Sie kam in sein Behandlungszimmer zurückgestapft und sah ihn plötzlich ausgesprochen nachdenklich an. »Ich glaube, ich habe zu heftig reagiert«, meinte sie kleinlaut. »Womöglich könnte das sogar genau das sein, was wir brauchen.«

Jan seufzte. »Wenn du mir verrätst, worum es geht, dann sage ich dir, was ich darüber denke.«

»Ich glaube, du solltest lieber mitkommen«, erwiderte sie stattdessen, schüttelte dann aber den Kopf. »Und Felix anrufen.«

»Gerda! Ich mache überhaupt nichts, ehe du mir nicht gesagt hast, was hier los ist! Die Zeit reicht gerade noch, um meinen Kaffee halbwegs in Ruhe auszutrinken.«

Gerda zögerte noch einen Moment, dann gab sie sich einen Ruck. »Das war dieser Schnösel, der neulich hier war. Wegen der Spenden. Und der …«

»Stopp«, ging Jan dazwischen. »Was für ein Schnösel? Ich verstehe nur Bahnhof.«

»Na der, auf den auch geschossen wurde, der aber nicht getroffen worden ist.«

Jan atmete tief durch. »Der war also neulich hier. Wieso weiß ich nichts davon?«

»Weil ich ihn erfolgreich abgewimmelt habe. Und der sagte nun gerade, dass da draußen ein Karton mit sechs Meerschweinchen steht, um die wir uns kümmern sollen. Er muss nämlich zur Arbeit … Angeblich hat ihn jemand anonym angerufen und gesagt, dass er die Viecher hier abgestellt hat. Wenn du mich fragst, hat der Schnösel denjenigen erst auf die Idee gebracht.«

»Sechs Meerschweinchen? Hier?«

»Nicht hier. Draußen. Im Garten.«

Als ob Gerda es herbeigerufen hätte, begann im Vorgarten ein Hund, laut zu bellen.

Tarzan.

Jan schloss die Augen und schüttelte den Kopf. Er war eindeutig in einem Irrenhaus gelandet! Noch nicht mal neun Uhr und er war reif für einen Whisky.

Lena betrat sein Zimmer. »Da draußen ...«

»Ich weiß. Meerschweinchen. Und im Wald lebt eine Hexe. Und ich wandere aus.«

Lachend kam sie näher und setzte sich einfach auf seinen Schoß. »Du Armer. Außerdem siehst du aus, als ob du eine harte Nacht hinter dir hast. Kann ich dir helfen?«

»Ja, komm mit, wenn ich auswandere. Ich rufe Jörg an und frage ihn, ob er den Karton abholen kann. Vielleicht helfen die Tiere Felix ja, die Trauer zu überwinden.«

»Vielleicht stehen sie genau deshalb in deinem Garten«, mutmaßte Lena.

»Kann sein. Aber warum hat der Typ sie dann nicht direkt zu ihm geschickt? Und woher weiß er überhaupt, was bei Felix los war? Verstehe ich nicht ...«

»Ich auch nicht.«

In dem Durcheinander fiel Jan plötzlich ein anderes Problem ein. »Sag mal, was hältst du davon, wenn ich Felix frage, ob er Andrea und Ida ein Zimmer überlassen würde.«

Lena verzog den Mund. »Reicht es nicht, wenn Ida kommt? Sie hat doch die Lungenentzündung gehabt und nicht Andrea.«

Jan hielt sich schnell die Hand vor den Mund, um zu verbergen, wie sehr ihn ihre heftige Reaktion amüsierte. Lena war einer der hilfsbereitesten Menschen, die er kannte, aber auf Andrea war sie nicht gut zu sprechen, obwohl sie sich noch nie begegnet waren. Jan hätte wohl besser nie erwähnt, dass Michaels Frau ihm eine Zeit lang die Schuld am Tod ihres Mannes gegeben hatte und ihm ausgewichen war. Er konnte nur hoffen, dass sich die Abneigung legte, wenn sie sich erst einmal kennenlernten.

»Na komm, lass uns kurz einen Blick auf die Tiere werfen, ehe der erste Patient des Tages hier einfällt«, schlug er ihr vor, um das Thema nicht weiter vertiefen zu müssen.

Zusammen gingen sie nach draußen, dicht gefolgt von Gerda, die Jan über die Schulter sah, als er vorsichtig den Deckel des Kartons hob.

Sechs Schnauzen wandten sich sofort in seine Richtung und ein schrilles Quieken setzte ein.

»Ich habe Gurke und Tomaten im Kühlschrank. Vertragen die das?«, fragte Gerda und lief schon davon.

Jan ersparte sich die Antwort, die offenbar niemanden interessierte, holte sein Handy aus seiner Jeans und rief Jörg an. »Dieser Finanzheini hat mir sechs Meerschweinchen vor die Tür gestellt. Ich kann die Tiere nicht mit in die Praxis nehmen. Kannst du sie eventuell abholen? Felix soll sie übernehmen.«

Jörg schwieg einige Sekunden. »Meinst du mit Finanzheini diesen Arne Sanders, der mit am See war?«

»Ja.«

»Und der hat dir einfach so Meerschweinchen vor die Tür gestellt?«

»Ja. Oder jemandem gesagt, dass er sie hier abstellen soll. Keine Ahnung, was da läuft, aber das bekommen wir raus. Kannst du diese Fellnasen erst einmal holen?«

»Logisch, bin schon fast unterwegs.« Jörg schwieg einen Moment, bevor er fortfuhr. »Wenn diese Aktion ein Weg sein soll, mit dir ins Gespräch zu kommen, dürfte der Typ es geschafft haben.«

»Guter Punkt, habe ich so noch gar nicht gesehen. Wie hält sich Felix?«

»Geht so, müde und hängt etwas durch. Ich werde ihm ordentlich Feuer unterm Hintern machen, damit er sich um die Meerschweinchen kümmert, denn ich habe keine Ahnung von den Viechern. Ich weiß nur, dass das, was man vorn reinsteckt, hinten als Köttel wieder rauskommt.«

»Damit weißt du alles Wesentliche«, gab Jan grinsend zurück. Er hörte nur noch ein Schnauben, dann war die Verbindung getrennt.

Lena und auch Gerda, die zwischenzeitlich wieder zurückgekommen war, hatten interessiert gelauscht. Jans Arzthelferin legte eine Salatgurke und zwei Tomaten in den Karton. Die Tiere stürzten sich darauf, als ob sie halb verhungert wären, was vermutlich auch der Fall war, denn die Schachtel enthielt nur etwas Heu.

Eigentlich hatte Jan vorgehabt, die Kiste mit ins Haus zu nehmen und irgendwo aufzubewahren, wo sie nicht im Weg stand, aber er wollte die Tiere nicht noch zusätzlich stressen. »Kannst du aufpassen, dass kein Hund und keine Katze an sie rankommt?«, fragte er Lena deshalb. »Hier stehen sie zwar ungünstig, aber ich wüsste auch nicht, was es bringt, die Kleinen mit reinzunehmen, nur um sie dann wieder rauszutragen.«

Lena nickte.

Nachdem die Meerschweinchen versorgt waren, richtete seine Arzthelferin ihren Zeigefinger auf Jans Brust. »Jörg hat bestimmt recht. Nachdem er an mir nicht vorbeikam, wollte dieser Schönling bestimmt auf dem direkten Weg zu dir durchdringen.«

Lena betrachtete den Karton beziehungsweise den wuseligen Inhalt. »Das wäre aber irgendwie ...« Sie bückte sich und kniff die Augen zusammen. Ehe Jan erkannte, was sie betrachtete, riss sie etwas von dem Karton ab. »Seht euch das mal an! Ein Adressaufkleber ...«

Jan und Gerda stießen fast mit den Köpfen zusammen.

»Der ist ja noch dümmer, als er aussieht«, meinte Gerda Sekunden später, denn auf dem Etikett, das Lena abgerissen hatte, standen gut lesbar der Name und die Anschrift des Finanzberaters.

Jan hob die Hände und ließ sie resigniert wieder fallen. »Mir wird das hier allmählich echt zu bunt«, stöhnte er. »In ein paar Minuten geht der Wirbel in der Praxis los. Ich fahre heute Mittag zu Felix und rede wegen Andrea mit ihm und ...«

»Wie? Was hast du denn mit der Schnepfe vor?«, erkundigte sich Gerda gewohnt direkt.

»Mensch, ihr kennt sie doch gar nicht!«, wies Jan sie zurecht. »Ich möchte nicht wissen, was ihr euch da zusammengereimt habt, aber es war eben für Andrea ein Schock, ihren Mann zu verlieren.«

Gerda hob die Nase etwas höher. »Dass das Risiko bei einem Soldaten besteht, ist ja wohl klar. Und du hast deinen Freund verloren und warst dabei! Statt zusammen den Schmerz durchzustehen, so ein Theater zu machen, geht gar nicht. Aber wenn sie Felix ein wenig hilft und das Kind unter der Woche für ein wenig Stimmung sorgt, soll es mir recht sein. Ist denn bei denen gar keine Schule?«

»Doch. Deshalb check bitte bis heute Mittag mal die Bedingungen, wie wir das ihrer Krankenkasse als Kuraufenthalt verkaufen können. Felix könnte ein bisschen Geld und Gesellschaft vertragen und Ida braucht die gesunde Seeluft. Würde doch passen.«

Sichtlich widerwillig nickte Gerda.

Jan stöhnte, aber vorsichtshalber nur in Gedanken. Das konnte ja noch lustig werden!

Er war fast dankbar, dass in diesem Moment ein Taxi vor seiner Praxis hielt, aus dem eine Mutter mit ihrem weinenden Baby stieg. Dadurch hatte er erst mal keine Zeit mehr für merkwürdige Finanzberater, ausgesetzte Meerschweinchen und zickige Frauen.

Kapitel 6

Jan sah der besorgten Mutter nach und war heilfroh, als die Tür hinter ihr ins Schloss fiel. Das vier Monate alte Kind hatte sich am Arm etwas blutig gekratzt und natürlich geweint. Jan hatte es mit einem Pflaster versorgt und der Mutter gezeigt, wie sie trotz des wütenden Protestes die Fingernägel des Babys schneiden musste. Denn das war die Ursache für das Drama gewesen.

Gerda betrat das Sprechzimmer, wie gewohnt, ohne anzuklopfen. »Die Dame gibt dem Wort ›Helikoptermutter‹ eine vollkommen neue Bedeutung. Ich dachte, das Baby ist schwer krank. Also, echt!« Sie schüttelte verständnislos den Kopf.

Jan zuckte hilflos mit den Schultern. Er konnte nur hoffen, dass die Mutter im Umgang mit ihrem Kind noch gelassener wurde, sonst stand ihr einiges bevor, wenn der Kleine erst einmal begann, die Welt zu erkunden. »Es fehlen einfach Großeltern in der Nähe, die mit ihrer Erfahrung für etwas Ruhe und Gelassenheit sorgen. Ihr Mann arbeitet und hat den Wagen. Sie ist den ganzen Tag allein zu Hause mit dem Kind und es gibt wohl keine Krabbelgruppe oder Ähnliches in der Nähe.«

»Hmpf«, antwortete Gerda und Jan hatte keinerlei Zweifel, dass sich seine Arzthelferin auf die ein oder andere Art und Weise um Kontaktpersonen für die überforderte Mutter kümmern würde.

Seine nächste Patientin, die mit regulärem Termin die Praxis besuchte, war dann schon ein etwas ernsterer Fall. Die ältere Dame war bereits Ende siebzig und lebte alleine in ihrem Haus. Hilfe lehnte sie bisher ab, obwohl es offensichtlich war, dass sie mit der Situation nicht mehr länger zurechtkam. Angehörige gab es nicht.

Jan begrüßte sie freundlich und wartete, bis sie auf dem Stuhl Platz genommen hatte. Dann nahm er aus seiner Schreibtischschublade zwei Broschüren und breitete sie vor der alten Frau aus. »Ich möchte ganz ehrlich mit Ihnen sein, Frau Kelter«, begann er so behutsam wie möglich. »Das sind die beiden Alternativen, die ich zum jetzigen Zeitpunkt in Ihrem Fall sehe. Entweder Sie nehmen etwas häusliche Pflege in Anspruch oder aber Sie sehen sich diese Seniorenresidenz einmal näher an. Sie werden schließlich nicht jünger und Ihr Blutdruck gefällt mir überhaupt nicht!«

»Ich bekomme das schon hin, Herr Doktor. Sie müssen mir nur die richtigen Pillen verschreiben.«

»Die helfen nur, wenn Sie sie auch regelmäßig einnehmen.«

Die Wangen seiner Patientin färbten sich rot. Auch wenn Jan Mitleid mit ihr hatte, kam er hier nur mit Ehrlichkeit weiter.

»Und genau daran könnte Sie ein Pflegedienst erinnern. Dazu noch eine Haushaltshilfe, die Ihnen die grobe Arbeit abnimmt, und vielleicht Mittagessen, das Ihnen geliefert wird. Ich sehe doch, dass Sie schon wieder abgenommen haben, Frau Kelter.«

»Jan!«, erklang unerwartet ein lauter Ruf aus dem Vorgarten.

Er sprang auf, fuhr herum und blickte aus dem Fenster. Neben dem Karton, in dem sich die Tiere befanden, stand Jörg und gestikulierte wild in seine Richtung.

»Einen Moment, Frau Kelter«, bat Jan, schob die Jalousien zur Seite, riss das Fenster auf und verließ das Sprechzimmer auf unüblichem Weg. Sicher landete er neben einem Rosenbusch und sprintete zu seinem Freund, der kreidebleich auf die Tiere starrte. »Was ist los? Hast du plötzlich Angst vor Meerschweinchen?«

Jörg reagierte nicht auf den Scherz. »Ich wollte den Karton anheben, da fielen mir ein Draht und Kabel auf, die da nicht hingehörten.«

Jan brauchte einige Sekunden, bis er begriff, worauf Jörg hinauswollte. »Eine Bombe?«, hakte er ungläubig nach, denn immerhin befanden sie sich in einem beschaulichen Dorf und nicht in Afghanistan.

»Hör doch mal genau hin«, bat Jörg.

Nun hörte auch Jan das leise Ticken. »Das ist doch irre!«, platzte Jan heraus. »So etwas gibt's nur im Fernsehen! Jeder vernünftige Zünder wird heute digital ausgelöst!«

Jörg schnaubte. »Vielleicht ist der Kerl, der das gebastelt hat, nicht auf deinem Stand!«

Auch wenn der Gedanke an eine Bombe mit Zeitzünder und Kontaktauslöser verrückt erschien, würde Jan kein Risiko eingehen. Sein Blick irrte zu Jörgs Wagen, der in der Einfahrt stand. Auf der Beifahrerseite stand die hintere Tür offen, vermutlich hatte er dort den Karton verstauen wollen. Ein Sechserpack mit kleinen Wasserflaschen lag auf dem Sitz.

»Hol das Wasser her und öffne den Kofferraum«, befahl Jan.

Sein Freund gehorchte, ohne Fragen zu stellen.

»Wir tauschen nun ein Meerschweinchen nach dem anderen gegen jeweils eine Flasche aus. Das Gewicht müsste ungefähr hinkommen.«

»Ungefähr?«, wiederholte Jörg, reichte ihm aber schon das erste Wasser, auch wenn seine Hand dabei etwas zitterte.

»Sekunde noch«, bat Jan. »Ruf Gerda an und sag, dass sich jeder von den Fenstern fernhalten soll.«

»Zu spät, dein Praxisengel ist bereits da.«

Jan drehte sich um und entdeckte seine Arzthelferin, die natürlich bemerkt hatte, dass hier etwas Ungewöhnliches vor sich ging.

»Passt bloß auf euch auf! Mensch, dass ich das nicht selbst entdeckt habe«, sagte sie und eilte wieder ins Innere des Hauses.

Jörg kratzte sich am Kopf und sah aus, als würde er ihr am liebsten folgen. »Das war reiner Zufall … Ich wollte eigentlich nur nachsehen, ob der Karton von unten noch stabil oder vielleicht schon durchweicht ist. Wenn ich den einfach hochgehoben hätte, dann …«

Jan legte ihm beruhigend eine Hand auf den Rücken. »Ganz tief durchatmen. Darauf können wir später einen Whisky trinken. Wichtig ist erst einmal nur, dass nichts passiert ist.«

Jörg nickte. »Auf den Whisky komme ich zurück! Es war von sechs kleinen, niedlichen Tieren die Rede und nicht von irgendwelchem Zeug, das mir um die Ohren fliegt.«

Jan wertete es als gutes Zeichen, dass der Humor seines Freundes schon wieder zurückgekehrt war. Sie wandten sich wieder Jörgs Wagen zu und tauschten die Meerschweinchen nacheinander gegen die Wasserflaschen aus, wobei ein kleines, schwarzes Tier mit wuscheligem Fell so schwer einzufangen war, dass Jan laut fluchte.

Als die Tiere einigermaßen sicher im Kofferraum verstaut waren und der Schwarze sich nach einigem empörten Quieken ebenfalls der Gurke widmete, atmete Jan auf. »Wo ist eigentlich Lena?«

»Sie ist mit Tarzan um die Ecke, ehe ich den Mist gesehen habe.«

»Gut. Fahr den Wagen weg. Ich will nicht, dass uns der Tank um die Ohren fliegt.«

»Mach ich, aber unternimm nichts, ehe ich zurück bin«, bat Jörg.

Jan nickte nur, da er selbst noch keine Ahnung hatte, was er tun sollte. Die Situation erinnerte ihn fatal an die Sprengstofffallen, die sein Team in Afghanistan gefährdet hatten. Aber in Brodersby hätte er mit so etwas niemals gerechnet. Er verfügte zwar über einige Grundkenntnisse im Umgang mit Explosivstoffen, wusste aber nicht, ob sein Wissen in diesem Fall tatsächlich ausreichte.

Jörg kam auf ihn zugesprintet und hielt ihm ein Taschenmesser in. »In Filmen hilft das.«

»Besser als nichts. Geh mal einige Schritte zurück und sorg dafür, dass hier im Moment niemand vorbeigeht.«

Jan wartete, bis sich sein Freund etwas entfernt hatte, legte sich auf den Boden und hob dann vorsichtig den Karton so weit an, dass der dünne Draht, den Jörg entdeckt hatte, nicht riss. Tatsächlich. Zwischen Pappe und Erde befanden sich Drähte und eine Art dünne Fleecedecke. Außerdem entdeckte er noch zwei flache Dinge, die er nicht richtig einschätzen konnte.

»Und?«, fragte Jörg.

»Viel Sprengstoff kann da eigentlich nicht sein«, erwiderte Jan und stand wieder auf. Nachdenklich rieb er sich etwas Dreck von seiner Jeans. »Ich glaube, ich weiß, wie ich die Konstruktion unschädlich machen kann.«

Wenn er falschlag, würde er das schon merken. Da er jedoch nur sich selbst in Gefahr brachte, beschloss er, das Risiko einzugehen. Sollte das Ticken wirklich von einem Zeitzünder stammen, schied die Option aus, auf ein Bombenräumkommando der Polizei zu warten. Jan ging einige Schritte zurück und schätzte die Entfernung ab.

»Was hast du vor?«, fragte Jörg besorgt.

»Ich denke, da will uns jemand nur Angst einjagen.«

»Also bei mir hat er das geschafft!«, gab Jörg unumwunden zu.

Jan grinste flüchtig. »Wir haben das Problem gleich aus der Welt geschafft«, versprach er und rannte los. Er riss mit einer Flugrolle den Karton zur Seite und kam ein ganzes Stück entfernt wieder sicher auf die Beine. Hinter ihm ertönte ein dumpfer Knall, es stank verbrannt und nach Schwarzpulver, aber es kam zu keiner richtigen oder jedenfalls keiner nennenswerten Explosion.

»Sag mal, bist du völlig bescheuert?«, brüllte Jörg ihn an.

»Ich habe doch gesagt, da kann nicht viel Sprengstoff gewesen sein. Das war nicht mehr als ein überdimensionierter Polenböller. Semtex oder anderen Plastiksprengstoff hätte ich gerochen.«

Jörg murmelte etwas über Soldaten vor sich hin, was Jan sicherheitshalber überhörte, denn besonders nett klang es nicht. Dann ging sein Freund vor den verstreuten Trümmern der Bombenattrappe in die Hocke und betrachtete einen Gegenstand, den Jan nicht erkennen konnte.

Mit einem Taschentuch griff Jörg nach einem rosafarbenen Plastikteil und hielt es Jan hin. »Ich fühle mich gerade verarscht. Vermutlich hat dieses Ding hier vorhin getickt.«

Ungläubig schüttelte Jan den Kopf. Das waren eindeutig die Überreste einer Hello-Kitty-Uhr. Dieses lächerliche Ding konnte er sich nun wirklich nicht als Zeitzünder vorstellen, aber möglich war es.

»Kümmere dich um deine Patienten«, riss Jörg ihn aus seinen Gedanken. »Ich rufe in Kiel an. Auch wenn es nicht viel Sprengstoff war, reicht es, um die Angelegenheit zu einer Sache des LKA zu machen.«

In diesem Moment näherte sich ein Mann, auf den Jan zu gerne verzichtet hätte. »Was ist denn hier los?«, erkundigte sich Heiner Zeiske scharf.

»Erklärt er dir«, sagte Jan, deutete auf Jörg und ging Richtung Praxis. An der Tür drehte er sich noch einmal um. »Vergiss nicht, dass du im Kofferraum sechs Meerschweinchen hast! Die brauchen ausreichend Luft und Futter. Außerdem möchtest du bestimmt nicht, dass sie deinen Wagen als Klo benutzen.«

»Meerschweinchen im Kofferraum?«, wiederholte Heiner und sah Jan an, als ob er plötzlich zwei Köpfe hätte.

Wirklich verdenken konnte er es dem ehemaligen Polizisten nicht. Dann fiel Jan noch etwas ein. »Jörg, sag deinen Kollegen, dass die Konstruktion eindeutig eine militärische Handschrift trägt. Das Ding wäre vermutlich entweder nach einer gewissen Zeit oder eben beim Anheben des Kartons hochgegangen. Ziemlich clever gemacht, dass man Kontakt- und vielleicht auch noch Zeitzünder kombiniert.«

»Kontakt- und Zeitzünder?«, wiederholte Heiner erneut und starrte ratlos auf die Trümmer, die über den Rasen verstreut herumlagen.

Auch wenn es etwas unfair war, Jörg mit allem alleinzulassen, musste Jan sich allmählich um seine Patienten kümmern. Die Gerüchteküche würde aus der Geschichte vermutlich eine halbe Atomexplosion vor seiner Praxis machen. Hoffentlich trauten sich jetzt überhaupt noch genügend Dorfbewohner zu ihm.

»Alles klar?«, fragte er Gerda.

»Aber sicher. Ich wollte schon fast mit dem Popcornverkauf beginnen. Hier ist heute ja mal wieder was los!«

»Meinst du, das vertreibt uns die Patienten?«, fragte Jan unsicher.

Gerda starrte ihn überrascht an. »Bist du irre? Ab sofort wird jeder mit dem kleinsten Wehwehchen vorbeikommen, weil er hofft, dass wieder was Aufregendes passiert.«

Jan war nicht sicher, ob ihm diese Aussicht tatsächlich besser gefiel.

»Frau Kelter sitzt übrigens im Augenblick wieder in deinem Zimmer«, brachte Gerda ihn auf andere Gedanken. »Ich habe ihr vorhin erzählt, wie glücklich zwei Damen, die ich kenne, in der Seniorenresidenz sind. Da kannst du jetzt noch mal nachlegen.«

»Mache ich«, erwiderte Jan und musste lächeln.

Zehn Minuten später war seine Patientin dank Gerdas Vorarbeit wenigstens bereit, über einen Umzug nachzudenken. Jan brachte die alte Dame zur Tür. »Es ist wie in einem Hotel, nicht wie in einem Krankenhaus. Sagen Sie Bescheid, wenn Sie es sich ansehen wollen, dann fahren wir da mal gemeinsam hin.«

Frau Kelter lächelte verschmitzt. »Aber nicht auf Ihrer Höllenmaschine, Herr Doktor.«

Als Jan wieder allein in seinem Behandlungszimmer war, ließ er sich auf den Schreibtischstuhl fallen. Was für ein Tag! Auch wenn die Menge Schwarzpulver nicht ausreichend gewesen war, um ernsthafte Verwüstungen anzurichten, wären die Tiere vermutlich ums Leben gekommen. Und nicht nur das: Wer sich so große Mühe gab, um eine solche Attrappe als Warnung zusammenzubauen, würde wohl auch nicht zögern, ernst zu machen.

Das gefiel Jan überhaupt nicht. Er hatte doch noch nicht einmal richtig losgelegt und war trotzdem schon jemandem auf die Füße getreten.

Sein Handy vibrierte und zeigte ihm zwei neue Nachrichten an.

Man kann dich auch keine zwei Sekunden aus den Augen lassen! Ich mache uns einen Termin wegen gemeinsamer Geldanlage, Zukunft und so weiter bei diesem Typen.

Jan musste schmunzeln, als er sich vorstellte, dass Lena und er ihre gemeinsame Zukunft im Büro dieses Finanzheinis planten.

Dann öffnete er Jörgs WhatsApp. *Heiner übernimmt die Absperrung. Ich bringe die Tiere weg. Sieh dir das Bild an.*

Nette Art, eine Botschaft zu überbringen. Ein Brief hätte es auch getan.

Jan runzelte die Stirn und tippte auf das Foto, das Jörg mitgeschickt hatte, um es zu vergrößern. Eine Holzscheibe mit eingebrannten Worten: *Halt dich da raus, sonst ...*

Schnaubend verstaute Jan das Handy wieder in der Schreibtischschublade, in der er es während der Sprechstunde aufbewahrte. Lenas Idee war gut, aber er hätte es vorgezogen, den Kerl alleine aufzusuchen. Diese dubiose Nachricht verstärkte nur seine Entschlossenheit, die Sache aufzuklären, und schreckte ihn keineswegs ab.

Allerdings begriff er immer noch nicht, aus welcher Richtung diese Warnung stammen konnte. Trotz des Adressaufklebers glaubte er nicht, dass es der Finanzberater selbst war, der die Bombe gebastelt hatte. Für so etwas schien der Mann nicht der richtige Typ zu sein, eine derart dämliche Aktion passte einfach nicht zu ihm.

Wer auch immer Jan von weiteren Nachforschungen abhalten wollte, hatte jedenfalls das Gegenteil erreicht. Nun würde er sich erst recht mit dem Mord am See beschäftigen – und natürlich mit dem angeblichen Scharlatan. Er tippte drauf, dass es sich bei seinem angeblichen Konkurrenten um diese merkwürdige Schaima handelte. Er fuhr sich über die Stirn. Wobei diese Möchtegernbombe bestimmt mit dem Mord zusammenhing, da war offensichtlich jemand unruhig geworden. Nur wer? Bisher wussten nur Menschen, denen er vertraute, von seinen Recherchen. Außer vielleicht noch dieser Reik Pawlik, den er am See getroffen hatte.

Er stand auf und öffnete die Tür. Doch ehe er den nächsten Patienten hereinbat, machte er kurz bei Gerdas Tresen halt. »Sag mal, bastelt diese Schaima eigentlich solche Bomben? Oder einer ihrer Verehrer? Denn sie selbst ist doch noch im Harz, oder?«

Gerda bedachte ihn mit einem Blick, der keinerlei Erklärung bedurfte. »Hast du zufällig irgendwas bei deiner Stunteinlage abbekommen?«, erkundigte sie sich überaus freundlich. »Schaima ist eine Heilerin. Ich buchstabiere es dir gerne: H-E-I-L-E-R-I-N.«

Jan nickte. Nach Gerdas Logik bedeutete das, dass er die Dame von der Liste der Verdächtigen streichen konnte, aber davon war er eigentlich auch ausgegangen.

Er sah auf die Uhr an der Wand. Noch rund drei Stunden, dann war Mittagspause und er konnte endlich zu Felix fahren.

Während er seine Patienten behandelte, verdrängte Jan die bisherigen Geschehnisse erfolgreich. Selbst als er durch das Fenster drei Mitarbeiter des Kieler LKA erspähte, die er bereits kannte, konzentrierte er sich auf die Rückenschmerzen eines Dorfbewohners, mit dem er sonst regelmäßig Fußball spielte und der ein guter Kumpel war.

»Möchtest du es direkt oder diplomatisch?«, erkundigte sich Jan, nachdem er Lukas untersucht hatte.

»Direkt. Obwohl ich mir deine Diagnose bereits denken kann.«

»Dann fang du doch an.«

»Mehr Bewegung? Weniger Essen?«

»Ersteres. Auch mit Übergewicht kann man schmerzfrei leben, bei dir fehlt die Bewegung. Um es einfach auszudrücken: Du bist so eingerostet, weil du den ganzen Tag rumsitzt, dass eine falsche Bewegung reicht, um einen Nerv einzuklemmen.«

Lukas verdrehte die Augen. »Soll ich jetzt mit Joggen anfangen?«

»Nein, das wäre so was wie von null auf hundert mit kaltem Motor und damit nicht besonders sinnvoll. Ich weiß was

Besseres: Du bist ab jetzt in unserer Mannschaft Verteidiger und kein Torhüter mehr! Außerdem lässt du deinen Wagen stehen, wenn du bei Erna Brötchen holst. Und dann machst du ab und zu mal einen schönen Spaziergang mit deiner Frau rüber zum Strand. Denn sonst sehen wir uns hier vermutlich regelmäßig. Für den Moment gebe ich dir erst mal was gegen die Schmerzen und eine Salbe mit. Dann müssten die Beschwerden eigentlich bald nachlassen.«

Lukas schnaubte, während Jan sich das Lachen verkneifen musste. Ab und zu hatte es auch Vorteile, dass er mittlerweile über einige Dorfbewohner ganz gut Bescheid wusste. Die Altherrenmannschaft würde Lukas schon Feuer unterm Hintern machen, wenn ihm die Puste während eines Spiels oder des Trainings ausging.

»Meinetwegen«, meldete sich sein Patient wieder zu Wort und wies mit dem Kopf Richtung Fenster. »Und nun wüsste ich gerne, warum da so ein heißer Feger in deinem Vorgarten rumkriecht.«

Jan folgte Lukas' Blick und lachte nun doch laut, als er die gut aussehende Polizistin erkannte. Mit den langen blonden Haaren und dem perfekten Make-up erinnerte sie an eine Barbiepuppe und hieß passenderweise auch noch ähnlich. »Pass bloß auf, was du sagst. Ich kenne die noch von dem Brand bei Felix. Das ist Barbara Reichelt vom LKA Kiel. Der Mann daneben ist ihr Kollege, dessen Namen ich vergessen habe.«

»Kein Wunder, der sieht ja auch nicht zum Anbeißen aus ... Was macht sie denn da?«

»Sie ist Brandexpertin und anscheinend auch für Explosivstoffe zuständig.« Da sich im Dorf sowieso nichts geheim halten ließ, fasste Jan die Sache mit dem Karton und den Meerschweinchen kurz zusammen und zeigte Lukas auch das Holzschild mit der Warnung.

Der pfiff daraufhin so laut, dass es in Jans Ohren fiepte.
»Hängt das womöglich mit der Gänsejagd zusammen, die reichlich danebengegangen ist?«

»Vermutlich. Dabei habe ich in dieser Sache noch gar nichts weiter unternommen.« Jan dachte an den zweiten Ausflug zum See und das Zusammentreffen mit Reik Pawlik. »Also fast nichts.«

»Vielleicht reicht es ja schon, dass du da vor Ort warst. Du hast schon so einen bestimmten Ruf …«

Seufzend lehnte sich Jan gegen seinen Schreibtisch. »Was meinst du?«

»Na, es weiß doch hier in der Gegend jeder, dass du wegen deiner Zeit als Soldat ziemlich was drauf hast. Also so mit Waffen und Kung Fu oder so 'nem Kram. Dazu kommen noch deine Freunde Jörg, der Polizist, und Jo, der ehemalige Kampfschwimmer – klar, dass man sich dann seinen Teil denkt. Im positiven Sinne natürlich, wenn man keinen Blödsinn gemacht hat. Als Gauner möchte ich mich nicht mit euch anlegen …«

So etwas in der Art hatte Jan befürchtet, aber nicht geahnt, dass der Dorfklatsch tatsächlich schon so ausgeufert war.

Er schüttelte lediglich den Kopf. »Schade, dass der von den Alten Herren aus Kappeln das nicht wusste. Dann hätte er mich neulich beim Spiel vielleicht nicht umgegrätscht.«

Damit hatte er den richtigen Ton getroffen, denn Lukas schlug ihm grinsend auf die Schulter. »Lass mal, wir genießen es, mit dir ein bisschen anzugeben. Außerdem gefällt es mir, wenn du rausfindest, wer den alten Griesgram umgenietet hat. Seine Art war manchmal zum Weglaufen, aber in der Sache hatte er durchaus recht. Und diese ganzen Ferienhäuser da oben in Olpenitz, die kannste meinetwegen auch in die Luft jagen. Nachher stehen bei uns die Wohnungen leer, weil die Touristen lieber in dieser Bauklötzchenidylle wohnen wollen.«

Jan brauchte einen Augenblick, bis er Lukas' Worte mit dem Toten vom See in Verbindung gebracht hatte. »Du meinst, er hat gegen die Ferienhäuser da oben Stimmung gemacht?«

»Aber so was von! Aufgrund dieses Projekts gab's auch Ärger mit den Stadtwerken. Die haben da mehr Häuser hingebaut, als eigentlich genehmigt war, und mit dem, was da jetzt an Abwasser anfällt, kommt die Kanalisation nicht mehr klar. Die Details habe ich vergessen, aber so in etwa war's. Mit Vorschriften haben die Bauherren es nicht so. Und mit Naturschutz auch nicht.«

Jan hatte zwar keine Ahnung, ob die Vorwürfe zutrafen, nickte aber verständnisvoll. »Kanntest du den erschossenen Mann denn?«

»Nö, nur vom Sehen, aber ich weiß, dass Port Olpenitz das Thema war, mit dem er gerade überall unterwegs war. Ich frage mal Anke. Die schimpft auch ständig darüber, dass ihre Wohnungen in Schönhagen nun schwerer zu vermitteln sind. Spätestens Mittwoch kann ich dir das genau sagen. Anke trainiert doch da die Jungs auf dem Platz, bevor wir dran sind. Entweder wir fragen sie dann oder ich seh zu, dass ich sie vorher zu fassen bekomme.«

»Mittwoch reicht. Vielen Dank.«

»Ach, dafür doch nicht. Es geht uns schließlich alle was an, wenn da am See statt 'ner Gans ein Mann erschossen wird und nun unser Doktor wieder auf der Jagd ist.« Lukas lachte über seine Formulierung und verließ das Sprechzimmer, ehe Jan etwas dazu sagen konnte.

Statt des nächsten Patienten kam Gerda in sein Zimmer gestürmt. »So, Mittagspause. Heute mal 'ne halbe Stunde länger als sonst.«

»Und wie hast du das hingedreht?«

»Ich habe Frau Spahrbier angerufen und gesagt, dass der Impfstoff nicht da ist.«

»Da stand doch die Hepatitis A an, oder? Das Zeug habe ich aber vorhin im Kühlschrank gesehen.«

»Hast du nicht, weil ich es weggeräumt habe. So eine kleine Notlüge war eben nötig, damit du dich draußen mit den Ermittlern aus Kiel unterhalten kannst, die schon ganz ungeduldig auf dich warten. Und danach wolltest du doch noch zu Felix. Das wäre alles zu knapp geworden, wenn du jetzt noch einen Patienten gehabt hättest. Aber eins sage ich dir: Lass bei deinen Verdächtigungen Schaima aus dem Spiel, damit liegst du nämlich völlig falsch! Außerdem, sei mal nicht so zugeknöpft, wenn es um neumodische Dinge geht!«

Und das aus dem Mund einer Frau, die rund zwanzig Jahre älter war als er! »Was genau meinst du?«

»Na, tu dich mal nicht so schwer mit den Kügelchen und anderen Naturheilmitteln.«

»Ich lehne die doch gar nicht ab, sondern setze sie ein, wo es sinnvoll ist«, verteidigte er sich.

Gerda schnaubte. »Wenn ich mir die Rezepte ansehe, beschränkst du dich auf Arnika, Chamomilla und Pulsatilla. Viel ist das ja mal nicht.«

Er würde seine Behandlungsmethoden ganz bestimmt nicht mit seiner Arzthelferin diskutieren! Allerdings musste er zugeben, dass Gerda richtiglag. Bei Prellungen und Unruhezuständen hielt er einiges von den Kügelchen mit Extrakten von Arnika und Kamille. Zudem hatte er von einem Kollegen gehört, dass Pulsatilla insbesondere bei Kindern hervorragend bei Nasennebenhöhlen- oder Mittelohrentzündungen half. Daraufhin hatte er mit diesen Kügelchen ebenfalls positive Erfahrungen bei seinen kleinen Patienten gemacht. Vermutlich wurden durch homöopathische Mittel die Selbstheilungskräfte des Körpers aktiviert, sodass manche Beschwerden damit gelindert wurden. Ansonsten erschien es Jan nicht besonders logisch, dass die minimalen Dosierungen, mit denen in der Homöopathie gearbeitet wurde, tatsächlich eine Wirkung hatten. Entsprechend zurückhaltend ging er in seinem Praxisalltag mit diesen Arzneien um.

Gerda knallte ihm eine Broschüre auf den Schreibtisch. »Da, du Ignorant. Ich habe dich schon angemeldet«, verkündete sie und schritt mit erhobenem Kopf aus dem Raum. »Dieser Kuraufenthalt für das Kind geht von der Krankenkasse aus übrigens klar«, rief sie Sekunden später noch, als sie längst außer Sichtweite war. »Aber ein Zuschuss für die Mutter ist nicht drin.«

Damit waren wohl Ida und Andrea gemeint ...

Jan bedachte den Flyer, der für ein Wochenendseminar in Lübeck zu dem Thema Homöopathie warb, mit einem misstrauischen Blick. Sein Kollege, von dem die Empfehlung stammte, statt frühzeitiger Gabe von Antibiotika zunächst die Kügelchen einzusetzen, hatte sich jahrelang mit dem Thema beschäftigt. Und Gerda glaubte jetzt allen Ernstes, dass ein Wochenendkurs reichte?

Jan schüttelte unwillig den Kopf. Die Stornierungskosten konnte sie übernehmen, falls sie ihn tatsächlich schon angemeldet hatte.

Aber er nahm sich vor, stattdessen den Kollegen nach einer vernünftigen Fortbildungsmöglichkeit zu fragen. Selbst wenn die Naturheilmittel nur einen Placeboeffekt hervorriefen, wäre der in vielen Fällen hilfreich.

Unwillkürlich dachte er an Felix, die Kristalle im Schlafzimmer seines Freundes und den Tee. Den hatte er komplett vergessen, dabei hatte er sich extra eine Probe der übel riechenden Kräuter eingesteckt. Aber das Zeug musste noch ein wenig warten, denn zunächst wollte er mit den Beamten des Kieler LKA reden, die in seinem Vorgarten den Möchtegernsprengsatz untersuchten.

Markus König, ein guter Freund von Jörg und mittlerweile auch von Jan, empfing ihn mit einem übertriebenen Kopfschütteln. »Übernimmst du wieder unseren Job, Jan?«

Auf den ersten Blick hielt man Markus kaum für einen Kommissar aus dem Wirtschaftsdezernat, denn weder sein Totenkopfohrring noch die weißblond gefärbten Haare oder das T-Shirt mit dem Iron-Maiden-Aufdruck waren typisch für einen LKA-Beamten. Aber Jan wusste, dass er nebenberuflich in einer Rockband spielte und in beiden Jobs verdammt gut war.

»Hör bloß auf«, winkte er ab. »Mein letzter Patient hat mich eben erst mal aufgeklärt, was für einen Ruf ich hier habe.«

»Lass mich raten, eine Mischung aus Indiana Jones und James Bond?«, mutmaßte Markus schmunzelnd.

»Du mich auch«, gab Jan zurück.

»Meine Kollegen Babs und Julian kennst du vermutlich noch. Die beiden sind hier jetzt eigentlich durch und es wird dir nicht gefallen, was sie rausgefunden haben.«

Jan gab den Polizisten die Hand.

Babs atmete tief ein. »Ich würde sagen, die Formalitäten schmeißen wir mal über Bord. Du gehörst ja dank Markus und Jörg irgendwie dazu. Babs reicht völlig.« Sie lächelte verschmitzt. »Ich sage dir bei Gelegenheit noch, ob ich mehr zu Indiana Jones oder James Bond tendiere.«

»Ich bin auf dein Urteil gespannt«, erwiderte Jan grinsend.

»Julian«, stellte sich Babs' Kollege vor. »Dein Freund Heiner hat uns schon von deiner Vermutung erzählt, dass die Bauart militärischen Ursprungs ist. Damit hattest du recht. Diese Konstruktionen mit Kontaktdraht und Zeitzünder findest du allerdings nicht unbedingt bei der Bundeswehr, sondern eher bei den Russen oder Tschetschenen.«

Jan hatte noch genug damit zu tun, dass Zeiske plötzlich als sein Freund galt, da sprach Julian schon weiter. »Was uns aber Sorgen macht, ist der Schnüffeltest. Die Analyse hat Spuren von Plastiksprengstoff ergeben. Der kam in deinem Garten zwar nicht zum Einsatz, aber dieses ganze Gedöns, inklusive der fantastischen Uhr, hat in der Nähe von dem Kram gelegen, der so richtig knallt.«

»Also war ein Profi am Werk, der noch mehr auf Lager hat«, mutmaßte Jan und wünschte sich, die Polizisten würden widersprechen, was sie jedoch nicht taten.

Babs seufzte. »Du weißt bestimmt, dass Sprengstoff so was wie einen chemischen Fingerabdruck besitzt. Aber das, was wir haben, reicht nicht aus, um es zu seinem Ursprungsort zurückzuverfolgen. Sorry, Jan. Eine wirkliche Hilfe sind wir also nicht.«

Ehe er etwas sagen konnte, mischte sich Markus ein. »Quatsch. Ihr habt Jans Vermutung bestätigt, das ist eine Menge. Und irgendetwas sagt mir, dass das erst der Anfang war, denn eins ist ja wohl sicher: Diese nette Warnung wird unseren Landarzt nicht davon abhalten, weiterzumachen.« Er stemmte die Hände in die Taille und drehte sich einmal langsam im Kreis. »Ich möchte zu gerne wissen, wie das alles zusammenpasst, denn noch fehlt mir der rote Faden völlig. Jörg hat mir alle Namen gemailt, die bisher mit dem Fall in Verbindung stehen oder stehen könnten. Ich sehe sie mir an und melde mich, sobald ich irgendwas Konkretes weiß.« Er grinste Jan schief an. »Aber auch sonst melde ich mich.«

Jan nickte. »Sehr schön, dann bin ich mal gespannt. Wenn ihr mich hier nicht mehr braucht, würde ich jetzt zu einem Freund fahren, dem es nicht so gut geht.«

Die Polizisten nickten, aber Julian hielt ihm noch eine Visitenkarte hin. »Wenn du einen Auffrischungskurs möchtest, ruf an und komm vorbei. Ich kann mir vorstellen, dass du einiges über Plastiksprengstoff weißt, aber ein bisschen Nachhilfe kann ja nicht schaden.«

Das Angebot wusste Jan zu schätzen und nahm die Karte entgegen. »Vielen Dank, darauf komme ich gerne zurück. Hat Markus erwähnt, in welcher Einheit ich war?«

Julian schmunzelte. »Nein, aber ich kann es mir denken, nachdem er mir sehr anschaulich deine Nahkampffähigkeiten und noch einiges andere beschrieben hat.«

Jan lächelte nur. Normalerweise sprach er nicht offen über seine Vergangenheit bei der Bundeswehr. Aber die Polizisten konnten sich vermutlich denken, dass sich ein Bundeswehrarzt in der regulären Truppe nicht besonders gut mit Sprengstoff auskannte – ein Angehöriger der Eliteeinheit hingegen schon.

Babs seufzte und wedelte mit der Hand. »Hau schon ab, Jan. Wir packen hier alles ein und suchen im Labor nach Fingerabdrücken, obwohl ich sicher bin, dass der Kerl nicht so blöd war, welche zu hinterlassen.«

»Ich denke auch, dass er Handschuhe getragen hat«, gab Jan ihr recht. »Aber habt ihr schon von dem Adressaufkleber gehört, der auf der Pappe klebte? Ich werde den, der diesen Karton ursprünglich per Post erhalten hat, morgen Abend treffen.«

Markus nickte. »Das hat Lena erwähnt, ehe sie mit dem schwarzen Riesenvieh abgehauen ist. Meld dich danach bitte bei mir. Egal, wie spät es ist. Ich habe morgen gegen elf sowieso noch einen Auftritt mit den Jungs.«

Kapitel 7

Ehe Jan zu Felix fuhr, holte er seine frühere Dienstwaffe aus dem Tresor, in dem er sie sonst aufbewahrte. Angehörige von Spezialeinheiten besaßen einen Waffenschein, der ihnen auch privat das Tragen ihrer Pistole erlaubte – selbst nach dem Ausscheiden aus dem aktiven Dienst. Allerdings hätte Jan nie damit gerechnet, diese Regelung in einem so idyllischen Ort wie Brodersby tatsächlich auszunutzen.

Als er die Walther in seinem Gürtelhalfter verstaute, musste er grinsen. Er erinnerte sich daran, wie Heiner reagiert hatte, als er Jan wegen unerlaubten Waffenbesitzes zur Rede stellen wollte, nur um festzustellen, dass der neu zugezogene Arzt eine Pistole tragen durfte.

So ganz überzeugt war Jan von dem offensichtlichen Sinneswandel des ehemaligen Polizisten zwar noch nicht, aber er würde ihm wenigstens eine Chance geben.

Auf dem Weg zu seiner Ninja schickte er Lena noch eine kurze Nachricht. Die Antwort ließ nicht lange auf sich warten. *Fahr nach Felix noch bei der alten Müller vorbei! Wir treffen uns dort. Und sieh nach, ob Felix irgendwelchen merkwürdigen Tee zu Hause hat. Wichtig!*

Verdammt, er hatte schon wieder vergessen, die Kräutermischung zu untersuchen, die er bei Felix gefunden hatte. Er schüttelte verärgert den Kopf und antwortete Lena, bevor er losfuhr. *Bei Felix steht so was im Schrank.*

Als er seinen Helm aufsetzte, vibrierte sein Handy erneut. *Nimm es ihm weg. Lass es analysieren.* Ergänzt wurde die Nachricht von einem Totenkopf.

Das war deutlich. Da Felix jedoch schon gesagt hatte, dass er das stinkende Zeug nicht trinken würde, machte Jan sich keine übermäßigen Sorgen. Sollte sich jedoch herausstellen, dass die Kräutermischungen von dieser Schaima stammten und keineswegs harmlos waren, würde die Frau ihn kennenlernen. Denn der Übergang von hilfreichen Kräutern zu gefährlichem Gift war fließend.

Jan wünschte sich, die Zeit würde für eine kurze Tour an die Ostsee oder Richtung Eckernförde reichen, denn das Motorradfahren oder das Meer halfen ihm, seine Gedanken zu sortieren. Noch ging es ihm wie Markus: Er hatte jede Menge Informationen, aber keinerlei Idee, was für ein Gesamtbild sie am Ende ergeben würden.

Wenigstens konnte er auf dem Weg zu Felix eine Zeit lang die Aussicht auf die Schlei genießen. Der Blick auf die im Sonnenlicht glitzernde Wasseroberfläche hinter den Feldern wurde niemals langweilig. Dabei wurde Jan einmal mehr bewusst, welch großes Glück seine Freunde gehabt hatten, schon vor einigen Jahren ihre alten Resthöfe direkt am Meeresarm erworben zu haben. Denn heute waren Grundstücke am Wasser unbezahlbar.

Jan fuhr an der Straße vorbei, die ihn zu Jo geführt hätte, und bog wenige Meter weiter in einen Sandweg ein. Anders als bei Jo war die Zufahrt holperig und mit Schlaglöchern übersät – beides war mit der Ninja kein Vergnügen.

Kaum hatte er sein Motorrad gestoppt, hörte er bereits wütende Stimmen aus der Scheune. Felix und Jörg stritten sich heftig. Seufzend machte sich Jan auf den Weg zu den beiden. Das Thema war dank der Lautstärke nicht schwer zu verstehen. Felix betrachtete die neuen Meerschweinchen als einen billigen Versuch, ihn von seiner Trauer abzulenken, womit er sich keinesfalls abfinden würde.

Na großartig. Jan kannte den Dickkopf seines Freundes nur zu gut und wusste, dass ihm ein ordentliches Stück Arbeit bevorstand.

Da Felix ihm den Rücken zukehrte, bemerkte sein Freund ihn zunächst nicht, während ihm Jörg hoffnungsvoll entgegenblickte.

Anscheinend war es mal wieder Zeit für eine ordentliche Ansage. »Na sicher doch, Felix. Jörg und ich haben eine kleine Sprengfalle gebastelt und das LKA hergeholt ... und das alles nur, um dich abzulenken«, erklärte er.

Felix wirbelte herum. »Sprengfalle?«

Jörg schnaufte. »Das habe ich versucht, dir zu erklären! Können wir jetzt bitte diese Fellbündel aus meinem Kofferraum rausholen? Und dann kannst du dir überlegen, wie du die Schweinerei wegmachst, die sie da angerichtet haben.«

Jan hustete, um sein Lachen zu tarnen. »Sie sind noch in deinem Wagen?«

Jörgs Knurren hätte vermutlich auch Tarzan beeindruckt.

Felix zog den Kopf etwas ein. »Dann sollten wir vielleicht doch die Bretter mit hochnehmen, um ihnen da ein Gehege zu bauen.«

»Das sage ich dir doch jetzt schon seit Stunden!«, brüllte Jörg los.

Jan sah auf die Uhr und überlegte, wie lange die Auseinandersetzung wohl schon gegangen war. Hatten sich seine Freunde tatsächlich seit drei Stunden wegen der Tiere gestritten?

Jörg sah ihm wohl seinen Gedanken an. »Das hier geht erst seit dreißig Minuten so. Der Herr glänzte durch Abwesenheit.«

Jan sah Felix fragend an.

»Ich werde ja wohl noch etwas durch die Gegend fahren dürfen«, gab der bissig zurück, »oder brauche ich dafür neuerdings eure Erlaubnis?«

Da Jörg morgens zunächst bei der Versorgung der Tiere geholfen hatte, dann mit Jan zur Praxis gefahren und anschließend mit den Meerschweinchen recht schnell wieder auf Felix' Resthof gewesen war, musste Felix selbst unmittelbar nach ihnen aufgebrochen sein. Jan sah ihn stirnrunzelnd an. Die Art und Weise, wie sein Freund seinem Blick auswich, gefiel ihm nicht.

Jan atmete erschrocken ein. »Den Tieren wird es kaum bekommen sein, so lange in dem …«

»Mensch, Jan!«, unterbrach Jörg ihn sofort. »Nun halte mich doch nicht für bescheuert! Ich habe den Wagen hinter der Scheune im Schatten geparkt. Außerdem haben die Meerschweinchen frisches Heu, Gras und Möhren bekommen. Den Tieren geht es im Gegensatz zu meinem Kofferraum gut!«

Jan hielt sich vorsichtshalber eine Hand vor den Mund. »Ich hoffe, die Wartezeit wurde dir nicht langweilig«, brachte er einigermaßen mitfühlend hervor.

Jörg funkelte ihn an. »Aber nein, genau so habe ich mir meine freien Tage vorgestellt!«, schnappte er zurück. »Dank meines Smartphones habe ich die Zeit damit verbracht, diesen Tierschutzverein genauer unter die Lupe zu nehmen und alle Personen zu googeln, die uns bisher über den Weg gelaufen sind.«

Felix grinste unsicher. »Na, dann war die Zeit ja nicht verschwendet. Aber lass uns jetzt erst nach den Tieren schauen, bevor du uns erzählst, was du herausgefunden hast.«

Jörgs Knurren war schon deutlich leiser.

»Und wo warst du?«, fragte Jan Felix auf dem Weg zu dem Wagen.

»Ich habe mit Arne mal Klartext geredet. Vor elf Uhr ist der nie im Büro. Irgendwas stimmt da nicht.«

»Hast du was rausbekommen?«

»Nur, dass der Kerl ein Experte darin ist, stundenlang zu sabbeln, ohne was Vernünftiges zu sagen.«

»Lena hat uns morgen Abend einen Termin bei ihm besorgt«, meinte Jan. »Angeblich, um unser Geld vernünftig anzulegen.«

Felix runzelte die Stirn. »Pass bloß auf. Der Typ dreht einem Eskimo einen Kühlschrank an und das ist nicht übertrieben. Ich dachte, ich kenne alle Verkaufstricks, aber Arne ist eine Liga für sich.«

Jan brummte nur unverbindlich. Besonders beeindruckend hatte er den Mann bei ihrer kurzen Begegnung am See nicht gefunden, allerdings waren die Umstände ja auch außergewöhnlich gewesen.

Ein Blick in den Kofferraum genügte, um Felix' Augen zum Glänzen zu bringen. Das schwarze Meerschweinchen, das Jan schon vorher aufgefallen war, reckte neugierig seine Nase in die Luft.

Vorsichtig hob Felix es hoch. »Na, du bist ja ein ganz Frecher …« Er hielt das Tier etwas von sich. »Tatsächlich ein Bock. Na, das kann ja lustig werden.« Er setzte das Tier zurück in den Kofferraum.

»Ist er kastriert?«

Felix schüttelte den Kopf. »Ich hoffe nur, dass die anderen Tiere auch Böcke sind, denn sonst haben wir hier bald mehr Meerschweinchen, als du dir vorstellen kannst.«

»Das könnt ihr ja später in Ruhe klären«, schlug Jan vor. »Hast du spontan eine Idee, wo man eine solche Anzahl Tiere herbekommt?«

Felix rieb sich übers Kinn. »Gute Frage. Ich höre mich mal um.« Etwas unsicher sah er Jörg an. »Hilfst du mir dabei, oben ein Gehege zu bauen?«

Sichtlich versöhnt, nickte Jörg. »Na sicher, aber nur, wenn du mir alles über diesen Arne erzählst, was dir einfällt. Irgendwie ist der Typ für mich der Dreh- und Angelpunkt in dieser ganzen Geschichte.«

»Das denke ich auch«, stimmte Felix ihm zu. »Danke.«

Da der Streit offenbar beigelegt war, entschloss sich Jan, den nächsten Punkt anzusprechen. »Ich könnte deine Hilfe gebrauchen.«

Abwartend sah Felix ihn an. »Wobei?«

»Ich hatte dir doch erzählt, dass die Tochter von Andrea so krank war. Sie erholt sich nicht richtig, der Husten geht einfach nicht weg. Sie sollte sich zwei bis drei Wochen am Meer aufhalten, aber die Kurkliniken haben keine freien Plätze und Andrea hat nicht genug Geld, um sich ein Hotel oder eine Pension leisten zu können.«

»Und da willst du sie bei mir einquartieren?«

»Ja. Platz hast du doch und etwas Hilfe bei den Tieren wäre auch nicht schlecht.«

»Hm.« Felix schien nicht begeistert zu sein. »Liz und ich schätzen schon unsere Ruhe.«

»Mensch, wir reden doch nur über ein paar Wochenenden«, mischte sich Jörg ein. »Und komm mir jetzt nicht damit, dass deine Zeit begrenzt ist. Wenn ihr Samstag und Sonntag eure Ruhe haben wollt, können Jan und ich ja was mit den beiden unternehmen.«

Lena wäre davon vermutlich nicht begeistert, aber dennoch nickte Jan. Ihm kam ein Gedanke. »Andrea arbeitet für einen Makler und kennt sich hervorragend mit Immobilien aus. Vielleicht kann sie uns sogar helfen, denn ich habe den Verdacht, dass diese Ferienhaussiedlung in Olpenitz in unserem Fall auch eine Rolle spielt.«

»Na gut«, stimmte Felix nun zu. »Dann mach mal alles klar.«

Die Logik musste Jan nicht verstehen, aber da ihm das Ergebnis gefiel, hinterfragte er sie nicht weiter. »Ich habe von Lena noch den Auftrag bekommen, dir deinen Tee wegzunehmen. Sie hat Angst, dass er giftig ist.«

»Wie kommt sie denn darauf?«, fragte Felix verwundert.

»Frag mich nicht«, meinte Jan schulterzuckend. »Wir wollen uns gleich bei der alten Müller treffen. Dann erfahre ich hoffentlich den Grund. Weißt du eigentlich, woher Liz die Kristalle und den Tee hat?«

»Jein«, erwiderte Felix. »Die Mineralien kommen von dieser Hexe aus dem Wald. Liz hat das zwar anders ausgedrückt, aber für mich kommt's aufs Gleiche raus. Die Kristalle haben um die fünfzig Euro gekostet. Ich habe mir das im Internet angesehen, das sind sehr gute Preise. Aber über diesen Tee wollte Liz nicht reden, ich habe kein Wort aus ihr rausgebracht.«

Das klang nicht gut, fand Jan. Meistens schaltete seine Tante auf stur, wenn sie etwas zu verbergen hatte. Die Steine waren allerdings tatsächlich eher günstig als übertsteuert, so viel verstand er inzwischen selbst von der Materie. »Mal sehen, was bei der Müller rauskommt. Ich nehme mir Liz sonst mal selbst vor.«

»Viel Erfolg«, grummelte Felix.

Jan war nicht sicher, ob die Bemerkung seiner Tante oder der Frau galt, die er auf Wunsch von Lena besuchen sollte. Anna Müller war schon Ende siebzig, jedoch noch rüstig und fit genug, um ihr Haus und ungefähr fünf Katzen zu versorgen. Sie war zwar etwas schrullig und hatte Überzeugungen, von denen sie keinen Millimeter abwich, aber Jan mochte sie.

Da mit Felix so weit alles geklärt war, holte Jan sein Handy hervor und rief Lena an. »Ich fahre jetzt los.«

»Gut. Ich bin schon hier. Hast du deinen Arztrucksack dabei?«

»Sicher, aber wieso …«

»Erkläre ich dir, wenn du hier bist. Vermutlich hilft der sowieso nicht.«

Jan verstand kein Wort, aber die Antwort war nur gut fünfzehn Minuten mit dem Motorrad entfernt. Er verabschiedete sich von seinen Freunden und fuhr los.

Als er vor dem alten, reetgedeckten Bauernhaus neben Lenas Wagen anhielt, fiel ihm eine Parallele zu Felix' Resthof auf. Auch dieses Grundstück hier lag direkt am Wasser, allerdings nicht an der Schlei, sondern an der Ostsee. Hinter einem schmalen, brachliegenden Feld befand sich ein mit Steinen übersäter Strand, an den die Wellen schlugen. Vom ersten Stock aus musste man einen atemberaubenden Ausblick haben.

Das Haus würde ihm gefallen und er verstand, warum Anna Müller hier wohnen und irgendwann sterben wollte. Freiwillig gab niemand einen solchen Platz auf.

Jan stieg von seinem Motorrad und bewunderte die Stockrosen, die in allen möglichen Farben rechts und links neben der Haustür wuchsen.

Ehe er klingeln konnte, riss Lena die Tür auf. »Gut, dass du da bist«, sagte sie hektisch, ohne sich lange mit einer Begrüßung aufzuhalten. »Komm mit in die Küche.«

Jan folgte ihr und erschrak, als er sah, dass Anna Müller wie ein Häuflein Elend am Küchentisch saß. Er musterte die alte Frau kritisch. Sie hatte seit ihrer letzten Begegnung vor ungefähr drei Wochen beträchtlich an Gewicht verloren. Ihre sonst so gesunde Gesichtsfarbe war trotz des schönen Wetters eher grau. Die hellbeige Bluse schlackerte um ihren Oberkörper.

»Mensch, Frau Müller«, begrüßte er sie lächelnd. »Was machen Sie denn bei dem schönen Wetter hier drinnen?«

»Ach, Jan«, machte sie eine wegwerfende Handbewegung, »du hättest doch nicht extra vorbeikommen müssen. So langsam kommt wohl doch das Alter durch.« Sie schüttelte den Kopf und in ihren bisher so matten Augen blitzte etwas von ihrer sonstigen Energie auf. »Oder aber hier stimmt tatsächlich etwas nicht. Das behauptet jedenfalls deine Freundin.«

Jan hatte kein Problem damit, dass die ältere Generation ihn duzte, er jedoch warten musste, bis ihm das Du angeboten wurde. So war es hier eben. »Wo drückt denn der Schuh?«, fragte er und setzte sich auf den Stuhl neben ihr.

»Müde. Ich bin einfach nur müde. Den ganzen Tag. Von morgens bis abends. Vielleicht ist es am Ende des Lebens eben so.«

»Das mag sein, aber ich möchte mir das trotzdem einmal ansehen. Darf ich Ihren Blutdruck messen?«

»Natürlich.«

Jan gefiel es nicht, dass ihr Handgelenk so schmal geworden war. Der bedrohlich niedrige Wert, den das Messgerät ihm wenig später anzeigte, alarmierte ihn noch mehr. »Na, dann erzählen Sie mal. Wie lange geht das denn schon so?«

»Seit einem Mittwoch«, begann die alte Dame so ernsthaft, als ob sie einem Polizisten Bericht erstatten würde. »Aber dann kam ja am Freitag zum Glück der Tee und half. Doch am Ende des Wochenendes wurde es wieder schlimmer. Ich habe dann ordentlich weitergetrunken und es war ein Auf und Ab, nun ist es jedoch seit vorgestern gar nicht mehr gut. Aber so ist es eben, wenn man alt wird. Ich hätte ja akzeptiert, dass es nun langsam zu Ende geht, aber Lena bestand darauf, dich unbedingt herzurufen.«

Er hätte Lenas stumme Pantomime hinter dem Rücken seiner Patientin nicht gebraucht, um bei der Erwähnung des hilfreichen Getränks misstrauisch zu werden. »Das hat Lena genau richtig gemacht. Was ist denn das für ein Tee?«

»Der schmeckt gut und wirkt wie ein ordentlicher Kaffee. Aber ohne, dass ich davon Magenschmerzen bekomme. Ist zwar nicht billig, aber das ist er mir wert. Ich gönne mir ja sonst nichts.«

Etwas Schwarzes vor dem Fenster lenkte Jan kurz ab, entpuppte sich dann aber als Tarzan, der im Garten herumstromerte. »Kann ich mir den Tee mal ansehen?«

»Ich hole ihn«, bot Lena sofort an.

»Die rote Dose im Regal«, erklärte Frau Müller.

Als Jan den Deckel des antiken Porzellanbehälters abhob, kam ihm ein Geruch entgegen, der ihn alarmierte. Wenn er sich nicht sehr irrte, enthielt die Mischung Mate. Das südamerikanische Kraut wirkte aufputschend und appetithemmend zugleich. Normalerweise war es in vernünftiger Dosierung harmlos, aber bei einer älteren Frau, die sowieso schon sehr schlank war, konnte der Tee negative Folgen haben. Außerdem war da noch etwas anderes enthalten, was er jedoch nicht identifizieren konnte.

Lena hielt ihm einen Zettel hin, auf dem handschriftlich etwas notiert war. *Mindestens eine, besser zwei Kannen täglich, 200 Gramm, 180 Euro.*

Jan musste heftig kämpfen, um das Ganze nicht mit einem unflätigen Fluch aus seiner Bundeswehrzeit zu kommentieren.

Seiner Patientin war Jans angespannte Miene trotzdem nicht entgangen. »Das ist bio und kommt aus Südamerika«, verteidigte sie sich, »da kostet das schon mal etwas mehr.«

»Das mag sein. Aber ich halte es für sehr gefährlich, wenn Sie etwas zu sich nehmen, das die Mädchen aus dem Fernsehen trinken, um abzunehmen.« Das war zwar sehr stark vereinfacht, aber die Botschaft kam sichtlich an.

Frau Müller zuckte zusammen, bewegte unruhig ihre Hände und fummelte dann an der kleinen gehäkelten Decke herum, die mitten auf dem Tisch lag. »Na, das ist ja mal ein Ding. Nee, abnehmen will ich doch gar nicht. Da muss sich der Herr Doktor wohl vertan haben.«

Herr Doktor? Jan hatte alle Mühe, ruhig zu bleiben. Er zwang sich zu einem lockeren Ton. »Nanu, Frau Müller. Seit wann sind Sie mir denn untreu geworden?«

Die Wangen der älteren Frau röteten sich. »Das wollte ich doch eigentlich gar nicht. Aber der andere Herr Doktor kam gerade dazu, als der junge Schnösel so aufdringlich geworden war. Und da sind wir ins Schnacken gekommen und es hatte sich dann so zufällig ergeben.«

Bei der Bezeichnung ›Schnösel‹ dachte Jan sofort an den verdächtigen Finanzberater. »Meinen Sie Arne Sanders?«

»Aber nein, der Arne ist doch ein ganz Netter, der sich um mein Geld kümmert. Da war noch so ein anderer. Der hatte mir seine Karte hiergelassen, aber die habe ich gleich im Kompost entsorgt. Der wollte doch tatsächlich, dass ich ihm mein Haus verkaufe! Aber keineswegs, um hier zu wohnen, sondern um eine kleine Feriensiedlung daraus zu machen. Das konnte er natürlich vergessen. Für ein so nettes Paar wie du und deine Lena würde ich ja über einen Verkauf nachdenken, aber doch nicht für einen weiteren Klotz in der Landschaft! Nee. Das kommt nicht infrage. Aber als ich dem Mann das gesagt habe, wurde er sehr unangenehm. Da war ich man richtig was froh, dass in diesem Moment gerade der andere Herr Doktor vorbeikam.«

Was für ein Zufall! Jan hätte vor Wut fast mit den Zähnen geknirscht. »Und wie heißt mein Kollege?«, fragte er ruhig, obwohl ihm das letzte Wort nur schwer über die Lippen kam und er fast daran erstickt wäre.

»Ralph. Mit ph. Er fährt einen richtig schicken Wagen und weiß sich auch anzuziehen.«

»Den kenne ich leider nicht.«

»Er kommt immer freitags vorbei und bringt neuen Tee.«

Die Vorstellung, dass seine Patientin jede Woche fast zweihundert Euro für Tee zahlte, der sie frühzeitig ins Grab brachte, war zu viel. »Ich werde ...«, begann er aufgebracht, kam aber nicht weiter, weil Lena ihm eine Hand auf den Arm legte.

»Schreibst du ein Rezept aus, das ich für Frau Müller einlösen kann?«, bat sie ihn ruhig.

Er verstand die stumme Warnung, die in Lenas Blick lag, und riss sich zusammen. Aber der Zeitpunkt würde kommen, an dem er sich diesen sogenannten Kollegen vornahm. Wenigstens verstand er nun, dass sich Heiner Zeiskes Frau wegen des Scharlatans so aufgeregt hatte. »Natürlich«, erwiderte er und zwang sich zu einem Lächeln. »Machen Sie sich keine Sorgen, Frau Müller. Mit dem *richtigen* Tee, ordentlicher Ernährung und einem kleinen Spaziergang bekommen wir Sie ganz schnell wieder auf die Beine. Ihre Katzen und Ihr Garten brauchen Sie ja schließlich noch.« Diese winzige Spitze gegen seinen Konkurrenten hatte Jan sich nicht verkneifen können und ignorierte Lenas Stirnrunzeln. »Ich schreibe Ihnen noch ein paar Tropfen auf, die Ihnen Ihre Energie zurückbringen. Trotzdem behalten wir die nächsten Tage Ihren Blutdruck im Auge. Ich hoffe, das ist Ihnen recht.«

»Aber natürlich, mein Junge. Morgen habe ich dann auch ein paar Kekse da.«

»Wenn das kein Grund ist, noch einmal vorbeizusehen!«

Frau Müller strahlte ihn an. Obwohl er innerlich noch kochte, gelang ihm ein weiteres Lächeln. Er verstaute sein Blutdruckmessgerät und schrieb ein Rezept für zwei Medikamente auf, die Frau Müller hoffentlich schnell helfen würden.

»Bleiben Sie ruhig sitzen. Ich finde schon alleine raus«, schlug er vor und verabschiedete sich herzlich.

»Ich bringe dich noch zu deinem Motorrad«, sagte Lena und folgte ihm nach draußen. Als sie vor seiner Ninja standen, umarmte sie ihn fest. »Bin ich froh, dass du dich nicht aufgeregt hast. Ich habe ja bemerkt, dass du kochst.«

»Das kannst du wohl laut sagen. Ich hatte das Gerede von Heiners Frau nicht wirklich ernst genommen, aber das hier ist doch ein klarer Mordversuch. Versuchst du bitte, noch mehr über diesen Ralph herauszufinden? Und frag auch mal, ob Frau Müller was von dieser ominösen Heilerin oder Hexe namens Schaima weiß.«

»Na klar. Sie hat mir schon erzählt, dass der Typ freitags leider immer zu unterschiedlichen Zeiten kommt. Um ihn hier abzufangen, müssen wir uns noch was einfallen lassen.«

»Machen wir. Aber was anderes: Ich bin ja heilfroh, dass du hier warst und gemerkt hast, dass mit der alten Müller was nicht stimmte. Aber was wolltest du eigentlich bei ihr?«

Plötzlich interessierte sich Lena auffällig für Jans Motorrad, das sie ja nun wirklich gut kannte. »Das ist ein wenig kompliziert«, meinte sie zögernd. »Darüber reden wir ein anderes Mal. Ja?«

Am liebsten hätte er nachgehakt, aber leider kannte er Lenas Sturheit zu gut. »Na gut. Es ist jedenfalls lieb, dass du Frau Müller die Medikamente besorgst. Ich hätte es gehasst, sie ins Krankenhaus einweisen lassen zu müssen. Ich schau heute Abend wieder bei ihr vorbei.«

Lächelnd schüttelte Lena den Kopf. »Lass mal, du hast genug um die Ohren. Ich übernehme das und sage dir Bescheid, falls du gebraucht wirst. Sieh lieber zu, dass du noch was zu essen bekommst, ehe die Nachmittagssprechstunde losgeht. Ich habe dir was in den Kühlschrank gestellt.«

Daran, so umsorgt zu werden, hatte Jan sich noch nicht gewöhnt und war weit davon entfernt, das für selbstverständlich zu halten. Er küsste Lena sanft. »Du bist meine Lebensretterin, denn ich habe Hunger.« Als ob er zustimmen wollte, knurrte im selben Augenblick sein Magen.

Lachend schob Lena ihn von sich. »Hau schon ab. Wir sehen uns heute Abend zu Hause.«

›Zu Hause‹ klang verdammt gut, musste Jan zugeben. Allerdings sollte es ihm ernsthaft zu denken geben, dass ihm bei diesem Begriff keine Sekunde seine eigene Wohnung in den Sinn kam.

Jan sah noch einmal über das Feld hinweg zur Ostsee und genoss die salzige Luft. »Ich werde nie verstehen, wieso man sich bei diesem schönen Wetter in einen Blechkasten zwängt«, überlegte er laut und genoss das Funkeln in Lenas blauen Augen.

»Noch ein Wort und ich fahre deine Ninja!«

»Sorry, aber ein Wagen mit Blümchen auf der Motorhaube passt nicht zu meinem Image.«

Lenas Lächeln hätte ihn warnen müssen.

»Stimmt, das passt weder zu James Bond noch zu Indiana Jones«, erwiderte sie spitz. »Ich hoffe, du hast der Barbiepuppe klargemacht, dass du in festen Händen bist.«

Kopfschüttelnd zog Jan sie an sich. »Na, da war der Dorfklatsch ja wieder fleißig und blitzschnell.« Er seufzte. »Du weißt doch, dass ich auf attraktive Blondinen mit langen Haaren stehe.« Als Lena sich empört von ihm lösen wollte, hielt er sie fest. »Aber nur auf eine ganz bestimmte. Übrigens: Wenn ich mich nicht sehr täusche, dann ist da zwischen Babs und Julian mehr als nur eine berufliche Partnerschaft.

»Na gut«, murmelte Lena versöhnlich und schmiegte sich kurz an ihn. »Nun aber los mit dir«, befahl sie schließlich lachend.

Kapitel 8

Jan atmete auf, als der letzte Patient des Tages sein Sprechzimmer verließ. Wieder einmal machte sich Gerdas Praxismanagement bezahlt: Sie vergab die Randtermine grundsätzlich zuletzt und hatte ihnen so schon manchen frühen Feierabend beschert.

Ein Jammer, dass dieser Finanzheini erst morgen Zeit hatte. Jan hätte ihn zu gerne sofort getroffen. Geduld hatte noch nie zu seinen Stärken gehört und für einen ruhigen Abend zu Hause war er nicht in Stimmung. Am besten setzte er sich aufs Motorrad und ...

Gerdas laute Stimme drang aus dem Vorzimmer zu ihm herein und unterbrach seine Überlegungen. Auch wenn Jörg seine Sprechstundenhilfe als ›Praxisengel‹ bezeichnet hatte, traf es ›Drache‹ manchmal auch ganz gut – und anscheinend war es gerade mal wieder so weit, Letzterem alle Ehre zu machen.

»Der Herr Doktor hat schon Feierabend. In Kappeln oder Damp gibt es auch Ärzte«, belehrte sie jemanden.

»Ich wollte privat zu Jan, kann aber auch gerne draußen warten«, lautete die erstaunlich friedliche Antwort von Heiner Zeiske.

»Ich wüsste nicht, was Sie mit dem *Herrn Doktor* zu besprechen haben«, fauchte Gerda.

Ehe das Ganze ausartete, ging Jan zur Tür. »Schon gut, Gerda«, sagte er zu ihr und versuchte krampfhaft, sich ein lautes Lachen zu verkneifen. »Komm ruhig rein, Heiner. Und danke, dass du die Absperrung vorhin übernommen hast.«

»Heiner?«, fragte Gerda fassungslos.

Jan hatte es bisher nicht oft erlebt, dass seiner patenten Helferin die Worte fehlten. Und auch den ehemaligen Polizisten hatte er noch nie zuvor so herzlich lachen sehen.

»Es wäre mir eine Ehre, wenn ich auch dir das Du anbieten dürfte, liebe Gerda. Ich heiße Heiner«, sagte er mit einem schelmischen Lächeln, das ihn um Jahre jünger machte.

»Die ganze Welt ist verrückt geworden!«, schnaubte Gerda. »Na, meinetwegen. Ich gehe, dann habt ihr eure Ruhe, für was auch immer!« Die Tür knallte hinter ihr ins Schloss.

»Autsch«, kommentierte Heiner den Abgang. »Die ist sauer.«

»Nur, weil sie nicht wusste, dass wir uns neuerdings duzen. Willst du mit in mein Zimmer kommen oder sollen wir uns kurz draußen hinsetzen? Kaltes Bier müsste ich auch noch haben.«

»Danke für das Angebot, aber ein Schluck Wasser wäre mir lieber. Dauert auch nicht lange, ich wollte dir nur was Neues erzählen.«

»Geh ruhig schon mal vor. Ich bringe was zu trinken mit raus.«

Früher hatte Jan die Terrasse gemieden, weil er den neugierigen Blicken der Arztwitwe aus dem Nachbarhaus ausweichen wollte. Aber seitdem Elvira auf Reisen war, nutzten Lena, Tarzan und er den Garten ab und zu.

Als Jan kurz darauf die Terrasse betrat, stellte er eine Flasche Wasser und zwei Gläser auf dem kleinen Holztisch ab.

»Hübsch hast du es hier«, begann Heiner. »Hast du eigentlich noch mal was von Elvira gehört?«

»Nein, ich habe aber auch nicht nach ihr gefragt.«

»Kann ich verstehen. Laut meiner Frau sagt die Gerüchteküche, dass Elvira dir was antun wollte.«

Falls Heiner darauf hoffte, die ganze Geschichte von Jan zu erfahren, würde er enttäuscht werden.

Aber noch bevor Jan irgendetwas dazu sagen konnte, winkte der ehemalige Polizist bereits ab. »Ich will gar nicht wissen, was war, sondern dir nur sagen, was man so tratscht. Deswegen bin ich auch hier.«

Jan trank einen Schluck Wasser. »Wegen des Geredes über Elvira?«, fragte er erstaunt.

»Nein, das meinte ich nicht. Ich habe Irene gefragt, warum sie dich neulich so hart angegangen ist, als wir uns über den Weg liefen. Ich selbst hatte nämlich noch nie von einem Scharlatan gehört, der hier in der Gegend aktiv sein soll. Aber auch um den ranken sich Gerüchte. Allerdings muss man sehr tief graben, um von ihnen zu hören.«

Nun hatte Heiner Jans volle Aufmerksamkeit. »Und du hast jetzt Informationen über den Kerl?«

»Leider noch nicht viel. Es scheint da jemanden zu geben, der gezielt ältere Damen und Herren anspricht, um ihnen völlig überteuerte Tees, irgendwelche Kräuter und anderes Gedöns anzudrehen. Eine von Irenes Freundinnen aus dem Kegelklub hatte so etwas gekauft. Fünfhundert Euro für ein paar Glitzersteinchen und eine Handvoll Tee, die Wunder wirken sollen. Aber der Kerl scheint höllisch vorsichtig zu sein, denn Irene kannte nicht mal seinen Namen. Wenn du mich fragst, weiß er genau, wem er das Geld aus der Tasche ziehen kann und wer ihn vom Hof jagen würde.«

»Und das macht deine Frau so sauer?«

»Da kamen wohl zwei Dinge zusammen. Diese Freundin muss mit einer kleinen Rente auskommen und Irene hatte den Eindruck, dass es ihr durch das Zeug eher schlechter als besser geht.«

Obwohl Jan immer noch nicht sicher war, was er von Heiners Wandlung halten sollte, entschied er sich, ihm von Anna Müller zu erzählen. Als er geendet hatte, ging er sogar noch einen Schritt weiter. »Wenn der liebe Ralph sie am

Freitag besuchen will, wäre es ganz gut, wenn jemand in ihrer Nähe ist, der harmlos wirkt.«

Heiner begriff sofort, worauf Jan hinauswollte. Sein Lächeln schien ehrlich zu sein. »Ich habe sowieso nichts zu tun und bin über jede Abwechslung froh. Ich spiele am Freitag einfach mal den Helfer im Garten. Den kann Anna bestimmt ganz gut gebrauchen, wenn sie nicht so auf dem Damm ist.«

»Das passt dann doch perfekt. Ich werde gleich ...« Jan brach mitten im Satz ab, als es in einiger Entfernung hinter ihm laut knackte. Er sprang auf und wollte reflexartig nach seiner Pistole greifen, die sich jedoch in seiner Schreibtischschublade befand. Angestrengt starrte er auf die Büsche an der Grenze von Elviras Gartenanteil, konnte aber nichts erkennen.

Auch Heiner war aufgestanden und blickte in dieselbe Richtung. Der ehemalige Polizist deutete erst auf sich, dann auf die Büsche und gab Jan ein Zeichen, dass er den möglichen Eindringling von der Straße aus abfangen sollte.

Jan nickte knapp und ging dann lautlos zurück ins Haus. Er rannte durch seine Praxis und riss die Haustür auf. Eine ältere Dame, die ihren Dackel ausführte, sah ihn irritiert an, als er an ihr vorbeistürmte und um das Gebäude herum in den Garten seiner Vermieterin sprintete. Dort traf er jedoch nur Heiner, der nachdenklich auf den Boden vor einigen Lebensbäumen blickte.

Obwohl es dort recht trocken war, zeichnete sich deutlich das Muster eines Sportschuhs ab.

»Meinst du, das ist schon älter?«, fragte Jan.

»Ich halte den für frisch.«

In ihrer Nähe wurde ein Motorrad gestartet.

»Verdammt!« Jan sprintete wieder zurück zur Straße, sah aber nur noch, dass sich eine Geländemaschine in hohem

Tempo entfernte. Das Kennzeichen war so dreckverschmiert, dass er es nicht entziffern konnte.

Wesentlich langsamer war Heiner ihm gefolgt. »Tja, da wollte wohl jemand wissen, worüber wir geredet haben.«

»Das mag sein, aber woher wusste derjenige überhaupt, dass wir dort sitzen? Ich nutze die Terrasse nicht oft.«

Heiner drehte sich langsam um die eigene Achse, blickte sich aufmerksam um und schüttelte dann den Kopf. »Es können einige gesehen haben, dass ich vorbeigekommen bin.« Er musterte Jan. »Trägst du eigentlich deine Waffe wieder? Deine instinktive Bewegung eben war nicht zu übersehen.«

Jan zögerte und nickte dann. »Ja, aber nur außerhalb der Praxis. Deshalb hatte ich sie auch nicht griffbereit.«

Nachdenklich blickte Heiner an ihm vorbei und gab sich dann einen Ruck. »Schon merkwürdig, wie sich die Dinge manchmal entwickeln. Ich weiß noch, wie ich dachte, dass du ein gewissenloser Idiot bist, der illegal eine Waffe trägt und damit herumfuchtelt.«

»Na, das weißt du ja heute besser ... hoffe ich.«

»Klar, ich kann dir sogar den Paragrafen aus dem Waffengesetz zitieren, der dir aufgrund einer besonderen Gefährdung den Waffenschein sichert. Wenn ich das richtig zusammenklabüstert habe, müsste das Paragraf acht sein. Anscheinend erlaubt man Soldaten bestimmter Einheiten pauschal das Tragen einer Waffe, weil man Angst vor Racheakten hat. Wenn du mich fragst, ist eine solche Praxis ziemlich heikel, aber was soll's. Das ist dann eben so. Es gibt jedoch eine Sache, die mich wirklich beschäftigt: Konntest du deine Waffe mit Beendigung des aktiven Dienstes tatsächlich einfach so mitnehmen?«

Das ehrliche Interesse amüsierte Jan – da kam bei Heiner eindeutig der ehemalige Beamte durch. »Nein, so einfach ist bei der Bundeswehr nichts. Zum einen bin ich zwar offiziell ausgeschieden, kann aber jederzeit wieder reaktiviert werden. Und zum anderen wurde der Restwert der Walther bis auf den letzten Cent genau berechnet und ich musste sie bezahlen. Ich hätte es aber nicht übers Herz gebracht, sie zurückzulassen.«

»Das verstehe ich, mir ist es auch höllisch schwergefallen, meine Pistole abzugeben.« Heiner hielt kurz inne und schien noch etwas sagen zu wollen, schüttelte dann aber nur den Kopf.

»Ich gehe dann mal. Und wegen Freitag ist ja alles klar. Wenn du vorher noch was Neues hörst, dann melde dich. Und wenn du Hilfe gebrauchen kannst, ja sowieso.«

»Mache ich«, versprach Jan, wusste aber nicht, ob er das Angebot wirklich annehmen würde.

Heiner ging zwei Schritte, blieb dann stehen und drehte sich wieder um. »Nur mal so, quasi fürs Protokoll«, meinte er zögernd. »Ich hatte schon lange den Verdacht, dass mein Sohn Dreck am Stecken hat. Aber ich dachte eher an Steuertricksereien, deshalb habe ich da nicht nachgehakt. Ich hätte niemals bei einer solchen Sache ein Auge zugedrückt.«

Jan rechnete es Zeiske hoch an, dass er das Thema zur Sprache brachte. Und da es letztlich Heiners Schuss gewesen war, der seinen Sohn zur Strecke gebracht hatte, glaubte Jan ihm. »Ich kann mir nicht einmal ansatzweise vorstellen, wie du dich damals gefühlt hast.«

Heiner lachte, es klang bitter. »Nun ja, der Herzinfarkt, den ich mir direkt nach dem Abdrücken eingefangen habe, spricht ja für sich. Ich habe mich nie dafür bedankt, dass du mich damals gerettet hast. Es gab aber auch eine Zeit, da war ich dir dafür nicht übermäßig dankbar. Meine Frau ... Ach, egal«, unterbrach er sich, »du hast Feierabend. Danke fürs Zuhören und für den Nebenjob bei der alten Anna!« Heiner war verschwunden, ehe Jan ein passender Kommentar eingefallen war.

Er sah ihm gedankenverloren nach und erinnerte sich dumpf an eine Fernsehdokumentation, in der es darum ging, dass selbst Serienmörder von ihren Müttern bedingungslos geliebt wurden. Anscheinend gab Heiners Frau Jan und auch ihrem eigenen Mann die Schuld daran, dass ihr Sohn im Gefängnis saß. Zum ersten Mal überhaupt empfand Jan Mitleid mit dem ehemaligen Polizisten, der sich vermutlich fragte, was er eigentlich falsch gemacht hatte.

Jörg beobachtete das Gewusel der herumrennenden Meerschweinchen und war zufrieden. Die Arbeit, die Felix und er geleistet hatten, hatte sich definitiv gelohnt. Sie hatten vier Holzbohlen zu einem großen Rechteck zusammengeschraubt und den Untergrund mit Teichfolie aus einem Baumarkt ausgelegt. Darauf war dann noch eine Schicht aus Streu gekommen – und fertig war das Gehege. Ein paar kleinere Holzbretter, an die sie Kanthölzer als Beine geschraubt hatten, bildeten Unterstände. Das Ganze sah zwar etwas rustikal aus, aber den Tieren schien es zu gefallen. Sie knabberten am Heu oder dem Salat und rannten umher. Der Schwarze schien der Anführer zu sein.

Es machte zwar durchaus Spaß, den Meerschweinchen zuzusehen, aber dennoch zweifelte Jörg daran, dass es schlau gewesen war, das Gehege ausgerechnet in Felix' Schlafzimmer aufzubauen. »Ich möchte zu gerne wissen, was Liz dazu sagt«, zog er seinen Freund auf.

Felix brummte etwas Unverständliches vor sich hin, wirkte aber schlagartig unsicher. »Die Tiere können ja umziehen, aber dann brauchen wir draußen etwas, was gegen Füchse, Marder und Ratten gesichert ist. Und das wird teuer und kostet Zeit.«

»Apropos teuer. Hast du Liz schon wegen dieser Kräuterpampe angesprochen?«

Felix seufzte. »Nee. Sie ist nicht mehr ans Telefon gegangen und hat auch auf keine WhatsApp geantwortet. Auch nicht, als Jan es versuchte. Ich glaube, ihr ist es peinlich, dass sie auf einen Abzocker reingefallen ist.«

»Kann ich verstehen. Aber nach dem, was Jan erzählt hat, müssen wir den Kerl aus dem Verkehr ziehen.«

»Das stimmt zwar, ist aber eigentlich die Sache deiner Kollegen. Du hast da echt eine nette Art, deine freien Tage zu verbringen ... Habe ich eigentlich erwähnt, dass Jo gleich kommt? Wir wollen uns noch was ansehen.«

Jörg rollte demonstrativ mit den Augen. »Nein. Das hast du *zufällig* vergessen. Was habt ihr denn vor?«

»Lass uns das draußen bei einem *Jever* beschnacken«, schlug Felix vor.

Jörg erkannte ein Ausweichmanöver, wenn er einem begegnete, aber in diesem Fall ignorierte er es. Denn ein kühles Bier konnte er nach der Arbeit gebrauchen.

Von der Terrasse aus hatten sie einen direkten Blick auf die Koppel mit den Ponys und Pferden und die dahinterliegende blaue Wasseroberfläche der Schlei, die im Licht der Sonne an einigen Stellen silbrig glitzerte. Nur das Bellen von Rambo, der vergeblich einigen Vögeln nachjagte, störte die Stille.

»Du lebst hier in einer absoluten Idylle«, stellte Jörg fest und genoss den ersten Schluck Bier.

»Ihr nebenan doch auch«, meinte Felix. »Irgendwann wird das alles dir gehören. Du solltest dich allerdings vorher um eine Familie kümmern, denn für einen alleine ist es einfach zu groß.«

Jörg brauchte einen Moment, bis er begriffen hatte, was Felix gerade gesagt hatte, und verschluckte sich prompt.

»Du spinnst«, brachte er trotz eines Hustenanfalls hervor. »Und zwar in mindestens zweifacher Hinsicht. Zum einen ist Familie nicht in Sicht. Und zum anderen wohne ich zwar bei Jo und seiner Frau, aber die beiden haben Kinder, die den Hof später erben werden.«

»Ich habe nichts gesagt, sondern nur laut gedacht«, wich Felix ihm aus.

Jörg zog es vor, das Thema nicht zu vertiefen. Den Gedanken, die beiden Menschen zu verlieren, die für ihn Ersatzeltern geworden waren, ließ er nicht zu. »Und was hast du heute Abend mit Jo vor?«, erkundigte er sich stattdessen noch einmal.

»Wir wollen uns nur was ansehen. Normalerweise würde ich sagen, du kannst mitkommen, aber das würde zu eng werden.«

Zu eng? »Was habt ihr vor?«, wiederholte er und betonte jedes Wort überdeutlich. Die Art und Weise, wie sein Freund den Kopf zwischen die Schultern zog, verriet Jörg nur zu deutlich, dass hier etwas geplant war, was ihm nicht gefallen würde.

»Nun mach kein Drama draus. Wir wollen nur eine kleine Bootstour machen«, erklärte Felix.

»Bootstour?« Und daraus machte sein Freund ein solches Geheimnis? Im nächsten Moment begriff Jörg den Zusammenhang. »Port Olpenitz? Was versprecht ihr euch denn davon?«

»Nur einen raschen Blick. Ich weiß doch auch nur, dass der erschossene Naturschützer gegen die Ferienhäuser gewettert hat. Und da dachte ich mir, so ein kleiner Blick auf die Siedlung schadet ja nicht.«

Jörg lehnte sich auf dem klapprigen Stuhl zurück und zuckte zusammen, als es bedrohlich unter ihm knirschte. Die Gartenmöbel hatten ihre beste Zeit eindeutig schon hinter sich. »Ich finde die Idee großartig.«

»Wirklich?«

»Klar! Bestimmt läuft da jemand herum, der ein Schild hochhält, auf dem steht: Ich bin der Mörder!«

Zuerst brummte Felix, dann lachte er. »Das wäre doch ideal. Was meinst du, wie Jan dann gucken würde!«

Mit Jan zusammen hätte Jörg sich den Ausflug vorstellen können. Der Gedanke, dass Jo, der die siebzig schon überschritten hatte, und Felix, dessen angeschlagene Gesundheit sich seit Hannibals Tod wieder deutlich zeigte, gemeinsam losziehen wollten, gefiel ihm jedoch nicht. »Ich habe einen anderen Vorschlag: Du machst das Zimmer für deine Feriengäste fertig und ich übernehme die Bootstour.«

»Das kannst du vergessen«, widersprach Felix sofort. »Aber tu dir keinen Zwang an: Du darfst gerne die Betten beziehen und ein wenig Staub wischen.«

»Vergiss es. Das machst du schön selbst. Ich finde die Idee, dass das Mädel und ihre Mutter hier einziehen, übrigens sehr gut. Es ist ein Jammer, dass so viele Zimmer leer stehen, und so habt ihr alle was davon. Das Geld kannst du ja gut gebrauchen. Wenn nicht, sag es, dann nehme ich es es.«

Felix schnaubte. »Mir gefällt der Gedanke, ehrlich gesagt, überhaupt nicht. Aber ich wollte Jan den Gefallen nicht abschlagen. Auf Dauer will ich hier jedoch keine fremden Leute wohnen haben. Und so viel halte ich von dieser Andrea auch nicht.«

»Andrea?«, mischte sich plötzlich jemand ein, mit dem Jörg nicht gerechnet hätte.

Felix war erst zusammengezuckt und dann etwas unsicher aufgestanden. Er starrte Liz an, als ob sie ein Gespenst wäre. »Liz?«, fragte er verwundert.

Seine Freundin rollte ausdrucksvoll mit den Augen. »Na, selbstverständlich.« Sie fasste ihn sanft an den Schultern. »Es war schon schlimm, dass ich gestern Abend nicht mehr fahren konnte, aber der Akku war leer. Ich habe im Büro alles so organisiert, dass ich diese Woche hierbleibe. Mein Tässchen liegt auch schon an der Leine und lädt brav auf.«

Liz' neuste Errungenschaft erklärte, wieso Jörg ihren Wagen nicht gehört hatte. Der Tesla, den sie liebevoll ›Tässchen‹ nannte, machte schlicht und einfach aufgrund des Elektromotors keine Geräusche. Vor zwei Monaten hatten Jan und Jörg fluchend eine dieser Wandladestationen neben dem Haus installiert, damit das Fahrzeug nachts Strom tanken konnte.

Gewohnt resolut übernahm Liz sofort das Kommando. »Was war mit Andrea? Und habt ihr überhaupt schon was Vernünftiges gegessen?«

Jörg zog es vor, sämtliche Antworten Felix zu überlassen, und lehnte sich entspannt auf seinem Stuhl zurück. Dann hörte er, dass ein weiterer Wagen vor dem Haus hielt. Das musste Jo sein.

Grinsend griff Jörg nach seiner Flasche Bier. »Mach dir keine Sorgen, Felix. Ich vertrete dich bei Jo. Ach, eins noch«, ergänzte er und sah Liz fest an. »Kein Mensch denkt schlecht von dir, nur weil du diesen übertreuerten Tee gekauft hast. Aber wir müssen wissen, wo du den herhast! Eine ältere Frau wäre an einer solchen Giftmischung fast gestorben.« Das war zwar etwas übertrieben, aber deswegen hatte Jörg kein schlechtes Gewissen.

Liz schüttelte den Kopf so heftig, dass ihre Kette mit den bunten glitzernden Steinen klimperte. »Was habt ihr nur alle mit dem Tee? Der ist völlig in Ordnung und sehr gesund. Und mehr erfahrt ihr darüber nicht – zumindest nicht von mir. Das geht euch nämlich gar nichts an! Von wegen Giftmischung. Ihr habt ja einen Knall. Richte das bitte auch Jan aus. Wenn ihr sonst keine Probleme habt, muss es euch wirklich gut gehen!«

Jörg konnte nicht glauben, dass Liz sich auf die Seite dieses ominösen Quacksalbers schlug, wusste aber, dass ihn ein handfester Streit im Augenblick auch nicht weiterbringen würde. »Trink das Zeug bloß nicht!«, bat er seinen Freund stattdessen.

Ehe Felix antworten konnte, warf Liz ihren Kopf zurück. »Tut er ja sowieso nicht! Ihm ist es ja scheinbar egal, ob er wieder gesund wird oder nicht!«

Es war eindeutig Zeit, zu gehen. Keinen von ihnen ließ es kalt, dass niemand wusste, wie viel Zeit Felix blieb. Die Tränen, die sich plötzlich in Liz' Augen zeigten, gingen Jörg nahe, aber das mussten die beiden unter sich ausmachen.

Er berührte Felix leicht am Arm. »Ich sage dir Bescheid, wenn uns in Port Olpenitz was auffällt.« Obwohl er und Liz sich nicht übermäßig nahestanden, umarmte er sie kurz. »Mach dich bitte nicht verrückt, sondern genieße einfach den Abend. Regentage haben wir im Norden schließlich noch genug.«

Das war zwar nicht besonders subtil, aber in Liz' Mundwinkeln zeigte sich dennoch ein winziges Lächeln. »Hau bloß ab, ehe du noch ein Gedicht aufsagst ...«

Grinsend folgte Jörg ihrem Rat und fing Jo gerade noch ab, bevor er auf der Terrasse angelangt war. »Lass uns lieber abhauen.«

Jo bedachte den Tesla mit einem misstrauischen Blick. »Was meinst du, warum ich mich so schwer damit getan habe, die Terrasse anzusteuern? Ist der Bootstrip damit abgesagt?«

»Nö. Ich hätte nichts gegen eine Fahrt auf der Schlei oder der Ostsee, auch wenn ich mir nichts davon verspreche. Natürlich nur, wenn du mich mitnimmst.«

»Klar, wäre doch schade, wenn ich das Boot umsonst organisiert hätte. Ich erwarte aber auch nichts außer einem netten Ausflug, der Felix etwas Ablenkung gebracht hätte. Aber die braucht er ja nun nicht mehr.«

Laute Stimmen erklangen hinter dem Haus. Da ging es eindeutig heiß her.

Jo zögerte keine Sekunde und ging zurück zu seinem Wagen. »Dein Bier kannst du auch unterwegs austrinken«, rief er Jörg über die Schulter hinweg zu. »Los! Weg hier!«

Damit war ganz nebenbei auch die Frage geklärt, wer fuhr …

Kapitel 9

Jo musste nur wenige Kilometer fahren, dann hatten sie den Campingplatz in Olpenitz erreicht. An dem Steg deutete er auf ein knallrotes Motorboot.

Nun verstand Jörg, warum Felix gemeint hatte, dass es zu dritt eng werden würde. Das Ding war keine zwei Meter lang, hatte vorn zwei Plätze, ein Cockpit, das sehr überschaubar war und nur aus Steuerrad und Startknopf zu bestehen schien. Stauraum gab es kaum, denn direkt hinter den nicht gerade bequem aussehenden Sitzen hing auch schon der Außenbordmotor. Besonders vertrauenerweckend sah das Gefährt nicht aus.

»Ernsthaft?«, erkundigte sich Jörg. »Schwimmt das Ding überhaupt noch, wenn wir an Bord sind?«

Jo drückte ihm einen Kühlrucksack in die Hand. »Da ist noch Bier drin. Das bekommst du aber nur, wenn du ab jetzt die Klappe hältst und die *Alte Liebe* nicht beleidigst!«

Als ehemaliger Kampfschwimmer wusste Jo hoffentlich, was er tat. »Soll ich die Leinen losmachen?«

»Natürlich. Ich bin der Steuermann und du der Matrose.«

Obwohl er schon über siebzig war, sprang Jo sicher an Bord. Jörg unterdrückte ein Grinsen. Jo sah mit seinem muskulösen Körper und dem grauen Vollbart nicht nur wie ein Seebär aus, sondern war hier offensichtlich immer noch in seinem Element. Wesentlich weniger elegant folgte Jörg ihm, nachdem der Motor lief und er das Seil gelöst hatte.

»Der klingt wie eine Nähmaschine«, kommentierte Jörg den Sound.

Jo sah ihn kopfschüttelnd an und brummte etwas vor sich hin, wovon Jörg nur das Wort ›Landratte‹ verstehen konnte.

»Hey, das war als Kompliment gemeint!«, schob er hinterher. »Wem gehört der Kahn eigentlich?«

»Richie.«

Damit war dann wenigstens sichergestellt, dass das kleine Boot technisch in Ordnung war. Denn Richie gehörte die Werkstatt im Ort und er hatte einen hervorragenden Ruf als Schrauber.

Die Sonne stand zwar schon recht tief, aber es war noch angenehm warm. Jo lenkte das Boot in der Nähe des Schleiufers in die Richtung, in der die neue Ferienhaussiedlung lag.

Immer noch fragte Jörg sich, was Felix dazu bewogen hatte, einen solchen Ausflug vorzuschlagen. Als ehemaliger, extrem erfolgreicher Manager neigte er nicht zu Schnellschüssen, sondern wusste, was er tat. Allerdings hatte er auch die Angewohnheit, sich so lange in Schweigen zu hüllen, bis er sich einer Sache sicher war.

Die Schlei war eine Art Förde oder Meeresarm, die hier in die Ostsee mündete. Am Ufer fand man nur wenige sandige, strandähnliche Stellen, sondern überwiegend Schilf und Büsche, die ins Wasser hineinragten. Das würde sich jedoch schlagartig ändern, sobald Jo und Jörg das Meer erreicht hatten.

»Die Ostsee mit ihrem Strand und der Steilküste ist mir einfach lieber«, überlegte Jörg laut.

Jo brummte zustimmend. »Hoffe, das gilt nicht für unser Zuhause.«

»Nein, natürlich nicht«, lenkte Jörg sofort ein.

»Was ist denn das für eine Geschichte mit dieser Andrea?«, wollte Jo wissen. »Helga erwähnte da vorhin was, aber ich habe nicht so richtig zugehört.«

»Sie ist die Witwe von Jans Freund, der in Afghanistan gestorben ist. Ihre Tochter muss sich nach einer Lungenentzündung erholen, aber es war kein Platz in einer Kurklinik frei. Deshalb hat Gerda einen Dreh gefunden, dass sie bei Felix wohnen können. Die Behandlung übernimmt Jan dann wohl selbst.«

Jo betrachtete die Wasseroberfläche vor ihnen. »Das Mädel hat es Jan nicht leicht gemacht, als sie ihm die Schuld am Tod ihres Mannes gab«, sagte er dann.

»Genau das werfen Gerda und Lena ihr auch vor. Darum kann das noch lustig werden …«

»Frauen können wie Bestien sein«, stellte Jo seufzend fest.

»Und gerade die beiden wollen Jan natürlich beschützen. Auch sozusagen rückwirkend. Da wäre es vielleicht ganz gut, wenn du dich ein bisschen um Andrea und ihre Tochter kümmerst.«

»Soll ich uns ein Bier aus der Kühltasche holen?«, wich Jörg dem Vorschlag aus.

Jo legte den Kopf in den Nacken und lachte laut. »Das ist so typisch für dich. Du bist zu nett, um mir zu sagen, wie bescheuert du die Idee findest, und bietest mir stattdessen ein Bier an. Aber letztlich wirst du der Frau doch helfen, ganz egal, was ich sage.«

Auch wenn Jo für ihn wie der Vater war, den er nie kennengelernt hatte, musste er es nicht mögen, derart durchschaut zu werden. Etwas missmutig starrte Jörg in die Landschaft.

Neben ihnen tauchten am Ufer die ersten Ferienhäuser auf. Für Jörg war es nicht mehr als eine Ansammlung von zu eng nebeneinanderstehenden Reihenhäusern, allerdings mit traumhaftem Ausblick. Die Preise waren jedoch so hoch, dass ein Normalverdiener sich dort kein Haus kaufen konnte. Aus Neugier hatte er sich einmal eine Doppelhaushälfte angesehen und gestaunt, dass sie tatsächlich über eine Million Euro kosten sollte. Damit war das Thema für ihn durch gewesen. Soweit er gehört hatte, wurden die Immobilien von reichen Investoren oder als Steuersparmodell verkauft und dann an Touristen vermietet. Mittlerweile war die Siedlung teilweise so eng bebaut, dass ihm die Objekte nicht einmal mehr gefallen würden, wenn er das Geld dafür besessen hätte.

Jo war seinem Blick gefolgt und grinste. »Warte ab, bis wir zu den Hausbooten kommen. Die sind doch der eigentliche Hammer.«

Jörg lachte. Die schwimmenden Bungalows lagen in dem ehemaligen Marinehafen in Reih und Glied an einem Steg, kosteten nur eine halbe Million Euro und sahen aus wie schwimmende Wellblechcontainer. Wenn man die Dachterrasse auf dem Deck nutzte, war sichergestellt, dass sämtliche Nachbarn freien Blick auf einen hatten. Wer immer sich diese Konstruktionen ausgedacht hatte, war entweder ein Genie, weil er ein Vermögen verdiente, oder hoffte auf Menschen, die seinen Geschmack teilten.

»Lass uns ruhig mal in den Hafen reinfahren. Ich möchte sehen, wie viele davon schon bewohnt sind.«

Jo brummte zustimmend. »Mache ich.« Er wies mit dem Kopf auf eine Grünfläche. »Zum Glück haben die Idioten das kleine Stück vor uns als Naturschutzgebiet erhalten. Aber ob den Vögeln das winzige unbebaute Revier ausreicht, um dort zu brüten, weiß ich nicht.«

Ehe sie die an der Ostseeseite gebauten Häuser erreichten, mussten sie eine Landzunge umrunden, die weit in die Schleimündung hineinreichte. Jörg betrachtete erst den markanten grün-weißen Leuchtturm auf der anderen Seite des Ufers, den man auf zahlreichen Postkarten fand, dann wieder die Ferienhaussiedlung. »Die Marine war hier früher ja auch nicht gerade leise«, überlegte er laut.

»Stimmt auch wieder. Trotzdem freue ich mich, dass wir noch etwas Natur sehen, ehe wir zu deinen geliebten Hausbooten kommen ...«

Der Rucksack mit der Isolierschicht lag hinter den Sitzen. Jörgs Wirbel knackten bedrohlich, als er versuchte, an die Bierdosen zu kommen.

»Wenn du dich Mittwoch vor dem Grillen drückst, wäre nicht nur Helga sehr enttäuscht.«

Sonst genoss er eine solche Bootsfahrt, heute verdarb Jo ihm jedoch die Stimmung ein wenig. Jörg wollte jetzt definitiv nicht daran denken, dass er noch eine verdammt gute Ausrede brauchte, um der Verabredung zu entgehen, auf die sich Jo freute. Die Hamburger Polizisten, die zum Grillen erwartet wurden, mochte Jörg, aber dem Mann, der sie begleiten würde, wollte er nicht begegnen.

Jo sah ihn ernst, fast durchdringend an. »Du musst deine Vergangenheit endlich hinter dir lassen! Niemand außer dir denkt noch daran, dass du früher mal ein wenig über die Stränge geschlagen hast.«

Jörgs Finger berührten die erste Dose. »Durch meine Schuld wäre ...« Er brach mitten im Satz ab und vergaß das Bier in seinen Händen, als er ein Glitzern am Motor bemerkte. Jörg sah genauer hin und schnappte nach Luft. »Scheiße! Jo! Sieh dir das mal an.«

Der ehemalige Kampfschwimmer runzelte die Stirn und verringerte die Geschwindigkeit, ehe er sich mühsam umdrehte. »Wenn das ein Trick ist, um dem längst fälligen Gespräch auszuweichen, dann ...« Was immer er auch sagen wollte, ging im plötzlichen Aufheulen des Motors unter, der kurz stotterte und schließlich ganz erstarb. »Verflixt, was ist denn jetzt los?« Jos Hand schwebte bereits über dem Startknopf.

Jörg blieb für Erklärungen keine Zeit, er schlug den Arm einfach zur Seite.

»Spinnst du?«, fuhr Jo ihn an.

»Sieh dir bitte erst den Motor an, ehe du hier irgendwas anrührst«, bat Jörg eindringlich. »Wenn du mich fragst, sollten wir schleunigst über Bord springen und nach Hause schwimmen.«

Jo stellte keine überflüssigen Fragen, sondern beugte sich so weit über die Lehne seines Sitzes, dass er sich den Motor ansehen konnte. »An der Startleine des Motors ist ein dünner Draht, an der Plastikabdeckung auch«, stellte er dann fest und atmete tief durch. »Der Scheiß ist kaum zu sehen!«

»Ich hatte Glück, dass die Sonne darauf schien. Beim Ablegen hast du den Starter am Cockpit genutzt, oder?«

»Ja, vermutlich wären wir jetzt nicht hier, wenn ich an der Leine gezogen hätte.« Jo sah zum Ufer hinüber. »Was für ein grandioser Scheißplatz, um über Bord zu gehen! Wir können entweder um die Landzunge herumschwimmen und dann am Strand zur Ferienhaussiedlung gehen oder ... Nee, kein ›oder‹. Alles andere wäre gegen die Strömung und wir müssten durchs Schilf an Land.«

Jörg verrenkte sich ein letztes Mal, um den Rucksack hinter dem Sitz hervorzuholen. Die Bierdosen, die ihm vor wenigen Sekunden noch so verführerisch vorgekommen waren, warf er auf den Boden des Bootes und stopfte stattdessen seine Schuhe, Jeans und sein Handy hinein. Theoretisch sollte der Rucksack wasserdicht sein und schwimmen können. Wenn es eine Chance gab, seine höllisch teuren Sportschuhe zu retten, würde er sie nutzen.

Jo hielt ihm bereits seine eigene Hose und die Clogs hin, die er sonst im Garten trug. »Handy ist in der Hose, pass bitte darauf auf, es war eine wahnsinnige Fummelarbeit, alle Nummern einzugeben.«

Jörg zögerte kurz, ehe er den Rucksack sorgfältig verschloss. »Eigentlich müssten wir im Augenblick andere Probleme haben ... Was genau sagt das über uns aus?«

»Dass wir gute Nerven und nicht zum ersten Mal mit so einem Scheiß zu tun haben«, gab Jo schmunzelnd zurück.

Jörg grinste flüchtig. »Die Bombe an dem Karton hatte einen Zeitzünder und einen Kontaktauslöser«, überlegte er laut und sah sich erstmals bewusst nach anderen Booten um. In ihrer unmittelbaren Nähe hielt sich keines auf. In einiger Entfernung waren zwar Segler unterwegs, aber niemand, den sie um Hilfe bitten könnten. Das hatte den Vorteil, dass keine Unbeteiligten in Mitleidenschaft gezogen werden würden, wenn es knallte.

Jo betrachtete das Ufer. »Das Boot müsste recht schnell da drüben beim Naturschutzgebiet ans Land treiben. Da werden einige Vögel einen Mordsschreck bekommen, aber das war's.«

»Na, dann ...« Jörg atmete einmal tief ein und ließ sich dann vorsichtig ins Wasser gleiten, musste dabei jedoch aufpassen, das kleine Boot nicht zum Kentern zu bringen. Die Temperatur der Schlei lag knapp unter zwanzig Grad. Wenn sie die Landzunge umrundet hatten, würde die Ostsee noch etwas kälter sein, aber das war machbar. Trotzdem hätte er auf den Ausflug gerne verzichtet. Obwohl es vermutlich Einbildung war, hatte er das Gefühl, dass das Wasser hier etwas modrig roch. Das würde sich ebenfalls ändern, wenn sie die Landzunge umrundet hatten.

Jo folgte ihm von Bord, schwamm aber nicht wie erwartet los. »Wenn der Motor unter Wasser ist, kann die Zündung theoretisch nicht auslösen.«

»Du meinst, wir kippen das Boot einfach um?«

»Das wäre eine Möglichkeit.«

»Und was meinst du mit theoretisch?«

»Die Konstruktion könnte unter Umständen auch wasserdicht verpackt sein ...«

Jörg hielt sich mit langsamen Beinschlägen über Wasser. »Jan und die Techniker aus Kiel sprachen von einer militärischen Version. Wie hättest du den Zünder gebastelt?«

»Wasserdicht. Also vergiss es und lass uns losschwimmen«, sagte Jo.

Der Rucksack trieb tatsächlich an der Oberfläche, sodass er Jörg nicht weiter behinderte.

Obwohl einige Jahre zwischen ihnen lagen, musste Jörg mit einem Anflug von Neid anerkennen, dass sich Jo müheloser im Wasser bewegte als er selbst. Er schob das auf die langen Jahre als Kampfschwimmer und nicht auf eine bessere Kondition.

Sie hatten die Spitze der Landzunge gerade erreicht, als hinter ihnen ein dumpfer Knall ertönte. Die beiden Männer drehten sich auf den Rücken und sahen zu der dünnen Rauchsäule, die am Ufer des Naturschutzgebietes aufstieg.

Jörg grinste flüchtig. »Die Jungs von der Spurensicherung werden uns für den Tatort lieben ...«

Jo schmunzelte, wurde dann aber wieder ernst. »Ich kenne jemand, der uns tatsächlich lieben wird. Denn es konnte absolut niemand wissen, dass ich mir den Kahn von Richie geliehen habe.«

»Du meinst, der Sprengstoff galt ihm?«

»Und ob. Er wollte heute eigentlich mit seinem Jungen los, aber dann wollte der lieber irgendwas mit seinen Kumpels am PC machen. Und Richie hatte noch einen Tipp bekommen, dass einer in Karby seinen Wagen günstig verkaufen will. Sonst hätten wir das Boot gar nicht leihen können.«

Der Gedanke, wie knapp Vater und Sohn einem vielleicht tödlichen Anschlag entkommen waren, verschlug Jörg die Sprache. Wer konnte es auf den beliebten Werkstattbesitzer abgesehen haben? Und warum? Und wie passte das zu dem Karton mit den Meerschweinchen, der eher eine Art Warnung gewesen war – jedenfalls für Jan, denn die Tiere hätten die Explosion nicht überlebt. Eins war nun jedoch sicher: Jörg nahm die ganze Angelegenheit jetzt absolut persönlich und würde die Verantwortlichen aus dem Verkehr ziehen – mit oder ohne Hilfe seiner eigentlich dafür zuständigen Kollegen. »Lass uns weiterschwimmen, mir wird kalt«, sagte er.

Jo nickte. »Aber wir ändern die Richtung.«

Als der ehemalige Kampfschwimmer Kurs auf das offene Meer nahm, glaubte Jörg einen Moment lang, Jo hätte die Orientierung verloren. Aber dann entdeckte auch er das Motorboot, das auf sie zuhielt. Die Aufschrift *Küstenwache* am Rumpf gefiel ihm.

Deutlich entspannter als zuvor folgte er Jo und überlegte bereits, wie er den Kollegen von der Wasserschutzpolizei erklärte, was geschehen war, wenn er selbst nur Bruchteile von der ganzen Sache kannte.

Der Papierkram hatte Stunden gedauert, obwohl Jörgs Kollegen überaus entgegenkommend gewesen waren. Ein Streifenwagen fuhr sie zurück zu Jos Wagen, der immer noch auf dem Campingplatz stand. Automatisch wollte Jörg zur Beifahrerseite gehen, aber Jo hielt ihn zurück.

»Fahr du diesmal«, meinte er und hielt Jörg den Schlüssel hin. »Ich will mir nebenbei noch was ansehen. Und leg einen

Zwischenstopp bei Richie ein. Es ist gerade erst halb zehn, da können wir ihn noch stören. Er sollte von uns und nicht vom Dorfklatsch hören, was passiert ist.«

»Klar. Verrätst du mir auch, was dich die ganze Zeit so beschäftigt?«

»Mache ich, sobald ich mir ein Urteil gebildet habe.«

Die kurze Fahrt zu Richies Werkstatt verbrachte Jo damit, auf sein Smartphone zu starren und immer wieder über den Bildschirm zu wischen. Erst als Jörg den Wagen anhielt, reichte er ihm das Telefon. »Sieh dir das Bild an und sag mir, was du siehst.« Die Küstenwache war dicht an dem havarierten Boot vorbeigefahren und Jo hatte die Gelegenheit genutzt, einige Fotos aufzunehmen.

Nachdenklich betrachtete Jörg die Aufnahme. Die Zerstörung beschränkte sich auf den Bereich, an dem der Motor befestigt gewesen war. Die Sitze waren so gut wie unversehrt, auch das Cockpit hatte keinen sichtbaren Schaden erlitten. »Hm, ich frage mich, ob die Explosion überhaupt tödlich für uns gewesen wäre.«

»Ganz genau darauf wollte ich hinaus. Wenn man nicht unglücklich von einem Teil des Motors getroffen worden wäre, hätte man sich wohl nur die Haare versengt, weil die Sitze die Wucht der Explosion abgefangen haben. Allerdings wäre das Boot wohl gesunken, weil das Heck zu stark beschädigt ist.«

Die nächste Überlegung lag auf der Hand. »Für uns wäre das unangenehm, aber kein Problem gewesen, aber Richie ist kein begnadeter Schwimmer und Jonas ein Teenager, dem vielleicht die Puste ausgegangen wäre.« Jörg schüttelte leicht den Kopf. »Das hätte nach einem tragischen Unglück ausgesehen. Wie funktioniert eigentlich so ein Zeitzünder? Zählt der ab Start des Motors oder wird der schon vorher irgendwie eingestellt?«

»Das müssen die Experten feststellen. Ich tippe darauf, dass er durch den Anlasser aktiviert wurde. Aber es kommt auch eine Fernauslösung infrage.«

Nachdenklich sah Jörg weiter auf das Bild. »Dann hätte derjenige aber gesehen, dass Richie und Jonas gar nicht an Bord sind.«

»Kommt drauf an, wie genau er hingesehen hat. Er kann sich auch nur auf das rote Boot konzentriert haben«, schlug Jo vor und steckte das Handy weg.

»Na gut, dann lass uns mal Richie erzählen, wo sein Boot geblieben ist ...«

Sie waren gerade ausgestiegen, da ging auch schon die Haustür auf. »Habt ihr eine Beule ins Boot gefahren oder was treibt euch so spät noch her?«, begrüßte sie der Werkstattbesitzer.

Jörg beschränkte sich auf ein schiefes Grinsen und überließ den fälligen Bericht Jo.

Als der ehemalige Kampfschwimmer geendet hatte, lehnte sich Richie schwer gegen die Motorhaube von Jos Wagen. »Das ist ja mal ein Ding.« Er starrte einen Moment vor sich hin, gab sich einen Ruck und legte Jörg eine Hand auf die Schulter. »Wenn ich mir vorstelle, dass du den Draht nicht bemerkt hättest, dann ...«

Jörg zwang sich zu einem Lächeln. »Ist ja heute schon das zweite Mal gewesen. Ich bekomme langsam eben Übung.«

»Ach ja, die Sache mit den Tieren bei Jan.« Richie zuckte mit den Schultern. »Was ist denn hier nur los? Wer sollte ausgerechnet mir was tun wollen? Mensch, mir wird ganz schlecht, wenn ich mir vorstelle, dass ...«

Erst langsam schien Richie zu begreifen, was ihm beinahe zugestoßen wäre. »Geh mal lieber rein, umarm deine Frau und deinen Sohn und trink einen ordentlichen Whisky«, meinte Jo und klopfte ihm aufmunternd auf die Schulter.

Richie kratzte sich am Kopf. »Und was sage ich meiner Frau?«

»Dass die Techniker noch nicht sicher sind, was den Fehler am Motor verursacht hat«, schlug Jörg vor.

»Das wäre ja nicht mal gelogen. Was sagt denn die Polizei? Und was ist mit dem Boot?«

»Der Kahn muss geborgen werden. Die Küstenwache hat nur eine Barriere für den ausgelaufenen Treibstoff gelegt. Morgen Vormittag wird sich wohl jemand aus Kiel bei dir melden. Vermutlich mein Kumpel Markus, der dann die Experten mitbringt, die sich den Motor ansehen.«

Richie wirkte erleichtert. »Das ist gut. Lass uns morgen vorm Frühstück mal unseren Doktor überfallen und überlegen, wie das zusammenpasst. Ich verstehe nämlich überhaupt nichts mehr.«

Jörg hatte gehofft, dass Richie spontan wenigstens ein Verdächtiger in den Sinn kommen würde, aber vielleicht saß der Schock auch noch zu tief. Der Vorschlag, sich am nächsten Morgen zu treffen, klang jedenfalls gut.

Auch Jo nickte. »Das ist doch ein Plan. Ich schicke Jan eine Nachricht, dass wir uns um halb acht bei ihm treffen, dann haben wir ausreichend Zeit, bevor seine Sprechstunde beginnt.«

Niemand widersprach.

Nach der ganzen Aufregung hatte Jörg es eilig, endlich nach Hause zu kommen. Schneller als erlaubt, fuhr er die Landstraße entlang, von der die Wege zu Jos und Felix' Resthof abbogen. Er fluchte, als vor ihm plötzlich ein Kombi auftauchte, der förmlich kroch.

»Scheißtouristen«, kommentierte er das Fahrverhalten, zog an dem Wagen vorbei und bog wenige Augenblicke später ab. Er stutzte, als er nach einigen Metern im Rückspiegel Scheinwerfer bemerkte. »Nanu, geschnitten habe ich den doch nicht, oder? Der folgt uns.«

»Besonders bedrohlich wirkte der nicht«, meinte Jo gähnend, »aber mir reicht's für heute. Wir fragen, was der Typ hier will, und schicken ihn dann weg.«

»Gute Idee, sofern es sich nicht um eine von Helgas Häkelfreundinnen handelt, denn dann könntest du Ärger bekommen.«

»Sehr witzig.«

Jörg hielt direkt vor der Haustür und sprang aus dem Wagen. Auch jetzt wirkte der Kombi nicht bedrohlich, sondern kam langsam näher und hielt schließlich neben ihnen.

Eine Frau stieg aus, die im Licht der Scheinwerfer auffallend blass wirkte. Zerzauste braune Haare fielen ihr in die Stirn und bis auf die Schultern. »Ist das hier das Anwesen von Herrn Mommsen?«

»Nein, tut mir leid. Da haben Sie sich ...« Aber Jörg kam gar nicht erst dazu, ihr zu erklären, dass sie zu früh abgebogen war.

Ein wahrer Wirbelwind sprang auf der Beifahrerseite aus dem Kombi. »Ich habe dir doch gesagt, dass es hier nicht ist! Warum glaubst du mir nicht oder rufst Jan an? Du bekommst ja echt nichts hin!«

Na, das war ja mal eine Ansage. Jörg verkniff sich gerade noch ein unpassendes Grinsen. Das Mädchen war im Teenageralter und hatte die gleichen auffallenden grünen Augen wie die Frau. Das schwarze T-Shirt wies Löcher auf, die vermutlich modisch waren. Sie war unglaublich dünn, was durch ihre enge schwarze Jeans noch betont wurde. Hinter ihrer rebellischen Fassade glaubte Jörg etwas zu sehen, das er von sich selbst in dem Alter kannte.

»Nun mal langsam, Ida. So sprichst du nicht mit deiner Mutter! Jedenfalls nicht, wenn ich dabei bin. Verstanden?

Und falls es dich interessiert: Jan ist bei seiner ersten Tour zu Felix auch falsch abgebogen und hier gelandet!«

Ida starrte ihn mit offenem Mund an. »Du weißt, wer ich bin?«

So schwer war das nicht gewesen, nachdem er das auswärtige Kennzeichen erkannt und das Mädchen Jan erwähnt hatte. Jörg ignorierte sie und hielt stattdessen Andrea zur Begrüßung eine Hand hin. »Willkommen an der Schlei. Ich bin Jörg, ein Freund von Jan. Das ist Jo. Und euer Feriendomizil ist eigentlich eine Einfahrt weiter, aber das regeln wir gleich.«

Ihr Händedruck war kräftiger, als Jörg erwartet hatte. »Vielen Dank. Dass ich Andrea bin, hast du dir bestimmt schon gedacht. So spät wollte ich hier eigentlich gar nicht auftauchen, aber wir standen fast vier Stunden im Stau. Das erklärt dann auch Idas Stimmung …«

Jo begrüßte die beiden ebenfalls. »Dann hat sich eure Fahrtzeit ja fast verdoppelt. Nun kommt man erst einmal rein. Heute Nacht könnt ihr eines unserer Zimmer haben und morgen zieht ihr dann bei Felix ein.«

»Aber hier sind keine Tiere«, protestierte Ida, klang dabei jedoch eher enttäuscht als trotzig.

Ihre Mutter atmete tief durch. »Die siehst du morgen noch früh genug, aber nur, wenn ich dich nicht vorher zur Adoption freigebe!«

Ida grinste flüchtig. »Teenager kann man so nicht mehr loswerden.«

Andrea seufzte tief. »Verdammt, ich wusste doch, da war was.«

Es war nicht zu übersehen, dass das ein gängiger Scherz zwischen den beiden war, der allerdings auch eine deutliche Ermahnung seitens der Mutter enthielt. Dieses Verhalten gefiel Jörg.

Andrea sah unsicher zwischen Jo und Jörg hin und her. »Ich möchte euch aber keine Umstände machen. Als sich unsere Verspätung abzeichnete, wollte ich entweder in einem Hotel unterkommen oder bei Jan anrufen.«

Im Gegensatz zu ihr hatte Jörg gemerkt, dass Helga aus dem Haus gekommen war und die letzten Worte gehört hatte. »Hotel? Na, das vergiss man! Und Jan brauchen wir um diese Uhrzeit auch nicht mehr zu stören. Wir haben hier Platz genug. Kommt mal rein, dann gibt's erst mal was zu trinken. Habt ihr auch Hunger?«

»Ja«, sagte Ida, ehe ihre Mutter etwas erwidern konnte.

»Na, dann ist das ja geklärt«, stellte Helga zufrieden fest und fixierte anschließend ihren Mann. »Und du möchtest mir jetzt sicherlich erklären, wo ihr so lange gewesen seid. Ich wollte schon die Küstenwache alarmieren!«

»Da wärst du zu spät dran gewesen«, murmelte Jo leise.

Jörg biss sich fest auf die Lippen, um nicht laut loszulachen, und half Andrea und Ida, das Gepäck reinzubringen. Als sie schließlich alle zusammen an dem Tisch in der Küche saßen, betrachtete er die beiden Neuankömmlinge genauer. Ida wirkte erschreckend zerbrechlich, aber auch ihrer Mutter sah man an, dass harte Zeiten hinter ihr lagen. Dennoch blitzte neben der Müdigkeit nach der langen Fahrt auch Humor bei Andrea auf. Dass sie sofort anbot, Helga zu helfen, statt sich bedienen zu lassen, gefiel ihm ebenfalls.

Nach ihrem unfreiwilligen Bad griffen auch Jo und Jörg bei der Gemüsesuppe und dem aufgeschnittenen Baguette ordentlich zu, was ihnen prompt einen misstrauischen Blick von Helga einbrachte.

»Wieso seid ihr zwei denn so ausgehungert?«, fragte sie skeptisch.

»Du weißt schon ... Seeluft ... Die macht hungrig«, versuchte Jörg, sich herauszureden.

Besonders erfolgreich war er nicht, aber Helgas Aufmerksamkeit galt zunehmend Ida, die zunächst eifrig zugegriffen hatte und sich nun mehr für ihr Smartphone als für ihre Umgebung interessierte. »Du, Ida, ich bin da sehr altmodisch. Pack mal bitte das Handy beim Essen weg.«

Ida tat dies. »Entschuldige bitte. Das darf ich sonst auch nur zu Hause und nirgendwo anders. Ich habe da nicht dran gedacht.«

»Und ich auch nicht«, ergänzte Andrea.

»Nun mach mal kein Thema draus, ist ja alles geklärt. Erzählt lieber, warum ihr heute so spontan losgefahren seid. Ich hatte Felix so verstanden, dass ihr erst Mitte der Woche kommt.«

»Siehste, das habe ich dir doch auch gesagt!«, legte Ida nach.

Als sich nun sämtliche Blicke auf Andrea richteten, blickte sie verlegen auf den Tisch. »Jans Mail war ein wenig missverständlich, aber vielleicht wollte ich sie auch falsch verstehen. Ida hatte letzte Nacht wieder so gehustet, dass ich Angst bekommen habe. Arbeiten konnte ich heute daher nicht und zu Hause fiel uns die Decke auf den Kopf. Deshalb haben wir gepackt und sind losgefahren. Ohne die Baustelle und den Unfall wären wir noch im Hellen hier gewesen.«

»Ihr habt alles richtig gemacht«, beruhigte sie Helga. »In der gesunden Ostseeluft wird die Kleine ganz schnell wieder fit. Wie habt ihr euch das denn mit der Schule gedacht?«

»Das ist kein Problem. Idas Klassenlehrerin war schon die ganze Zeit extrem verständnisvoll. Ida geht in eine iPad-Klasse, das heißt, sie bekommt die Aufgaben, die ganzen Arbeitsblätter und fast alle Bücher auf ihr Gerät. Ich muss nur drauf achten, dass sie auch tatsächlich arbeitet und nicht etwa spielt oder Videos sieht.«

Ida rollte mit den Augen.

»Hat dein Chef denn Verständnis für deinen spontanen Urlaub?«, erkundigte sich Jörg und wunderte sich, dass ihn die Antwort tatsächlich interessierte.

»Der ist froh, wenn ich überhaupt wiederkomme. Ich arbeite für einen Makler. Er kann zwar gut verkaufen, aber ich kenne die ganzen Steuertricks für die Käufer und ...« Sie brach mitten im Satz ab, als sie bemerkte, dass Jo und Jörg sie ausgesprochen neugierig ansahen. »Habe ich irgendwas Falsches gesagt?«

»Nein, aber du bist genau die Frau, die wir im Augenblick hier brauchen! Ich erkläre dir das morgen in aller Ruhe«, versprach Jörg.

Kaum hatte er den Satz ausgesprochen, fiel ein Puzzleteil in seinen Gedanken an die richtige Stelle. Anna Müller, Richie und letztlich auch Felix hatten doch etwas gemeinsam: Sie besaßen Grundstücke, die einiges wert waren.

Kapitel 10

Ein leises Geräusch riss Jörg aus dem Schlaf. Im ersten Moment dachte er an Einbrecher und ärgerte sich, dass er wegen Ida seine Waffe vorschriftsmäßig im Tresor eingeschlossen hatte. Sonst war er da nachlässiger, besonders, wenn es scheinbar wieder einmal hoch herging.

Angespannt lauschte er, hörte aber zunächst nur die üblichen Töne, die ein Haus in dem Alter von sich gab. Ganz ruhig schien es nie zu sein. Mal knirschte Holz, dann knackte es irgendwo im Mauerwerk.

Dank des digitalen Zahlenschlosses konnte Jörg seine Waffe auch im Dunklen problemlos holen, zog seine Jeans über und öffnete dann vorsichtig die Tür.

Da waren eindeutig leise Schritte.

Um vier Uhr morgens? Jeder normale Mensch, ihre unerwarteten Gäste eingeschlossen, hätte zumindest auf der Treppe das Licht eingeschaltet.

Jörg vermied auf dem Weg ins Erdgeschoss jedes verräterische Geräusch und wurde schließlich in der Küche fündig. Jemand lehnte sich gegen die Arbeitsplatte und sah gedankenverloren durch das Fenster. Das war für einen Einbrecher ein eher untypisches Verhalten, aber noch war Jörg nicht bereit, seine Waffe wegzustecken. Erst dann registrierte er die unregelmäßigen Atemzüge. »Ida?«, fragte er leise.

Das Mädchen zuckte zusammen und wirbelte herum.

Rasch schob Jörg seine Waffe in den Bund seiner Jeans. »Ich bin es, Jörg.«

»Du hast mich erschreckt«, stieß das Mädchen keuchend hervor.

»Atme ganz ruhig und gleichmäßig«, befahl Jörg. »Und dann komm mit raus. Die Luft ist dort besser für dich.«

Schweigend ging Ida zur Küchentür, die direkt ins Freie führte. Kaum war sie draußen, schien es ihr tatsächlich besser zu gehen, denn das rasselnde Geräusch beim Luftholen wurde erst leiser und verschwand dann völlig.

»Am Steg ist es um diese Zeit traumhaft«, sagte Jörg und bemerkte dann, dass sie die Schultern hochzog. »Ist dir kalt?«

»Nur ein bisschen, geht schon.«

»Jan bringt mich um, wenn du dich auch noch erkältest. Warte einen Augenblick. Ich bin gleich wieder da.«

Als er sich kurz darauf neben Ida auf den Steg setzte und sie sich in seine Fleecejacke kuschelte, wusste er nicht so recht, was er sagen sollte. Aber immerhin atmete sie wieder normal.

Schließlich begann Ida. »So hatte ich mir das Meer nicht vorgestellt. Und ich will endlich die Tiere sehen.«

Die trotzige Beschwerde brachte ihn zum Schmunzeln. »Das ist ja auch nicht die Ostsee, sondern die Schlei, eine Förde. Das richtige Meer siehst du nachher. Und dann warten bei Felix noch jede Menge Vierbeiner auf dich. Jemand hat gestern vor Jans Praxis einen Karton mit sechs Meerschweinchen abgestellt.«

»Echt? Ich habe auch welche, aber die sind jetzt bei unserer Nachbarin.«

»Und du vermisst sie«, mutmaßte Jörg.

»Ja, die stellen nämlich keine Fragen, sondern verstehen mich einfach so.« Sie starrte einen Moment auf die Wasseroberfläche. »Wie lange kennst du Jan schon?«

»Ziemlich genau, seitdem er hierhergezogen ist.«

»Weißt du, was er früher gemacht hat?«

Die Frage überraschte Jörg. »Ja. Du auch?«

»Klar, er war doch der beste Freund von meinem Vater. Ich sollte mit niemandem darüber reden, aber ich wusste Bescheid. Und dann waren beide plötzlich weg.«

Schweigend blickten sie auf die Schlei.

»Gibt es etwas, das noch beschissener ist?«, fragte Ida schließlich.

»Ja«, antwortete Jörg schlicht. »Als mein Vater gestorben ist, hat meine Mutter auch aufgegeben und ist ihm gefolgt.«

»Oh, fuck!« Ida sah ihn voller Mitgefühl an. »War er auch Soldat?«

»Ja. So eine ähnliche Einheit wie Jan und dein Vater.«

Obwohl sich keiner von ihnen bewegt hatte, schienen sie sich nähergekommen zu sein.

»Wie ging es bei dir weiter?«, wollte Ida wissen.

»Ziemlich beschissen. Ich habe jede Menge Sachen gemacht, die ich besser nicht getan hätte. Ich habe dann durch einen Polizisten gerade noch die Kurve bekommen.«

»Und heute?«

»Bin ich selbst Polizist. Aber wenn ich damals nicht Hilfe bekommen hätte ...« Schlagartig hatte er die erste Begegnung mit Jo vor Augen, der ihm nach einem kurzen Gespräch die Chance auf einen Neuanfang gegeben hatte. Jörg verdrängte die Vergangenheit sofort wieder und zwang sich zu einem Lächeln. »Na, ich denke lieber nicht darüber nach, was dann aus mir geworden wäre. Du kannst froh sein, dass deine Mutter für dich da ist.«

»Weiß ich ja. Eigentlich. Aber sie hat auch Mist gemacht und Jan weggejagt, als ich ihn gebraucht hätte. Er ist nicht nur mein Patenonkel, sondern viel mehr gewesen. So eine Art superalter Bruder.«

»Wenn man trauert, macht man Dinge, über die man nicht nachdenkt. Und Jan triffst du nachher.«

»Darauf freue ich mich auch schon. Er ist der einzige Grund, warum ich mitgekommen bin. Kann ich dich was fragen?«

»Sicher.«

»Warst du manchmal wütend?«

Instinktiv ahnte Jörg, was Ida meinte. »Ich war nicht nur auf das Leben oder das Schicksal sauer, sondern vor allem auf meinen Vater und noch mehr auf meine Mutter, weil sie mich verlassen haben.«

Ida lehnte sich an ihn, sodass er ihr nach einem kurzen Zögern einen Arm um die Schultern legte. Nach einiger Zeit merkte er an ihren regelmäßigen Atemzügen, dass sie eingeschlafen war.

Er hatte keine Erfahrung mit Kindern, aber irgendwie fühlte sich dieser Moment richtig an. Vielleicht konnte Jörg ihr ein wenig helfen, den richtigen Weg nicht aus den Augen zu verlieren. Eigentlich sollte kein Kind diesen Schmerz durchmachen müssen. Aber das Leben war nicht fair, das hatte er schon vor langer Zeit gelernt.

Es war noch nicht mal acht und Jan hatte bereits das Gefühl, sich in einem Irrenhaus zu befinden. In seinem früheren Job war es eigentlich nie nötig gewesen, herumzubrüllen. Ein Blick und sein Offizierston hatten gereicht, um für Ruhe und Disziplin zu sorgen. Beides verpuffte heute jedoch wirkungslos.

Um seine Beherrschung kämpfend, sah er aus dem Fenster. Keine gute Idee!

Dort tobte Ida mit Tarzan herum. Dem Hund hätte er so viel Bewegungsfreude nicht zugetraut und das Mädchen erkannte er nicht wieder: ganz in Schwarz gekleidet, erschreckend dünn, ihm gegenüber sehr zurückhaltend, dafür aber offensichtlich die Nähe von Jörg suchend. Wo war das quirlige Mädchen geblieben, das ihm ständig am Hals hing?

Auch das erste Wiedersehen mit Andrea hatte er sich anders vorgestellt. Die Begrüßung war kurz und eher förmlich gewesen.

Nun war sein Sprechzimmer fast überfüllt, obwohl die Praxis noch gar nicht geöffnet hatte. Gerda, die aus unerfindlichen Gründen ausgerechnet heute früher bei der Arbeit erschienen war, durchbohrte Andrea ununterbrochen mit tödlichen Blicken. Lena verhielt sich nicht viel anders. Jörg wiederum sagte einfach gar nichts. Und Felix sah betreten auf den Boden. Blieb nur noch Richie, der unruhig durch das Zimmer lief.

Da trotz seiner Aufforderung keiner etwas sagte, war es wohl Jans Aufgabe, die merkwürdige Besprechung, die am Vorabend beschlossen worden war, zu beginnen. »Ich denke, die Kieler Experten werden bestätigen, dass das Boot und der Karton vom selben Täter mit Sprengstoff präpariert worden sind.«

Felix brummte zustimmend, während Andrea ihn ungläubig ansah. »Sprengstoff?« Sie wirkte, als ob sie im nächsten

Moment ihre Tochter schnappen und wieder nach Hause fahren würde.

Vielleicht war das sogar eine gute Idee, denn Jan hatte keine Vorstellung, was in dem sonst so beschaulichen Ort gerade vor sich ging.

Jörg lächelte sie beruhigend an. »Mach dir keine Sorgen. Ich weiß zwar nicht, was hier los ist, aber ich kann mir nicht vorstellen, dass du ins Visier des Täters gerätst.«

Jan unterdrückte mit Mühe eine ironische Bemerkung darüber, dass sein Freund ja offenbar doch noch reden konnte. Eigentlich fehlten nur noch Jo und Liz, um das Chaos perfekt zu machen. Aber glücklicherweise hatten wenigstens die beiden keine Zeit gehabt.

»Täter ist ein gutes Stichwort«, übernahm Jan wieder das Ruder. »Richie, ist dir irgendjemand eingefallen, der dir schaden will?«

Der Werkstattbesitzer blieb stehen und rieb sich übers Gesicht. »Nee. Aber wenn ich den erwische, dann …«

»Schon klar«, unterbrach Felix ihn. »Ich bin sicher, dass man Jan den explosiven Karton vor die Praxis gestellt hat, weil er am See war, als es zu dem angeblichen Unfall kam, und dann später noch einmal dort war.«

Allgemeines Nicken, lediglich Andrea atmete tief durch.

»Die Botschaft war harmlos«, versicherte Jan ihr. »Das sollte nur eine Warnung sein.«

Beruhigt schien sie nicht zu sein, sondern sah durchs Fenster zu ihrer Tochter.

»Niemand würde zulassen, dass dir oder Ida etwas geschieht«, sagte Jörg.

Innerlich reihte Jan einen Fluch an den anderen. So wie er Andrea kannte, würde sie sofort daran denken, dass er in Afghanistan nicht in der Lage gewesen war, Michael zu beschützen. Ihre Blicke trafen sich und Jan glaubte, eine stumme Anklage in ihren Augen zu entdecken. Großartig. Als ob er sich deswegen nicht selbst genug Vorwürfe gemacht hatte und dies eigentlich auch immer noch tat.

Jörg räusperte sich. »Stichwort Immobilien. Deshalb hatte ich übrigens Andrea gebeten, mitzukommen. Fällt euch dazu etwas ein?«

Jan war ihm für den Themenwechsel dankbar.

»Immobilien? Wie kommt ihr denn darauf?«, fragte Richie und schien plötzlich nachdenklich geworden zu sein.

Jörg breitete die Hände aus. »Mir ist da gestern eine Gemeinsamkeit aufgefallen. Wenn ich die Explosion und diese angeblichen Wundermittel zusammen betrachte, dann stoße ich auf Besitzer von Grundstücken, die einiges wert sind.«

»Was sind das für Liegenschaften?«, erkundigte sich Andrea interessiert.

»Felix hat den Resthof direkt an der Schlei, Anna Müller hat ein Haus und eine Ackerfläche direkt an der Ostsee und Richie ...«

»... hat ein Haus direkt im Ort. Und zumindest das ist nicht so viel wert, dass man deshalb versucht, einen umzubringen!«, stellte Felix klar.

»Hast du da nicht was vergessen?«, fragte Jörg ironisch.

Andrea kniff die Augen zusammen. »Wenn das ein Muster sein soll, dann passt in diesem Fall ein Haus mitten im Ort tatsächlich nicht ins Schema. Immobilien in dieser Lage bringen nicht viel ein, aber die direkt am Wasser ... Das ist schon was anderes. Hast du vielleicht auch etwas in der Liga zu bieten?« Sie sah Richie fragend an.

Richie nickte. »Den Campingplatz. Der gehört eigentlich meiner Frau und liegt direkt an der Ostsee.«

»Das würde passen«, stellte Andrea fest.

Richie war noch nicht fertig. »Vor ein paar Wochen kam einer aus Hamburg vorbei. Der wollte den Platz kaufen.«

»Und?«, hakte Felix ungeduldig nach.

»Nichts und. Ich habe gesagt, der ist nicht zu verkaufen. Punkt.«

»Hast du den Namen noch?«

»Nee. Muss ich mal meine Frau fragen, vielleicht hat sie die Karte von dem Typen aufbewahrt. Für mich war das Thema damit durch. Gab es denn bei der alten Müller auch jemanden, der das Haus kaufen wollte?«

Jan nickte. »Ja, einen ziemlich aufdringlichen jungen Kerl. Und rein zufällig kam dann dieser Wunderheiler vorbei und hat ihr geholfen. Passt das zu deinem Besucher, Richie?«

»Nee. Der Kerl war ganz nett und als jung würde ich den nicht bezeichnen, eher schon alt, also so unser Jahrgang.«

Autsch. Wenn man mit Ende dreißig schon als alt galt …

Felix schnaubte und schüttelte dann den Kopf. »Eure Theorie klingt ja ganz gut, aber ich passe da nicht ins Bild. Denn mich hat niemand gefragt, ob ich verkaufen will.«

Jörg hob eine Augenbraue. »Das würde auch kein normaler Mensch tun. Jeder weiß, wie du an deinen Viechern hängst. Hätte ich Interesse an deinem Hof, würde ich dich einfach in den Ruin treiben und dir dann ein Angebot machen, das du nicht ablehnen kannst.«

Felix brummte etwas vor sich hin, was als Zustimmung interpretiert werden konnte.

Jan rieb sich nachdenklich übers Kinn. »Ihr meint also, dass dieser Wunderheiler über Leichen geht, um an Grundstücke heranzukommen? Das klingt zwar logisch, erscheint mir aber relativ viel Aufwand für recht wenig Gewinn zu sein.«

Zum ersten Mal mischte sich Andrea ein. »Da gebe ich dir recht. Es muss etwas anderes dahinterstecken. Ich habe vielleicht ein paar Ideen, aber dafür muss ich mehr Details haben.«

»Was für Informationen brauchst du?«, wollte Jörg sofort wissen.

»Am besten wäre es, wenn ich mir die Grundstücke ansehe und dann ...« Sie zögerte einen Moment. »Ich möchte euch nicht mit irgendwelchen verrückten Hypothesen in die Irre führen.«

Jörg lächelte sie an. »Dann machen wir beide nachher eben eine kleine Besichtigungstour. Mir erscheint das alles auch noch zu einfach. Ich gebe Jan recht: Selbst wenn man die Grundstücke fürs Doppelte weiterverkaufen würde, wäre das ungewöhnlich viel Aufwand für einen dreifachen Mordversuch. Hinzu kommen noch der Mord am See und dieser ominöse Tierschutzverein ... Das ganze Bild ist in meinen Augen überhaupt noch nicht rund.«

Da das wie ein Vorwurf klang, konnte Jan nicht widerstehen, seinen Freund aufzuziehen. »Entschuldige bitte, Jörg, dass wir dir noch keine vollständige Akte vorlegen können. Ich arbeite daran ...«

Dröhnendes Gelächter, dem sich Jörg etwas verlegen anschloss, erfüllte den Raum.

Nur Andrea blieb ernst. »Wieso macht ihr das eigentlich? Das ist doch Sache der Polizei.«

Darauf wusste Jan keine Antwort.

»Weil wir es können«, sagte Jörg schlicht. »Außerdem ist die Polizei ja nicht außen vor, sondern das Kieler LKA ist schon eingeschaltet. Wenn wir konkrete Hinweise haben, werden wir die auch sofort weitergeben. Wir haben schon die Erfahrung gemacht, dass es sehr schwer ist, ausreichend Beweise für eine Verurteilung zu beschaffen, obwohl man den Täter sicher kennt.«

Überzeugt schien Andrea nicht zu sein. »Ich weiß nicht ...«

Gerda runzelte die Stirn. »Die Jungs wissen schon, was sie tun, und können auf sich aufpassen!«

Ein Schatten schien sich über Andreas Gesicht zu legen, sie widersprach jedoch nicht. Jan ahnte, dass sie an Michael dachte. Ihr Mann war niemals leichtsinnig gewesen, aber eben auch stets überzeugt, dass er heil zurückkehren würde. Den Gedanken an einen möglichen Tod hatte er immer ausgeblendet. Vielleicht aus Selbstschutz, vielleicht, weil es einfach seine Art gewesen war, immer positiv zu denken.

»Ihr habt einen Punkt vergessen«, durchbrach Gerda das Schweigen.

Jan hatte keine Ahnung, worauf sie hinauswollte. »Wenn du meinst, dass noch etliche Fragen offen sind, gebe ich dir recht. Oder spielst du auf was anderes an?«

»Ich meine deinen neuen Freund«, antwortete sie spitz. »Wie wollt ihr euch ihm gegenüber verhalten?«

Jan musste kurz überlegen, ehe er auf Heiner kam. »Zeiske senior?«, fragte er irritiert.

»Ganz genau. Traut ihr ihm? Oder anders ausgedrückt: Soll ich ihn reinlassen oder abwimmeln, wenn er vor der Tür steht?«

»Wie um Himmels willen kommst du ausgerechnet jetzt darauf?«, fragte Jan genervt.

»Na ja, er hat keinen Termin und steuert gerade die Praxis an.«

Richie grinste schadenfroh. »Na, die Entscheidung überlassen wir dann mal unserem Doktor. Ich sehe mal nach, ob ich die Karte von diesem Immobilienfuzzi wiederfinde, und warte auf die Kieler Polizei.«

Jörg deutete auf Felix. »Ich helfe Andrea und Ida beim Umzug rüber zu dir. Und dann wirst du mir erzählen, warum du gestern unbedingt einen Blick auf Port Olpenitz werfen wolltest.«

Diesen Punkt hatte Jan völlig vergessen. »Ich habe heute den Termin mit dem Finanzberater und morgen besuche ich diese ominöse Heilerin. Dann sind wir hoffentlich schon einen Schritt weiter.«

Gerda schnaubte. »Wenn du wirklich denkst, dass Schaima in üble Geschäfte verwickelt ist, liegst du so was von falsch!«

Lena hatte die Gespräche bisher nur aufmerksam verfolgt, aber nichts gesagt. Nachdenklich sah sie jetzt erst Jörg und dann Andrea an. »Hier gehen anscheinend merkwürdige Dinge vor«, stellte sie schließlich fest.

Jan war sicher, dass sie sich dabei nicht nur auf die möglichen Verbrechen bezog, sondern seine eigenen Befürchtungen teilte. Jörg war immer hilfsbereit, aber da war irgendetwas zwischen seinem Freund und Andrea, das ihm nicht gefiel.

Er stand auf. »Wir bleiben in Kontakt und jeder sagt den anderen Bescheid, wenn es was Neues gibt. Ich werde mir erst kurz Ida ansehen und dann mit Heiner sprechen. Ob und was ich ihm sage, weiß ich ehrlich gesagt noch nicht. Ich bin einfach nicht sicher, inwieweit wir ihm trauen können, denn die Wandlung, die er innerhalb kürzester Zeit durchlaufen hat, ist schon enorm.«

Richie schlug sich krachend auf den Oberschenkel. »Wir sollten Heiner eine Chance geben. Eigentlich war er früher ganz in Ordnung und hat immer im richtigen Moment weggeguckt. Das mit seinem Sohn hätte er meiner Meinung nach nie geduldet.«

Jan nickte ihm zu. »Eine Chance bekommt er. Da bin ich ganz bei dir.«

Als sich nach dem Chaos nur noch Andrea und Ida in seinem Sprechzimmer befanden, spürte Jan sofort die explosive Stimmung zwischen Mutter und Tochter. Da er keine Ahnung hatte, was zwischen ihnen vorgefallen war, beschränkte er sich auf seinen Job.

»Möchtest du, dass deine Mutter bei der Untersuchung dabei ist?«, fragte er Ida.

»Nein!«, rief das Mädchen lauter als erforderlich.

»Wie bitte?«, fauchte Andrea und ihr Ärger galt eindeutig Jan und nicht ihrer Tochter.

Mit der giftigen Reaktion hatte er nicht gerechnet und musste sich bemühen, ruhig zu bleiben. »Ich weiß nicht, wie Idas behandelnde Ärzte das geregelt hatten, aber ich frage Teenager ab vierzehn Jahren grundsätzlich nach ihrer Meinung. Denn sie sind alt genug, um selbst entscheiden zu können, ob sie eine Begleitperson bei der Untersuchung dabeihaben wollen. Je nach Diagnose werden dann die Eltern hinzugezogen oder aber auch nicht.«

»Du meinst, du würdest es mir nicht sagen, wenn … wenn Ida schwanger wäre oder Lungenkrebs hätte?«, hakte Andrea fassungslos nach.

»Lungenkrebs ist so ernsthaft und schwerwiegend, dass mir die Schweigepflicht Raum genug lässt, dich zu informieren. Von einer Schwangerschaft dürfte ich dir allerdings ohne Idas Einwilligung nichts erzählen. Mit vierzehn Jahren darf sie einige Dinge schon selbst entscheiden«, erklärte er ihr sachlich.

Andrea schüttelte den Kopf. »Ich hätte nicht gedacht, dass ausgerechnet du … Das ist einfach nur unfair.« Sie wirbelte herum und knallte beim Verlassen des Zimmers die Tür hinter sich zu.

Ida seufzte laut. »So ist es immer, wenn irgendetwas nicht exakt nach ihrem Willen geht. Darum wollte ich auch unbedingt alleine zur Kur fahren, aber da hat sie sich geweigert.«

»Aber bestimmt nicht, weil sie dich ärgern wollte, sondern weil sie sich Sorgen um dich macht.«

Plötzlich wirkte Ida wieder wie ein kleines, unsicheres Kind. »Bist du jetzt sauer, weil ich sie nicht dabeihaben wollte?«

»Nein, denn das ist dein gutes Recht. Aber wenn du das nur gemacht hast, um sie zu ärgern, wäre das nicht so schön.«

Sofort schüttelte Ida den Kopf. »Nein, deswegen nicht. Sie macht mich nur verrückt mit ihrer gluckenhaften Art. Erst ist sie nie da und dann dreht sie völlig durch. Sie behandelt mich, als ob ich sechs wäre!«

Jan fasste sie sanft an der Schulter. »Na, komm. Du hast eine schwere Krankheit hinter dir. Sie will dich nicht auch noch verlieren.«

»Danke für das ›auch‹.«

»Was meinst du?«, fragte er irritiert.

»Jeder vermeidet es, von meinem Vater zu reden. Es ist, als ob er nie existiert hätte.«

Obwohl Ida rasch blinzelte, hatte Jan die Tränen gesehen, die sie vor ihm verbergen wollte. »Michael hat gelebt und wir hatten eine großartige Zeit zusammen. Du darfst mit mir immer über ihn reden. Vielleicht schmerzt es deine Mutter einfach zu sehr, an ihn zu denken.«

»Sie hatten vor eurem Abflug einen ganz fürchterlichen Streit ...«

Jan nickte. »Ich weiß. Das hat er mir erzählt.« Er zögerte einen Augenblick. »Dein Vater hat darüber nachgedacht, den Dienst zu quittieren.«

»Hatte er sich entschieden?«

Die Frage katapultierte Jan direkt zurück in das Feldlager nach Afghanistan. Er brauchte einen Moment, ehe er die Frage beantworten konnte. »Ja, er wollte noch bleiben. Und er wäre stinksauer auf mich, weil ich aufgehört habe.« Er sah Ida fest an. »Es tut mir wahnsinnig leid, dass wir uns so lange nicht gesehen haben, aber nun bin ich wieder da. Wir können über ihn reden. Wann immer du willst. Aber erst einmal sehe ich mir an, wie es dir geht. Einverstanden?«

»Klar. Daran, dass wir uns nicht gesehen haben, ist Mama ja auch schuld.« Sie schluckte. »Wirst du mir auch sagen, wie er gestorben ist?«

Jan wich ihrem Blick nicht aus. »Ja. Werde ich. Aber nicht jetzt. Später.«

»Das ist fair. Na, dann mal los.«

Während er Ida untersuchte, stellte sich die alte Vertrautheit zwischen ihnen wieder ein. Allerdings hörte er aus ihren Bemerkungen auch heraus, wie sehr sich ihre Mutter verändert hatte. Damit bestätigte Ida seinen eigenen Eindruck, denn er erkannte Andrea kaum wieder.

Allerdings war er nun noch sicherer, dass sie keine Frau für Jörg war. Der Gedanke war so absurd, dass Jan sich selbst ermahnte, es nicht zu übertreiben. Die beiden kannten sich schließlich erst wenige Stunden und vielleicht machte seine Fantasie nur Überstunden.

Wenigstens war er mit Idas Gesundheitszustand zufrieden. Ihre Atemgeräusche hörten sich gut an. Das Mädchen brauchte nur Ruhe und vielleicht etwas Abwechslung. Beides würde sie bei Felix finden.

Als er sie zurück ins Wartezimmer begleitete, wartete dort Heiner. Damit hatte Jan den idealen Vorwand, Andrea rasch verabschieden zu können.

Heiner fuhr sich fahrig übers Kinn. »Danke, dass du mich ohne Termin eingeschoben hast. Es geht diesmal gar nicht um mich. Meine Frau schickt mich. Ihrer Freundin geht's schlechter, aber sie weigert sich, einen Notarzt zu rufen.« Er hielt sein Smartphone hoch. »Irene hat gerade geschrieben, dass es noch schlimmer geworden ist.«

»Verdammt, warum sagst du das nicht gleich? Sag Gerda, sie soll die nächsten Patienten etwas vertrösten. Ich hole meine Sachen. Wir fahren sofort los.«

»Brauchen wir nicht.«

»Was?« Entgeistert sah Jan ihn an.

»Ich meine, es sind nur fünfzig Meter von hier bis zu Astrids Haus.«

Wenig später waren sie unterwegs. Jan hatte aber noch bemerkt, dass Gerda Zeiske gegenüber ein schlechtes Gewissen hatte. Das musste warten.

Als Heiner auf das Haus von Astrid Lüders zulief, fluchte Jan innerlich. Frau Lüders war erst in den Sechzigern, litt aber an einer chronischen Herzschwäche. Normalerweise war sie regelmäßig in seine Praxis gekommen, aber in den letzten Wochen hatte er sie nicht mehr gesehen. Nun ahnte er, warum.

Aufgeregt führte Heiners Frau Irene sie ins Schlafzimmer. »Ihr Puls rast, sie schwitzt und ...«

Jan sprintete an ihr vorbei. Ihm reichte ein Blick. »Hubschrauber! Sofort!«, befahl er und hoffte, dass Heiner oder Irene alles Nötige veranlassten.

Frau Lüders war kaum noch ansprechbar, ihr Blick glasig. »Es tut mir leid«, brachte sie keuchend hervor.

Jan lächelte sie beruhigend an. »Keine Sorge, das bekommen wir wieder hin.« Fragend sah er Irene an. »Weißt du, was sie getrunken hat?«

Heiners Frau kam näher, nahm einen Becher vom Nachttisch und reichte ihn Jan. »Diesen Tee. Und zwar in rauen Mengen.«

Jan roch an der Flüssigkeit, konnte sie aber nicht identifizieren. Er legte eine Infusion und tat alles Notwendige, um seine Patientin zu stabilisieren. Als er das Geräusch von Rotoren hörte, hatte sich der schnelle Pulsschlag etwas normalisiert.

»War das Zeug doch nicht gut für mich?«, fragte Frau Lüders mit heiserer Stimme. »Lag Irene mit ihrem Verdacht richtig?«

Jan tätschelte ihre Hand. »Das ist nun alles unwichtig. Wir bekommen Sie schon wieder auf die Beine. Aber dann möchte ich bitte einen Ihrer Apfelkuchen als Entschädigung, weil Sie mir einen solchen Schrecken eingejagt haben.«

Seine Patientin lächelte schwach. »Den bekommst du, Jan. Mit extra viel Marzipan.« Grübelnd sah sie an die Zimmerdecke. »Und dabei war der doch so nett und kompetent ...«

Der Notarzt polterte in den Raum. Mit wenigen Worten klärte Jan ihn über das Krankheitsbild seiner Patientin und über den Tee auf.

Kopfschüttelnd schüttete einer der Sanitäter etwas von der Flüssigkeit in einen leeren Plastikbehälter. Erst dann bemerkte Jan den Teller mit den bunten Kristallen neben dem Bett.

Der Sanitäter schnüffelte an dem Tee. »Das ist so ein Kräuterzeug, das ganz schön reinhauen kann. Wir sagen dir Bescheid, wenn wir wissen, was das ist.« Er schloss das Gefäß und wandte sich lächelnd an Frau Lüders. »Und Sie, meine Gute, bekommen nun einen Freiflug. Direkt in die Uniklinik. Ich weiß nicht, ob Sie sich noch an mich erinnern. Ich bin's, Mischa. Der die Kommaregeln nie kapiert und lieber Micky Maus gelesen hat.«

Schmunzelnd überließ Jan seine Patientin den Rettungsmedizinern.

Der Notarzt nickte ihm zum Abschied knapp zu. »Was geht denn hier schon wieder ab?«, fragte er.

Jan blickt unwillkürlich auf die bunten Kristalle. »Das kläre ich.«

»Gut. Und gut, dass wir dich hier haben, Jan. Wir sehen uns. Ich rufe dich an, wenn deine Frau Lüders versorgt ist und wir den Tee analysiert haben.«

Wenig später stand Jan plötzlich alleine mit Heiner und Irene in dem Schlafzimmer. »Ich muss zurück in meine

Sprechstunde, die hat schon angefangen.« Er sah Heiner an. »Wenn Gerda dich noch mal aufhält, sag was.«

»Sie hat keine Schuld. Ich habe es nicht dringend genug gemacht.«

»Na gut.« Jan zögerte, aber dann gab er sich einen Ruck. Vielleicht konnte etwas Offenheit auch Irene dazu bewegen, ihm zu vertrauen oder ihm zumindest nicht so feindselig zu begegnen – obwohl er ihren Sohn ins Gefängnis gebracht hatte. »Wir haben den Verdacht, dass es hier irgendwie um Grundstücke geht. Richies Boot ist in die Luft geflogen, bei Anna Müller ist ja etwas Ähnliches passiert wie hier und bei Felix habe ich auch merkwürdigen Tee gefunden. Vielleicht fällt euch ja etwas im Zusammenhang mit Frau Lüders ein, was in das Schema mit den Immobilien passt. Oder aber es hatte jemand auf das Geld für diesen ganzen Kram abgesehen.« Er zeigte auf die Kristalle.

Irene blickte missmutig auf die Steine. »Astrid ist meine liebste und älteste Freundin. Sie hat nicht viel Geld, aber was von einer Ferienwohnung erwähnt, die sie bald erben soll.«

Heiner hatte die Augen zusammengekniffen. »Richie, Anna und Felix haben alle drei echte Sahnestücke mit Blick auf Schlei oder Ostsee. Ich begreife, worauf du hinauswillst, und horche mal, was Astrid über die Ferienwohnung sagt, die ihr überschrieben werden soll.« Er sah Jan stirnrunzelnd an. »Trotzdem scheint mir das hier alles etwas viel Aufwand für vergleichsweise wenig Gewinn zu sein. Aber ich weiß jetzt ja, worum es geht, und höre mich mal um.«

Jan lächelte. »Sehr schön. Ich stimme dir zu, dass die ganzen Einzelteile in dieser Sache noch lange nicht richtig zusammenpassen, aber mehr haben wir leider nicht. Du kannst gerne in der Mittagspause vorbeikommen, dann erzähle ich dir in Ruhe, was wir bisher wissen.«

Über das Angebot schien Heiner sich zu freuen. »Heute wird es knapp, denn ich fahre gleich mit Irene nach Kiel, um Astrid alles Nötige vorbeizubringen und ihr ein wenig beizustehen. Ich melde mich heute Abend oder morgen.«

»Das würdest du tun?«, fragte Irene ihren Mann sichtlich überrascht.

Er fasste nach ihrer Hand. »Natürlich. Ich weiß doch, wie ungern du in Kiel Auto fährst.«

Wenn das Ehepaar Zeiske sich so wieder etwas näherkam, hatte der Mist vielleicht doch noch etwas Gutes. Jan verabschiedete sich.

Kapitel 11

Jörg hatte nicht die geringste Idee, was Andrea an den fraglichen Grundstücken interessierte. Besonders mitteilsam war sie nicht, aber die Landschaft schien ihr zu gefallen und sie entspannte sich zunehmend.

Er hatte bewusst in einigem Abstand zu dem Haus von Anna Müller gehalten, weil er die ältere Dame durch das fremde Auto nicht zusätzlich beunruhigen wollte.

Andrea sah nun vom Strand aus zu dem Grundstück hinüber. »War das früher ein Bauernhof? Vielleicht mit mehreren Gebäuden?«

»Ich glaube schon. Wieso ist das wichtig?«

»Wegen der erlaubten Bebauung.«

Damit war Jörg kein bisschen weiter, aber Andrea machte keinerlei Anstalten, ihm ihre Überlegungen zu erklären. Er wollte nachfragen, beließ es dann aber dabei.

Andrea wandte sich dem offenen Meer zu und genoss es sichtlich, dass ihr der Wind durch die Haare wehte. »Ihr habt es wunderschön hier. Schade, dass Ida sich das entgehen lässt.«

»Sie hat ja noch viel Zeit, die Ostsee zu genießen. Mit Liz und Felix hat sie bestimmt auch ihren Spaß.«

Andreas Lächeln verflog. »Stimmt, mit denen schien sie sich zu verstehen.«

Der gefrustete Unterton war eindeutig.

»Kinder in dem Alter sind doch immer schwierig«, sagte Jörg ruhig. »Und Ida hat es noch etwas schwerer als andere Teenager.«

»Ach? Ich vielleicht nicht?«, fauchte Andrea los. »Es ist wirklich großartig, dass jeder sie bedauert und Verständnis für sie hat, aber dabei vergisst, dass auch mein Leben zerstört worden ist!«

Für einen Moment war Jörg wie versteinert. Das konnte doch nicht ihr Ernst sein! Das klang wie ein Wettbewerb um die Frage, wer am meisten um den verstorbenen Mann und Vater trauerte. Jörg hatte keine Idee, was er erwidern sollte, ohne nicht völlig gefühlskalt zu klingen.

Andrea atmete einmal tief durch. »Entschuldige. Das hätte ich nicht sagen sollen.«

»Wenn du das fühlst, ist es vielleicht genau das, was du mal laut aussprechen solltest. Aber wenn ich ehrlich sein soll, klingt es für mich ziemlich schräg. Hast du mal daran gedacht, professionelle Hilfe in Anspruch zu nehmen?«

Sie wich seinem Blick aus und hob einen grauen Stein auf, der rosafarbene Striche hatte. »Einmal bin ich zu einem Typen hingegangen, der angeblich ganz toll in Sachen Trauerarbeit sein soll. Sein esoterisches Gerede hat mich aber nur aggressiv gemacht.«

»Es ist normal, dass man wütend ist. Auf das Schicksal, auf den, der gegangen ist, auf den, den es nicht getroffen hat. Man darf sich das nicht zum Vorwurf machen.«

Verdutzt blinzelte sie. »Na, das nenne ich mal sauber auf den Punkt gebracht. Vielleicht solltest du …« Ihr Blick ging plötzlich an ihm vorbei. »Das darf doch nicht wahr sein. Den schnappe ich mir!«

Andrea sprintete los. Jörg hatte keine Vorstellung, was ihr Ziel war, aber er folgte ihr, nahm sich jedoch gleichzeitig vor, ein ernstes Wort mit ihr zu reden. Ihr Verhalten war dermaßen sprunghaft, dass es schon an Leichtsinn grenzte. Erst jetzt erkannte Jörg, dass sie auf einen fremden Mann zu rannte. Ihr schien nicht klar zu sein, dass sie sich damit unter Umständen in Gefahr brachte.

Am oberen Ende des Strands parkte ein weißer BMW. Ein Mann hantierte mit einem Gerät herum, das Jörg aus der Entfernung nicht identifizieren konnte. Der Fremde senkte es jedoch, als Andrea ihn erreicht hatte.

»Das ist ein Privatgrundstück«, fuhr sie ihn an. »In welchem Auftrag sind Sie hier?«

Großartig! Jörg hatte nicht einmal den Ansatz einer Idee, wovon sie sprach, und entschied sich deshalb zunächst dafür, eine drohende Miene zu machen.

»Was genau geht Sie das denn an?«, erwiderte der Typ.

»Da es sich um das Grundstück meiner Tante handelt, das Sie vermessen, geht es mich eine ganze Menge an.«

Damit hatte sie offensichtlich das Interesse des Mannes geweckt. »Die Dame ist Ihre Tante?«

Ehe Jörg Andrea unauffällig ein Zeichen geben konnte, antwortete sie schon. »Ich nenne sie so, weil ich schon als Kind meine Ferien hier verbracht habe. Sie hat mir erzählt, dass sich hier ein aufdringlicher Makler herumgetrieben hat. Sind Sie nun die Fortsetzung davon?«

Der Kerl verstaute sein Gerät, das wie ein zu dick geratener Kugelschreiber aussah, in einem schwarzen Etui. »Da liegt dann wohl ein Missverständnis vor.«

»Das denke ich nicht, wenn Sie extra aus Hamburg hier hochgefahren sind!«, erwiderte Andrea scharf und durchbohrte den Fremden förmlich mit ihrem Blick. »Sie haben soeben definitiv das Grundstück meiner Tante vermessen! In wessen Auftrag sind Sie hier?«

»Schönen Tag noch.« Der Mann wandte sich einfach ab, stieg in seinen Wagen und fuhr los.

»Würde es dir sehr viel ausmachen, solche Aktionen vorher mit mir abzusprechen?«, fragte Jörg und erntete einen wütenden Blick, dem er jedoch ungerührt standhielt. Einerseits gefiel ihm Andreas Art, aber andererseits hätte er sie für ihr unüberlegtes Verhalten schütteln können.

Nach einigen Sekunden wirkte sie zerknirscht. »Ich war der Meinung, ich hätte an alles gedacht und die Situation im Griff.«

»Wenn du dich als leibliche Verwandte ausgegeben hättest, würde dieser Wunderheiler hier vielleicht nie wieder auftauchen«, erklärte Jörg. »Dabei setzen wir doch darauf, dass er Frau Müller am Freitag erneut Tee verkaufen will.«

»Das ist mir erst später eingefallen. Ich kann dir nichts versprechen, aber ich bemühe mich um Besserung.« Sie grinste schief. »Mein Mann hat mir oft vorgeworfen, dass ich erst handele und dann denke.«

Jörg nickte. »Lass uns mal zurück ans Wasser gehen, ehe wir Frau Müller noch aufschrecken. Außerdem muss ich kurz telefonieren.«

Auch wenn Markus vielleicht sauer werden würde, wenn er erfuhr, dass Jörg ihn übergangen hatte, entschied er sich dafür, direkt beim Hamburger LKA anzurufen.

Während er die Nummer von Dirk Richter wählte, einem ausgewiesenen Experten für Wirtschaftsverbrechen aller Art, der nichts gegen unkonventionelle Ermittlungsmethoden hatte, beschleunigte sich Jörgs Puls leicht. Er würde die Umstände seiner ersten Begegnung mit dem Mann, der heute ein guter Freund war, wohl nie vergessen …

Damals wäre er fast komplett auf die schiefe Bahn gekommen und Dirk war durch seine Schuld in einen Hinterhalt geraten. Zum Glück war die ganze Sache gut ausgegangen und der Hamburger Polizist und Wirtschaftsprüfer hatte ihm danach nicht nur geholfen, sondern ihn auch mit Jo bekannt gemacht.

»Wenn du das Grillen absagst, erschieße ich dich«, begrüßte Dirk ihn.

Lachend beruhigte Jörg ihn. »Es wäre großartig, wenn du ein Kennzeichen für mich überprüfen könntest. Also, genau genommen, natürlich den Besitzer. Sollte es da irgendwelche Verbindungen zu merkwürdigen Immobiliengeschäften geben, würde ich das gerne wissen.«

»Geht klar.«

Jörg gab ihm die erforderlichen Daten durch.

»Klingt, als ob es euch da oben nicht langweilig wird. Sind das Wellen, die ich im Hintergrund höre?«, erkundigte sich Dirk.

»Ja. Ich stehe direkt an der Ostsee.«

Dirk seufzte. »Ich würde gerne mit dir tauschen. Dann bringe ich dir morgen also alles mit, was ich ausgrabe. Aber Übergabe der Informationen nur persönlich. Denn es wird allerhöchste Zeit, dass du Mark nicht mehr aus dem Weg gehst!«

Verdammt! »Mal sehen. Jan ist sonst ja auch da, den interessiert das ebenfalls.«

»Glaub mir eins, Jörg: Wenn du dich morgen drückst, verpasst du eine Gelegenheit, die so schnell nicht wiederkommt. Und ganz nebenbei setzen Sven und ich darauf, dass du ... Ach, das erkläre ich dir morgen. Nur so viel. Wir brauchen deine Hilfe.«

Der Wirtschaftsprüfer wusste, wie er einen neugierig machte. Dazu noch der Appell an seine Hilfsbereitschaft –

und schon saß Jörg in der Zwickmühle. »Wenn nichts dazwischenkommt, bin ich dabei.«

»Okay. Ich verlasse mich drauf.«

»Was war das denn?«, fragte Andrea, kaum dass Jörg sein Handy wieder in seiner Jeans verstaut hatte.

»Ein Kollege aus Hamburg. Er überprüft das Kennzeichen von dem Typen eben.«

»Da war doch noch mehr, oder?«

»Nur ein Teil meiner Vergangenheit, der mich einholen wird, obwohl ich ihm lieber aus dem Weg gehen würde«, wich Jörg aus. »Aber genug davon, lass uns noch den Campingplatz ansehen und danach fahren wir dann zum Höhepunkt unser kleinen Besichtigungstour: Port Olpenitz.«

Ihr Ziel lag ein ganzes Stück hinter der Steilküste Richtung Damp, aber Jörg wusste, wie er die Strecke durch einige Feldwege abkürzen konnte. Ihm gefiel, wie begeistert Andrea die Landschaft betrachtete.

Bei Schuby gab es einen verhältnismäßig großen, typischen Campingplatz, aber das Gelände, das Richies Frau von ihren Eltern geerbt hatte, war recht überschaubar. Die Stellflächen wurden überwiegend von Stammgästen genutzt, aber auch Wanderer und Radfahrer machten mit ihren Zelten dort gerne Zwischenstation. Soweit Jörg mitbekommen hatte, war das Erbe eine kleine Goldgrube, da sich die Kosten im Rahmen hielten und die Einnahmen sprudelten. Neben dem obligatorischen Häuschen mit den sanitären Anlagen gab es auf dem Gelände nur einen kleinen Kiosk. Unterhaltungsangebote suchte man vergebens.

»Ich mag diese Campingplätze nicht«, sagte Andrea unvermittelt. »Alles in Reih und Glied und furchtbar spießig.«

»Das gilt nicht für den, wo wir jetzt hinfahren. Die Wohnwagen stehen in Buchten, die von Hecken begrenzt werden. Alles ist extrem natürlich gehalten.«

»Das hört sich gut an. Wie viele Gebäude mit festem Fundament gibt es?«, wollte Andrea wissen.

»Zwei. Den Kiosk und das Haus, in dem die Duschen und Toiletten sind. Waschmaschinen gibt es da auch. Wieso fragst du?«

»Ach, nur was Baurechtliches. Nicht so wichtig.«

Und schon wieder wiegelte Andrea eine Nachfrage einfach ab. Jörg gefiel das nicht und er hatte Mühe, einen bissigen Kommentar zurückzuhalten.

Plötzlich lachte sie. »Entschuldige, Jörg. Ich will dir nichts verheimlichen. Aber ich möchte erst einmal sehen, ob meine Theorie auch einer genauen Überprüfung standhält, bevor ich darüber rede. Ich würde mir so unendlich dämlich vorkommen, wenn ich euch in eine falsche Richtung jage.«

Als er ihre Unsicherheit erkannte, verflog sein Ärger. »Okay, dann hüll dich weiter in Schweigen und mach mich neugierig.«

Sie lachte und sah dabei viel jünger aus. »Es wird mir ein Vergnügen sein! Bist du eigentlich sicher, dass du noch weißt, wo wir sind?«

Da sie auf drei Seiten von Feldern umgeben waren und links die Ostsee blau im Sonnenlicht schimmerte, nahm er ihr die Frage nicht übel. »So ziemlich. Zur Not schwimmen wir zurück.«

Sie lachte erneut. »So langsam kommt bei mir Urlaubsstimmung auf.«

»Dann genieße sie«, bat er und ertappte sich bei dem Gedanken, dass er Andrea öfters zum Lachen bringen wollte. In diesen kurzen Momenten wirkte sie so unbeschwert, ansonsten schien sie eher niedergedrückt zu sein oder sich sogar in Verteidigungshaltung zu befinden. Er deutete übers Lenkrad nach vorn. »Hinter dem Knick liegt unser Ziel.«

»Knick?«

»Na die Bäume dort, die das Feld begrenzen. Kennst du den Ausdruck nicht?«

»Nee. ›Knick‹ ist bei uns einfach ein Knick im Papier, oder so. Ihr habt hier wirklich ein paar merkwürdige Wörter.«

»Findest du? Na, dann hör mal een beten zu«, begann Jörg auf Plattdeutsch und nannte ihr verschiedene, in Norddeutschland übliche Begriffe.

Bei ›Gedöns‹ und ›Dösbaddel‹ lachte sie wieder. »Herrlich! Das werde ich nun auch immer nutzen. Ida ist der absolute Dösbaddel, die vergisst noch ihren eigenen Kopf, wenn der nicht angewachsen wäre, und Gedöns ist klasse. Beschreibt Krimskrams und so was einfach nur perfekt!«

Jörg grinste lediglich, da in diesem Moment der Feldweg in die Straße mündete, die zum Campingplatz führte. Obwohl er vor dem Abbiegen aufmerksam in beide Richtungen gesehen hatte, wurde er von dem heranrasenden dunklen BMW überrascht und schaffte es in letzter Sekunde, einen Zusammenstoß zu vermeiden.

Er starrte dem Wagen erschrocken hinterher. Wo war der Idiot plötzlich hergekommen? Und wieso fuhr er auf dieser kleinen Straße so schnell?

»Der ist ja wohl komplett verrückt geworden«, sagte nun auch Andrea.

Jörg wollte ihr gerade zustimmen, als ein lauter, dumpfer Knall erklang.

Sie zuckte zusammen. »Was war das?«

»Keine Ahnung, aber es klang nicht gut«, erwiderte Jörg, gab nun selbst ordentlich Gas und jagte ebenfalls viel zu schnell über die schmale Straße in die Richtung, in der er das Geräusch ausgemacht hatte.

»Kam das denn vom Campingplatz? Vielleicht eine Gasflasche?«

»Hoffentlich nur das …«

Mit blockierenden Reifen brachte Jörg seinen Passat nur ein paar Sekunden später einige Meter vor dem Kiosk zum Stehen.

Eine kleine Menschenmenge hatte sich vor dem Gebäude versammelt. Kinder weinten. Rauch stieg auf, erste Flammen schlugen aus dem Dach des kleinen Hauses.

Jörg sprang aus dem Wagen. »Wurde die Feuerwehr schon alarmiert?«

»Da ist noch jemand drin. Mindestens zwei. Vielleicht mehr!«, stammelte ein Mann, Mitte zwanzig.

Andrea stand mit ihrem Smartphone in der Hand neben Jörg. »Ich übernehme das hier. Geh rein, aber bitte pass auf dich auf!«

Sie wechselten einen flüchtigen Blick, der Jörg bis ins Herz traf. Darüber allerdings würde er später nachdenken müssen.

Andrea wandte sich ab und begann sofort damit, Aufgaben an die herumstehenden Leute zu verteilen. »Sie holen bitte ganz schnell Wasser her. Und Sie da, Sie bringen die Kinder weg. Hier gibt es nichts zu sehen, wir brauchen Hilfe! Sie mit dem blauen T-Shirt! Sie rangieren bitte das graue Wohnmobil weiter weg!«

Jörg rannte los, bekam noch mit, dass Andrea offenbar eine Verbindung zur Feuerwehr hergestellt hatte – dann hörte er nichts mehr außer dem Prasseln der Flammen.

Obwohl er noch nicht häufig in dem Gebäude gewesen war, erinnerte er sich grob an den Grundriss. Ein Empfangstresen am hinteren Ende des Raumes, davor rechts und links Regale mit allen möglichen Artikeln, einige Produktdisplays auf der freien Fläche dazwischen. Ein Drehständer mit verschiedenen Zeitungen, die bereits brannten. Jörg trat ihn zur Seite und hoffte, sich damit ausreichend Zeit erkauft zu haben, um in den hinteren Bereich zu gelangen. Die Hitze war fürchterlich, mit jedem Atemzug bekam er mehr Rauch in die Lunge.

Er sah etwas Rotes vor einem Schrank mit den gekühlten Getränken, das da nicht hingehörte. Ein kleines Kind hatte sich dort zusammengekauert. Jörg schnappte unwillkürlich nach Luft, was unter diesen Umständen eine ganz schlechte Idee war. Viel zu viel Rauch drang in seine Lungen. Hustend zerrte er das Mädchen hoch und sprintete mit ihm auf den Armen nach draußen.

Andrea kam eilig auf ihn zu und nahm ihm vorsichtig das Kind ab. Als Jörg wieder in das brennende Gebäude laufen wollte, hielt sie ihn zurück. »Der Rauch ist zu dicht! Du brauchst …«

Ein blonder Mann reichte Jörg ein nasses Handtuch und zog sich selbst den Kragen seines T-Shirts über die Nase. »Ich komme mit!«

Jörg hielt sich nicht mit einer Diskussion auf, sondern wickelte sich den Stoff um die untere Gesichtshälfte und rannte wieder los. Das Handtuch half tatsächlich: Er bekam deutlich besser Luft als zuvor. Aber das war kein Grund zur Entwarnung. Teile des Daches stürzten bereits ein. Verdammt! Jörg war sicher, dass sich noch mehr Personen im Inneren des brennenden Kiosks befanden.

Hinter dem Tresen entdeckte er eine junge Frau, die reglos am Boden lag. Sie blutete stark aus einer Kopfwunde. Jörg musste nichts sagen. Sein Begleiter war bereits dabei, den Balken, der quer über dem Oberkörper der Verletzten lag, anzuheben, sodass Jörg sie hervorziehen konnte.

»Bring sie raus!«, brüllte er dem Mann zu. »Ich sehe hinten nach, ob da noch jemand ist.«

Jörg trat die Tür hinter dem Tresen auf und duckte sich, als ihm Flammen und Rauch entgegenschlugen. Er konnte kaum noch etwas erkennen, tastete sich Schritt für

Schritt voran und stieß plötzlich mit dem Fuß gegen etwas Weiches.

Er bückte sich.

Kein Mensch, sondern eine Decke. Unter der ... etwas zappelte.

Jörg hob den Stoff samt Inhalt auf und stolperte den Weg zurück ins Freie. Dort angekommen, fiel er hustend und nach Luft schnappend zu Boden, drückte dabei die Decke fest an die Brust.

Er schrak zusammen, als er plötzlich etwas Feuchtes am Hals spürte. Kurz darauf lugte etwas Schwarz-Weißes aus dem Stoff hervor.

Ein kleiner Hund!

Dann war Andrea wieder neben ihm und hielt ihm eine Wasserflasche hin. Gleichzeitig strich sie über sein T-Shirt. »Das waren noch ein paar Funken«, erklärte sie.

Jörg trank durstig und versuchte, die Rauchpartikel aus seinem Mund zu spülen. »Was ist mit der Frau?«

Andrea wich seinem Blick aus und starrte an ihm vorbei in den Himmel. »Ich glaube ...«

»Nein«, brachte Jörg keuchend hervor, legte die Decke auf den Boden und rappelte sich auf.

Neben einem Wohnmobil lag die Frau in der stabilen Seitenlage. Ein Mann sah sichtlich hilflos auf sie herab.

Jörg hockte sich neben ihr hin. Kein Puls. Er begann mit der Mund-zu-Mund-Beatmung, obwohl er selbst kaum genug Luft in der Lunge hatte. Unterbrach die Maßnahme nur kurz für die Herzmassage.

»Kümmere du dich um die Beatmung, ich übernehme das Herz«, sagte Andrea, die wieder genau im richtigen Moment neben ihm auftauchte.

Erst als der Notarzt eintraf, hörten sie auf. Jörg hatte kaum noch genug Kraft, um dem Rettungsmediziner Platz zu machen. Ein Defibrillator wurde eingesetzt, aber instinktiv wusste Jörg, dass die Hilfe zu spät kam.

»Es ist aussichtslos«, flüsterte Andrea neben ihm.

»Wir mussten es versuchen.« Obwohl Jörg immer noch das Gefühl hatte, die Hitze am ganzen Körper zu spüren, bekam er plötzlich eine Gänsehaut. Er rieb sich mit der Hand heftig über die Lippen und versuchte, die Erinnerung an die vergeblichen Bemühungen zu verdrängen.

Der Notarzt kam auf ihn zu und schüttelte den Kopf. »Ich will dem Urteil der Obduktion nicht vorgreifen, aber ich fürchte, die Kopfverletzung war bereits tödlich. Meine Hochachtung, dass Sie alles versucht haben.«

Es reichte nur für ein Nicken.

Der Arzt warf Jörg einen prüfenden Blick zu. »Wie fühlen Sie sich? Ich würde Sie gerne durchchecken.«

»Das ist überflüssig. Mir geht es gut. Sagen Sie mir lieber, was mit dem Kind ist? Und ...« Jörg brach mitten im Satz ab, als ein schwarz-weißer Hund, fast noch Welpe, auf ihn zugelaufen kam und sich zitternd an sein Bein drängte.

Die Mundwinkel des Arztes hoben sich etwas. »Das Kind nehmen wir mit. Es hat nur einen Schock und eine leichte Rauchvergiftung. Haben Sie es aus dem Gebäude herausgeholt?«

Dieses Mal fiel Jörg das Nicken leicht. »Als ich das zweite Mal drin war, hat mir noch jemand geholfen. Ist der Mann auch okay?«

»Ja, er hat nichts abbekommen. Und das erste Mal sind Sie alleine ins brennende Gebäude rein?« Der Arzt erwartete offenbar keine Antwort, sondern starrte kurz in den Himmel und schüttelte leicht den Kopf. »Da war Ihr Beispiel wohl ansteckend, sodass wenigstens einer auch etwas unternommen hat. Ein Jammer, dass erst immer jemand kommen muss, der die erstarrten Zuschauer zum Helfen animiert.

Würden Sie bitte noch etwas bleiben? Dies ist eindeutig ein Fall für die Polizei, selbst wenn sich die Brandursache als technischer Defekt herausstellen sollte.«

Der Hund fiepte leise. Jörg nahm ihn auf den Arm und stellte fest, dass ihn der enge Kontakt mit dem Tier tröstete. »Danke für den Hinweis. Ich bin selbst Polizist und habe einen Verdacht, wie das zusammenhängen könnte. Ich veranlasse alles Weitere.«

»Sehr schön.« Der Arzt entfernte sich.

Andrea stand weiter dicht neben ihm und streichelte nun die Promenadenmischung. »Ich glaube, er weiß, dass er dir sein Leben verdankt.«

»Kann sein. Ich hoffe nur, es gibt nicht noch weitere Opfer. Ich konnte im Hinterzimmer absolut nichts mehr erkennen.« Er wies mit dem Kopf auf den Hund. »Es war schon Glück, dass ich über ihn hier gestolpert bin.«

Ein paar Minuten sahen sie den Löscharbeiten zu. Andrea zuckte zusammen, als das Dach komplett einstürzte. Jörg widerstand gerade noch dem Impuls, ihr seinen freien Arm um die Schulter zu legen. Das wäre ihm dann doch zu übergriffig erschienen.

»Danke, dass du die Nerven behalten hast«, sagte er schließlich, war sich aber nicht sicher, ob sie seine Worte überhaupt gehört hatte. Dann wählte er die Nummer von Markus und erklärte dem LKA-Beamten, was auf dem Campingplatz geschehen war.

»Bist du in Ordnung?«, fragte sein Freund als Erstes.

»Ja, nur ein wenig verräuchert und angesengt, nicht der Rede wert. Sind Babs und Julian noch vor Ort?«

»Ja, ich schicke sie gleich zu euch rüber. Dafür werden sie mich lieben!«

Jörgs Blick irrte zu der Trage, auf der nun der zugedeckte Körper der Toten lag. »Sag Ihnen, dass … Ach, egal. Ich habe gerade eine kleine Kostprobe bekommen, wie Jan sich gefühlt haben muss, als ...«

»Jörg!«, erklang in diesem Moment ein lauter Ruf.

Richie war eingetroffen.

Jörg nickte ihm zu. »Ich muss Schluss machen. Wenn ich gleich nicht mehr hier bin, haben Babs und Julian meine Handynummer, falls sie noch Fragen haben.«

Richie stürmte auf Jörg zu und packte ihn fest an den Schultern. Dass er dabei Andrea zur Seite schob und sich der Hund entsetzt enger an Jörg kuschelte, bemerkte er vermutlich gar nicht. »Bist du in Ordnung?«

»Ja, sicher. Siehst du doch. Wer war die Frau?« Er hatte die Frage kaum gestellt, da tat ihm seine schroffe Art schon wieder leid. »Entschuldige. Es ist nur ...« Ihm fiel keine vernünftige Erklärung für sein ruppiges Verhalten ein, er fuhr sich durch die Haare und verzog den Mund.

Richie verstärkte nur kurz seinen Griff und ließ Jörg dann los. »Alles gut. Ich habe schon gehört, dass es einzig und allein dir zu verdanken ist, dass überhaupt jemand lebend aus dem Laden rauskam.« Er atmete tief durch und deutete dann auf den Hund. »Das ist Ginger. Sie hat Christina gehört.«

Richies Blick verriet Jörg, dass das der Name der Toten war.

Der Hund jaulte leise und Richie schluckte deutlich. »Wenn du magst, nimm sie zu dir. Sie hat hier niemanden mehr. Christinas Eltern leben im Ruhrgebiet und mögen keine Hunde. Das Mädel war so stolz darauf, als sie mir Ginger gezeigt hat. Sie hat in Kiel VWL studiert und wollte bei uns bis zum Wintersemester jobben.« Richie blinzelte und strich sich fahrig mit der Hand über die Augen, ehe er auf die Reste des Kiosks blickte. »Meinst du, dass das alles mit dem zusammenhängt, was wir heute Morgen besprochen haben?«

Da sie mittlerweile einige neugierige Zuhörer hatten, war Jörg ihm für die zurückhaltende Formulierung dankbar. »Vermutlich. Es sei denn, dir fällt ein technischer Defekt ein, der das Desaster verursacht haben kann.«

»Nein, das kann ich mir nicht vorstellen. Die einzige Gefahr ginge theoretisch von den Gasflaschen aus, aber die werden in einem Anbau beim Duschhaus gelagert. Die können es nicht gewesen sein.« Sein Blick schweifte erneut zu dem abgebrannten Gebäude, von dem nur noch rauchende Mauerreste übrig waren. »Was für ein Drama. Wenn Christina gestorben ist, weil ich das Kaufangebot abgelehnt habe, dann ...«

Jörg hob eine Hand. »Stopp! So darfst du nicht denken! Derjenige, der hinter all dem steckt, ist schuld. Niemand sonst. Und du schon gar nicht.« Wut stieg in ihm auf. Schlagartig hatte er das Gefühl, das Gelände verlassen zu müssen. »Kannst du meinen Kollegen erklären, dass ich wegmusste? Sie wissen, wie sie mich erreichen. Ich will ... duschen.«

Seine Erklärung klang reichlich lahm, aber Richie nickte sofort. »Klar. Zisch ab. Gönn dir einen Whisky, um die Bilder zu vertreiben!«

Wenn das bloß so einfach wäre.

Jörg hatte Glück: Sein Passat war nicht komplett zugeparkt, mit etwas Rangieren käme er an den Einsatzfahrzeugen vorbei. Ratlos sah er auf Ginger. Im Kofferraum wäre sie am besten aufgehoben, aber der Hund machte nicht den Eindruck, dass er sich von Jörg trennen wollte.

Erst als sie ihn leicht am Arm berührte, bemerkte Jörg, dass Andrea ihm gefolgt war. Für einen Augenblick hatte er sie fast vergessen.

»Die Kleine ist total geschockt. Behalte sie im Arm. Du fährst jetzt sowieso nicht. Das übernehme ich.«

Ihr bestimmter Ton täuschte Jörg keine Sekunde. Andreas Hand zitterte, ihr Gesicht war kreidebleich. Es war offensichtlich, dass sie sich genauso schlecht fühlte wie er.

Jörg fischte seinen Autoschlüssel aus der Jeans und gab ihn ihr. »Felix leiht mir bestimmt was von Rambo für sie. Ich habe, ehrlich gesagt, keine Ahnung, was ein Hund braucht.«

»Liebe, und die hast du«, gab Andrea zurück und entriegelte per Fernbedienung die Türen.

Problemlos steuerte sie den unbekannten Wagen an den Feuerwehrfahrzeugen vorbei. Erst als sie auf der Bundesstraße Richtung Kappeln waren, ballte sie die Hand zur Faust. »Das, was du da vorhin gesagt hast … Das war für mich, als ob jemand einen Schleier zur Seite reißt. Ich begreife es einfach nicht.«

Jörg hatte keine Ahnung, wovon sie sprach. »Was meinst du? Und nebenbei: Kennst du eigentlich den Rückweg?«

»Diesen hier ja, den anderen über die Feldwege hätte ich nicht mehr gefunden.«

Jörg fiel zwar auf, dass sie seiner eigentlichen Frage ausgewichen war, brachte es aber nicht fertig, noch einmal nachzuhaken. Erst als Andrea die Bundesstraße nicht Richtung Schlei verließ, sondern weiter geradeaus fuhr, durchbrach er das Schweigen. »Du hättest hier abfahren müssen.«

»Nein. Ich will nach Brodersby.«

Kapitel 12

Obwohl Jörg ihr die Erschütterung noch anmerkte, war Andrea bisher recht beherrscht gefahren, aber je näher sie Brodersby kamen, desto mehr Sorgen machte Jörg sich um ihre Gemütsverfassung. Das Tempolimit schien sie nicht zu interessieren, selbst nach dem Passieren des Ortsschildes fuhr sie noch gut siebzig Stundenkilometer. In einem abenteuerlichen Fahrmanöver bremste sie direkt hinter Jans geliebter Ninja. Einen Moment lang befürchtete Jörg, sie würde das Motorrad umfahren, aber sie schaffte es, den Passat zum Stehen zu bekommen. Vorsichtig löste Jörg den festen Griff, mit dem er den kleinen Hund beschützend umklammert hatte.

Beide Hände aufs Lenkrad gelegt, atmete Andrea tief durch. »Ich bin früher am Wochenende Rallyes gefahren.«

»Wenn du mir das vorher gesagt hättest, wäre mein Puls nicht so hochgegangen.«

Sie lächelte flüchtig. »Immerhin hat es dich für ein paar Minuten abgelenkt.«

»Stimmt. Verrätst du mir, warum du hierhergefahren bist?«

»Weil ich was mit Jan klären muss.« Andrea rieb sich über die Stirn und stieg aus.

Jörg sah ihr an, wie schwer ihr jeder Schritt fiel, und war gespannt, ob er mit seiner Vermutung richtiglag. Es gehörte nicht viel Fantasie dazu, um zu bemerken, dass es zwischen dem Tod ihres Mannes und den Ereignissen auf dem Campingplatz gewisse Parallelen gab.

Ihr Timing war jedenfalls perfekt. Sie erreichten Gerdas Reich in dem Moment, als sich der letzte Patient des Vormittags ein Rezept von ihr abholte. Nach einem Blick auf Jörg und Andrea atmete Jans Sprechstundenhilfe tief ein und fertigte den älteren Herrn ungewöhnlich kurz angebunden ab. »Was ist denn mit dir passiert? Wen schleppst du da mit dir herum?«

Eine Sekunde glaubte er, dass Gerda auf Andrea anspielte, aber dann erinnerte er sich an Ginger. »Hast du irgendwie ein Band, das ich als Leinenersatz verwenden kann?«

»Ich hab sogar was Besseres in der Pantry: eine Ersatzleine von Tarzan. Wenn ihr zu Jan wollt, nur zu. Lena ist da, aber ihr könnt ja anklopfen. Ich hole dann mal die Leine für deinen Hund. Aber pass auf, dass das schwarze Monster den Kleinen nicht frisst.«

Andrea atmete tief durch und ging dann mit einer Miene, als ob sie gerade zum Schafott geführt würde, zu Jans Zimmer. Sie klopfte hart, stieß aber die Tür sofort auf.

Jörg sah noch, dass Lena und Jan dicht nebeneinander am Fenster gestanden hatten und nun erschrocken auseinanderfuhren.

»Entschuldigt, aber das ist wichtig«, begann Andrea und ignorierte die aufgebrachten Blicke von Jans Lebensgefährtin.

»Ist was passiert?«, erkundigte sich Jan ruhig.

Jörg betrat mit dem mittlerweile zappelnden Hund das Zimmer. »Das kannst du wohl laut sagen.« Er konnte förmlich spüren, wie sein Freund in den Arztmodus wechselte.

Jan musterte ihn prüfend. »Setz dich hin! Dein Arm sieht nicht gut aus. Ich will mir ansehen, was unter dem ganzen Dreck noch verborgen ist.«

»Nichts. Deshalb sind wir nicht hier.« Weiter kam er nicht. Tarzan kam mit einem tiefen Grollen auf ihn zu.

Ginger wurde noch unruhiger und schien sich nicht entscheiden zu können, ob sie lieber bei Jörg bleiben oder ihren Artgenossen beschnuppern sollte.

Vorsichtig setzte Jörg sie ab. Tarzan nutzte seine Chance und stolzierte um die kleine Hündin herum, die sofort eine Demutshaltung annahm. Zur Belohnung wurde sie ausgiebig beschnuppert und abgeleckt.

Wenigstens das war wohl geklärt.

Fragend sah er Andrea an. »Sollen Lena und ich draußen warten?«, bot Jörg an, hatte aber keine Idee, wie er Lena dazu bewegen sollte, Jans Zimmer zu verlassen.

»Nein, es ist okay, wenn ihr zuhört.« Andrea ballte die Hand zur Faust. »Jörg hat versucht, einer Frau das Leben zu retten. Es hat nicht geklappt. Sie ist tot, war es vielleicht auch schon vorher.« Ihre Stimme zitterte und sie atmete tief durch. »Danach habe ich plötzlich verstanden, dass es nicht in deiner Macht lag, Michael zu retten. Es war wie ein Vorhang, der sich plötzlich gehoben hat. Ich weiß nicht, was bei mir im Kopf falsch verdrahtet gewesen ist. Meine Vernunft hat es eigentlich schon immer gewusst, aber mein Herz hat es anders gesehen. Vielleicht brauchte ich jemanden, dem ich die Schuld an Michaels Tod geben konnte, aber das war falsch, Jan. Es tut mir so unendlich leid, was ich zu dir gesagt habe und wie ich mich dir gegenüber verhalten habe. Ich habe uns beiden alles nur noch schwerer gemacht.« Tränen liefen ihr über die Wange. Mit einer heftigen Handbewegung wischte sie diese weg. »Ich war bescheuert«, stieß sie schluchzend hervor.

Jan sagte nichts, zog sie einfach nur in seine Arme und hielt sie fest. Lena wirkte zwar nicht begeistert, aber zumindest nachdenklich.

Als Ginger anfing, laut zu kläffen, und Tarzan mit einfiel, löste sich Andrea von Jan. »Danke, dass du immer noch für mich da bist, wenn ich dich brauche.«

»Daran wird sich auch nichts ändern.«

Lena räusperte sich. »Wieso kommst du heute Abend nicht zum Grillen bei uns vorbei? Um acht sind wir mit dem Finanzheini bestimmt durch und Jörg kann ja vorher schon den Grill anheizen.«

Der Gedanke gefiel Jörg, vor allem da sie alle ein wenig Ablenkung gebrauchen konnten. »Die Idee ist gut, aber lass uns das bei Felix machen. Dann habt ihr keine Arbeit damit. Ich muss mir bei ihm sowieso ein paar Sachen für den Kläffer ausleihen.«

Mit dem Gespür fürs richtige Timing kam Gerda zu ihnen herein. »Ich habe dir schon mal Tarzans Leine rausgesucht. Wir gehen dann alle mal raus und du lässt dich von Jan durchchecken. Die Hunde nehmen wir natürlich mit.«

»Er ist eine Sie. Und ...« Jörg konnte sich jedes weitere Wort sparen, denn die Frauen waren sich offenbar einig. Andrea legte Ginger die Leine an, Gerda, Lena und Tarzan gingen schon vor.

Kaum waren sie alleine, galt Jans Aufmerksamkeit ihm. Jörg hatte bisher nicht einmal bemerkt, dass er am Unterarm eine abgeschürfte Stelle hatte. »Das sieht schlimmer aus, als es ist«, wiegelte er ab.

Jan grinste schief und ging zu seinem Schreibtisch. »Ach? Du hast in den letzten Stunden ein Medizinstudium abgeschlossen? Glückwunsch! Dann weißt du bestimmt auch, wie gefährlich Infektionen bei verbrannter Hautoberfläche sind, oder?«

»Also gut. Leg los.«

Jan holte die Flasche Cognac aus dem Schreibtischfach, die er dort immer aufbewahrte. »Wir beginnen damit. Es lässt niemanden kalt, wenn die Erste-Hilfe-Maßnahmen versagen.«

Jörg nickte stumm.

Jan reichte ihm das Glas mit dem edlen französischen Getränk. »Möchtest du drüber reden?«

»Nein, jetzt nicht, also nicht im Detail. Es ist noch zu nah. Später irgendwann bestimmt.«

»Gut, ich bin für dich da. Egal zu welcher Uhrzeit. Dann erzähl mir das, was du magst, und trink, während ich mir deinen Arm ansehe.«

›Ansehen‹ wäre kein Problem gewesen, aber das Reinigen und Verbinden waren alles andere als ein reines Vergnügen. So knapp es ging, erzählte Jörg seinem Freund von den Ereignissen auf dem Campingplatz und trank gleichzeitig den Cognac.

»Da meint es jemand verdammt ernst«, kommentierte Jan seinen Bericht. »Ob Richie auf diese Weise zum Verkauf des Campingplatzes gebracht werden soll?«

»Das wäre eine viel zu rasche Reaktion darauf, dass die Sache mit dem Boot nicht geklappt hat.« Jörg schüttelte den Kopf. »Ich finde, hier passt alles nicht so richtig zusammen. Wer auch nur ein bisschen häufiger mit Richie zu tun hat, weiß doch, dass er so bloß noch sturer wird.«

Jan räumte seine Instrumente weg. »Vielleicht steckt jemand dahinter, der Richie nicht gut genug kennt. Mal sehen, ob wir nach dem Treffen mit dem Finanzheini heute Abend weiter sind.« Er warf Jörg einen prüfenden Blick zu. »Wie geht es denn deiner Meinung nach Andrea? Ihr Auftritt vorhin hat mich ziemlich überrascht.«

»Ich finde, sie ist ziemlich fertig, hat sich aber prima gehalten und mir sehr geholfen, als es drauf ankam.« Jörg zuckte mit der Schulter. »Es war bestimmt nicht einfach, zu dir zu kommen und dann auch noch vor uns so eine Art Beichte abzulegen. Vielleicht ist sie jetzt auf dem richtigen Weg.«

»Hoffentlich.« Jan lehnte sich gegen seinen Schreibtisch und schüttelte den Kopf. »Was für ein Chaos. Apropos, vorhin gab's hier auch noch einen Zwischenfall, der nicht so ganz in unser mutmaßliches Schema passte. Wieder giftiger Tee. Aber die Dame besitzt kein interessantes Grundstück – jedenfalls ist das der Stand von heute Morgen gewesen. Heiner ist da noch dran.«

Jörg seufzte. »Ich werde noch irre. Bei der alten Müller sind wir übrigens auf eine Art Landvermesser gestoßen, der sich aus dem Staub gemacht hat, nachdem wir dort aufgetaucht waren. Aber wer auch immer hier sein Unwesen treibt, hat sich verrechnet. Die Jagdsaison auf ihn ist eröffnet, auch wenn das heißt, dass ich ums Grillen morgen doch nicht herumkomme.«

Jan grinste flüchtig. »Jagdsaison gefällt mir, schließlich hat alles mit einer Jagd auf Gänse angefangen. Aber wieso dein plötzlicher Sinneswandel in Bezug aufs Grillen?«

»Wegen Sven, Dirks Partner. Du hast ihn noch nicht in Aktion erlebt. Er ist ein absolutes Genie, wenn es darum geht, ein Gesamtbild aus einzelnen Puzzleteilen zu erkennen. Wir wären bescheuert, wenn wir seine Kombinationsgabe nicht nutzen würden. Außerdem habe ich Dirk das Kennzeichen des merkwürdigen Landvermessers durchgegeben mit der Bitte, den Wagenbesitzer zu ermitteln. Der Kerl kam aus Hamburg.«

»Sehr schön. Hat Dirk sonst noch was erwähnt?«, erkundigte sich Jan ungewöhnlich ernst.

Jörg stutzte. Er wollte schon verneinen, als ihm noch etwas einfiel. »Nicht direkt, er hat mich nur gebeten, dass ich morgen dabei bin. Weil er irgendwas mit mir besprechen wollte. Dabei hat er ziemlich geheimnisvoll getan. Hast du eine Idee, was er meinen könnte?«

Sichtlich begeistert lächelte Jan. »Perfekt. Darauf hatte ich gehofft. Wenn ihr darüber redet, mache dir bitte eins klar: Ich stecke nicht dahinter, das haben er und Sven alleine entschieden.«

Jörg verstand gar nichts mehr, aber seine Neugier war endgültig geweckt. Leider wusste er, dass es zwecklos war, Jan weiter zu löchern – Antworten würde er sowieso nicht bekommen. Aber da sein Freund sich offensichtlich freute, konnte es sich eigentlich um nichts Schlechtes handeln.

»Hast du auch wirklich alle Details drauf, um die Andrea dich gebeten hat?«, erkundigte sich Lena zum dritten oder vierten Mal.

Jans Antwort beschränkte sich auf ein Seufzen. Das Verhältnis zwischen den Frauen hatte sich zumindest geringfügig gebessert und immerhin dafür gereicht, dass Andrea Lena genaue Verhaltensregeln für das Gespräch mit dem Finanzberater mit auf den Weg gegeben hatte. Die waren denkbar einfach gewesen: Sie und Jan besaßen beide Geld, das auf der Bank lag und zu wenig Zinsen abwarf, sie hatten keinesfalls vor zu heiraten und ärgerten sich über die hohen Steuern.

Andreas Überlegung war Jan klar: Sie wollte wissen, ob dieser Arne ihnen ein Steuersparmodell in Form von Immobilien aus der Gegend anbot. Allerdings sah Jan damit noch keine Verbindung zu den Kaufangeboten für begehrte Grundstücke. Er konnte oder wollte sich nicht vorstellen, dass vergleichsweise geringe Renditen zu solchen Verbrechen führten.

Trotz des traumhaften Wetters hatte Lena darauf bestanden, mit seinem A8 zu ihrem Termin zu fahren. Da so sichergestellt war, dass sie nach dem Grillen zurückfahren würde, hatte er nicht lange diskutiert. Allerdings kam ihm der Gedanke absurd vor, mit dem Wagen ihren angeblichen Wohlstand vor Arne Sanders zu präsentieren, denn er hatte den Wagen günstig von Richie gekauft. Manchmal verstand Jan die Frauen nicht.

Er stoppte den Audi vor dem Haus, das sein Navigationssystem ihm als Ziel ansagte, und betrachtete zweifelnd das reetgedeckte Gebäude. »Bist du sicher, dass wir hier richtig sind?«

Der Vorgarten war perfekt angelegt. Kein Blatt lag auf dem Rasen, der auch einem Golfplatz alle Ehre gemacht hätte. Die Garage war ebenso wie das Haus weiß verklinkert und natürlich ebenfalls mit Reet eingedeckt.

»Das Ding ist ja riesig!«, stellte Lena zutreffend fest.

Jan brummte zustimmend. ›Repräsentativ‹ war der Ausdruck, der ihm zu dem Anwesen einfiel, und er ging jede Wette ein, dass es im Inneren des Gebäudes wie in einem Einrichtungsfachgeschäft aussah. »Das dürfte sein Privathaus sein«, überlegte er laut.

Lena pikste ihm grinsend mit dem Zeigefinger in die Taille. »Sehr schlaue Schlussfolgerung, da sich seine Geschäftsadresse in Kappeln befindet. Hier wird er wohl wohnen.«

Da sie sich in Winnemark, einem kleinen Dorf an der Schlei, befanden, in dem sonst nicht viel los war, verzichtete Jan auf einen Kommentar und stieg aus.

Sie mussten nicht klingeln, denn Arne Sanders kam ihnen lächelnd entgegen. »Vielen Dank, dass Sie den Weg hierher auf sich genommen haben. Der nächste freie Termin in meinem Büro, der mit Ihren Sprechstunden vereinbar gewesen wäre, wäre erst in vier Wochen gewesen. Ich hoffe, das Chaos auf dem Weg in mein Arbeitszimmer stört Sie nicht.«

Jan unterstellte dem Finanzberater in Gedanken, dass er sich für eine einzige herumliegende Zeitung entschuldigte, aber das Innere des Hauses überraschte ihn dann doch. In dem großen Eingangsbereich tobten zwei Kleinkinder mit einem Cockerspaniel. Bobbycars, Bälle und anderes Spielzeug lagen herum. Damit hatte er nicht gerechnet.

Eine blonde Frau, Mitte zwanzig oder Anfang dreißig, kam mit einem Geschirrtuch in der Hand aus einem der Zimmer. »Yvonne Sanders«, stellte sie sich vor. »Kann ich Ihnen einen Kaffee anbieten? Oder vielleicht lieber Tee oder Wasser?«

Jan und Lena lehnten dankend ab.

Das Arbeitszimmer entsprach dann eher Jans Erwartung. Ein beeindruckender Blick auf die Schlei, ein massives Holzregal, in dem Aktenordner mit sorgfältiger Beschriftung, Gesetzestexte und Wirtschaftsbücher standen. Sowohl der

Schreibtisch als auch die Besprechungsecke mit den Ledermöbeln sahen teuer aus.

»Das ist neben der Küche der einzige Raum, der schon fertig ist. Wir haben das Haus sehr günstig übernommen, mussten aber draußen mit der Renovierung oder eher der Sanierung anfangen, weil uns sonst das Mauerwerk zusammengebrochen wäre«, erklärte Sanders und deutete einladend auf die Sitzecke. »Ich fange dann mal damit an, dass ich Ihnen noch einmal versichere, wie unangenehm mir die Sache mit den Meerschweinchen ist!« Er breitete die Hände aus. »Es ist so unglaublich, was aus meinem gut gemeinten Vermittlungsversuch geworden ist.«

Jan hatte von Lena und Heiner schon erfahren, wie Arne Sanders den an ihn adressierten Karton mit den Meerschweinchen in Jans Garten gerechtfertigt hatte. Angeblich war Sanders durch einen anonymen Anruf mitgeteilt worden, dass die Tiere vor der Arztpraxis abgestellt werden sollten. Er hatte daraufhin Jan nur vorwarnen wollen. Wer der Anrufer gewesen sein konnte, hatte Sanders angeblich nicht gewusst. Für die Herkunft des Kartons hatte er eine plausible Erklärung gehabt: Das Altpapier, inklusive leerer Kartons, bewahrte er in einem Carport neben seinem Büro in Kappeln auf. Dort bedienten sich immer mal wieder Leute, die größere Kisten brauchten.

Jan winkte ab. »Kein Problem. Das klärt die Polizei schon noch. Bei Sprengstoff hört der Spaß auf.«

Sanders nickte lediglich. Keine Spur von Angst oder Schuldbewusstsein. Bei ihrem Treffen am See hatte Jan ihn für Anfang zwanzig gehalten, sich vielleicht von der jugendlichen Kleidung täuschen lassen. Nun war er sich bezüglich des wahren Alters seines Gegenübers nicht mehr so sicher. Die feinen Falten um die Augenwinkel konnten darauf hindeuten, dass Sanders eventuell schon zehn Jahre älter war.

»Vielen Dank, dass Sie den Termin hier überhaupt möglich gemacht haben«, begann Jan.

»Das ist doch selbstverständlich. Ich war allerdings überrascht, denn wir haben uns ja unter nicht gerade idealen Umständen kennengelernt.«

Lächelnd nickte Jan. »Das stimmt. Allerdings hat Felix später regelrecht von Ihnen geschwärmt. Auch, was Ihr Engagement im Tierschutz angeht. Daraufhin kam meine Lebensgefährtin auf die Idee, das Gespräch mit Ihnen zu suchen.«

Die nächsten Minuten stellte Sanders gezielte Fragen, die Lena und Jan wie abgesprochen beantworteten.

Schließlich lehnte der Finanzexperte sich zurück. »Sie haben das klassische Problem. Anlagen mit vertretbaren Risiken werfen zu wenig Rendite ab und die Steuern fressen Ihnen einen Großteil der Einnahmen weg. Aber dafür gibt es eine einfache Lösung.« Er machte eine ausholende Geste, die den Raum umfasste. »Immobilien.«

Jan verzog den Mund. »Das klingt einfach. Aber auf die Idee sind wir auch schon selbst gekommen. Es ist praktisch unmöglich, bezahlbare Objekte zu finden. Ich hoffe, Sie dachten nicht an eines der Hausboote für fast eine halbe Million Euro in Port Olpenitz.«

Sanders lehnte sich zurück und lachte, wirkte dabei absolut ehrlich und sympathisch. »Nein, natürlich nicht. Da können Sie Ihr Geld auch gleich in der Ostsee versenken. Ich denke nicht, dass Sie bei diesen Objekten von einer Wertsteigerung ausgehen können. Im Gegenteil: Sie müssen froh sein, wenn Sie dort eine Werterhaltung erreichen. Sobald die Niedrigzinsphase vorbei ist, werden einige Immobilien rapide an Wert verlieren.«

»Sie meinen, die Preise werden wieder ein realistisches Niveau erreichen«, übersetzte Jan die Worte.

»Ganz genau. Sie haben zwei Möglichkeiten: Entweder Sie suchen nach Häusern, die in einem heruntergekommenen Zustand sind, nutzen staatliche Förderungen und Steuervorteile bei der Renovierung und haben am Ende etwas mit Substanz. Das ist das, was wir hier gemacht haben. Dazu würde ich Ihnen auch raten, denn Sie können das Haus dann selbst bewohnen und vermieten ihre bisherigen Wohnungen. Das setzt allerdings unter Umständen eine langwierige Suche voraus, denn solche Goldstücke sind nicht einfach zu finden.«

Lena nickte. »Das erscheint mir der Knackpunkt zu sein. Mir fallen zwar schon ein paar nette Objekte ein, die mir gefallen würden, aber die Besitzer wollen nicht verkaufen.«

Das war nicht gerade eine subtile Überleitung zu dem Thema, das sie eigentlich interessierte. Aber da die Frage in diesem Zusammenhang förmlich auf der Hand lag, hoffte Jan, dass Sanders keinen Verdacht schöpfte.

Verständnisvoll nickte der Finanzexperte. »Ich kenne das Problem. Wir haben unser Haus damals durch Vermittlung meines Schwiegervaters erhalten. Er wusste, dass die Vorbesitzerin verkaufen wollte, und wir haben ein Angebot gemacht, ehe jemand anders überhaupt davon erfuhr. Sie beide haben doch bestimmt viele Kontakte in und um Brodersby. Das wäre mein erster Tipp.«

Lena wollte etwas sagen, aber Jan kam ihr zuvor. »Also da sehe ich schwarz. Wir gelten ja beide als Zugezogene. Damit erfahren wir so etwas als Letzte. Haben Sie nicht vielleicht noch andere Tipps, die in diese Richtung gehen?«

»Es gibt da tatsächlich eine Möglichkeit, aber vielleicht sehen wir uns zunächst noch die klassischen Aktien- und Rentenfonds an. Da können Sie schon mit kleineren oder aber regelmäßigeren Beträgen über die Laufzeit sehr nette Renditen erwirtschaften.«

Jan ließ ihn verschiedene Produkte erklären und kam dann wieder auf das Thema Immobilien zurück. »Das klingt alles sehr interessant. Aber wenn ich ehrlich sein darf: Ein Haus erscheint mir dann doch solider. Gerade angesichts der momentanen Unberechenbarkeit der Finanzmärkte.«

Lena legte sofort nach. »Ganz genau. Ich traue ja noch nicht einmal der Zinspolitik der Europäischen Zentralbank. Immobilien wären deutlich attraktiver. Wenn Sie da etwas Entsprechendes im Angebot hätten, würde ich auch ohne Bedenken den Fonds meiner Mutter anzapfen und den umschichten.«

Sanders beugte sich leicht vor. »Wie gesagt, es gibt da eine Möglichkeit. Darf ich fragen, wie hoch dieser Fonds ist?«

»Mittlerer sechsstelliger Bereich.«

Sanders rieb sich übers Kinn. »Eine Hamburger Privatbank hat da ein Angebot, das für Sie vielleicht infrage kommen würde. Die Rendite ist hervorragend, obwohl die Provisionen recht erheblich sind.«

»Sie meinen die Verkaufsprovisionen?«, hakte Jan nach.

»Korrekt. Die Verwaltungsgebühr ist mit acht Prozent wirklich sehr hoch, hat sich jedoch schon nach einem Jahr amortisiert.«

Lena stutzte. »Sekunde, wenn ich Ihnen hunderttausend Euro für diesen Fonds geben würde, dann wären achttausend sofort weg?«

»Das ist richtig«, bestätigte Sanders, »aber da die Rendite im letzten Jahr bei zwölf Prozent lag, wäre das nur im ersten Jahr ein kleines Ärgernis.«

»Ist es denn sicher, dass der Fonds weiterhin so erfolgreich ist?«, warf Jan ein.

»Ja, dafür lege ich meine Hand ins Feuer. Die Immobilienleute, die dahinterstehen, sind sehr erfahren und wissen genau, welche Grundstücke sich lohnen. Denken Sie nur an

Port Olpenitz. Auch dort hat der Fonds einige Objekte günstig erworben und verkauft sie nun mit hohen Margen weiter oder vermietet sie. Mir fallen noch zahlreiche andere Beispiele ein. Also ja, das ist eine ganz sichere Sache. Ich habe da auch selbst ein wenig Geld geparkt.« Er zuckte mit der Schulter. »Viel haben wir im Moment wegen der Restbauarbeiten nicht übrig, aber man darf niemals die Altersvorsorge aus den Augen verlieren.«

Jans Gedanken überschlugen sich. Prinzipiell würden die fraglichen Grundstücke von Felix und Anna Müller sowie der Campingplatz perfekt in das Konzept des Fonds passen. Aber es blieb dabei, dass die ganzen Maßnahmen mit Sprengsätzen und giftigem Tee für acht Prozent Provision entschieden zu viel Aufwand waren.

Trotzdem nickte Jan und bemühte sich, interessiert zu wirken. »Ich finde, das klingt sehr gut. Haben Sie über diesen Fonds vielleicht auch weitere Informationen?«

Sanders reichte ihnen jeweils eine dünne Hochglanzbroschüre. »Ich muss Sie aber warnen. Der Fonds ist nicht frei auf dem Markt erhältlich, das heißt, die Anteilseigner werden sozusagen persönlich ausgesucht. Selbstverständlich würden Sie von mir eine entsprechende Referenz bekommen!« Als Jan demonstrativ eine Augenbraue hob, fuhr Sanders eilig fort: »Das liegt daran, dass der Fonds nur dann Geld aufnimmt, wenn er es auch sofort verwenden kann. Das wiederum dient dem Schutz der Anleger und macht den Fonds noch attraktiver.«

Die Erklärung klang plausibel, machte Jan aber gleichzeitig misstrauisch, ohne dass er genau benennen konnte, was ihn störte. Er verstand von der Materie eindeutig nicht genug. Wie gut, dass Dirk morgen bei Jo zum Grillen sein würde! Sein Freund aus Hamburg war als Wirtschaftsprüfer mit dem Thema bestens vertraut.

Er hob den Prospekt etwas hoch. »Ich denke, eine gemischte Strategie wäre für mich das Beste: ein geringer regelmäßiger Betrag monatlich in einen dieser Aktien- oder Rentenfonds. Einen Teil meines Geldes behalte ich flüssig und hoffe auf ein Immobilienschnäppchen für uns. Für den Rest würde ich dann zu dieser Lösung tendieren.« Jan tippte auf den Prospekt. »Aber ich muss mir das noch mal in Ruhe durch den Kopf gehen lassen.«

»Selbstverständlich«, stimmte Sanders sofort zu. »Und sollten Sie eine Immobilie finden, könnte ich Ihnen auch einen Kredit zu erstklassigen Konditionen vermitteln. Bei dem jetzigen Zinsniveau lohnt es sich nicht, zu viele Eigenmittel zu verwenden.«

Lena nickte langsam und sah an dem Finanzberater vorbei auf die Schlei. »Das finde ich auch. Wenn ich für den Kredit nur zwei Prozent zahle, aber bei Ihrem Investment zweistellige Renditen erwirtschafte, ist das ja wohl offensichtlich. Wo ich gerade Ihren Hund da draußen sehe ... Felix erwähnte, dass Sie praktisch alleine hinter diesem Tierschutzverein stecken und viel Gutes tun.«

Abwehrend hob Sanders die Hände. »Das ist zu viel der Ehre. Ich kümmere mich um die Finanzen und die Werbung. Meine Frau ist die treibende Kraft dahinter.«

»Jetzt sind Sie aber zu bescheiden!«, widersprach Jan. »Ohne Geld lässt sich den Tieren doch gar nicht helfen! Damit spielen Sie also eine enorm wichtige Rolle. Ich sehe doch bei Felix, wie schwer er es mit Tierarztrechnungen, dem ganzen Futter und so weiter hat.«

Ein leises Klopfen ertönte an der Tür und Sanders' Ehefrau betrat das Zimmer. »Darf ich Ihnen jetzt etwas zu trinken anbieten?«

Wieder empfand Jan einen Anflug von Misstrauen, den er nicht einordnen konnte, denn die zierliche Frau wirkte freundlich und offen. Er zwang sich zu einem Lächeln, als er ablehnte. »Wir haben Ihren Mann jetzt auch lange genug von der Familie ferngehalten«, fügte er noch hinzu.

»So war das nicht gemeint«, stellte Frau Sanders sofort klar.

Sanders lächelte seine Frau liebevoll an. »Wir haben übrigens gerade über dich gesprochen, mein Schatz.«

»Über mich?«

Wenn Jan sich nicht sehr irrte, hatte sie eine Sekunde lang angespannt gewirkt, ehe sie wieder freundlich lächelte.

»Es ging um den Tierschutz«, erklärte ihr Mann.

»Oh, ich verstehe. Ja, die armen Tiere werden heutzutage viel zu oft vergessen. Alles dreht sich nur um Geld und noch mehr Geld. Wir sind zwar nicht so schlagkräftig wie eines der Tierheime in der Nähe, aber wir versuchen, punktuell zu helfen.«

»Das hat Felix erwähnt«, brachte Jan erneut seinen Freund ins Spiel.

»Felix Mommsen ist ein echtes Vorbild«, bestätigte Sanders' Frau. »Es ist erstaunlich, was er trotz seiner Erkrankung alles für seine Tiere tut. Nur …«

»Lass es«, bat ihr Mann sie.

»Ach was«, mischte sich Jan ein, »sagen Sie ruhig, was Sie denken. So sehr ich Felix auch schätze, ich weiß, dass er manchmal sehr direkt ist.«

Frau Sanders winkte ab. »Ich hätte nur stur gesagt. Er könnte sich so vieles erleichtern, wenn er das Asset nutzen würde, das er besitzt.«

»Asset?«, fragte Lena nach.

»Entschuldigen Sie, ab und zu kommt mein Fachchinesisch zu den unpassendsten Zeitpunkten durch. Ich meine sein Grundstück. Die Lage ist einzigartig. Wenn er es gegen ein anderes, nicht direkt am Wasser gelegenes Areal tauschen würde, bliebe viel Geld übrig, das er anderweitig einsetzen könnte.«

Sanders lachte, aber es klang angespannt. »Wie ich vorhin erwähnte, meine Frau möchte die ganze Welt verbessern, am liebsten sofort und über Nacht. Wir essen nur noch vegan, jede Spinne wird hinausgetragen. Yvonne hat sich während der Bauphase von Port Olpenitz mit vielen Politikern angelegt, weil bei einigen Entscheidungen der Naturschutz komplett vergessen wurde.«

Jan erinnerte sich daran, dass auch Lukas die Diskussion über die Kanalisation erwähnt hatte. »Dann kannten Sie wohl daher Dietmar Gerhardt? Der war doch auch gegen das Bauprojekt.«

Schlagartig verfinsterte sich die Miene von Sanders' Frau und Tränen glänzten in ihren Augen.

»Entschuldigen Sie bitte, ich wollte keine schmerzhaften Erinnerungen wachrufen«, sagte Jan rasch.

»Sie können ja nichts dafür. Aber es ist so ungerecht, dass jemand, der immer nur an andere gedacht hat, auf so unglückliche Weise sterben muss. Das Leben kann so unfair sein!«

»Da haben Sie völlig recht«, stimmte Jan ihr zu und stand auf. »Wir haben Sie nun aber wirklich lange genug aufgehalten.« Er sah den Finanzberater an. »Ich glaube, Sie haben den perfekten Weg für uns gefunden. Wir melden uns in den nächsten Tagen bestimmt noch mit der einen oder anderen Frage. Vielen Dank!«

Auf der kurzen Fahrt zu Felix schwieg Lena zunächst. Erst als sie den holperigen Sandweg erreicht hatten und ihr Ziel schon sahen, seufzte sie.

»So richtig weiter sind wir jetzt nicht. Ich sehe Unmengen von Puzzleteilen, aber ich brauche unbedingt eine Vorlage, wie das Motiv am Ende aussehen soll, weil ich sonst nicht einmal weiß, wie ich anfangen könnte.«

Der Vergleich gefiel Jan und entsprach in etwa auch seinem Eindruck. Er grinste flüchtig. »Wir suchen einfach die Randteile und beginnen mit denen.«

Lachend stupste Lena ihn an. »Okay, machen wir. Was sagst du denn zu den beiden?«

Jan überlegte kurz. »Erstaunlicherweise war er mir sympathischer als sie. Ich fand seine Verkaufsstrategie sehr ehrlich und denke über seine Worte tatsächlich nach – auch wenn ich natürlich gar nicht so viel Geld habe, wie er denkt.«

»Mir geht's genauso. Also mit dem Eindruck von den beiden, nicht mit dem Geld. Wobei das ja eigentlich auch, weil ich ja gar keine Reserve von meiner Mutter habe.«

Lenas reichlich unsortierten Worte brachten Jan zum Schmunzeln. »Dieser exklusive Fonds scheint mir ein Ansatzpunkt zu sein. Obwohl ich nicht glaube, dass eine so geringe Provision zu solchen Verbrechen führen kann.«

Lena nickte energisch. »Darüber bin ich ebenfalls gestolpert. Aber das kannst du morgen ja mal deinen Freund aus Hamburg fragen. Ich würde das natürlich auch tun, aber da ihr ja auf einer Männerrunde besteht …«

Jan grinste nur. Lena akzeptierte es zwar, dass bei Jo regelmäßig Grillen ohne Frauenbeteiligung stattfand, machte aber dennoch die eine oder andere spitze Bemerkung, die er geflissentlich überhörte. Er konnte ihr kaum erzählen, dass einige von Jos Gästen Berufe ausübten, über die sie im Normalfall nicht offen sprachen. Daher beschränkte Jo die Einladung stets auf Mitglieder oder ehemalige Angehörige von Spezialeinheiten sowie einige Polizisten, die wussten, womit die anderen ihren Lebensunterhalt verdienten. Jan grinste unwillkürlich, als er daran dachte, dass Jörg eine Überraschung bevorstand.

Misstrauisch sah Lena ihn an. »Ich glaube, ich möchte nicht wissen, warum du plötzlich so lächelst«, argwöhnte Lena. »Ist das die Vorfreude?«

»Klar, aber nur darauf, nach dem Abend wieder zu dir zurückzukehren.«

Lena lachte laut. »Du weißt wirklich, was eine Frau hören möchte ...«

Jan zwinkerte ihr zu und parkte den Audi neben Liz' Tesla. Als sie ausgestiegen waren, deutete er auf das Elektrofahrzeug. »Es könnte gleich laut werden, denn im Gegensatz zu Felix werde ich keine Rücksicht mehr auf Liz nehmen – ich will endlich wissen, woher der Tee stammt.«

Lena verzog den Mund. »Und wieso sollte sie dir das sagen? Wenn sie erst einmal auf stur schaltet, sehe ich da schwarz.«

»Das wirst du gleich live miterleben. Es wäre ja langweilig, wenn ich dich vorwarne.«

»Manchmal könnte ich dich ...«

Jan umfasste sie locker an der Taille. »Küssen? Nur zu!«

»Ich dachte eher an treten!«

»Aua.«

In diesem Moment hatten sie das Haus umrundet und die Terrasse erreicht. Der Grill war schon angeheizt. Jörg wendete Würstchen, während Andrea Teller und Besteck verteilte. Felix, Liz und Ida standen am Rand des Weidezaunes und sahen Rambo und Ginger zu, die zwischen den Pferden umhertollten.

»Na, der Hund scheint sich von dem Schrecken erholt zu haben«, stellte Jan fest und musterte Jörg dabei prüfend.

Erst als sein Freund ihm zuwinkte, wandte er sich ab und ging auf Liz zu. Er liebte seine Tante und konnte sich nur an zwei Gelegenheiten erinnern, bei denen es zwischen ihnen laut geworden war. Einmal hatte er kurz vor dem Abi so lange durchgefeiert, dass er fast eine wichtige Prüfung in den Sand gesetzt hätte. Das andere Mal hatte er sich nach seiner Entlassung aus der Bundeswehr zu lange einfach treiben lassen. Damals war definitiv seine Tante im Recht gewesen – heute hingegen sah es anders aus.

»Lass sie bloß leben«, flüsterte Lena ihm zu.

Er begrüßte Liz, Felix und Ida mit einem knappen Nicken, holte sein Handy hervor und rief eine Datei auf, die ihm ein Kollege aus der Kieler Uniklinik geschickt hatte. »Ich habe hier die toxikologische Analyse zweier Teemischungen, die verheerende Folgen für zwei ältere Damen hatten. Beide haben nur mit viel Glück dieses giftige Zeug überlebt. Beide erzählten von einem attraktiven Mann, der ihnen das Zeug für viel Geld angedreht hat. Ich will jetzt sofort wissen, woher du den Tee für Felix hast, Liz! Entweder du sagst es mir oder du bekommst morgen früh eine Vorladung aufs Kieler Polizeipräsidium. Suche es dir aus!«

Seinen Offizierston hatte er jedenfalls noch nicht verlernt, denn seine sonst so selbstbewusste Tante sah betreten auf den Boden. »Ich kann mir nicht vorstellen, dass es einen Zusammenhang zwischen dem Gesundheitstee für Felix und den Fällen gibt, von denen du redest. Aber da du mich so nett bittest, werde ich es dir natürlich sagen.«

»Hast du gerade Gesundheitstee gesagt?«, erkundigte sich Felix schnaubend.

»Das ist jetzt nicht wichtig!«, unterband Jan den drohenden Streit. »Also?«

Liz stellte sich aufrecht vor ihn hin und hob das Kinn. »Hast du denn auch einen Nachweis, dass der Tee von Felix schädlich ist?«

»Nein, ich habe vergessen, die Probe ans LKA weiterzureichen. Aber mir reichen erst einmal die beiden Mischungen, die ich bei den älteren Damen gefunden habe. Ich hole die

Analyse von Felix' Tee morgen nach. Vielleicht, nachdem ich dich in Kiel beim LKA abgesetzt habe?«

Liz schnaubte empört »Nun reicht es aber auch mit deinen Drohungen! Ich hatte Schaima nach irgendeiner Art von Heilmittel gefragt.« Als Felix und Jan absolut synchron seufzten, kniff Liz die Augen etwas zusammen. »Nun haltet mich nicht für senil oder bescheuert! Ich meinte einen Tee, der seine Gesundheit unterstützt oder fördert. Sie wollte mir aber keinen mischen, solange sie nicht selbst mit Felix geredet hat.«

Liz tat, als wäre die Angelegenheit damit erledigt, und Jan musste dem Drang widerstehen, seine Tante anzubrüllen. »Ich bin sicher, Ida genießt die Show. Und wenn die sich noch länger hinzieht, hole ich ihr auch gerne Popcorn.« Dass Lena, die neben ihm stand, allen Ernstes unterdrückt hustete, als ob sie ihr Lachen kaschieren wollte, half ihm nicht weiter. »Wenn du das Zeug nicht von deiner Wunderheilerin hast, woher denn dann?« Kaum hatte er ausgesprochen, wusste er, dass er einen Fehler gemacht hatte.

»Wunderheilerin?«, fragte Liz mit gefährlich leiser Stimme. »Seit wann bist du so borniert, Jan? Es gibt wesentlich mehr als nur deine Schulmedizin.«

Er zwang sich zur Ruhe. »Das gebe ich gerne und auch sofort zu. Aber darum geht es im Augenblick nicht, Liz. Ich will wissen, woher du das Zeug hast. Rede! Jetzt!« Okay, er war lauter geworden als geplant, aber auch seine Geduld war irgendwann mal am Ende. Dass nun auch noch Felix grinste, brachte das Fass fast zum Überlaufen.

»Ich habe unerwartet einen ehemaligen Kollegen getroffen, der sich mittlerweile vom Immobiliengewerbe abgewendet hat und sehr erfolgreich mit … alternativen Heilmethoden ist«, erklärte Liz.

»Name!«, knurrte Jan.

Nun brach auch Ida in lautes Lachen aus. »Bitte verrate ihn nicht, Liz! Es ist einfach zu herrlich, euch zuzusehen.«

Liz bedachte sie mit einem funkelnden Blick, aber dann zuckten ihre Mundwinkel. »Marius Meltzahn ist ein sehr integrer Mann. Sobald dir das klar geworden ist, erwarte ich deine Entschuldigung!«, verkündete sie und schritt mit fast königlicher Würde Richtung Terrasse.

»Was für eine Frau«, sagte Felix mehr zu sich selbst und folgte ihr rasch.

»Was für eine Show!«, stellte Ida lachend fest. »Aber du hast den Namen aus ihr herausgekitzelt. Glückwunsch, Jan, ich hatte zwischenzeitlich mehr auf Liz gesetzt.«

Er zerzauste ihr lachend die Haare. »Du Frechdachs! Wie war dein erster Tag hier?«

»Cool. Die Tiere sind klasse. Felix konnte ein wenig Hilfe gebrauchen und es war toll, endlich mal was Sinnvolles zu tun. Viel besser als diese dämlichen chinesischen Flüsse für Geo auswendig zu lernen.«

Das kommentierte Jan lieber nicht. »Sag mal, kickst du eigentlich noch?«, wechselte er stattdessen das Thema.

»Seitdem ich krank war, durfte ich nicht mehr auf den Platz. Vorher aber schon. Wieso fragst du?«

»Ich kenne ein, zwei Jungs in deinem Alter. Die spielen immer, bevor wir Training haben. Wie wäre es, wenn du denen mal zeigst, wie ein ordentlicher Pass geht?«

»Klar, sofort. Du musst das nur mit Mama klären. Ich wette, sie ist dagegen!«

»Nicht, wenn ich verspreche aufzupassen, dass du dich nicht überanstrengst. Ich kenne die Trainerin nämlich ganz gut.«

Wenig später saßen sie alle zusammen am Tisch. Die Hunde waren mit dem Gespür fürs richtige Timing zu ihnen gekommen und Jan beobachtete schmunzelnd, dass die kleine

Ginger Jörg ziemlich gut im Griff hatte. Ein kläglisches Fiepen und sie bekam ein Stückchen Wurst. Jedes Mal mit der Beteuerung, dass nun aber Schluss sei. Da war offensichtlich noch ein Crashkurs in Sachen Hundeerziehung erforderlich. Aber andererseits hatten Ginger und ihr neues Herrchen sich nach dem Abenteuer erst einmal etwas Ruhe verdient. Auch Ida war von Ginger hin und weg. Allerdings bemerkte Jan, dass das Verhältnis zwischen Mutter und Tochter angespannt war, während sich Jörg sowohl mit Ida als auch Andrea überraschend gut zu verstehen schien.

Es war noch nie Liz' Art gewesen, lange zu schmollen. Und deshalb sorgte sie auch nun dafür, dass eine lockere Unterhaltung in Gange kam.

Als Jan für sie und Andrea den Termin bei Arne Sanders kurz zusammenfasste, waren sich die beiden Frauen einig: Solche Fonds waren für vermögende Privatleute üblich. Neben Immobilien wurden auf diese Weise auch Schiffe und sogar Kinofilme finanziert. Allerdings waren diese Anlageformen durch die Finanzkrise ziemlich in Verruf geraten und viele Investoren hatten hohe Summen verloren.

Liz biss nachdenklich von einem Stück Baguette ab und schüttelte schließlich den Kopf. »Sorry, Jan. So hoch sind die Margen bei einem solchen Fonds nicht, dass man deswegen ältere Damen umbringen würde. Und wie sollte denn dieser Landwirt da ins Schema passen, der am See erschossen worden ist? Ich will nicht sagen, dass du der falschen Spur folgst, aber zumindest das Motiv wackelt noch ganz schön.«

Andrea nickte lediglich.

Jans Hoffnung schwand. Wenn zwei Immobilienexperten nichts Verdächtiges in dem angebotenen Geschäft sahen, würde auch Dirk nicht fündig werden. Dann standen sie wieder ganz am Anfang ihrer Suche nach einem Täter und einem Motiv. Jetzt konnte er nur noch Markus und Dirk um eine Überprüfung dieses ominösen Marius bitten, der Liz den Tee verkauft hatte, und hoffen, dass sein Besuch bei dieser Schaima neue Erkenntnisse bringen würde. Viel war das nicht.

Jörg stellte ihm eine neue Flasche Bier hin. »Sei nicht so ungeduldig. Ich habe auch noch keine Idee, was hier gespielt wird, aber das finden wir schon noch raus.«

Sie stießen klirrend ihre Flaschen aneinander. »Das werden wir«, bestätigte Jan grimmig. »Schon weil ich es extrem persönlich nehme, wenn ein Freund zweimal hintereinander fast geröstet wird.«

Jörg grinste bei der flapsigen Formulierung flüchtig, während Liz ihn mit einem strafenden Blick bedachte. »Das ist nicht witzig, Jan«, ermahnte sie ihn, als ob er ein Kind wäre.

Jan duckte sich unwillkürlich etwas. »Wie lange bleibst du eigentlich noch?«

Liz und Felix sahen sich an, dann lächelte seine Tante. »Bis auf Weiteres«, sagte sie.

Kapitel 13

Von Gerdas neugierigen Fragen zu dem Besuch bei dem Finanzberater und dem Feuer auf dem Campingplatz abgesehen, verlief die Sprechstunde am Mittwochvormittag ohne besondere Vorkommnisse. Ein Termin reihte sich an den anderen, sodass die Zeit rasend schnell verflog.

Nachdem der letzte Patient gegangen war, telefonierte Jan noch mit der Uniklinik in Kiel und erkundigte sich nach dem Zustand von Frau Lüders. Erleichtert legte er nach dem Gespräch auf. Dass sie bereits morgen entlassen werden sollte, war eindeutig ein gutes Zeichen.

Er schickte noch eine WhatsApp an Markus und bat ihn, mit Frau Lüders und ihren Ärzten Kontakt wegen des Tees aufzunehmen. Erst danach überlegte er, ob es wirklich sinnvoll war, dem LKA-Beamten in seinen Job hineinzureden.

Die Antwort ließ nicht lange auf sich warten. *Längst erledigt. Bin noch dabei, die Informationen zu sortieren. Danke für deine Nachhilfe in Sachen Polizeiarbeit.* Garniert wurde die Nachricht mit einem augenrollenden Smiley.

Da sein Freund vermutlich sowieso schon genervt war, brauchte Jan keine Rücksicht mehr zu nehmen und schob die nächste Frage nach: *Marius Meltzahn?*

Unauffindbar, kam sofort die Rückmeldung. Ehe Jan nachhaken konnte, erschien eine weitere Nachricht auf dem Display: *War's das? Habe noch einiges auf meiner To-do-Liste.*

Da er Markus' Geduld nicht überstrapazieren wollte, schickte Jan nur noch ein *Sorry* hinterher und legte dann sein Handy beiseite.

Eins hatten er und der LKA-Beamte gemeinsam: Auch auf Jan wartete noch eine ganz Menge. Er überlegte, ob es zeitlich überhaupt zu schaffen war, sich erst diese merkwürdige Heilerin vorzunehmen, dafür zu sorgen, dass Ida Fußball spielen durfte, mit seinen Kumpels von den Alten Herren über den Dorfklatsch zu reden und anschließend bei Jo zu grillen. Irgendwann zwischendurch sollte er auch noch Lena treffen und wegen des Männerabends für gutes Wetter sorgen.

Als er seufzend aufstand, flog die Tür plötzlich auf und Gerda stürmte auf ihn zu. »Wenn du nicht nett zu Schaima bist, bekommst du Ärger, und zwar so richtigen! Hast du mich verstanden?«

Jan zog es vor, lediglich eine Augenbraue zu heben.

»Ich meine es ernst, Jan. Schaima ist eine ganz Liebe. Sie würde niemandem etwas zuleide tun!«

»Das mag ja sein. Aber was ist mit dem Thema Unwissenheit? So manches Heilkraut wird in der falschen Dosierung zum gefährlichen Gift.«

Wenigstens schwieg Gerda, aber dann schüttelte sie bestimmt den Kopf. »Nein. Sie kennt sich da gut aus, glaub mir. So etwas würde ihr nicht passieren.«

Ein Gedanke kam Jan. »Sagt dir zufällig der Name Marius Meltzahn was?«

»Nee. Nie gehört. Wer soll das sein?«

»Vielleicht derjenige, der Felix, Anna Müller und Frau Lüders den giftigen Tee angedreht hat.«

»Ich höre mich mal um. Es gab da mal so ein paar Gerüchte, aber ich weiß nix Konkretes.«

»Gut. Oder nicht gut.« Jan grinste kurz. »Aber warte mal, da fällt mir noch was ein. Felix hatte sich ja eigentlich das Boot von Richie geliehen, um nach Port Olpenitz zu fahren. Hast du zufällig gehört, ob dort neue Bauabschnitte geplant sind? Er wollte da nämlich nach Messungen oder Baggern Ausschau halten.«

»Nee«, schüttelte Gerda den Kopf. »Das wäre mir neu. Aber deine Freundin hat sich neulich auch schon nach der Ferienhaussiedlung erkundigt.«

»Lena?«

»Mensch, das ist doch deine Frau! Die Witwe deines Freundes, die mit der merkwürdigen Art zu trauern. Ist sie eigentlich schon über dreißig?«

»Ja, wieso?«

»Dann war Michael wohl älter als sie.«

»Richtig, fast zehn Jahre und damit auch älter als ich. Wie kommst du darauf?«

»Na, weil Jörg einen Ticken jünger ist als sie.«

Jan verdrehte die Augen. »Also, du kommst vielleicht auf Ideen …«, wiegelte er ab, obwohl er schon die gleichen Berechnungen angestellt hatte. Er war sich immer noch nicht sicher, wie ihm der Gedanke gefallen würde, falls sich tiefere Gefühle zwischen Jörg und Andrea entwickeln sollten.

Bei Felix und Liz hatte er damit keine Probleme gehabt, war lediglich überrascht gewesen. Aber in diesem Fall war irgendetwas anders, ohne dass er konkret benennen konnte, was es war.

Gerda strich sich eine Haarsträhne aus dem Gesicht. »Weißt du, der Altersunterschied ist mir egal. Es kräht heute kein Hahn mehr danach, wenn die Frau etwas älter ist. Und ich könnte sogar darüber hinweggucken, dass sich Andrea dir gegenüber unter aller Sau benommen hat. Ihr scheint ja gestern tatsächlich ein ganzer Kronleuchter aufgegangen zu sein.«

Jan hob demonstrativ eine Augenbraue. »Wieso überrascht es mich eigentlich nicht, dass du gestern alles mitangehört hast?«

Gerda erwiderte seinen Blick, ohne mit der Wimper zu zucken. »Dann lass doch die Wand zur Pantry verstärken! Was kann ich denn dafür, dass man da jedes Wort hört? Ich fand, dass das Mädel in dem Moment wirklich Mumm bewiesen hat, und auf dem Campingplatz hat sie auch ordentlich mit angepackt.«

Jan verzichtete darauf, ihr zu erklären, dass die Bezeichnung ›Mädel‹ für eine Frau in Andreas Alter nicht angemessen war. »Worauf willst du eigentlich hinaus? Das ›aber‹ steht dir ja förmlich auf der Stirn geschrieben.«

»Ich traue ihr nicht«, erklärte sie. »Sie stellt viele Fragen, scheint was zu wissen und redet nicht darüber.«

Jan wollte den Vorwurf spontan abstreiten, aber dann fiel ihm ein, dass er genau das Gleiche selbst schon gedacht hatte. Auch beim Grillen hatte Andrea sich immer wieder auffällig zurückgehalten. Er hatte ihr Verhalten allerdings auf eine gewisse Unsicherheit geschoben und wäre nicht einmal auf die Idee gekommen, ihr andere Motive zu unterstellen.

»Ich weiß nicht, worauf du hinauswillst, aber Andrea hat bestimmt keine krummen Dinge vor.«

»Du scheinst dir ja sehr sicher zu sein.«

»Bin ich auch!«

»Na gut, aber hättest du denn jemals vorher gedacht, dass sie dich nach Michaels Tod so abservieren würde?«

Warnend kniff er die Augen etwas zusammen. »Das war jetzt fies, Gerda! Man weiß vorher nie, wie jemand auf einen solchen Schicksalsschlag reagieren würde!«

»Das mag sein, aber ich mache mir eben Sorgen. Und dieses Mal um Jörg. Der Junge hat genug durchgemacht und endlich etwas Glück verdient. Ich werde ganz bestimmt nicht zulassen, dass ihm jemand das Leben versaut, der es nicht wert ist. Und immerhin kommt deine dubiose Freundin aus genau der Branche, in der ihr den Täter vermutet!«

Jan bekam keine Gelegenheit, ihre Worte zu kommentieren. Gerda drehte sich auf dem Absatz um und ging. So energisch hatte er sie selten erlebt. Er musste zugeben, dass sie grundsätzlich eine ausgezeichnete Menschenkenntnis besaß. Dennoch war es absurd, Andrea zu unterstellen, dass sie in illegale Immobiliengeschäfte verwickelt wäre. Hoffte er jedenfalls und verdrängte den Gedanken, wie oft sie ihm in den letzten Tagen fremd vorgekommen war.

Jan konnte es nicht erwarten, den Fahrtwind zu spüren. Die Sonne brannte heiß auf seine Lederjacke herab. Er zog den ersten Handschuh über und fluchte innerlich, als jemand seinen Namen rief.

Heiner kam rasch auf ihn zu. »Gut, dass ich dich noch erwische. Ich dachte, du wärst schon weg.«

Jan zwang sich zu einem freundlichen Lächeln. »Bin ich eigentlich auch schon. Mein Nachmittagsprogramm hat es in sich.«

»Ich wollte dich auch nicht lange aufhalten«, beruhigte Heiner ihn. »Es gibt nur zwei Dinge, die du wissen solltest. Irenes Freundin geht's wieder gut. Sie wird morgen entlassen und bleibt erst mal ein paar Tage bei uns. Diesem dubiosen Ralph hat sie übrigens ein kleines Vermögen für ihre angeblichen Wundersteine und den Tee bezahlt. Dass der Kram nicht billig war, haben wir ja bereits geahnt. Ich rede jetzt aber von einer Summe im vierstelligen Bereich. So genau wollte Astrid nicht mit der Sprache herausrücken, aber Irene schätzt den Schaden auf um die sechstausend Euro, vielleicht sogar noch mehr.« Heiner schüttelte fassungslos den Kopf, bevor er fortfuhr. »Außerdem lässt Irene fragen, ob du es vielleicht einrichten könntest, die ersten Tage bei uns vorbeizuschauen, um nach Astrid zu sehen.«

»Klar. Mach mal mit Gerda ab, wann es euch am besten passt. Das schieben wir dann auf jeden Fall zwischen die Termine.«

»Vielen Dank. Ich weiß, dass solche Hausbesuche heute nicht mehr selbstverständlich sind.«

»Bei mir schon. Ich möchte auf keinen Fall, dass Frau Lüders sich im Wartezimmer noch was wegholt. Das kann ihr Immunsystem im Moment wirklich nicht gebrauchen.«

Heiner nickte. »Das war die gute Nachricht. Die schlechte ist, dass die Polizei keine Verbindung zwischen dem Feuer auf dem Campingplatz, dem Motorboot und dem Mord am See sieht.«

»Was?« Jan ließ seinen Handschuh sinken. »Davon hat Markus kein Wort gesagt.«

»Das dachte ich mir. Dein Freund kämpft beim LKA gerade auch mit den Zuständigkeiten, und das wird nicht einfach. Es gibt laut Spurensicherung einen eventuellen Zusammenhang zwischen Boot und Campingplatz. Aber selbst wenn das stimmt, wäre das dann kein Fall fürs Wirtschaftsdezernat. Wir brauchen also ganz schnell einen Hinweis, der uns dauerhaft die Hilfe deines Freundes sichert, und zwar die offizielle! Sonst könnten wir Probleme bekommen. Das würde mich zwar nicht stören, dich wohl auch nicht, könnte aber für Jörgs berufliche Ambitionen Auswirkungen haben.«

Jan verbarg, dass er keine Ahnung hatte, wovon Heiner sprach, nahm sich aber vor, Jörg noch vor dem geplanten Grillen am Abend abzufangen und ins Kreuzverhör zu nehmen. »Ich, oder eigentlich wir, haben einen Kumpel beim Hamburger LKA, der ein bisschen Einfluss hat. Ich habe ihm gestern einiges an Informationen zusammengestellt und per Mail geschickt. Vielleicht kann der dafür sorgen, dass Markus der Rücken freigehalten wird. Kompetenzgerangel ist das Letzte, was wir jetzt gebrauchen können.«

Heiner seufzte. »Tja, da stecken wir aber schon drin. Keiner mag zugeben, dass die erste Einschätzung vom Jagdunfall am See falsch gewesen sein könnte.« Jan knurrte einen Fluch aus seiner Bundeswehrzeit vor sich hin, der Heiner zum Schmunzeln brachte. »Und das ist noch nicht alles. Bei euerm letzten Fall hat dein Freund beim LKA einige ordentliche Lorbeeren kassiert. Darauf spekulieren nun natürlich auch andere Dezernate und reißen sich drum.«

Genervt verdrehte Jan die Augen. »Großartig, genau das hat uns noch gefehlt. Vor allem, weil ich absolut noch keine Ahnung habe, was hier eigentlich los ist.«

»Ein bisschen Geduld gehört nun mal dazu. Ich habe echte Hoffnung, dass ich mir am Freitag bei der alten Müller unseren Giftmischer schnappen kann. Das wäre doch was.«

Jan stimmte ihm zu, hoffte allerdings, dass ihnen schon vorher ein Durchbruch gelang. Es hätte eine gewisse Ironie, wenn ausgerechnet der Vater des von ihm und seinen Freunden überführten Verbrechers nun den nächsten entlarvte.

Ihm kam eine Idee, die ihm eigentlich auch schon früher hätte einfallen können. »Gestern ist ein Name aufgetaucht. Marius Meltzahn, früherer Immobilienmakler. Die Beschreibung könnte auch auf diesen Ralph passen, den Anna Müller erwähnt hat.«

Mehr musste Jan nicht sagen, Heiners Augen blitzten und er lächelte. »Ich besorge mir ein Bild aus dem Internet und zeige es den beiden Damen. Das bekomme ich heute Nachmittag noch locker hin«, versprach Heiner.

»Klasse. Vielleicht sind wir dann weiter. Und jetzt wird es Zeit, dass ich mir diese Schaima vorknöpfe.«

»Tu das. Ich habe allerdings noch nichts Negatives über sie gehört. Das ist aber auch eher so ein Weiberkram.«

Jan lächelte. »Lass das mal lieber nicht deine Frau hören!«

»Ich bin doch nicht wahnsinnig.«

Die Fahrt zu dem kleinen Waldstück dauerte nur wenige Minuten, reichte aber, dass Jan sich fragte, was er eigentlich gerade tat. Er war Arzt mit einer gut besuchten Praxis, da brauchte er keinen Nebenjob als Detektiv. Andererseits vermisste er ab und zu die Spannung seines alten Jobs. Die Ermittlungen gegen die Umweltsünder vor einigen Monaten waren dafür der perfekte Ausgleich gewesen.

Und auch jetzt reizte es ihn ungemein, die merkwürdigen Vorgänge aufzuklären – einfach, weil er es konnte. Nur fehlte ihm dieses Mal leider komplett der Überblick, wie die einzelnen Fälle zusammenhingen, und das nervte ihn. Er wusste bislang ja noch nicht einmal, ob der Schuss am See nun dem Finanzberater oder dem renitenten Umweltschützer gegolten hatte.

Seine Laune war nicht die beste, als er die Straße verließ und auf einen asphaltierten Weg einbog, der durch ein kleines Waldstück führte. Der Duft der Nadelbäume war so ausgeprägt, dass Jan das Visier öffnete und die Maschine langsamer rollen ließ.

Die Heilerin hatte sich einen netten Wohnort ausgesucht, den er in dieser Gegend nicht erwartet hätte. Jan musste grinsen, als er an Gerdas Erklärung dachte, dass man die Dame erst traf, wenn man sie brauchte.

Etwas blitzte kurz rechts von ihm zwischen den Bäumen auf.

Parkte dort ein Wagen?

Das wäre eher ungewöhnlich. Jan überlegte einen Moment, ob er anhalten und nachsehen sollte, entschied sich dann aber dagegen.

Nach einer lang gezogenen Kurve sah er sein Ziel. Hexenhäuschen, dachte er. Der untere Teil des Gebäudes war zwar rot geklinkert, aber der obere Teil mit Holz verkleidet und das Dach mit Reet eingedeckt. Es musste schon sehr alt sein, wirkte aber erstaunlich robust und vor allem gepflegt.

Der Vorgarten war ein wahres Farbenmeer aus blühenden Pflanzen, Windspielen und Laternen. Normalerweise hätte Jan den Anblick genossen, aber im Moment interessierten ihn lediglich die drei Personen, die neben einem Audi A6 standen und ihm entgegensahen.

Jan stoppte die Ninja hinter dem Wagen und stieg ab. Seine Gedanken überschlugen sich.

Die Beschreibung, die ihm Anna Müller von dem ›anderen Herrn Doktor‹ gegeben hatte, passte exakt auf den Mann, der ihn jetzt neugierig musterte und bis eben mit den zwei Frauen geredet hatte.

Die Rothaarige ganz rechts war schlank und trug trotz der sommerlichen Temperaturen einen dunkelblauen Blazer zu einer engen Jeans. Ihr Alter war unmöglich einzuschätzen, sie konnte knapp dreißig, aber auch schon älter sein. Sie wirkte freundlich, auf jeden Fall harmlos.

Das Gleiche galt für ihre Freundin oder vielleicht ihre Mutter, die neben ihr stand. Diese Frau musste schon um die siebzig sein, trug jedoch auffallend bunte Kleidung: eine weiße, weite Hose und ein pinkfarbenes Oberteil, das wie eine Tunika geschnitten war. Die langen, weißen Haare hatte sie zu einem Pferdeschwanz zusammengebunden. Jan war sicher, dass es sich bei ihr um die angebliche Heilerin handelte. Sie sah ihm freundlich entgegen und machte erstaunlicherweise den Eindruck, dass sie ihn kannte oder sogar erwartet hatte.

Der Mann war ein völlig anderes Kaliber. Da er nur eine ausgeblichene Jeans und ein schwarzes T-Shirt trug, konnte Jan sehen, dass er unbewaffnet war. Dennoch strahlte er etwas Gefährliches aus. Und das lag nicht nur an seiner sportlichen Figur, sondern vor allem an seiner Haltung und der Art, wie er Jan ansah. Den braunen Augen schien kein Detail zu entgehen.

Jan ließ seine Handschuhe und seinen Helm auf der Sitzbank liegen und öffnete seine Lederjacke, um zur Not schnell an seine Waffe zu gelangen. Er hatte das Gefühl, der Mann durchschaute seine Absicht, denn er ging ihm einen Schritt entgegen, als ob er die Frauen abschirmen wollte.

»Wenn du Jan Storm bist, können wir reden. Sonst möchte ich wissen, wer Sie sind und wieso Sie eine Waffe tragen.«

Verblüfft blieb Jan stehen. Damit hatte er nicht gerechnet, denn man musste schon sehr genau hinsehen, um die leichte Ausbeulung seiner Jacke zu erkennen. »Ich bin auf der Suche nach einem Mann, der kranken Leuten giftige Teemischungen verkauft«, erklärte Jan scharf. »Die Beschreibung passt ganz gut auf Sie. Wer sind Sie?«

Die ältere Frau trat einen Schritt auf Jan zu. »Du glaubst doch nicht ernsthaft, dass ...«

Der Mann unterbrach sie einfach. »Geht ins Haus. Sofort!«, befahl er ruhig, aber bestimmt.

Alarmiert wollte Jan fragen, was das zu bedeuten hatte, als er die schnelle Handbewegung seines Gegenübers registrierte. Die Geste kannte er aus seiner Bundeswehrzeit. Spezialeinheiten verständigten sich auf diese Art und Weise wortlos und das Zeichen bedeutete ›Gefahr‹.

»Rechts oder links?«, erkundigte sich Jan, ohne sich umzudrehen, obwohl er keine Ahnung hatte, was hier gerade ablief.

Die braunen Augen des Fremden wirkten plötzlich wesentlich freundlicher. »Von mir aus gesehen auf elf Uhr«, lautete die Antwort. »Könnte ein Sniper sein.«

Die Botschaft war kaum bei Jan angekommen, als der Mann auch schon auf ihn zu hechtete und ihn zu Boden riss.

Etwas klirrte, dann pfiff eine Kugel haarscharf über sie hinweg. Das Schussgeräusch selbst war nicht zu hören gewesen.

Eine weitere Abstimmung war zwischen ihnen nicht nötig. Sie gingen hinter dem Audi in Deckung und vergewisserten sich, dass die Frauen im Haus in Sicherheit waren.

»Haltet euch von den Türen und Fenstern fern«, rief Jan ihnen zu und riss seine Waffe aus dem Gürtelholster.

»Großartig. Meine liegt im Handschuhfach«, beschwerte sich der Unbekannte neben ihm.

Nun war Jan endgültig sicher, dass der Mann ein absoluter Profi war. Ihm war weder Angst noch Unsicherheit anzumerken, sondern er traf die richtigen Entscheidungen und behielt sogar noch seinen Humor. Ein solches Verhalten war typisch für Mitglieder von Spezialeinheiten. »Tja, die Walther ist aber gegen ein Gewehr auch nicht gerade ideal«, gab Jan zurück, blickte vorsichtig durch die Fenster des Wagens und suchte vergeblich nach einem Ziel. »Wer bist du? Der gesuchte Teeverkäufer offensichtlich nicht. Und wieso kennst du meinen Namen?«

Der Unbekannte grinste flüchtig, aber Jan hatte auch einen Anflug von Ärger bemerkt, dass er ebenfalls den Standort ihres Gegners nicht entdecken konnte. »Na, vielen Dank auch, dass du mich nicht mehr für diesen Giftmischer hältst. Du bist mit Freunden von mir befreundet und ich dachte eigentlich, ich treffe dich später bei Jo. Ich glaube kaum, dass es hier in der Gegend zwei Ninjas gibt.«

»Du bist der Freund von Dirk und Sven?«, fragte Jan verblüfft.

»Ja. Mark.«

Jan glaubte, einen schwachen amerikanischen Akzent herauszuhören. Demnach war Mark wohl einer von Dirks Freunden, die zu den US Navy SEALs gehörten und in der Nähe von Rostock stationiert waren.

Im nächsten Moment wurde das hintere Fenster des Audis in Einzelteile zerlegt. Dann zielte der Schütze tiefer, aber der schwere Wagen fing die Kugeln ab.

»Also das nehme ich nun wirklich persönlich«, stellte Mark grimmig klar.

»Ich habe noch ein Ersatzmagazin, also ausreichend Munition. Ich zwinge ihn, in Deckung zu bleiben, und du holst deine Sig Sauer.«

Mark hob eine Augenbraue. »Woher willst du wissen, dass ich eine Sig habe?«

»Weil das die Standardwaffe der SEALs ist«, erklärte Jan ruhig. »Ich habe übrigens auf dem Weg hierher etwas gesehen. Könnte sein Fluchtfahrzeug gewesen sein.«

»Ich weiß, was du meinst, mir fiel das ebenfalls auf. Ich hätte anhalten sollen ...«

»Ich auch. Aber wenn du deine Knarre hast, könnten wir ihn gemeinsam in die Zange nehmen. Bist du dabei?«

Mark runzelte die Stirn. »Die Frage kannst du dir schenken! Wie gesagt, ich nehme das hier persönlich!«

Eigentlich sollte Jan mehr Angst haben, stattdessen genoss er die Situation beinahe. Das war wohl ein Überbleibsel aus seiner Bundeswehrzeit oder wie Jörg es bezeichnete: ›der genetische Defekt‹, den alle Angehörigen von Spezialeinheiten seiner Meinung nach hatten und der sie zu angeblichen Adrenalinjunkies machte.

Jan kannte Mark zwar nicht, aber dem Alter nach, das er irgendwo zwischen dreißig und vierzig schätzte, hatte der SEAL schon einige Kampferfahrung. Auch er wirkte völlig ruhig. Jan hätte gerne jemanden an seiner Seite gehabt, mit dem er schon in kniffeligen Situationen gewesen war, aber allzu wählerisch konnte er nicht sein und er hätte es schlechter treffen können.

Zwei Schüsse wurden abgegeben. Eine Laterne im Garten zersplitterte. Hinter dem Wagen waren sie eindeutig in Sicherheit, aber das reichte Jan nicht.

»Übrigens, ehe ich es vergesse: Danke, dass du mich aus der Schusslinie gebracht hast.«

»Kein Ding«, winkte Mark ab. »Der Kerl hätte eben kein Laservisier verwenden sollen. Der grüne Punkt an deiner Schläfe gehörte da eindeutig nicht hin.«

»Grün? Nicht rot?«

Mark hob lediglich wieder eine Augenbraue, aber Jan hatte schon selbst gemerkt, dass die Frage überflüssig war. Allerdings warf die Farbe des Lasers einige Fragen auf, denn die meisten Gewehre nutzten rote Zielhilfen.

Ein weiterer Schuss schlug in den Audi ein. Jan ahnte, dass Mark wegen des Wagens zusammenzuckte und nicht wegen der Bedrohung an sich.

»Ich denke, der Sniper wird irgendwann begreifen, dass er von seiner Position aus nicht an uns rankommt«, überlegte der SEAL laut. »Entweder er wechselt die Stellung, was ich nicht glaube, oder er haut ab. Wenn du ihn erwischen willst, sollten wir langsam durchstarten.«

»Du meinst, ehe dein Audi noch mehr einstecken muss?«, gab Jan zurück und brachte seine Waffe in Anschlag. Er schnellte hoch und schoss in die Richtung, in der er den Schützen vermutete.

Mark riss die Beifahrertür auf, hielt im nächsten Moment seine Waffe in der Hand und entsicherte sie. »Wenn wir schnell genug sind, wird er uns nicht anvisieren können«, überlegte er laut.

»Das denke ich auch. Ich sprinte direkt auf ihn zu.«

Mark verzog den Mund und es war offensichtlich, dass ihm die Aufgabenteilung nicht passte, er diskutierte jedoch nicht weiter. »Ich übernehme deine Deckung von der rechten Straßenseite aus. Wenn wir schnell genug sind, schneiden wir ihm den Weg zu seinem Wagen ab.«

Die schmale Straße war gerade breit genug für ein Fahrzeug. Ein sehr guter Schütze hätte eine Chance, sie zu treffen, aber wie Mark setzte auch Jan darauf, dass dem Sniper die Erfahrung fehlte.

»Also, los!«, befahl Jan und sprintete los. Er hielt sich dicht am Rand des Asphalts. Die erste Kugel verfehlte ihn erschreckend knapp, dann feuerte Mark im vollen Lauf in die Richtung, in der sie den Schützen vermuteten.

Kein weiterer Schuss wurde abgegeben.

Als er die lang gezogene Kurve erreicht hatte, entdeckte Jan eine Gestalt, die sich rasch durch das Gebüsch zwängte. Das war ein Fehler! Denn auf dem Asphalt kam er um einiges schneller voran als der Sniper. »Stehen bleiben!«, rief er und gab einen Warnschuss in die Luft ab.

Der Mann wurde nicht langsamer, sondern zwängte sich so schnell wie möglich zwischen den Ästen hindurch. Einen Moment lang wunderte sich Jan, dann erkannte er die Absicht des Flüchtenden. Der Typ gab den Plan, zu seinem Wagen zu gelangen, auf und wollte zwischen den Bäumen untertauchen.

Jan beschleunigte weiter, plötzlich war Mark neben ihm. »Das kann er vergessen«, knurrte der SEAL und war trotz des Sprints kein bisschen außer Atem.

»Ich frage mich, ob er noch was in der Hinterhand hat, an das wir nicht denken.«

Im selben Augenblick flog etwas in der Größe eines Golfballes auf sie zu.

Mark und Jan warfen sich aus vollem Lauf zu Boden. Als die Handgranate explodierte, strich die heiße Luft harmlos über sie hinweg. Wütend rappelte sich Jan wieder auf. Er fluchte laut, als in einiger Entfernung ein Geräusch erklang, das an einen Rasenmäher erinnerte.

»Ein Geländemotorrad. Den holen wir nicht mehr ein«, stellte Mark lapidar fest.

»Hat der Typ allen Ernstes mit einem doppelten Fluchtfahrzeug gearbeitet?«, fragte Jan und schüttelte entgeistert den Kopf. »Wer zum Teufel tut so was?«

»Jemand mit einer Topausbildung, der aber beim Schießen Defizite hat.«

»Na, deswegen beschwere ich mich bestimmt nicht. Sehen wir uns mal den Wagen an?«

»Na, sicher«, erwiderte Mark und joggte in lockerem Tempo die Straße entlang.

Jan erreichte den japanischen Kombi nur wenige Sekunden nach ihm und stutzte, als im Türspalt etwas glitzerte. Als Mark die Tür öffnen wollte, blieb für eine Warnung keine Zeit. Jan stieß ihn zur Seite.

»Was soll der Scheiß?«, fuhr der Amerikaner ihn an.

»Sorry, es musste schnell gehen«, entschuldigte sich Jan. »Unser Freund hat bisher schon Sprengfallen benutzt und da in der Tür ist ebenfalls irgendwas.«

Mark sah genauer hin und atmete tief ein. »Okay, dann sind wir wohl quitt. Ich gebe zu, dass ich mit so einem Scheiß hier nicht gerechnet habe.« Aus seiner Hosentasche holte er ein Taschenmesser hervor.

Jan verkniff sich jeden Kommentar und sah angespannt zu, wie Mark die improvisierte Sprengvorrichtung entschärfte. Besonders kompliziert sah es nicht aus, denn der Täter hätte im Zweifelsfall ja auch weder Zeit noch Lust gehabt, erst stundenlang zu basteln, ehe er mit seinem Fluchtwagen hätte losfahren können. Trotzdem atmete Jan auf, als Mark den Draht auf den Boden schmiss.

»Einfach, aber effektiv«, kommentierte der SEAL die Konstruktion.

»Wenn das zur militärischen Ausbildung gehört, muss ich passen. So was hatten wir nicht drauf.«

Mark grinste. »Gehört bei uns auch nicht zur Standardausbildung, aber wir können später ja mal drüber nachdenken, bei wem es dazugehört.« Er öffnete vorsichtig die Fahrertür. »Sieh mal, der Sprengstoff sitzt genau dort, wo das Navi ist. Die Wirkung auf denjenigen, der die Tür geöffnet hätte, wäre viel größer gewesen, wenn der Typ das Zeug neben dem Sitz befestigt hätte.«

Jan nickte sofort. »Stimmt, dann sind wir allerdings doch nicht quitt, denn diese Konstruktion hier hätte dich nur ordentlich durchgeschüttelt. Wenn der Schuss mich jedoch nicht verfehlt hätte … Okay, lassen wir das. Wir sollten uns das Navi mal genauer ansehen.«

Mark rieb sich übers Kinn. »Das wäre ja theoretisch ein Fall für die Polizei …«

»Eben. Theoretisch. Denn die können sich momentan ja nicht einmal über die Zuständigkeit einigen.«

Mark schmunzelte. »Na, dann … Ich habe da eine Idee.« Er löste das Ladekabel und nahm das Navi aus der Halterung. »Ein Freund von mir kann das Teil auslesen. Im Gegensatz zu den Technikern der Polizei braucht er für so was nur ein paar Minuten. Morgen früh hast du die Daten. Wir könnten es natürlich auch selbst versuchen, aber mich macht es misstrauisch, dass der Typ es im Wagen gelassen hat. Ich möchte nicht aus Versehen sämtliche Informationen löschen. Da war zwar die Absicherung durch den Sprengstoff, aber ich kann mir vorstellen, dass da noch mehr ist. Denn sonst wäre das Vorgehen des Snipers wirklich überraschend leichtsinnig.«

Marks Vorschlag gefiel Jan. »Na, das klingt doch nach einem Plan. Ich möchte zu gerne wissen, was für Ziele der Kerl eingegeben hat und wo er langgefahren ist. Wenn du jemanden hast, der sich damit auskennt, passt das doch. Können wir uns darauf verlassen, dass der Mann den Mund hält?«

»Jake ist mein Stellvertreter im Team und nebenbei auch noch mein Schwager. Reicht dir das?«

»Absolut, vergiss die Frage.«

Kapitel 14

Das Innere des Hauses hatte Jan überrascht. Einiges war ebenso farbenfroh wie der Vorgarten gestaltet, anderes entsprach eher seinem Geschmack. Die Küche war in Schwarz und Weiß gehalten und erstklassig eingerichtet. Die Holzstühle hätten ihm auch gefallen und die Kissen in Gelb und Orange bildeten einen netten Farbklecks.

Ihm gegenüber saß Schaima. Er hatte mit seiner Vermutung völlig falschgelegen. Denn sie war die Frau im Businessblazer, der nun nachlässig über ihrer Stuhllehne hing.

Ihre grünen Augen blitzten vor Vergnügen. Jan hätte den Ort zu gerne unter irgendeinem Vorwand verlassen, vor allem da Mark und Emilie Winter, die ›Em‹ genannt werden wollte und eine langjährige Freundin von Schaima war, das Schauspiel sichtlich vergnügt verfolgten. Doch leider konnte Jan nicht gehen, solange es noch einige Punkte zu klären gab. Um Zeit zu gewinnen, nippte er an dem hervorragenden Kaffee, der aus dem Vollautomaten auf der Arbeitsplatte stammte.

»Wenn du dich damit wohler fühlst, kannst du mich auch Ludmilla nennen. Das ist der Name, der in meinem Ausweis steht«, schlug Schaima lächelnd vor.

»Woher kommt denn der Name ›Schaima‹ eigentlich?«, wich Jan aus.

»Er stammt aus dem arabischen Raum und bedeutet so viel wie ›die Stolze‹ oder, etwas netter ausgedrückt, ›die Selbstbewusste‹. Mir gefiel der Klang und erst mein Mentor klärte mich über die Bedeutung auf. Wir fanden ihn passend und so wählte ich ihn.«

»Und du bist hier als ... ähm ... Heilerin tätig?«

»›Tätig‹ würde ich nicht sagen. Wer Hilfe sucht und zu mir kommt, den weise ich nicht ab. Es gibt viele Fälle, die in deiner Praxis besser aufgehoben sind, aber eben auch Probleme, um die ich mich kümmere. Was ist dir denn bei einem Patienten mit Herpes Zoster lieber? Wenn du ihn mit Aciclovir, Valaciclovir, Famciclovir oder Brivudin und all ihren Nebenwirkungen behandelst oder wenn ich die Ursache für die Probleme aus der Welt schaffe?«

Das nannte sich dann wohl sauber ausgekontert, denn bei der hochansteckenden Gürtelrose erzielten sogenannte Besprechungen durch Heiler tatsächlich mehr Erfolge als die Medikamente, die Schaima aufgezählt hatte. »Da gebe ich dir sofort recht. Ich habe auch grundsätzlich überhaupt nichts gegen alternative Heilmethoden. Ich verschreibe zum Beispiel einige Globuli, weil ich deren Wirkung sehe, auch wenn ich sie nicht wirklich nachvollziehen kann. Da kommen wir in den Bereich der Selbstheilung und der Aktivierung des Immunsystems, bei dem ich dir gerne das Feld überlasse. Das, wovon ich vorhin geredet habe ...«

»Du meinst das, was du Mark vorgeworfen hast«, mischte sich Em ungebeten ein, lächelte jedoch so verschmitzt, dass Jan ihr nicht böse sein konnte.

»Ganz genau das meine ich. Das ist ein anderes Kaliber: Geldschneiderei und obendrein lebensgefährlich. Die verwendeten Kräuter verstärken das Krankheitsbild sogar noch und ich befürchte, dass das Absicht ist.«

Schaima rieb ihre Hände aneinander. »Mir würde jemand einfallen, der sehr bewandert in der Kräuterkunde ist.«

»Na, das wohl eher nicht«, widersprach Jan und dachte an die giftige Wirkung des Tees.

Mark stellte seinen Kaffeebecher wieder zurück, ohne getrunken zu haben. »Da wäre ich mir nicht so sicher, denn du sagtest gerade eben doch selbst, dass der Mann womöglich genau das beabsichtigt.«

»Stimmt auch wieder«, gab Jan zu. »Sekunde ...« Er ging in den Windfang, wo seine Lederjacke hing, und holte die kleine Tüte mit dem Tee heraus, den er bei Felix mitgenommen hatte. Er gab die Kräutermischung Schaima. »Weißt du, was das ist? Ich bin noch nicht dazu gekommen, es analysieren zu lassen.« Jan grinste verlegen. »Oder anders ausgedrückt: Ich habe es vergessen.«

Schaima lachte, schnupperte erst an dem Inhalt des Beutels, zerrieb dann einige Blätter zwischen den Fingern und lehnte sich zurück. »Hast du das von deiner Tante? Ist die Mischung für ihren Lebensgefährten bestimmt?«

Er hatte doch kein Wort gesagt, wo das Zeug herkam! Jan konnte es nicht glauben und nickte nur stumm.

»Du fragst dich, wie ich darauf komme? Nun, ich hätte ihr etwas Ähnliches zusammengestellt. Vielleicht noch mit ein wenig mehr Süßholz, damit der Geschmack erträglicher wäre. Diese Mischung riecht unangenehm, ist aber sehr wohltuend und mit Honig sogar sehr lecker. Dann schmeckt es ähnlich wie *Fernet-Branca*, falls du den kennst.«

Jan nickte wieder. Er mochte zwar den Geruch des italienischen Kräuterschnapses nicht, den sein Vater getrunken hatte, aber das hochprozentige Getränk war nicht giftig. »Also ist dieser Tee nicht schädlich?«

»Nein, er hilft dir, dein Immunsystem zu stärken, ist gut für die Leber, weil er Giftstoffe leichter aus dem Körper schwemmt, und wirkt sogar beruhigend.«

Damit hatte Jan nicht gerechnet. Die Dinge, die Schaima gerade aufgezählt hatte, konnten seinem Freund tatsächlich helfen. »Wenn das so ist, wieso hast du dann Liz nichts von diesem Zeug verkauft?«

Bei der Bezeichnung ›Zeug‹ funkelte sie ihn an. »Weil Liz ein Wunder erwartet hat. Damit kann ich nicht dienen. Außerdem wollte ich mir vorher selbst einen Eindruck von Felix verschaffen«, erklärte sie ruhig, aber mit einem sehr bestimmten Unterton.

Mark machte unauffällig eine Handbewegung, die so viel wie ›Vorsicht!‹ bedeutete. Aber Jan ignorierte die stumme Warnung. »Und die Kristalle?«

»Das ist etwas anderes. Die brauchte sie, um negative Schwingungen aufzufangen. In diesem Fall ging es ihr nicht um die Heilung einer sehr schweren Krankheit.«

»Negative Schwingungen«, wiederholte Jan spöttisch.

Unbeeindruckt erwiderte Schaima seinen Blick. »Vielleicht sollte ich es für dich anders formulieren: Die Mineralien wirken wie eine Kevlarweste. Allerdings musst du daran natürlich nicht glauben, denn du spielst als Arzt ja auch Polizist, ohne einen Moment an deine Sicherheit zu denken.«

Das hatte gesessen. »Ich denke nicht, dass ich unverantwortliche Risiken eingehe«, widersprach er.

Em stand auf, legte ein paar Kekse auf einen Teller und stellte ihn in die Mitte. »Selbst gebacken.«

Normalerweise wäre Jan davon ausgegangen, dass sich die Situation nun entspannte, aber da Schaima eindeutig schadenfroh wirkte und Mark aussah, als ob er gerade noch ein lautes Lachen unterdrücken konnte, ahnte Jan, dass er nun in Ems Visier geraten war.

Er nahm eines der Gebäckstücke und stellte fest, dass es genauso gut schmeckte, wie es aussah. »Das ist großartig.«

»Danke. Ich habe ja auch genug Erfahrung mit dem Backofen. Niemand spricht dir hier deine Erfahrung als Arzt oder Soldat ab, aber du hast doch schon schmerzlich erfahren müssen, dass der Weg nicht immer gerade verläuft.«

Jan zuckte innerlich zusammen. Woher wusste sie das? Er schielte zu Mark hinüber, der sofort den Kopf schüttelte. Es hätte Jan auch gewundert, wenn der SEAL mit der etwas schrulligen, älteren Dame über ihn geredet hätte. »Was meinst du?«, fragte er deshalb.

Em lächelte nachsichtig, als ob er ein Kind wäre. »Ich sehe den Schmerz in dir, der dich lange verfolgt hat. Du hast ihn nun zwar im Griff, aber er lauert noch im Hintergrund. Wenn du jetzt den Menschen um dich herum nicht vertraust, wird dich alles wieder einholen.«

Es reichte! »Also, weißt du, dass ...«

Em hob eine Hand. »Ruhe. Nun rede ich. Du solltest dich nicht dem verschließen, was du nicht kennst. Du hast meine

Warnung gehört, also mach was draus. Und damit meine ich explizit nicht nur Schaimas Fähigkeiten, die deine perfekt ergänzen, sondern auch dein Leben!«

Jan holte tief Luft, kam aber überhaupt nicht dazu, irgendwas zu sagen.

»Lass es«, bat Mark. »Es bringt nichts.«

Jans Handy vibrierte. Dankbar für die Ablenkung überflog er Heiners Nachricht.

Anna Müller hat diesen Marius Meltzahn nicht eindeutig als den Ralph identifiziert, der ihr den Tee angedreht hat. Er könnte es sein, aber tendenziell meint sie, dass er es nicht ist. Astrid Lüders wiederum sagt, dass die Männer sich ähnlich sehen, aber auch sie ist nicht sicher, ob er es wirklich ist.

»Dann steht ihr wieder am Anfang«, fasste Mark zusammen, worauf Jan gerne verzichtet hätte.

»Ralph«, wiederholte Schaima nachdenklich. »Mit ph?«

Mit einem Anflug von Hoffnung nickte Jan. »Ja. Jedenfalls laut Anna Müller.« Er grinste flüchtig. »Die restliche Beschreibung war recht vage, passt aber inklusive Wagen auf Mark. Sagt dir der Name Marius Meltzahn etwas?«

Schaima schüttelte den Kopf, aber Jan sah ihr an, dass sie etwas wusste. »Wie wäre es, wenn du uns sagst, an wen du denkst? Der Kerl ist höllisch gefährlich!«

Sie wich seinem forschenden Blick nicht aus. »Falls ich den Falschen verdächtige, richte ich Böses an!«

»Und wenn du nichts sagst, bist du vielleicht die Nächste!«, warf Mark ihr vor.

»Ich bin nicht leichtsinnig und würde schon gar nicht das Risiko eingehen, dass meiner lieben Freundin Em etwas passiert, aber derjenige, der hier sein Unwesen getrieben hat, war eindeutig hinter Jan her, nicht hinter uns. Ich werde etwas nachdenken und die Informationen sortieren. Wenn ich zu einem Ergebnis gekommen bin, werdet ihr es erfahren. Und nun solltet ihr euren Freund von der Polizei begrüßen, er fährt jede Sekunde vor.«

Jan hatte kein Motorengeräusch gehört, aber es zog ihn nach draußen. Oder anders: weg von diesen leicht verrückten Frauen. Er nahm sich noch einen Keks und verließ mit einem gemurmelten Gruß die Küche.

Kaum stand er draußen neben seiner Ninja, hörte er tatsächlich, dass sich ein Wagen näherte. »Wie ist das möglich?«, überlegte er laut.

»Frag das lieber nicht«, erwiderte Mark, der ihm gefolgt war.

»Glaubst du an diesen Spökenkram?«, erkundigte sich Jan irritiert.

»Nein, eigentlich nicht. Allerdings muss ich zugeben, dass Em mit ihren Aussagen über Leute, die sie eigentlich gar nicht kennt, immer richtiglag.«

Jan schnaubte nur.

Mark grinste. »Ich gebe zu, dass es anstrengend ist. Aber was soll ich machen? Em ist so etwas wie eine Ersatzmutter für meine Schwester. Als sie mich gebeten hat, Em hierherzufahren, weil der Ort mit Bus und Bahn kaum zu erreichen ist, konnte ich nicht ablehnen.«

»Ist deine Schwester auch …« Jan verkniff sich eine wenig schmeichelhafte Bezeichnung. »Ich meine, interessiert sie sich auch für diese esoterischen Dinge?«

Mark lachte. »Nein, sie ist Kinderärztin, Expertin für Komapatienten. Und ihr Mann ist Leiter des Hamburger Drogendezernats. Ich hätte eigentlich ihm gerne den Taxijob an die Schlei aufs Auge gedrückt, aber er konnte wegen einer laufenden Ermittlung nicht freimachen. Sonst wäre er bei dem Grillen nachher auch dabei gewesen.«

Jan ahnte, dass es ungewöhnlich war, dass Mark so offen über seine Familie sprach. »Das klingt zusammen mit dem Schwager, den du schon erwähnt hast, sehr interessant.«

»Das kannst du wohl laut sagen. Und dazu kommen noch einige genauso interessante Freunde, die du ja teilweise schon kennst.«

Jan nickte und beobachtete den Golf, der seine besten Zeiten schon hinter sich hatte und vermutlich hauptsächlich noch vom Lack zusammengehalten wurde. »Und da kommt einer von ihnen. Wenn ich seine Miene richtig deute, ist er ziemlich begeistert, uns hier zu sehen.«

Markus quälte sich aus seinem Fahrzeug und stapfte auf sie zu. »Wirklich großartig, Jungs. Ganz ehrlich. Ich fasse es nicht. Da versuche ich alles, um den Fall an mich zu ziehen, und was macht ihr? Ballert wie wild in der Gegend herum. Und lasst mich raten: Mark war am Ende niemals offiziell hier und ich muss das irgendwie im Bericht überzeugend verkaufen. Und ich frage mich, warum ich überhaupt hergekommen bin! Dreimal bin ich an diesem verfick… verflixten Waldweg vorbeigefahren. Mein Navi kennt diesen Ort überhaupt nicht!«

»Bist du jetzt fertig?«, erkundigte sich Jan vorsichtig.

»Ich habe noch nicht einmal angefangen!«, erwiderte Markus. »Was war hier los?«

Mark übernahm es, dem Kieler Polizisten zu erzählen, was geschehen war.

»Na großartig«, wiederholte Markus schließlich. »Aber gut, dass euch nichts passiert ist! Ich würde dann die Spurensicherung …«

»Oh nein, das werden Sie nicht tun!« Wie eine Rachegöttin schoss Schaima auf Markus zu. »Das hier ist ein Ort des Friedens. Ihre Spurensicherung würde hier alles zertrampeln und nur negative Energie zurücklassen. Ich wäre wochenlang damit beschäftigt, alles wieder ins Gleichgewicht zu bringen. Sammeln Sie ihre Geschosse ein und dann ist gut. Was soll das denn bringen, wenn Sie hier die Schusswinkel mit Laserstrahlen festhalten? Die beiden wissen doch, was geschehen ist.«

Negative Energie? Jan verkniff sich mühsam ein Grinsen.

Markus starrte Schaima mit offenem Mund an. »Und Sie sind ...«

»Die Besitzerin des Hauses. Ludmilla Potts.«

Jan räusperte sich. »So ganz unrecht hat sie nicht. Vielleicht reicht es, wenn wir ein, zwei Geschossüberreste aus dem ... ähm ... Audi sichern. Und wir hätten da noch einen Wagen einige Meter von hier, der mit Sprengstoff präpariert und offensichtlich eines von zwei Fluchtfahrzeugen war.«

»Ihr macht mich wahnsinnig!« Markus fuhr sich verzweifelt durch die Haare. »Ehrlich! Aber meinetwegen. Dann eben so. Darf ich den Wagen denn wenigstens abschleppen lassen, gnädige Frau? Oder stört das vielleicht eines Ihrer Eichhörnchen?«

Schaima sah ihn so durchdringend an, dass Markus als Erster den Blick abwandte. »Ich bringe Ihnen etwas Ingwerlimonade, die wird Ihnen guttun«, sagte sie ruhig. »Sie sollten sich langsam entscheiden, welchen Weg Sie einschlagen. Sie haben so viele Talente! Warum streben Sie nach Dingen, die Sie gar nicht nötig haben?« Dann wandte die Heilerin sich einfach ab und ging ins Haus zurück.

Jan betrachtete Marks Audi, um seine Überraschung zu verbergen. Er selbst hatte Markus bei einem Bier vor Kurzem etwas ganz Ähnliches geraten. Nur: Er kannte den Polizisten schon einige Zeit und sie waren gut befreundet. Woraus Schaima das so schnell geschlossen hatte, war ihm jedoch ein Rätsel. Einfach nur aus der für einen Polizisten ungewöhnlichen Kleidung, die eher zu einem Punkrocker passte?

Markus war als Wirtschaftsexperte und als Musiker gleichermaßen begabt, beneidete allerdings seine Kollegen und Freunde, die mit Waffen und im Nahkampf besser waren. Falls Schaima darauf angespielt hatte, wusste Jan überhaupt nicht mehr, was er noch glauben sollte und was nicht.

Der Wagen gab ihm aber den idealen Anlass für einen Themenwechsel, den insbesondere Markus anscheinend gut gebrauchen konnte. Jan klopfte auf das Dach des ramponierten Audis und wandte sich an Mark. »Ein Kumpel von mir besitzt eine Werkstatt. Dem fällt bestimmt was ein, wie wir die Scheibe so hinbekommen, dass du mit dem Wagen wieder vernünftig fahren kannst. Richie kann ihn dann auch gleich durchchecken und uns die Kugeln aus der Karosserie klauben. Wenn der Audi nicht mehr fahrtüchtig ist, leihe ich dir meinen.«

Markus hob die Hände und ließ sie wieder fallen. »Dass der A6 eigentlich in die Spusi gehört, muss ich euch ja nicht sagen«, beschwerte er sich resigniert.

Mark ignorierte den Einwurf einfach. »Das klingt gut.«

»Na, das ist ja wohl das Mindeste, was ich für dich tun kann. Ich schulde dir einiges.«

Nachdenklich betrachtete Mark die Ninja. »Du schuldest mir überhaupt nichts. Allerdings habe ich eine Idee, wie du mir bei einer Sache helfen könntest. Ich musste mir einiges von unseren angeblichen Freunden anhören, dass ich statt meiner Yamaha wegen Em den Audi nehmen musste und die geplante Motorradtour damit schon vorm Start zu Ende war.«

Jan begriff sofort, in welche Richtung Marks Gedanken gingen und er konnte sich gut vorstellen, wie Dirk und die anderen den SEAL mit der Planänderung aufgezogen hatten. Er warf ihm den Schlüssel zu. Sonst trennte er sich nur schwer von seinem Motorrad, aber das hier war irgendwie was anderes. »Handschuhe und Jacke kannst du auch haben. Wenn du jetzt losfährst, erwischst du sie noch kurz hinter Kiel.«

Markus atmete tief ein. »Ihr seid echt ...«

Jan legte ihm eine Hand auf die Schulter. »Na, komm. Reg dich ab, organisier alles und dann kommst du eben etwas früher zum Grillen bei Jo.«

»Ich bin gar nicht eingeladen. Außerdem wollt ihr bestimmt unter euch bleiben.«

Die Art, wie Markus seinem Blick auswich, verriet Jan einiges. »Was redest du denn da? Jo hatte dich eingeladen und du hattest sofort unter einem fadenscheinigen Vorwand abgelehnt. Das hatte mir übrigens überhaupt nicht gefallen, denn du gehörst dazu, auch ohne dass du mit deiner Dienstwaffe immer ins Schwarze triffst.«

»Sag ich doch!«, mischte sich Schaima energisch ein, die wie aus dem Nichts plötzlich wieder neben ihnen stand, und reichte Markus ein Glas mit einer gelben Flüssigkeit. »Zitrone mit Ingwer. Das verhilft zu neuer Energie und mehr Durchblick.«

Jan wandte sich vorsichtshalber ab, um sein Lachen zu verbergen. Denn er wollte seinen Freund keinesfalls verletzen, da er es mit der momentanen Situation sowieso schon schwer genug hatte.

Auf der Fahrt zu Richie beneidete er Mark. Eine Tour mit der Ninja wäre ideal gewesen, um seine Gedanken zu sortieren – und auch die überstandene Gefahr zu verarbeiten. Schon bei seinen Einsätzen für die Spezialeinheit der Bundeswehr hatten ihn Angst und ›Was-wäre-wenn‹-Szenarien immer später eingeholt. Das war garantiert auch dieses Mal nicht anders. Aber dennoch war es nur fair, dass er sich um den A6 von Mark kümmerte.

Außerdem war er Markus unendlich dankbar, dass er ihm die zeitaufwendigen, formellen Polizeitätigkeiten vor Ort ersparte. Zugegeben, ihr Vorgehen war reichlich ungewöhnlich, aber soweit er mitbekommen hatte, gingen die Hamburger Polizisten, mit denen sie sich nachher treffen würden, ähnlich vor. Manche Dinge waren eben einfach nur überflüssige Bürokratie.

Als er den Wagen vor der Werkstatt anhielt, kam Richie ihm schon entgegen.

Statt Jan zu begrüßen, ging der Werkstattbesitzer einmal um den A6 herum und schüttelte schließlich den Kopf. »Mann, Mann, was hast du denn jetzt schon wieder angestellt? Das sind doch Einschusslöcher, und zwar einige. Wem gehört die Karre?«

»Das ist alles ein wenig kompliziert«, wich Jan einer direkten Antwort aus. »Bekommst du das wieder hin? Die vom LKA hätten gerne eine oder zwei Kugeln, die da noch irgendwo drinstecken.«

»Und wo ist der Besitzer?«

»Mit meiner Ninja unterwegs.«

»Na, wenn du dem dein Schätzchen anvertraust, muss es ja ein Freund sein. Ich übernehme das, wenn du mir erzählst, was los war. Hast du gesehen, dass unterm Armaturenbrett ein Blaulicht steckt?«

»Klar doch. Und ich habe heroisch widerstanden, es zu nutzen.«

»Hätte auch irgendwie nicht zu der zerschossenen Scheibe gepasst. Du hast wirklich Glück, dass ich eine passende hier habe. Die hätte eigentlich morgen in einen anderen Wagen eingebaut werden sollen, aber der muss dann wohl noch einen Tag länger warten. Fahr das gute Stück mal in die Halle. Es muss auf jeden Fall erst einmal auf die Bühne.«

Da Jan jetzt sowieso schon da war, konnte er Richie auch vor dem Fußballtraining auf den neuesten Stand bringen.

Zunächst hörte Richie ihm zu, während er sich den A6 vornahm und Jan nur ab und zu um ein Werkzeug bat.

»Wer hat denn gewusst, dass du heute bei Schaima auftauchst? Das kann ja kein Zufall gewesen sein«, fragte Richie schließlich.

»Genau das ist die Frage. Dummerweise habe ich kein Geheimnis daraus gemacht, dass ich dort hinwollte. Und jeder, der mich ein bisschen kennt, hätte auch daraufkommen können, dass ich gleich nach Ende der Sprechstunde losfahre, weil abends noch Fußball auf dem Programm steht.«

Richie brummte etwas, was wie »Schöner Scheiß« klang, und kam mit einer deformierten Kugel in der Hand unter dem Wagen hervor. »Kann damit womöglich noch jemand was anfangen?«

Jan betrachtete das Stück Metall. »Ich glaube nicht. Aber vielleicht steckt noch eine im Polster der Rückbank.«

»Gute Idee. Hätte von mir sein können. Dann mach mal den Kofferraum auf.«

Jan nutzte die Fernbedienung, hob die entriegelte Klappe an und stutzte. Zwei schusssichere Westen lagen dort.

»Wem, sagtest du, gehört der Wagen?«, fragte Richie, hob eine der Westen hoch und tippte auf eine Stelle. »Hier haben wir schon mal eine Kugel, allerdings auch ziemlich platt.«

»Ähm ... einem Freund von Jo.«

»Na gut ... Ich muss dir ja nicht sagen, dass die Aufschrift ›Polizei‹ auf den Westen fehlt.«

Jan grinste nur und war froh, dass sich der Inhalt des Kofferraums auf die Westen beschränkte.

Eine halbe Stunde später hatten sie zwei weitere Kugeln gesichert und Richie hatte sich davon überzeugt, dass der Wagen fahrbereit war. »Die Scheibe tausche ich aus, wenn mein Geselle von der Probefahrt zurück ist. Ich spendiere dir dann bei Gelegenheit mal ein Bier für deine Handlangerdienste.«

»Na, andersherum wird ein Schuh draus. Sag mir lieber, was du für die Reparatur bekommst?«

Richie sah ihn ernst an. »Den Täter. Das reicht mir völlig. Die Eltern von dem Mädel waren völlig aufgelöst.« Er fuhr sich übers Kinn und hinterließ dabei eine beeindruckende Dreckspur. »Die Versicherung zahlt mir den Schaden auf dem Campingplatz, die Gäste bleiben und packen sogar ordentlich mit an, sodass mir gar kein finanzieller Schaden entstanden ist. Aber ich will, dass der oder die ins Gefängnis gehen, weil sie ein unschuldiges Leben einfach ausgelöscht haben!«

»Das geht uns auch so«, erwiderte Jan. »Hast du denn irgendwas über unseren Wunderteeverkäufer gehört, der in Wirklichkeit an den Grundstücken seiner Kunden interessiert ist?«

»Jein. Meine Frau hat da was gehört. Es soll jemand hierhergezogen sein, der fantastische Dinge mit so einem Hokuspokus erreicht. Aber sie kennt weder den Namen noch den Wohnort. Der Kerl soll auch nur ziemlich unregelmäßig auftauchen.«

»Aber wieso gehen die Leute nicht einfach zu Schaima, sondern zu einem Zugereisten? Sie gehört doch irgendwie zur Dorfgemeinschaft dazu.«

Richie nickte energisch. »Genau das habe ich meine Frau auch gefragt und nun wird's interessant. Der Typ scheint seine Dienste unaufgefordert anzubieten. Deshalb geht auch niemand zu ihm, sondern er kommt zu den Leuten.«

»Hm.«

»Komisch, nicht? Ich bin sicher, das ist der Mann, den ihr sucht. Übrigens, die Karte von dem schmierigen Makler aus Hamburg, der den Campingplatz kaufen wollte, ist leider im Kompost gelandet. Aber meine Frau meinte, dass da was von ›im Auftrag irgendeiner Bank‹ draufstand. Sie weiß nur nicht mehr welche, aber es war keine der großen, sondern eine, von der sie noch nie gehört hatte.«

Unwillkürlich dachte Jan an diesen Fonds, den der Finanzberater ins Spiel gebracht hatte. »Vielleicht hilft uns das schon weiter. Ist deine Frau da? Ich hätte da den Namen einer Bank, der schon mal gefallen ist.«

»Nee, die ist mit Jonas unterwegs. Ich kann sie heute Abend fragen.«

»Klar. Sanders erwähnte den Namen *Beringer & Söhne*.«

Kapitel 15

Jörg bremste seinen Passat ab, um nicht mit dem A6 zu kollidieren, der recht schwungvoll in die Straße zu Jos Resthof einbog. Verflixt! Wenn er sich nicht sehr irrte, gehörte der Wagen genau dem Mann, dem er eigentlich nicht begegnen wollte. Stattdessen trafen sie nun auch noch ausgerechnet gleichzeitig bei Jo ein.

In Gedanken reihte er einen Fluch an den anderen und war vor allem sauer auf sich selbst. Plötzlich fühlte er sich wieder unsicher wie der Teenager, der er mal gewesen war. Gut, er hatte damals Mist gebaut, und zwar richtigen, aber in den letzten Jahren alles getan, um diese Zeit hinter sich zu lassen. Im Prinzip hatte Jo recht: Er sollte sich von niemandem aus seinem Zuhause vertreiben lassen.

Er hielt neben dem Audi, stieg aus und traute seinen Augen kaum. »Jan?«

Sein Freund grinste ihn breit an. »Stimmt. Der bin ich.«

»Was machst du in dem Wagen von ... ähm ... Captain Rawlins?«

Jan blinzelte irritiert. »Wen meinst du? Ach so, Mark. Bei uns hat's bisher nicht so richtig zu den Nachnamen gereicht.

Captain also? Nicht schlecht für sein Alter. Er ist mit der Ninja unterwegs. Vermutlich macht er zusammen mit Dirk und Sven die Gegend unsicher.«

»Mit der Ninja?«, wiederholte Jörg verblüfft.

»Ja, das ist eine längere Geschichte. Die erzähle ich dir gleich bei einem kühlen Bier. Sag mal, kann ich heute Nacht vielleicht bei dir pennen? Bei Lena habe ich mich schon abgemeldet, denn ich habe nicht vor, es bei einem Bier zu belassen.«

»Na klar, aber ... ich verstehe überhaupt nichts mehr. Ich dachte, ihr kennt euch gar nicht.«

»Wir haben uns auch vorhin erst getroffen. Aber seid ihr echt per Sie? Na, das müssen wir möglichst schnell ändern.« Jan ging mit ihm ein paar Schritte Richtung Schlei und blieb dann abrupt stehen. »Sag mal ... jetzt verstehe ich das erst. Ist Mark etwa derjenige, den du nicht treffen willst?«

Jörg brummte zustimmend, ahnte aber, dass er um eine Erklärung nicht herumkommen würde. Der Platz direkt am Wasser war noch leer. Jo hatte wohl noch im Haus zu tun und seine Frau hatte sich schon zu ihren Freundinnen verabschiedet. Wenigstens blieben Jörg so Zuhörer erspart. »Ich hole Bier und erzähle dir dann alles.«

Jan legte ihm eine Hand auf den Arm. »Ich übernehme die Getränke. Genieß die Sonne. Du siehst gerade aus, als ob du ein Gespenst gesehen hättest.«

Die Sonne stand schon so tief, dass der Schatten spendende Pavillon überflüssig war. Jörg genoss es, noch einen Moment alleine zu sein, bevor die anderen auftauchen würden. Es standen schon acht Stühle um den Tisch herum. Jörg verzog den Mund, als ihm einfiel, dass ein Platz leer bleiben würde. Wie so oft hatte Felix das Grillen kurzfristig abgesagt, weil er schlicht und einfach zu müde war. Mit seiner Verfassung war es ein ständiges Auf und Ab. Liz' Anwesenheit und seine unerwarteten Feriengäste schienen ihm gut zu tun, aber er war eben auch schnell erschöpft.

Jan kehrte mit zwei Bierflaschen zurück. »Mann, bin ich froh, dass ich heute nicht mehr fahren muss. Ida hat mir erzählt, dass ihr am Strand viel Spaß hattet.«

»Sie ist ein tolles Mädchen – wenn man hinter ihren stacheligen Schutzschild guckt.«

Jan nickte. »Den Eindruck hatte ich auch. Und sie hat den Jungs beim Fußball gezeigt, wo's langgeht. Jonas wich gar nicht mehr von ihrer Seite ...«

»Hat Andrea noch gemeckert?« Jörg merkte, wie hart die Formulierung klang. »Ich meine das nicht böse, aber es fällt auf, wie besorgt sie um Ida ist.«

»Uschi, das ist die Trainerin der Jugendmannschaft, hat da die richtigen Worte gefunden. Und ich war mit den Alten Herren ja auch in der Nähe.«

Jörg hob spöttisch seine Flasche. »Aber heute bestimmt eher zum Quatschen als zum Bolzen.«

»Na, logisch. Wenn ich mit einem Wagen voller Einschusslöcher bei Richie auftauche, muss das ja erst einmal lang und breit diskutiert werden.«

Prompt verschluckte sich Jörg. »Okay, dann erkläre mir jetzt bitte mal ganz genau, wo und wie du Mark getroffen hast.« Er stutzte, als er bemerkte, dass er automatisch den Vornamen des Amerikaners verwendet hatte. Aber andererseits konnte er ihn ja kaum als Einziger den ganzen Abend siezen.

Zunehmend entsetzt hörte er sich Jans Bericht an. »Ich fasse es nicht! Wer wusste alles, dass du zu Schaima wolltest?«

»Eine ganze Menge Leute. Und wenn Gerda noch weiteren davon erzählt hat, dann ... Ich kläre das morgen mit ihr.«

Nachdenklich pulte Jörg an dem goldenen *Jever*-Etikett herum. »Wusste Heiner davon?«

»Nein, dem habe ich erst, kurz bevor ich losgefahren bin, was davon gesagt.«

»Dann ist der wohl unschuldig.«

»Ja«, stimmte Jan zu, »ich würde sagen, dass er uns tatsächlich helfen will. Aber genug damit, vielleicht kann Sven nachher in das Chaos Struktur reinbringen.« Er trank einen kräftigen Schluck. »Ich habe zwei Fragen: Was ist das mit dir und Kiel? Wechselst du das Dezernat? Und was ist da zwischen dir und Mark?«

»Das sind aber drei Fragen ...«

Jan sah ihn einfach nur an.

Jörg seufzte. Ein weiteres Ausweichmanöver hatte sein Freund nicht verdient. »Also gut. Man könnte sagen, dass ich im Bereich Jugendkriminalität für den Außendienst verbrannt bin und an den Schreibtisch müsste. Dazu habe ich aber wenig Lust. Ich hatte mich beim MEK beworben, aber der Chef hat mich nach einem Blick in meine Personalakte aussortiert. Ist dumm gelaufen. Nun suche ich mir eben was anderes.«

»Sekunde. Wieso denn aussortiert? Was stimmt denn mit deiner Akte nicht?«

»Sie ist etwas untypisch. Ich bin zu schnell durchgestartet, habe ein paar Stufen übersprungen und vor allem: Ich bin nur durch Empfehlung einiger Hamburger Polizisten eingestellt worden.«

Jan runzelte die Stirn. »Du meinst wegen des Mists, den du früher gemacht hast?«

»Ja.«

»Das ist doch längst verjährt. Hm, warte mal, irgendwas klingelt da gerade bei mir ...« Jan trank einen Schluck Bier und schlug dann mit der flachen Hand auf den Tisch. »Mensch, natürlich! Wieso hast du mir denn nicht früher davon erzählt?«

»Warum sollte ich dir mit meinen Problemen die Laune verderben?«

Jan knurrte etwas Unverständliches vor sich hin. »Weil wir Freunde sind!«, sagte er dann deutlich. »Und weil einem gemeinsam etwas einfällt. Wetten, dass ich dir ein Bewerbungsgespräch besorgen kann?«

»Wie willst du das denn machen? Du kennst den Leiter des MEK doch gar nicht.«

»Na und!« Jan tippte auf seinem Smartphone eine kurze Nachricht und schickte sie weg.

Vergeblich versuchte Jörg zu erkennen, wem Jan eine Nachricht gesendet hatte. »Wen hast du denn jetzt angeschrieben?«

»Einen Freund von uns.« Jans Handy vibrierte. Er sah kurz aufs Display und grinste dann reichlich selbstgefällig. »Ha, so schnell hätte ich zwar nicht mit einer Antwort gerechnet, aber das gefällt mir natürlich. Den Termin bekommst du. Und nun reg dich nicht auf, dass wir einige Strippen gezogen haben! Ob du den Job bekommst, ist alleine deine Sache. Du musst den Typen in dem Gespräch überzeugen. Wir haben dir nur die dämliche Akte aus dem Weg geräumt.«

»Wer zum Teufel ist ›wir‹?«, fragte Jörg ratlos und konnte es nicht fassen, wie sein Freund das so nebenbei eingefädelt hatte.

»Andi ist der Nachbar vom Leiter des MEK. Das hatte er mal erwähnt«, erklärte Jan.

Andi! Natürlich. Der war ein ehemaliger Kamerad von Jan, mit dem mittlerweile auch Jörg ganz gut befreundet war. Jörg stellte seine Flasche ab. »Stimmt. Jetzt fällt es mir auch wieder ein.« Da Jan ihn noch besorgt ansah, fuhr er fort: »Du brauchst gar nichts mehr zu sagen. Ich bin froh, wenn Andi mir den Termin verschafft. Den Rest werden wir dann sehen.«

»Sehr schön. Und nun raus mit der Sprache. Was ist mit dir und Mark?«

Jörg trank einen Schluck Bier und atmete einmal tief durch. »Also gut. Die Kurzform lautet, dass ich daran schuld bin, dass einer von Marks Männern erst fast getötet worden wäre und dann unter Mordverdacht im Knast gelandet ist. Ich hatte ihm was ins Wasser gemischt. Später habe ich dann Dirk kennengelernt. Bei unserer ersten Begegnung hat ... also, ich war da mit einer Gang zusammen, die ihn ... also Dirk ... fast umgebracht hätte. Gegen sieben Leute hatte er dann doch keine Chance, obwohl er im Nahkampf sonst richtig gut ist.«

Jan sah ihn weiter ruhig an und schien nicht besonders beeindruckt von Jörgs Beichte zu sein. »Den letzten Teil hatte ich schon mal gehört, aber bei Dirk und Sven klang es so, als ob du dich gegen deine Gang gestellt und Dirk dadurch das Leben gerettet hast.«

»Trotzdem ...«

»Mensch, das ist doch alles längst verjährt! Ich glaube nicht, dass Mark dir da noch irgendwas nachträgt. Hat er denn mal mit dir darüber gesprochen?«

»Nein«, erklang unerwartet Jos tiefe Stimme hinter Jörg. »Der Junge hat dem Captain ja gar keine Chance dazu gegeben, weil er ihm konsequent aus dem Weg gegangen ist. Aber das wird sich heute ändern.« Jo ließ sich auf den Stuhl neben Jörg fallen.

Jörg konnte nichts dagegen tun, dass sich sein Puls bei dem Gedanken daran beschleunigte. Als ob er es heraufbeschworen hätte, erklang jetzt das typische Geräusch von mehreren Motorrädern. Verdammt. Der Tag mit Andrea und Ida war wirklich wunderschön gewesen. Einige Stunden lang hatte er sämtliche offenen Fragen vergessen und nun das ...

Jörg überlegte einen Moment ernsthaft, ob es eine Möglichkeit wäre, in die Schlei zu springen und einfach wegzuschwimmen. Dann musste er über sich selbst lachen.

Neugierig sah Jan ihn an. »Was ist?«

»Nichts.« Resolut stand Jörg auf »Lass uns sie begrüßen.«

»Und ich dachte schon, du würdest gleich durch die Schlei flüchten.«

»Bring mich nicht auf gute Ideen«, knurrte Jörg und war froh, dass sein Freund keine Gedanken lesen konnte.

»Ich hole die Getränke. Die Jungs werden Durst haben«, kündigte Jo an.

Jan und Jörg trafen vor dem Haus ein, als die Männer ihre Motorräder zum Stehen brachten.

Dirk Richter riss sich als Erster den Helm herunter und grinste Jan an. »Ich verzeihe dir nie, dass du ihm die Ninja gegeben hast! Wir konnten ihn so schön damit ärgern, dass er den A6 nehmen musste.«

Sven Klein fuhr sich durch die total zerzausten blonden Haare. »Aber echt«, pflichtete er seinem Partner beim LKA bei, stieg von seiner Maschine ab und umarmte Jörg zur Begrüßung herzlich. »Schön, dich zu sehen.«

Ehe Jörg sich versah, hatte auch Dirk ihn so begrüßt, und dann stand er Mark gegenüber. Schlagartig verstummten die Gespräche um ihn herum

»Ich …«, begann Jörg und wusste dann nicht weiter. Er konnte Marks Miene nicht deuten, besonders freundlich sah der Amerikaner jedenfalls nicht aus. Das stand schon mal fest.

»Ich will dir was zeigen. Komm mit«, sagte Mark und ging dann einfach Richtung Schlei.

Trotz des einigermaßen netten Tonfalls und der vertraulichen Anrede war das eindeutig ein Befehl. Und zwar einer, der Jörg nicht gefiel. Dennoch folgte er ihm.

Am Ufer angekommen, blieb Mark stehen und blickte auf die Wasseroberfläche. »Eigentlich mag ich das Meer lieber, aber dieser Ort hat was.« Er holte sein Smartphone aus seiner Jeans und rief ein Foto auf. »Sieh dir das mal an.«

Ratlos nahm Jörg das Mobiltelefon. Die Aufnahme zeigte ein kleines Mädchen, fast noch ein Baby, mit roten Haaren. »Sieht niedlich aus. Deins?«

»Nein. Das ist Brianna, die Tochter von Pat, den du damals unter Mordverdacht in den Knast gebracht hast.«

Obwohl Mark völlig ruhig, ohne jeden Vorwurf in der Stimme gesprochen hatte, schluckte Jörg schwer. »Es tut mir wahnsinnig leid, dass ich damals so verpeilt war.«

»Warum? In der Arrestzelle des Eckernförder Polizeireviers hat Pat seine heutige Frau kennen- und lieben gelernt. Ich halte von diesem ganzen esoterischen Gespinne nichts, aber es war wohl tatsächlich so etwas wie Schicksal. Em, das ist die Frau, die ich heute mit dem Wagen zu ihrer Freundin gefahren habe, sagt immer, dass alles so kommt, wie es kommen muss.«

Mit einer solchen Entwicklung hatte Jörg nicht gerechnet. Wieder wusste er nicht, was er sagen sollte, aber Mark war auch noch nicht fertig.

Der Blick aus seinen braunen Augen war deutlich wärmer, als er fortfuhr. »Das alles liegt nun schon so lange zurück. Ich bin der Erste, der zugibt, dass ich lange misstrauisch war. Denn ich war damals nicht gerade begeistert, als Sven und Dirk dir geholfen haben, in den Polizeidienst einzusteigen. Aber die beiden hatten eindeutig den richtigen Riecher. Das hast du inzwischen bewiesen und ich denke dabei nicht nur an den Umweltskandal, den du mit Jan aufgedeckt hast, sondern auch an die Schießerei etliche Monate davor, bei der du dein Leben riskiert hast. Es gehört schon einiges dazu, wenn Männer wie Andi und Dirk jemanden loben und mit ihm an ihrer Seite jederzeit losziehen würden. Lass uns die Vergangenheit endgültig begraben.« Mark hielt ihm die Hand hin.

Ohne zu zögern, schlug Jörg ein. »Danke.«

»Bedank dich bei mir, indem du dich im Oktober etwas zurückhältst«, forderte Mark.

Jörg hatte keine Ahnung, was er meinte, aber ehe er nachfragen konnte, ertönte hinter ihm ein tiefes Lachen.

Mit drei Bierflaschen in der Hand stand Dirk dort und grinste Mark an. »Das kannst du so was von vergessen! Allerdings habe ich Jörg noch gar nicht gefragt. Du hast ihn dir ja gleich geschnappt.« Er verteilte die Flaschen und prostete Jörg zu. »Ich weiß noch, dass du früher unbedingt zum KSK wolltest, und auch, dass du es Jo und Helga zuliebe gelassen hast. Ich hätte da jetzt einen kleinen Ausgleich für dich. Im Oktober findet auf Sylt eine Übung statt. Reale, also fiese Bedingungen, nettes Szenario und insgesamt treten drei Teams gegeneinander an. Marks Jungs, dann Andi und seine Männer und ein weiteres Team in einer sehr ungewöhnlichen Zusammensetzung. Nämlich Sven, Alexander, Stephan und ich vom LKA – und wir würden gerne Jan und dich noch dabeihaben. Gemeinsam werden wir den angeblichen Elitesoldaten schon zeigen, wo der Hammer hängt. Bist du dabei? Aber ich warne dich. Es wird kein Urlaubstrip. Tjark, ein ehemaliger Fallschirmjäger, arbeitet nämlich das Training aus und der wird garantiert aus jedem von uns das Letzte rausholen.«

Die Frage verschlug Jörg die Sprache. Er nickte nur stumm. In seinem Inneren schien eine Tür zuzufallen. Oder vielleicht öffnete sich auch eine. Darüber würde er später nachdenken.

Klirrend schlugen die Männer ihre Flaschen gegeneinander und tranken.

Dirk verzog den Mund. »Ich hasse den Grundsatz, maximal eine Flasche zu trinken, wenn ich mit dem Motorrad unterwegs bin«, beschwerte er sich bei niemandem Bestimmtem.

»Dann übernachtet doch hier. Platz genug haben wir. Und noch einiges zu bereden«, schlug Jörg vor.

Mark klopfte ihm auf die Schulter. »Verdammt gute Idee. Die könnte von mir sein. Jan hat sowieso erwähnt, dass es besser wäre, wenn die neue Scheibe des Audis noch austrocknet, ehe ich wieder Gas gebe.«

Jan und Sven sahen ihnen neugierig entgegen und lächelten dann.

»Bist du dabei?«, fragte Sven sofort.

»Als ob ich mir das entgehen lassen würde«, erwiderte Jörg.

Sven rieb sich demonstrativ die Hände. »Sehr schön. Damit gehört der Sieg uns.«

Mark schnaubte nur.

»Lasst uns die Zeit nutzen, solange der Grill anheizt. Wo stehen wir aktuell mit euren Ermittlungen?«, fragte Dirk.

Die Formulierung war so abstrus, dass Jörg sich vor Lachen prompt verschluckte. Jan übernahm es daraufhin, alle Anwesenden auf den neuesten Stand zu bringen.

Danach richteten sich sämtliche Blicke auf Sven. »Ich habe nur noch einen Punkt, der interessant ist: Dieser Wagen, der Jörg aufgefallen war, ist auf eine Hamburger Privatbank zugelassen.«

»*Beringer & Söhne*? Die mit dem Fonds?«, hakte Jan sofort nach. »Seit wann haben denn Banken Typen beschäftigt, die Grundstücke vermessen?«

»Das ist durchaus üblich, weil Banken Immobilien auch schätzen lassen, sogar lassen müssen, damit sie den Wert kennen. Es kann harmlose Gründe haben, muss es aber nicht. Es würde ja zu ihrem Geschäftsmodell passen, Grundstücke billig zu kaufen. Also da sehe ich schon wegen der geringen Gewinnspanne kein ausreichendes Motiv.«

»Willkommen im Klub«, brummte Jörg.

Sven winkte ab. »Lasst uns mal vorn anfangen, am See. Was meint ihr, wer das Ziel war: dieser notorische Nörgler oder der Finanzheini?«

Jan überlegte nicht lange. »Ich tippe auf Arne Sanders. Aber frag mich nicht wieso. Reines Bauchgefühl. Es kann schon sein, dass der Schütze das falsche Opfer getroffen hat.«

Mark hob seine Flasche. »Das würde auch zu dem Kerl passen, der heute im Wald mit der Enduro abgehauen ist. Besonders sicher war der im Umgang mit dem Gewehr nicht.«

»Na, das ist im Moment aber auch die einzige Sache an diesem Mist, die mir gefällt«, erwiderte Jan sofort.

Die Männer lachten. Vom Grill aus verfolgte Jo die Diskussion aufmerksam und schüttelte nun auch den Kopf. »Da vorn kommt übrigens der Letzte unserer illustren Runde. Und der sieht aus, als ob er einen Whisky ziemlich gut vertragen könnte.«

Markus kam näher, begrüßte Jo freundlich und hatte für den Rest der Gäste ein Knurren übrig, das nicht besonders begeistert klang.

Jörg seufzte und stand auf. »Ich hole den Single Malt.« Als er mit einem Tablett voller Gläser und der Flasche zurückkehrte, redeten die Männer übers Wetter.

Ohne Aufforderung kehrte Markus zum eigentlichen Thema zurück. »Die chemische Untersuchung steht noch aus, aber meine Kollegen gehen davon aus, dass bei dem verhinderten Fluchtfahrzeug wieder der gleiche Sprengstoff genutzt wurde wie schon bei den anderen Fällen. Wenn ihr mir jetzt nicht ganz schnell ein Motiv oder einen Verdächtigen aus dem Wirtschaftsleben liefert, habe ich ein Problem. Die Kollegen vom organisierten Verbrechen und sogar dem Staatsschutz scharren schon mit den Hufen.«

»Das nervt«, kommentierte Jan und korrigierte sich sofort: »Ich meine, es muss dich total nerven.«

»Tut es. Habt ihr denn irgendetwas für mich, das wenigstens ansatzweise in diese Richtung geht?« Markus lehnte sich so weit zurück, dass sein Stuhl bedrohlich knackte.

Dirk nickte langsam. »Wir nehmen die Hamburger Privatbank in den Fokus. Ich bin mir nicht ganz sicher, aber die könnten doch ein Motiv haben.«

Jörg beugte sich vor. »Sagst du das nur, damit ihr mitmischen könnt, oder meinst du das ernst?«

Dirk lachte. »Im Prinzip beides, mir ist eben nur eingefallen, dass es denen doch ordentlich ums Geld gehen könnte. Pass mal auf, das ist nun sehr ins Unreine gesprochen, aber trotzdem ... Fakt eins: Den Banken geht's momentan ziemlich dreckig, weil die Zinsen so niedrig sind. Da wären die Provisionen aus dem Fonds ein netter Ertrag. Fakt zwei: Alle Kreditinstitute möchten gerne Darlehen vergeben, aber wegen der ganzen Eigenkapitalvorschriften nach Möglichkeit sichere, also mit Grundschulden unterlegte. Wenn diese Privatbank also die Neubauten finanzieren würde, hätte sie hier wieder einen ganz schönen Ertrag. Und als letzten Punkt: Wenn das verdächtige Geldinstitut die Grundstücke über eigene Tochtergesellschaften kauft und dann die Neubauten zu viel höheren Preisen wieder verkauft, würde sie auch daran wieder verdienen. Das Ganze ist zwar recht wackelig, könnte aber endlich mal so etwas Ähnliches wie ein Motiv sein.«

Jan kratzte sich am Kopf. »Meinetwegen. Mir fällt ja auch nichts Besseres ein. Aber einen Punkt hast du übersehen: Wer sollte dann ein Interesse daran haben, einen Typen abzuknallen, der diese Fonds erfolgreich vertickt und sich in der Region bestens auskennt?«

Dirk verzog den Mund. »Also so ein bisschen was wollte ich euch auch noch überlassen.«

»Ist klar«, mischte sich Markus ein, milderte seine unverhohlene Ironie aber mit einem Lächeln.

Sven sah nachdenklich auf die Schlei und kommentierte überraschenderweise keiner der bisherigen Überlegungen.

Schließlich war es Mark, der den Kopf schüttelte. »Die Bank mag ja mit drinstecken, aber für mich sieht es mehr nach dem Ding von einer oder zwei Personen aus, denen es schlicht und einfach ums Geld geht.«

Sofort nickte Sven. »Ganz genau. Das würde ich auch sagen. Ich sehe da ein vages Muster, bekomme es aber noch nicht so richtig zu fassen. Erzählt mal, was euch noch so aufgefallen ist.«

Wieder begann Mark. »Militärische Ausbildung und Erfahrung, gut mit Sprengstoff, aber grottenschlechter Gewehrschütze. Ich würde sagen, dass er keinen Zugriff auf vernünftige Waffen hat, sondern sich mit Jagdgewehren behelfen muss. Der Sprengstoff könnte ein Restbestand sein. Die Sprengfalle sah nach Osteuropa aus. Ukraine, Russland, Tschetschenien.«

»Jagdwaffen?«, hakte Dirk nach.

Die Antwort übernahm Jan: »Der Kerl hat ein grünes Laservisier eingesetzt. Soweit ich weiß, gibt's das nur bei Jagdwaffen.«

»Sind die schlechter?«, fragte Sven.

»Nee, moderner«, erklärte Mark und grinste schief. »Es wird dauern, bis sich die auch beim Militär durchgesetzt haben.«

Sven nickte knapp. »Okay, dann weiter. Wem ist noch was aufgefallen?«

Jan atmete tief durch. »Unser Besuch bei diesem Arne Sanders, dem Finanzberater ... Also, das war irgendwie ... Ich weiß auch nicht, aber da passte nichts richtig zusammen. Das Haus war draußen so was von repräsentativ und teuer. Drinnen dann teilweise Baustelle und durchaus gemütlich. Und seiner Frau schien es unangenehm zu sein, dass ihr Mann ihr Engagement für den Tierschutz erwähnte, obwohl sie sonst den Eindruck machte, dass sie ihre Leistungen schon an die große Glocke hängt. Ich bekomme keinen Griff dran, aber er erschien mir tatsächlich harmlos. Trotzdem störte mich da irgendwas.«

Sven prostete ihm zu. »Dann sollten wir uns wohl mal die Ehefrau genauer ansehen. Auf solche Hinweise habe ich gehofft.« Er lächelte gönnerhaft. »Wobei der Vortrag über Farbunterschiede bei Laservisieren natürlich auch extrem interessant war.«

Alle lachten.

Obwohl Jo das erste Steak servierte, tippte Dirk auf sein Smartphone.

»Was machst du da denn eigentlich?«, erkundigte sich Sven.

»Ich rechne mal überschlägig aus, über wie viel Geld wir hier eigentlich reden. Als Vergleichsmaßstab habe ich die Preise genommen, zu dem die Hütten in Port Olpenitz an den Mann gebracht wurden. Wir sind da tatsächlich schon im Millionenbereich. Ich muss mir das später noch mal genau ansehen, aber damit hatte ich, ehrlich gesagt, nicht gerechnet.«

»Und das als Wirtschaftsprüfer«, zog Jan ihn auf.

Erneut lachten alle.

Sven wurde als Erster wieder ernst. »Erzähle mir bitte noch mal den ganzen Kram von Anfang an.«

Jan betrachtete das Steak vor sich. »Jetzt?«

»Klar, dann bleibt mehr Fleisch für mich übrig«, gab Sven mitleidslos zurück.

Jans Miene sprach Bände, aber er begann mit den Ereignissen am See, erzählte von seinen ersten Recherchen, die ihn zu dem engagierten Verein und der Facebook-Gruppe geführt hatten, berichtete von dem Typen, der auf Tarzan geschossen hatte, und fasste schließlich das heutige Treffen mit Mark kurz und knapp zusammen.

Am Ende musste Jörg zugeben, dass er immer noch keine Vorstellung hatte, wie das alles zusammenpasste oder womit sie es eigentlich zu tun hatten.

Sven fuhr sich mit einer Hand durch die Haare, die daraufhin in alle Richtungen abstanden. Die Geste kannte Jörg schon, aber sie brachte ihn immer noch zum Schmunzeln.

Erstaunlicherweise war es Mark, der das Fazit zog. »Ich verstehe zwar nicht, wie das alles zusammenhängt, aber ihr seid da etwas verdammt Großem auf der Spur.«

Dirk nickte langsam. »Und damit ist das alles auch extrem riskant ...«

Jörg riss die Augen weit auf. »Echt? Warte mal: Wir haben zwei Todesopfer, ein explodiertes Boot, diverse Sprengfallen – ich weiß gar nicht mehr, wie viele es waren – und eine Handvoll älterer Leute, denen für viel Geld Gift angedreht wird. Also darauf, dass das kein Kindergeburtstag wird, wäre ich gar nicht gekommen!«

Erneut erklang lautes Gelächter, dem sich Dirk sofort anschloss.

Lediglich Markus wurde schnell wieder ernst, wirkte nachdenklich und geradezu besorgt.

Jörg hob seine Bierflasche. »Wir lösen das Chaos schon auf. Athen wurde auch nicht an einem Tag gebaut.«

»Das war Rom ...«, korrigierte Markus und lächelte schon wieder.

Damit hatte Jörgs absichtliche Verfremdung des Sprichwortes sein Ziel erreicht.

Für den Augenblick konnten sie nichts anderes tun, als den Abend und die Gesellschaft zu genießen – und das taten sie.

Viel später bemerkte Jörg, dass er sich absolut dazugehörig und sehr wohl fühlte. Das gleiche, ungewohnte Gefühl hatte er auch mit Andrea und Ida am Strand verspürt.

Darüber sollte er mal nachdenken. Irgendwann.

Kapitel 16

»Hey, aufwachen!«

Jan identifizierte die Stimme im Halbschlaf als die von Jörg. Da es nicht besonders dringend klang, zog er sich knurrend die Decke über den Kopf.

»Okay, penn weiter. Dann bleibt aber deine Praxis geschlossen.«

Praxis? Fluchend rieb sich Jan über die Stirn. Von wegen Wochenende. Es war Donnerstag.

»Wir sollten solche Veranstaltungen auf Freitag oder Samstag verlegen«, knurrte er.

Jörg grinste mitleidlos. »Da stimme ich dir zu. Wobei es mich nicht stört, dass wir einen Wochentag haben. Ich habe ja Urlaub.«

»Sehr witzig.« Jan warf die Decke von sich und blinzelte. Es war entschieden zu hell.

In der Küche traf er auf die Gäste aus Hamburg, die um den Tisch herumsaßen und kein bisschen munterer aussahen als er.

Dirk schob ihm einen Kaffeebecher zu. »Wir sollten das nächste Grillen aufs Wochenende legen.«

»Ganz sicher«, stimmte Jan ihm zu, wollte sich aus der Thermoskanne einen Kaffee einschenken und stellte fest, dass sie schon leer war.

»Mist.«

»Wer zu spät kommt ...«, zog Dirk ihn auf.

»Das hättest du mir auch sagen können, ehe du mir den Becher gegeben hast«, beschwerte Jan sich.

»Hatte ich vergessen. Kochst du neuen? Ich bin noch nicht so weit, dass ich mich aufs Motorrad setzen kann.«

»Sicher. Wer ist eigentlich auf diese Schnapsidee gekommen, ausgerechnet in der Woche zu grillen?«, fragte Jan und füllte Wasser in den Tank der Kaffeemaschine.

Jo grinste breit. »Das wäre ja kein Problem gewesen, wenn ihr den Whisky stehen gelassen und euch nicht auch noch über den Kasten *Flens* hergemacht hättet.«

Jan ignorierte die Bemerkung und brachte die Kaffeemaschine dazu, ihren Job zu erledigen. »Das hier wäre eigentlich deine Aufgabe ...«

Jo grinste nur. »Aber um deine andere Frage zu beantworten: Die Verschiebung auf Mittwoch verdanken wir Mark.«

»Von wegen«, wehrte der sofort ab. »Bedank dich bei Em, die plötzlich unbedingt zu ihrer Freundin wollte und keinen Tag länger warten konnte. Deswegen haben wir das von Freitag auf Mittwoch verlegt.«

Dirk und Jan sahen sich an.

»Wiederhole das noch mal«, bat Sven, der bisher nichts gesagt hatte. »Oder nein, lass es«, fügte er hinzu. »Denken wir gerade alle dasselbe?«

»Muss es nicht ›das Gleiche‹ heißen?«, überlegte Markus laut.

»Mensch, halt die Klappe!«, stöhnte Sven und verdrehte die Augen. »Für die Feinheiten der deutschen Sprache habe ich heute Morgen noch nicht genug Kaffee getrunken. Jedenfalls: Das ist doch garantiert kein Zufall! Die beiden Frauen planen irgendwas, was mit unserem Mist zusammenhängt.«

Jörg schüttelte den Kopf und verzog den Mund. »Da ihr arbeiten müsst, fahre ich hin und rede ihnen ins Gewissen. Ich gehe mal davon aus, dass die Damen gar nicht besonders viel unternehmen können – aber herumschnüffeln sollten sie natürlich auch nicht. Das könnte sie ernsthaft in Gefahr bringen.«

Mark sah ihn dankbar an. »Tu das. Und werde ruhig deutlich. Wenn du den Eindruck hast, sie sind unbelehrbar, sag es. Dann legen wir gemeinsam nach.«

»Geht klar.«

Nach einem ausgiebigen Frühstück, das aus Rührei, Unmengen an Kaffee und der einen oder anderen Aspirin bestand, wollten die Männer schließlich aufbrechen und trafen sich vor dem Haus bei ihren Fahrzeugen.

Jan betrachtete erst Marks Audi, dann seine Ninja. »Ich würde es ja nicht zugeben, aber ...«

Dirk legte ihm lachend eine Hand auf den Rücken. »Ich weiß, was du denkst. Ich würde im Moment auch vier Räder vorziehen. Aber glaub mir, nach den ersten Metern werden wir unsere Bikes wieder zu schätzen wissen.«

»Hoffentlich«, knurrte Jan.

»Bestimmt. Und wegen eures Falls ... Ich nehme mir in Hamburg diese Bank vor. Wer weiß, vielleicht sehen wir uns die Tage dort. Für mich ist das momentan jedenfalls der einzige wirkliche Hinweis in diesem Chaos.«

»Du meinst wegen deiner Philosophie, der Spur des Geldes zu folgen?«

»Exakt. Außerdem würde ich gerne Markus helfen, die Zuständigkeiten zu klären. Da wäre die Bank der ideale Vorwand. Selbst, wenn der Laden sich hinterher als unschuldig herausstellt, habt ihr wenigstens eure Ruhe, was diese ganzen Kompetenzstreitigkeiten beim Kieler LKA angeht.«

Markus, der ihre Unterhaltung verfolgt und sich bisher im Hintergrund gehalten hatte, kam jetzt näher. »Ich wünschte, es wäre überflüssig, aber ein wenig Schützenhilfe wäre ganz gut. Gestern hat jemand aus einem anderen Dezernat tatsächlich auch noch Terrorismus ins Spiel gebracht ...«

Jan rollte mit den Augen. »Ich sag dazu jetzt mal lieber nichts. Danke, dass du das alles erträgst und uns den Rücken freihältst.«

Das Lob schien Markus zu freuen. »Kein Ding. Wir hören und sehen uns.« Er winkte in die Runde, setzte sich in seinen uralten Golf und fuhr los.

Dass sich Jörg und Mark noch entspannt und gut gelaunt unterhielten, gefiel Jan. Wenigstens der Punkt war geklärt.

Plötzlich unterbrach Jörg das Gespräch, holte sein Handy aus der Jeans und starrte aufs Display.

Jan und Dirk gingen zu ihm.

»Alles in Ordnung?«, fragte Dirk.

»Sicher. Ich bin gerade nur etwas überrascht.« Jörg hob sein Telefon hoch. »Das ist eine Nachfrage, ob ich trotz Urlaub morgen nach Kiel kommen könnte. Vorstellungsgespräch beim MEK.«

Jan schlug seinem Freund kräftig auf den Rücken. »Mensch, klasse! Damit hast du den Job.«

»Ach, hör auf. Berufe es nicht. Ich muss den Typen erst noch überzeugen. Aber danke, dass du mir den Termin besorgt hast.«

»Wo ist denn das Problem? Du müsstest doch eigentlich mehr als qualifiziert sein«, erkundigte sich Mark.

»Bei wem hast du überhaupt das Gespräch?«, schob Dirk noch hinterher.

»Na ja, meine Akte ist nicht gerade so typisch für einen Polizisten. Das Gespräch ist direkt bei Martin Harms, dem Leiter des MEK.«

Dirk grinste flüchtig. »Den kenne ich. Der wäre ja wohl bescheuert, wenn er dich nicht nimmt. Und das ist er nicht.«

Überzeugt wirkte Jörg nicht, aber immerhin lächelte er. »Wir werden sehen. Jedenfalls bin ich vor dem Gespräch weniger nervös, als wenn ich an mein Date mit Schaima und Em denke.«

Die Männer lachten.

Sven hatte sich bisher etwas von ihnen ferngehalten und telefoniert. Jan hatte vermutet, dass er mit seiner Frau gesprochen hatte, aber die Miene seines Freundes war ernst, als er jetzt zu ihnen trat.

»Ich habe noch einen Termin für dich, Jörg«, kündigte Sven an. »In Kappeln hat man eine Leiche aus dem Hafen gezogen. Reik Pawlik. Markus bekommt auch gerade einen Anruf, dass er umdreht und dorthin fährt. Ich denke, es wäre ganz gut, wenn du dir das ansiehst. Vielleicht siehst du mehr als die Kollegen vor Ort. Die sind im Computer sowieso schon auf deinen Namen gestoßen, weil du Pawlik wegen der Sache mit dem Gewehr am See angezeigt hast. Ach ja, Jans Namen haben sie dort auch gefunden.« Sven lächelte flüchtig, aber seine Augen blieben ernst. »Ich habe den Kollegen schon gesagt, dass unser Landarzt ein astreines Alibi hat.«

»Alibi?«, wiederholte Jan verblüfft.

Sven nickte. »Da Pawlik neulich auf euren Hund geschossen hat, bist du denen sofort als möglicher Verdächtiger ins Visier geraten. Nach erster Einschätzung dürfte der Tod gestern Abend eingetreten sein und da können wir ja alle bezeugen, wo du gewesen bist.«

»Na, toll«, erwiderte Jan. »Und wieso erfährst du das alles?«

Dieses Mal grinste Sven breit. »Weil ich den Kollegen vor Ort ganz gut kenne und ihn gebeten habe, mich über besondere Vorkommnisse zu informieren. Das hat er gerade getan.«

Jan dachte an den Typen im grellroten T-Shirt, mit dem er am See zusammengestoßen war. Der Mann war nicht gerade sympathisch gewesen – aber ein solches Ende hatte er ihm dennoch nicht gewünscht.

Es war Zeit, den Mist, der hier ablief, zu beenden.

Erst als die anderen nickten, bemerkte er, dass er seinen Gedanken laut ausgesprochen hatte.

Sie verabschiedeten sich herzlich, vor allem von Jo, ihrem Gastgeber, der das bunte Durcheinander jedoch sichtlich genossen und eine baldige Wiederholung versprochen hatte.

Als sie schließlich unterwegs waren, fuhren sie das erste Stück noch zu dritt im Pulk. Jan ging jede Wette ein, dass es Sven und Dirk genauso viel Spaß wie ihm gemacht hatte, Marks Audi auf der Bundesstraße zu überholen und weit hinter sich zu lassen.

Schließlich bog Jan Richtung Brodersby ab und winkte den anderen zum Abschied zu. Er bedauerte es, dass die Männer ein ganzes Stück entfernt wohnten, war aber sicher, dass sie sich bald wiedersehen würden. Vor allem wusste er, dass sie sofort da wären, wenn er ihre Hilfe brauchte. Eine solche Freundschaft war nicht selbstverständlich und er wusste sie zu würdigen.

Vor der Praxis wartete Gerda bereits auf ihn und drückte ihm zur Begrüßung einen Becher Kaffee in die Hand. »Duschen und rasieren, aber ein bisschen flott. Ich halte den ersten Patienten noch ein wenig hin.«

Da sie lächelte, war sie wohl nicht besonders böse.

Als er wenig später in die Praxis zurückkehrte, erblickte er eine junge Mutter, die ein Baby im Arm hielt, auf der Behandlungsliege saß und ernst mit seiner Sprechstundenhilfe sprach. Gerdas Miene war eindeutig verärgert.

»Und nun erzählen Sie dem Herrn Doktor das bitte auch noch mal«, forderte Gerda. »Ich hole Ihnen ein Glas Wasser. Das ist ja ein Ding.«

»Wie kann ich Ihnen denn helfen, Frau Scholz? Macht der Kleine Ärger?«

»Ich bin nicht sicher. Heute ist doch eigentlich die Impfung fällig, aber ... Also, Folgendes: Ich habe früher schon immer viel für Tiere gemacht und liebe sie einfach.«

Was hatte das denn mit dem Impftermin zu tun? Jan erinnerte sich nur daran, dass sie während der Schwangerschaft über die Nachteile ihrer vegetarischen Ernährung geredet hatten. »Das ist doch prima«, sagte er schließlich nur und wartete, worauf das hinauslief.

»Weil ich nicht mehr arbeite und der Kleine eigentlich den halben Tag pennt, war mir langweilig und ich habe angefangen, mich in einer Facebook-Gruppe zu engagieren. Da sind wirklich tolle Menschen aktiv. Aus ganz Deutschland, obwohl der Verein eigentlich von hier ist.«

Jan hatte immer noch keine Ahnung, worauf seine Patientin hinauswollte, aber er ahnte, um welchen Tierschutzverein es ging. »Ich glaube, ich kenne den. Das ist der von Arne Sanders, oder?«

»Genau. Arne kenne ich schon seit Jahren. Er hat sich immer um das Geld von meiner Mutter gekümmert. Und wir sind früher auch zusammen zur Schule gegangen. Na ja, so lange, bis er runtermusste und auf diese Edelschule gegangen ist.«

Gerda kehrte mit einem Glas Wasser zurück. »Damit ist das Internat in Eckernförde gemeint. Das hat den Ruf, dass dort jeder sein Abi bekommt, wenn die Eltern sich das Schulgeld leisten können. Keine Ahnung, ob da was dran ist.«

So langsam wurde Jan ungeduldig. »Okay. Arne Sanders kenne ich auch. Wo ist denn jetzt das Problem?«

»Ich habe auf Facebook jemanden kennengelernt, der eine ganz tolle Sicht auf die Dinge hat. Er nutzt die alten Kenntnisse über die Natur und überträgt sie auf die heutige Zeit.«

Dank Lena und seinen Recherchen über Schaima wusste Jan wenigstens, worüber sie sprach. »Und der hat Sie nun vor den Impfungen gewarnt?«, vermutete er.

»Ja, mein Mann ist allerdings auf die Barrikaden gegangen und besteht darauf.«

»Nun, ich weiß, dass es Menschen gibt, die den Impfungen skeptisch gegenüberstehen. Ich persönlich halte sie für unbedenklich, sofern ein Baby gesund ist, aber Sie können sich gerne noch genauer über die Vor- und Nachteile informieren.«

Frau Scholz schüttelte den Kopf. »Das muss ich nicht, das hat mein Mann schon getan. Ich bin zwar nicht begeistert, sehe aber ein, dass es besser ist. Gerade weil wir ja auch viel mit dem Kleinen auf Reisen gehen wollen. Nein, das ist es nicht. Ich habe von Ralph ein Öl für Leon bekommen, das …«

»Ralph?«, unterbrach Jan sie einfach. »Der Mann, den Sie auf Facebook kennengelernt haben, heißt Ralph?«

Sie nickte. »Ja, wir haben uns in Kappeln auf einen Kaffee getroffen. Ralph weiß wirklich großartig Bescheid, zum Beispiel auch über den schädlichen Einfluss von Kuhmilch und …«

»Zurück zu dem Öl«, bat Gerda energisch.

»Na ja, er gab mir das Fläschchen für Leon und meinte, dass er damit besser schläft und seine Abwehrkräfte gestärkt werden.«

»Haben Sie es ausprobiert?«

»Nein, mein Mann …« Sie deutete auf ihre Handtasche. »Ich mag den Duft sehr. Er erinnert mich an meine Kindheit. Aber mein Mann möchte, dass Sie es sich erst ansehen, weil er fand, dass es komisch roch. Das ist doch Blödsinn, denn Ralph hat gesagt, dass man das nur so empfindet, weil man sich zu weit von der Natur entfernt hat. Könnten Sie mal einen Blick auf das Öl werfen? Es ist im Fach ganz vorne.«

Mühsam verkniff sich Jan jeden weiteren Kommentar zu den Äußerungen dieses Ralph und nahm die kleine Flasche aus der Handtasche. Er schnupperte vorsichtig an dem Inhalt und fluchte innerlich. »Es gibt viele Heilmittel in der Natur, die sehr wertvoll sind. Einige können, gerade in der falschen Dosierung, aber auch giftig wirken. Das hier ...« Er hob das Öl hoch, »... ist ganz bestimmt nicht für ein Baby in Leons Alter geeignet. Ganz im Gegenteil.«

Frau Scholz sah ihn völlig entgeistert an. »Das ist nicht ihr Ernst!«

»Und ob.«

Sie schüttelte energisch den Kopf. »Also wirklich. Sie müssen sich irren. Ralph ist ein Experte für Naturheilmittel. So ein Fehler würde ihm nie unterlaufen. Das liegt nur daran, dass Sie sich mit Ihrer Schulmedizin in zu engen Bahnen bewegen. Bei Ihnen stehen die Abrechnungen im Vordergrund und nicht das Wohl Ihrer Patienten!«

Gerda stemmte ihre Hände in die Taille. »Sagen Sie mal, geht's Ihnen eigentlich noch gut? Ausgerechnet unserem Doktor werfen Sie so etwas vor? Sie plappern doch gerade nur das nach, was Ihnen dieser Ralph eingetrichtert hat. Der Herr Doktor arbeitet sogar mit der Heilerin Schaima zusammen!«

Jan runzelte die Stirn.

»Wo es sinnvoll ist, natürlich«, ergänzte Gerda. »Also von wegen, er verschließt sich neuen Methoden. Aber nun will ich mal was wissen: Hatte Ihre Mutter nicht Geld in Port Olpenitz investiert?«

»Ja, das ist richtig. Uns gehört da ein Haus mit mehreren Ferienwohnungen.«

»Haben Sie mit Ralph darüber gesprochen?«, erkundigte sich nun auch Jan.

»Aber selbstverständlich. Er war völlig begeistert davon, wie wir bei der Einrichtung den Charme des Meeres eingefangen haben. Außerdem ist natürlich alles aus nachhaltigem Rohstoff.«

»Natürlich«, wiederholte Gerda ironisch.

»Nun«, begann Jan, »eine ältere Dame ist nach dem Genuss von Tee, den Ralph ihr für viel Geld verkauft hat, im Kieler Uniklinikum gelandet. Eine andere konnte ich gerade noch zu Hause behandeln, ohne dass Schlimmeres passiert ist. Von daher bin ich froh, dass Sie dieses Öl nicht verwendet haben. Ich empfehle Ihnen höchste Vorsicht mit allem, was dieser Ralph Ihnen empfiehlt oder verkaufen will.«

»Er hat dafür aber kein Geld genommen«, erwiderte Frau Scholz. »Das war ein Geschenk. Für Leon.« Sie sah trotzig zur Seite.

»Haben Sie sich denn für dieses Geschenk irgendwie revanchiert?«

»Na ja, ich habe ihm angeboten, eine der Wohnungen in unserem Haus zu nutzen. Er sucht noch nach einer passenden Immobilie hier in der Gegend und zieht so lange quasi von Zimmer zu Zimmer.« Sie hob den Kopf. »Aber ich glaube Ihnen kein Wort. Das Öl riecht doch genauso wie das, was ich früher bekommen habe, wenn ich krank war.«

Allmählich war Jans Geduld am Ende. »Da waren Sie sicher schon etwas älter. Ätherische Öle sollte man nur sehr vorsichtig bei Kleinkindern oder Babys verwenden. Ihr Konzentrat enthält Pfefferminze und Kampfer in sehr hoher Dosierung. Der Geruch ist unverkennbar. Das kann lebensgefährlich für Leon sein.«

»Nun übertreiben Sie aber!«, widersprach Frau Scholz vehement. »Ralph hat gesagt, ich könnte dem Kleinen sogar ein oder zwei Tropfen auf die Zunge geben!«

Es reichte! Bisher war Jan in seiner Praxis noch nie gegenüber einer Patientin laut geworden, nun war es so weit. »Haben Sie eigentlich zugehört?«, fragte er scharf. »Ich habe zwei Patienten, die durch Tees von Ihrem Ralph in Lebensgefahr geraten sind. Wenn Sie mir nicht glauben, dann geben Sie Leon das Zeug doch einfach. Gerda, ruf schon mal den Hubschrauber und sag den Kollegen, dass wir einen Säugling mit Kehlkopfverkrampfung und Atemstillstand haben, weil seine Mutter leider unbelehrbar ist!«

Gerda war hochrot im Gesicht und ihre Hand zitterte, als sie der aufgebrachten Mutter ihr eigenes Smartphone hinhielt. »Wenn Sie Jan nicht glauben, dann vielleicht der *Apothekenrundschau*. Lesen Sie die beiden Absätze und dann erwarte ich, dass Sie sich bei meinem Chef entschuldigen!«

Die junge Frau überflog den Text, den Gerda aufgerufen hatte, und umklammerte dabei plötzlich ihr Baby so fest, dass es anfing zu weinen. Nachdem es sich beruhigt hatte, glänzten auch in Frau Scholz' Augen Tränen. »Meine Mutter hatte mir mit einer Salbe, die so roch, immer die Brust eingerieben. Aber ich war wirklich älter als Leon. Viel älter. Ich ging schon zur Schule. Trotzdem ... Das kann eigentlich nur ein unglücklicher Fehler von Ralph gewesen sein.«

»Aber natürlich«, stimmte Gerda ihr ruhig zu. »Genau wie bei Anna Müller und Astrid Lüders!«, fügte sie sehr laut und bestimmt hinzu. »Nun wachen Sie doch endlich auf! Wo steckt dieser Kerl?«

Jan war dankbar, dass Gerda das Gespräch übernommen hatte, und verschränkte die Arme vor der Brust. Als Frau Scholz ihn Hilfe suchend ansah, erwiderte er ihren Blick absichtlich kühl, bis sie nachgab.

»Das kann ich Ihnen nicht sagen«, erklärte sie schließlich. »Vielleicht in unserer Ferienwohnung. Aber wie gesagt, er zieht häufig um. Ich weiß nicht, wann er dort ist. Und er ist ziemlich bekannt, daher wird er sehr viel um Rat gefragt, sodass er ungerne seine Handynummer rausrückt. Ich kommuniziere meistens per Facebook und dem Messenger mit ihm.«

Jan unterdrückte einen Fluch. »Geben Sie Gerda bitte beim Rausgehen den Namen, mit dem Ralph auf Facebook unterwegs ist. Wie gesagt, Sie sind der dritte Fall, bei dem es durch seine angeblichen Naturheilmittel zu ernsthaften gesundheitlichen Komplikationen gekommen wäre.«

Frau Scholz nickte. »Ich ... natürlich. Aber ich bin sicher, dass sich das alles aufklärt. Könnten Sie Leon denn jetzt bitte impfen?«

Am liebsten hätte Jan sich geweigert und ihr einfach einen anderen Arzt empfohlen, brachte es aber dann doch nicht fertig.

Als Frau Scholz samt Baby endlich gegangen war, ließ sich Jan auf seinen Schreibtischstuhl fallen. So musste ein Tag nicht unbedingt beginnen. Als die Tür sich wieder öffnete, befürchtete er eine Fortsetzung des Streits, aber Gerda setzte sich ihm gegenüber.

»Ich glaube das einfach nicht. Du musst diesen Wahnsinn unbedingt stoppen, Jan.«

»Ich bin dabei. Aber du hast es ja selbst erlebt ... Dieser Mensch muss eine unglaubliche Ausstrahlung haben, dass ihm so vernünftige Frauen auf den Leim gehen.« Er angelte sich eine Aspirin aus seiner Schreibtischschublade und spülte sie mit dem Kaffee herunter. »Sag mir bitte, dass die nächsten Patienten harmloser sind, sonst überstehe ich den Vormittag nicht.«

Ehe er seinen Wagen verließ, suchte Jörg erst noch seine Sonnenbrille. So schön der Abend auch gewesen war, auf die Kopfschmerzen danach hätte er gut verzichten können. Und obwohl er seinen neuen Hund etwas vermisste, war er froh, dass Ida es übernommen hatte, sich um Ginger zu kümmern. Denn das lebhafte Tier und der Tatort zusammen wären in seinem momentanen Zustand ein bisschen zu viel gewesen.

Ein uniformierter Polizist kam eilig auf ihn zu. »Da können Sie nicht parken«, teilte er ihm energisch, aber nicht unfreundlich mit.

Jörg unterdrückte ein Gähnen und zog seinen Polizeiausweis aus der Jackentasche. »Ich habe keine Ahnung, wo ich den Wagen sonst lassen soll.«

»Ach so, nee, für Kollegen geht das schon klar. Sie sind wegen der Leiche hier, oder?«

»Ja, es kann sein, dass die mit einem unserer Fälle zusammenhängt.« Er musste ja nicht erwähnen, dass er diesen ›Fall‹ nur privat verfolgte.

»Na, dann viel Erfolg. Oh Mann, da kommt schon der Nächste.« Der uniformierte Beamte schüttelte genervt den Kopf.

Das knatternde Auspuffgeräusch erkannte Jörg, ohne sich umzudrehen. »Vorsichtig, auch wenn er nicht so aussieht: Der ist vom LKA.«

Der leitende Beamte vor Ort musterte Jörg und Markus überrascht. Er war Ende fünfzig, sein Sakko, das er zu einer Jeans trug, war reichlich zerknittert und passte nicht so recht zu dem grauen T-Shirt. »Kommt ihr von Sven?«

»Könnte man so sagen«, erwiderte Markus, verzog den Mund, als er den zugedeckten Leichnam entdeckte, und schluckte sichtlich.

»Wirtschaftsdezernat?«, fragte der Polizist mit deutlicher Ironie. »Ich bin Robert Kahnau. Ihr könnt den Mist sofort übernehmen. Und sorgt bitte dafür, dass sich so ein Kram nicht wiederholt, denn ich bin aus Hamburg extra weg, um so etwas nie wieder zu sehen.«

Markus und Jörg stellten sich ebenfalls vor.

»Was habt ihr denn bisher?«, fragte Markus.

»Einen vorläufigen Todeszeitpunkt und eine genauso vorläufige Todesursache. Messerstich in den Bauch und dann ist er wohl ertrunken. Näheres, wenn die Rechtsmediziner ihn auf dem Tisch gehabt haben.«

Langsam drehte sich Jörg einmal um die eigene Achse. Er kannte diesen Ort. Normalerweise stapelten sich hier Plastikkisten mit Fischen, die von den Kuttern stammten. Im Moment waren nur zwei Boote an den Pollern befestigt. Die Besatzungen, die er anhand der Kleidung sofort erkannte, hielten sich in einiger Entfernung auf, beobachteten die Einsatzkräfte und redeten miteinander.

»Hat jemand was gesehen?«, fragte er.

Robert zuckte mit der Schulter und deutete auf die Fischer. »Mit denen haben wir gesprochen. Bisher haben wir noch keine Zeugen gefunden. Wenn die Kutter rausgefahren sind, ist hier tote Hose.«

Jörg nickte. »Hast du was dagegen, wenn ich mit den Männern noch mal rede? Mich interessiert nicht so sehr die letzte Nacht, sondern ob ihnen davor was aufgefallen ist.«

»Kein Problem, mach. Nett, dass du fragst, aber so wie ich das sehe, wird das sowieso euer Fall.«

Jörg traf im Gespräch mit den Fischern den richtigen Tonfall, hörte sich ihre Beschwerden über die Wartezeit durch die Ermittlungen und die zunehmende Verschmutzung der Schlei an und kam dann erst auf das eigentliche Thema zu sprechen.

Der stämmigste der Männer, den sie Hannes nannten, kratzte sich an seiner Halbglatze. »Jetzt, wo du es sagst …« Er schielte zu dem Opfer hinüber. »Ich bin nicht ganz sicher … So genau habe ich nicht hingesehen, aber vielleicht …« Er drehte sich zu dem blonden Mann neben ihm um. »Meinst du, der Tote könnte der Bruder von Thies sein? Reik hat doch auch immer so bunte Plünnen an und eine Jeans, die unterm Hintern hängt.«

Der Blonde neigte den Kopf abwägend nach rechts und links. »Kann schon sein. Wäre hart für Thies. Hatte Reik hier nicht mal Ärger mit diesem Ökoheini?«

Jörg dachte sofort an den Toten vom See, suchte jedoch vergeblich nach dessen Namen. So ganz hatte er die Nachwirkungen des langen Abends offensichtlich noch nicht überwunden.

Ein grauhaariger Mann fuhr sich durch seinen Vollbart. »Dann wären sie ja nun beide unter der Erde.« Er sah zu dem Leichenwagen hinüber, der in diesem Moment eintraf. »Beziehungsweise sie sind es bald.«

Das war dann wohl auch eine Form der Bestätigung, dass Jörg mit seiner Vermutung richtiggelegen hatte. »Wieso war denn der streitbare Landwirt bei euch?«, fragte er.

Die Männer sahen sich an, dann übernahm wieder der Grauhaarige das Wort: »Ach, der ist hier öfters mal vorbeigekommen. Er wollte, dass wir gemeinsam was fürs Ökosystem tun. Meinte, dass wir ja alle davon betroffen sind, weil es mit der Umweltverschmutzung immer mehr wird. Besonders hatte er es auf Port Olpenitz abgesehen. Aber ob da nun wie früher die Pötte der Marine rumschippern oder jetzt eben die Touris aus dem Ruhrpott … Ist doch alles das Gleiche.«

Dieses Urteil über die Entwicklung des ehemaligen Marinehafens zur Feriensiedlung brachte Jörg zum Schmunzeln. »Na ja, dass man die Siedlung wieder einstampft, hat er ja wohl nicht ernsthaft gedacht.«

»Nee. Trotz seiner Umweltspinnerei stand Dietmar mit beiden Beinen fest im Leben. Ihm ging's darum, weitere solcher Projekte zu verhindern. Das lag ihm am Herzen. Aber so was von.« Der Mann hob die Schultern, als ob er frieren würde. »Ist der Tote denn Reik?«

Jörg zögerte nur kurz, denn die Männer hatten ihm geholfen und eine ehrliche Antwort verdient. »Wenn ihr von Reik Pawlik sprecht, dann ist er es wohl. Die Kollegen haben bei dem Opfer einen Ausweis mit dem Namen gefunden.«

»Schöner Schiet«, sagte der Blonde.

»Habt ihr Reik hier vielleicht mal mit jemand anderem als Dietmar gesehen?«

Die Männer schüttelten den Kopf.

»Nee, aber frag mal den Thies«, meinte der Stämmige. »Ich glaube, der hat Reik ab und an mit dem kleinen Boot rausfahren lassen. Vielleicht weiß der ja mehr.«

»Mensch«, sagte der Blonde. »Stimmt ja. Und ich meine, ich habe Reik auf der Schlei mal mit einem Mädel gesehen. Aber mit dem hat er keinen Ärger gehabt, ganz im Gegenteil, die schienen sich zu mögen.«

Aus einem Impuls heraus griff Jörg nach seinem Smartphone, rief die Seite des Tierschutzvereins auf und klickte das Bild von Arne Sanders' Frau an. »Kann es das Mädel hier gewesen sein?«, fragte er den Blonden.

»Puh«, erwiderte er zögernd und starrte weiter auf das Bild. »Die Haarfarbe kommt hin, aber sicher bin ich mir nicht. Das ist ja auch schon etwas her.«

»Trotzdem vielen Dank. Ihr habt mir sehr geholfen.«

Auf dem Weg zurück zu Markus und den Kollegen aus Kappeln, die ihm erwartungsvoll entgegensahen, verstärkten sich Jörgs Kopfschmerzen. Noch mehr Informationen, die alle nicht zusammenzupassen schienen.

Kapitel 17

Jörg bog auf den holperigen Sandweg ein, der zu Felix' Haus führte, und fragte sich, was er hier eigentlich wollte. Wenn er freihatte, half er seinem Freund zwar regelmäßig bei der Versorgung der Tiere, aber momentan hatte Felix mit Liz, Andrea und Ida genug Unterstützung. Und um ihn über die neuesten Entwicklungen aufzuklären, hätte ein Anruf oder eine kurze Nachricht genügt.

Er hatte seinen Wagen noch gar nicht gestoppt, da rannten Ida und Ginger bereits auf ihn zu.

»Hey, Jörg! Ich habe gehofft, dass du kommst«, überfiel sie ihn schon beim Aussteigen.

»Wird dir hier schon langweilig?«, fragte er grinsend, während er den Hund streichelte.

»Nee. Das geht auch gar nicht, weil die Tiere so klasse sind. Nur das Saubermachen nervt. Das ist wie ein endloser Kreislauf.«

»Das habe ich auch schon manchmal gedacht. Was steht denn heute bei euch auf dem Programm?«

Plötzlich interessierte sich Ida auffallend für den Tesla von Liz. »Bisher nichts. Na ja, doch. Jonas wollte vorbeikommen und mir mit dem Stall helfen.«

Das kommentierte Jörg dann lieber nicht. Wenn er die roten Wangen des Mädchens deutete, bahnte sich da was zwischen den Teenagern an. »Na, dann sehe ich mal, ob ich deine Mutter etwas unterhalten kann. Sind Felix und Liz im Garten?«

Ehe Ida antworten konnte, kam Rambo herangerast und sprang abwechselnd an Jörg hoch und umkreiste Ginger.

»Ruhe! Sitz! Beide!«, befahl Jörg, bei dem sich schlagartig die Kopfschmerzen zurückmeldeten.

Die Hunde gehorchten, sahen ihn nun aber auch mit wedelndem Schwanz abwartend an.

Grinsend holte Jörg zwei zerquetschte Hundekekse aus seiner Jeans und warf jedem einen zu. Felix und Jan hatten ihm als Erstes beigebracht, ständig Belohnungen für Ginger greifbar zu haben.

Die Hunde flitzten bellend Richtung Weide davon. Wesentlich langsamer folgte Jörg ihnen und stieß auf Liz und Andrea, die entspannt auf der Terrasse saßen.

»Hast du Ida getroffen?«, begrüßte ihn Andrea.

Wieder einmal verhielt sie sich extrem gluckenhaft, aber er ging nicht näher darauf ein. »Sie ist ins Haus gelaufen.«

»Du kommst genau richtig. Essen ist gleich fertig«, wechselte Liz das Thema.

»Kocht Felix?«, fragte Jörg und dachte dabei weniger ans Essen, als vielmehr an den Gesundheitszustand seines Freundes.

»Ja, es geht ihm besser. Er war ziemlich enttäuscht, dass er euren Männerabend gestern verpasst hat.«

»Es gibt bestimmt bald eine Wiederholung«, versprach Jörg. »Ich gehe mal in die Küche.«

Im Haus empfing ihn ein köstlicher Geruch. Sein Freund briet frisches Gemüse, das er mit knusprigem Speck aufpeppte.

Während Felix in der Pfanne herumrührte, brachte Jörg ihn auf den neusten Stand.

»Was für ein Durcheinander!«, meinte Felix anschließend kopfschüttelnd. »Dirks Idee mit der Privatbank könnte die richtige Spur sein, aber irgendwie fehlt mir da noch die persönliche Note. Etwas, was den Schuss auf den Finanzheini oder den Ökobauern rechtfertigt.«

»Von wem ging eigentlich die Idee aus, die Gänsejagd zu stören?«, fragte Jörg.

»Hm, guter Punkt. Arne war das. Dem oder eigentlich seiner Frau lagen die Vögel ordentlich am Herzen. Und ich hatte mitgemacht, weil ich auf Unterstützung für den Hof spekuliert hatte – und natürlich, weil ich die Aktion an sich sinnvoll fand. Dieser Dietmar ist erst am See dazugestoßen.«

Jörg schüttelte nachdenklich den Kopf. »Nach allem, was ihr so erzählt, kommt mir dieser Finanzberater einfach nicht wie ein Tierfreund vor. Irgendwas passt doch da nicht.«

Felix tat das Gemüse auf eine große Platte. »Stimmt. Aber lass uns darüber nachher reden.«

Nach dem Essen hätte Jörg lieber einfach in der Sonne gesessen und den Ausblick auf die Schlei genossen, aber leider musste er noch zwei Dinge erledigen. »Es ist wunderschön hier. Kein Wunder, dass Arne Sanders eventuell auf das Grundstück spekulierte.«

»Ihr habt doch fast die gleiche Aussicht«, wunderte sich Felix.

»Schon, aber deine Tiere geben dem Ganzen erst das gewisse Etwas.«

Andrea nickte. »Ich weiß, was du meinst. Es ist wirklich traumhaft hier.«

Ida nickte, stand auf und wollte wohl zum Haus gehen.

Ihre Mutter hielt sie zurück. »Wohin willst du denn?«

Das Mädchen rollte mit den Augen. »Mensch, Mama! Ohne Auto oder Rad bleibe ich schon schön brav in der Nähe. Nun nerv doch nicht!« Sie warf die Haare zurück und ging einfach davon.

Als Andrea sich von ihrem Stuhl erhob und anscheinend Ida nachgehen wollte, hielt Jörg sie zurück. »Lass sie. In der Stimmung streitet ihr euch nur.«

»Aber ...«

Jörg kam eine Idee, wie er dem Mädchen etwas mehr Freiraum verschaffen konnte. »Ida ist alt und bestimmt auch vernünftig genug, um keinen Blödsinn zu machen. Außerdem sind Felix und Liz ja noch da. Oder hast du irgendwelche ernsthaften Bedenken?«

»Nein, trotzdem will ich …«

Jörg unterbrach sie einfach. »Gut, dann lass ihr mehr Freiheit. Nachher kommt Jonas vorbei und da wollen sie bestimmt ihre Ruhe haben.«

»Also, das kommt …«

Liz war offenbar kurz davor, sich einzumischen, dann wäre die Stimmung endgültig dahin. Deshalb sprach Jörg schnell weiter: »Ich könnte deine Hilfe gebrauchen. Und für Jonas lege ich meine Hand ins Feuer. Der Junge ist wirklich in Ordnung.«

Felix nickte heftig und auch Liz grummelte etwas, das allerdings nicht besonders freundlich klang.

Nach kurzem Zögern stand Andrea auf. »Ich bringe nur das Geschirr rein. Ihr habt ja recht, ich merke selbst, dass ich es ab und zu übertreibe, wenn es um Ida geht.« Sie strich sich eine Haarsträhne aus dem Gesicht und sah Jörg an. »Erzähl mir gleich, wobei ich dir helfen könnte.« Mit einem Stapel Teller ging sie ins Haus.

Als Jörg ebenfalls den Tisch abräumen wollte, schüttelte Liz den Kopf. »Bleib hier, lass ihr ein paar Minuten Ruhe. Und ganz nebenbei: Überleg dir genau, was du von ihr willst. Ich mag zwar ihre Art nicht immer, aber das Mädchen kann keinen weiteren Kummer ertragen. Da ist noch eine ganze Menge, was an ihr knabbert.«

Jörg lächelte gequält. »Ich habe nicht vor, sie zu verletzen. Aber interpretiere da mal bloß nicht zu viel rein.«

Nachdem der Tisch abgeräumt war, erklärte Jörg Andrea, dass er sich erst in Port Olpenitz das Haus ansehen wollte, in dem sich eventuell der geheimnisvolle Ralph aufhielt, und danach bei Em und Schaima vorbeifahren würde.

Ihre Augen leuchteten unternehmungslustig. »Das klingt spannend. Vor allem auf die beiden verrückten Damen bin ich gespannt.«

Liz hob mahnend einen Finger. »Du wirst dich wundern! Und nenn sie bitte nicht verrückt, sie sind nur etwas ungewöhnlich!« Dann verzog sie unzufrieden das Gesicht. »Aber mir gefällt es gar nicht, dass wir hier in der Sonne sitzen und euch den ganzen Spaß überlassen sollen.«

Felix grinste verschmitzt. »Das werden wir auch nicht machen. Wir beide werden uns ein wunderbares Facebook-Profil erstellen und dann übers Internet mit Ralph in Kontakt treten. Jan hat mir den Namen gemailt, unter dem er auftritt. Und was noch besser ist: Einer von Jans Kumpels hat ein nettes kleines Programm, mit dem wir Beiträge zurückdatieren können. Es gibt da sogar noch einen Dreh, wie man von angeblichen Freunden Likes für die Beiträge bekommt.«

»Das geht tatsächlich?«, fragte Liz erstaunt.

»Aber sicher. So etwas nutzen die Behörden doch auch, um überzeugende Fake Accounts zu erstellen.«

Liz lächelte. »Hervorragend, das gefällt mir! Mal sehen, wie schnell wir diesen Ralph zu einem Treffen überreden können.«

Jörg hätte sich fast an seinem Wasser verschluckt. Da ihr Fisch vermutlich kaum so schnell anbeißen würde, wie sie sich das erhoffte, kommentierte er Liz' Worte nicht. Schon gar nicht, wenn auch Felix die Vorstellung zu gefallen schien, sich endlich aktiv in diesen Fall einbringen zu können. Jörg konnte nur ahnen, wie sehr es seinen kranken Freund belastete, auf seine Krankheit Rücksicht nehmen zu müssen.

»Wenn ihr euch sowieso im Internet herumtreibt, seht euch gerne noch die Bank und Arne Sanders an.« Das hatte

Dirk zwar auch vor, aber das musste Jörg ja nicht unbedingt erwähnen.

Jörg parkte seinen Passat absichtlich etwas vor der eigentlichen Siedlung, um auf keinen Fall unnötige Aufmerksamkeit zu erwecken.

Andrea betrachtete das Wachhäuschen an der Zufahrt wie ein ekeliges Insekt. »Ist das ernst gemeint? Würde der Typ, der dort sitzt, uns nicht durchlassen?«

»Ich weiß es nicht. Besucher müssten eigentlich genauso weiterfahren dürfen wie die Bewohner, aber ich wollte keine Diskussion riskieren.« Als in der Nähe ein Hund laut bellte, sah er sich suchend um und lächelte dann verlegen. Ginger war schließlich bei Liz und Felix geblieben …

»Mit einem Kind ist das noch schlimmer. Da drehst du dich bei jedem ›Mama‹-Ruf um«, zog Andrea ihn auf.

»Echt?«

»Jo!«

Als sie auf die typisch norddeutsche Art kurz und bündig zustimmte, lachte er und legte ihr, ohne nachzudenken, einen Arm um die Schulter. Kaum wurde ihm bewusst, was er da tat, wollte er sofort zurückweichen, aber Andrea hielt ihn einfach fest.

»Lass doch, das ist die perfekte Tarnung.«

Er war nicht sicher, ob sie die Geste wirklich nur duldete, um ein harmloses Paar vorzutäuschen, oder ob sie die Nähe vielleicht etwas genoss. Da er sie kaum fragen konnte, lächelte er nur.

Auf dem Weg zu ihrem Ziel kommentierte Andrea die Gebäude, an denen sie vorbeikamen, auf äußerst bissige Art und Weise im Maklerjargon.

Vor einigen Reihenhäusern blieb sie stehen. »Beachten Sie die überaus kommunikative Bauweise: Ihr Nachbar guckt direkt ins Badezimmer und kann so überprüfen, ob Sie sich auch ordentlich die Hände und alles andere waschen. Auf den Zaun haben wir aus optischen Gründen verzichtet. Nun wird zwar jeder durch Ihren Garten trampeln und Sie dabei fast vom Stuhl schubsen, weil die Grünfläche höchstens so groß wie zwei nebeneinandergelegte Handtücher ist, aber das spart viel Zeit beim Rasenmähen!«

»Lass mich raten, du magst diese Siedlung nicht?«, fragte Jörg grinsend.

»Wie kommst du denn da drauf?« Andrea lächelte verschmitzt, ging einige Schritte zur Seite und drehte sich einmal langsam um die eigene Achse. »Ich finde, hier sind viele Chancen vergeben worden, etwas wirklich Hübsches zu entwickeln. Vermutlich gibt es viele, die das Ambiente mögen und entsprechend viel Geld dafür zahlen, aber mein Ding ist es nicht. Ich würde ...« Sie sah an ihm vorbei und wurde blass.

Mit einem Satz war Jörg bei ihr und hielt sie an den Armen fest. »Hey, was ist los?«

Als sie nicht antwortete, folgte er ihrem Blick, sah aber nur noch einen schwarzen Mercedes Kombi davonfahren. Das Nummernschild war extrem verdreckt, sodass er lediglich *KI* für Kiel entziffern konnte. »Wer war das?«

Langsam schüttelte sie den Kopf. »Niemand. Ich dachte, ich hätte da jemanden gesehen, der ... Ach, egal. Lass uns zu diesem Haus gehen und nachsehen, ob wir den ominösen Wunderheiler dort treffen.«

Jörg gefiel weder Andreas kühle Miene noch ihre ausweichende Art. Wo war die amüsante, warmherzige Begleiterin geblieben, die ihn noch vor wenigen Minuten fasziniert hatte? Er sah zu dem Gebäude hinüber, aus dem der Mann offenbar herausgekommen und zu seinem Wagen gegangen war. Das bunte Schild einer Investmentfirma hing an der Wand.

»Hey, was hast du vor?«, fragte Andrea, als er einfach losging, und folgte ihm schnell.

Jörg ließ sich nicht beirren, steuerte das Haus an und fotografierte die Werbetafel. »Ich habe gar nichts vor. Mir gefällt nur die Architektur von dem Gebäude so gut.«

Immerhin hatte er es geschafft, einigermaßen neutral zu klingen. Dass seine Begründung Schwachsinn war, merkte er schon daran, dass Andrea ihn ungläubig ansah.

»Dieser Weg führt direkt zu dem Mehrfamilienhaus, das wir suchen«, lenkte er ab.

Das Gebäude, das sich als zwei Doppelhaushälften entpuppte, in dem es jeweils eine Wohnung im Erdgeschoss und eine weitere im ersten Stock gab, wirkte verlassen. Kein Wagen stand auf den Parkplätzen vor dem Haus, nirgends ein Lebenszeichen.

Andrea legte den Kopf in den Nacken. »In der oberen Etage steht eine Flasche Wasser auf dem Fensterbrett und daneben liegen Äpfel. Ob dort vielleicht der Wunderheiler wohnt?«

»Vermutlich. Der Rest des Gebäudes sieht noch unbewohnter aus. Wirklich weitergebracht hat uns der Besuch hier also nicht.« Jörg sah Andrea prüfend an. »Es sei denn, du möchtest mir etwas sagen.«

»Ich habe keine Ahnung, was du meinst!«

»Was hat es mit dieser Investmentfirma auf sich?«

»Die wird hier einige Häuser oder Wohnungen verkaufen wollen, für die bisher noch keine neuen Besitzer gefunden worden sind.«

Jörg fuhr sich mit der Hand durch die Haare. »Mensch, Andrea, halte mich doch nicht für bescheuert! Wen hast du gesehen?«

Sie wich seinem Blick aus. »Niemanden, der was mit unserem Fall zu tun hat. Ich glaube auch nicht, dass es der war, an den ich kurz dachte. Darum ist das unwichtig. Lass uns lieber zu den Hausbooten gehen. Ihr habt so viel gelästert, ich möchte mir die jetzt wenigstens mal anschauen.«

Jörgs Handy vibrierte. »Sekunde.« Er überflog die kurze Mail, die zu seiner Überraschung von Mark stammte und sowohl an ihn als auch an Jan gegangen war. Das Navigationsgerät aus dem Fluchtfahrzeug war erfolgreich ausgewertet worden. Jörg klickte auf den Link, den Mark mitgeschickt hatte, und Google Maps öffnete sich.

Eine Route war blau markiert, eine andere rot, eine dritte grün. Das waren wohl die letzten Strecken, die der Wagen zurückgelegt hatte. Die Details würde Jörg sich später ansehen. Aber etwas fiel ihm sofort auf: Der Fahrer hatte zweimal genau die Firma besucht, die ihm eben gerade durch Andreas merkwürdige Reaktion aufgefallen war.

Wieso konnte sie ihm gegenüber nur nicht mit offenen Karten spielen? Allmählich ergab sich ein Bild, das er überhaupt nicht mochte. Ihm fielen nur wenige Gründe für Andreas Verhalten ein – und es gab keinen, für den er Verständnis hätte. Denn eins war sicher: Sie wusste mehr, als sie sagte.

»Gibt es was Neues?«, fragte sie prompt.

Ohne eine Sekunde zu überlegen, schüttelte Jörg den Kopf. »Leider nicht«, meinte er kurz angebunden. »Zu den Hausbooten geht's da drüben.«

Solange Andrea ihm gegenüber nicht ehrlich war, würde er auch kein schlechtes Gewissen haben, wenn er ihr Dinge verschwieg. Auf das dumpfe Gefühl, das sich gerade in seiner Magengegend breitmachte, hätte er jedoch sehr gerne verzichtet.

Die vorherige Vertrautheit stellte sich zwar ansatzweise wieder ein, als sie feststellten, dass die zum Verkauf stehenden Hausboote viel zu teuer und vor allem nicht einmal besonders schön anzusehen waren. Aber es blieb eine gewisse Distanz zwischen ihnen. Jörg wusste jedoch nicht, ob Andrea sie ebenfalls bemerkte.

»Wie lange fahren wir denn zu diesen Damen?«, wollte sie wissen.

»Höchstens eine Viertelstunde.«

»Das reicht«, murmelte Andrea.

Kaum saß sie im Wagen, hatte sie schon ihr Smartphone in der Hand und schien etwas im Internet zu suchen.

Jörg verzichtete darauf, sie zu fragen, was sie sich ansah, denn er rechnete wieder mit einer ausweichenden Antwort.

Schließlich steckte sie das Handy weg. »Ich fahre morgen nach Kiel«, kündigte sie an.

»Wann denn? Ich muss da auch hin.«

»Echt? Ich wollte ein bisschen in der Holtenauer Straße bummeln. Da gibt es einige Geschäfte, die mich interessieren.«

Ja, sicher doch! Eine Vielzahl an Läden fand man in der Fußgängerzone und nicht dort. Jörg fiel nicht ein einziges Geschäft in dieser Straße ein, das besonders bekannt oder anziehend war. Vielleicht tat er Andrea auch unrecht, aber sein Misstrauen war geweckt.

»Ich kann dich da rauslassen«, schlug er ihr vor. »Das liegt für mich fast auf dem Weg. Wenn du selbst fährst, wirst du bei der Parkplatzsuche wahnsinnig.«

»Super. Das Angebot nehme ich gerne an. Der Shoppingbummel mit Ida wird mich schon ein Vermögen kosten, da kann ich auf ein Parkticket gut verzichten.«

Das klang so harmlos und normal, dass Jörg ins Grübeln kam. Hatte er Andrea unrecht getan? Morgen würde er mehr wissen …

Er bremste stärker als gewöhnlich, weil er den Waldweg zu Schaimas Haus zu spät entdeckte.

»Pass auf!«, schrie Andrea plötzlich.

Aber Jörg trat schon mit voller Wucht auf die Bremse. Am Armaturenbrett blinkten verschiedene Warnleuchten, die Jörg ignorierte. Er hatte genug damit zu tun, dem Mercedes, der aus der schmalen Straße herausgeschossen kam und ihm den Weg abschnitt, auszuweichen. Mit Gegenverkehr hatte der Idiot offenbar nicht gerechnet. Nur knapp konnte Jörg die Kollision vermeiden und kam Zentimeter vor einem Baum zum Stehen. Der Motor erstarb, startete aber sofort automatisch wieder.

»Bist du okay?«, fragte er besorgt.

»Nur durchgeschüttelt«, antwortete Andrea.

Jörg sprang aus dem Wagen. Der Mercedes hatte kurz angehalten, fuhr nun jedoch einfach an und beschleunigte sofort.

Wenn er sich nicht sehr irrte, war es dasselbe Fahrzeug, das ihm schon in Port Olpenitz aufgefallen war. Jörgs Kopfschmerzen meldeten sich schlagartig zurück. Ohne Andrea wäre er in den Passat gestiegen, hätte gewendet und versucht, den Kerl zu stoppen – er hatte sich schließlich aus gutem Grund für das Modell mit viel Hubraum und PS entschieden. Aber er konnte sie kaum einfach hier stehen lassen. Sie auf eine mögliche Verfolgungsjagd mitzunehmen, war jedoch auch keine Option.

Wütend starrte er dem Wagen nach.

Erst eine sanfte Berührung an seinem Arm riss ihn aus seinen Gedanken.

»Wollen wir sehen, ob bei der Heilerin alles in Ordnung ist?«

Jörg knurrte eine Zustimmung und stieg wieder ein. Als Andrea neben ihm saß, sah er sie an. »Mir ist der Wagen schon in Port Olpenitz aufgefallen. Wer ist das?«

»Wie kommst du denn darauf, dass ich den kenne? Das war doch ein Kieler Kennzeichen.«

Das war keine Antwort, sondern ein offensichtliches Ausweichmanöver. »Stimmt, damit ist der Mercedes in der Stadt zugelassen, in der du morgen shoppen willst.«

Andrea schwieg und sah aus dem Fenster. Ihre Wangen hatten sich etwas gerötet – entweder weil sie sauer war oder weil sie sich ertappt vorkam.

Jörg setzte seinen Wagen zurück und verdrängte den Gedanken, wie knapp sie gerade einem Zusammenstoß entgangen waren.

Auf den letzten Metern zu ihrem Ziel überlegte er fieberhaft, ob der Kerl tatsächlich eine mögliche Bedrohung für die Frauen gewesen war oder ob er viel mehr seine Komplizinnen besucht hatte. Was wusste Jörg eigentlich über diese Schaima und ihre ältere Freundin? So gut wie nichts! Er hatte Gerüchte über eine heilkundige Frau gehört, die durchaus positiv klangen. Jan und Mark schienen die beiden auch für harmlos zu halten. Aber allmählich verlor Jörg den Überblick, wem er überhaupt noch trauen konnte. Zumindest bei Andrea war er sich nicht mehr sicher.

Er hielt vor dem Grundstück und entdeckte die beiden Damen im Vorgarten. Leider hatte er noch nicht die geringste Vorstellung, wie er seine Ermahnung diplomatisch anbringen sollte, wenn er an ihnen zweifelte und außerdem gerade denkbar schlechte Laune hatte. Dank Jans ausführlicher Beschreibung wusste er wenigstens auf Anhieb, wer Schaima und wer Em war.

»Guten Tag. Jan hat mich gebeten, bei Ihnen vorbeizufahren. Er ...«

»Dann musst du Jörg sein«, stellte die Jüngere freundlich fest. »Kommt doch mit nach hinten auf die Terrasse, da haben wir es gemütlicher.« Sie kniff die Augen etwas zusammen und musterte Andrea. »Bei dir muss ich allerdings passen.«

Jörg kam nicht dazu, seine Begleiterin vorzustellen, weil Em ihr im selben Moment eine Hand hinhielt.

»Das wird Andrea sein«, sagte sie lächelnd. »Du stehst an vielen Scheidewegen, meine Liebe. Ich hoffe, du triffst jedes Mal die richtige Wahl.«

Andrea öffnete den Mund, schloss ihn aber wieder, ohne etwas gesagt zu haben.

»Nun überfall die beiden doch nicht so«, bremste Schaima ihre Freundin. »Lass uns alles Weitere bei einer Tasse Kaffee oder einem Glas Wasser besprechen.«

Die Terrasse war mit ebenso farbenfrohen Windrädern und Kugeln dekoriert wie der Vorgarten. Obwohl das ganze Arrangement nicht Jörgs Geschmack entsprach, fühlte er sich dennoch sofort wohl. Aus einem kleinen Brunnen sprudelte eine Fontäne inmitten zahlreicher bunter Steine.

»Es ist wirklich schön hier«, sagte Andrea und wandte sich dann interessiert an Em. »Wieso wissen Sie, oder ich formuliere es anders: Wieso glauben Sie, so viel über mich zu wissen?«

»Nun lass doch die Formalitäten«, winkte Em ab. »Mark ist für mich wie ein Familienmitglied, und da er mit Jörg befreundet ist, gehörst du auch dazu. Setzt euch. Schaima ist gleich mit Keksen und Kaffee zurück. Ich würde ihr ja helfen, aber manchmal spüre ich doch das Alter.« Sie setzte sich vorsichtig auf einen der bequemen Lehnstühle.

»Na, dann fasse ich mal schnell mit an«, sagte Andrea und ging ins Innere des Hauses.

Jörg beschlich das Gefühl, dass Em genau das geplant und überaus geschickt eingefädelt hatte.

»Ich bin froh, dass die Dissonanz zwischen dir und Mark beigelegt ist. Es hat euch beide belastet.«

Als ›Dissonanz‹ hätte Jörg sein schwieriges Verhältnis zu Mark zwar nicht bezeichnet, aber er lächelte nur. »Ihr habt also schon miteinander telefoniert?«, erkundigte er sich und hoffte, dass es ihm so erspart blieb, die beiden Frauen zur Vorsicht zu ermahnen.

Lächelnd schüttelte Em den Kopf. »Aber nein. Das haben mir die Karten gesagt und außerdem sehe ich, dass deine Aura keine Störungen mehr aufweist. Nun musst du nur noch auf dein Herz hören, dann verschwindet auch der letzte graue Fleck.«

Okay, sie war verrückt. Eindeutig. Em hatte zwar einen Zufallstreffer erzielt, aber so schwierig war es für sie aufgrund ihres engen Verhältnisses zu Mark ja auch nicht, darauf zu kommen, dass er und der SEAL die Vergangenheit begraben hatten.

Eine Antwort blieb ihm erspart, weil Andrea und Schaima zurückkehrten.

Die Heilerin lächelte ihn an. Der Blick aus ihren grünen Augen war dabei so intensiv und gleichzeitig warm, dass Jörg unwillkürlich zurücklächelte. »Wie gut, dass Em dich noch nicht vertrieben hat. Sie neigt dazu, Menschen mit den Botschaften ihrer Karten zu überfallen. Du musst nicht an das glauben, wovon wir überzeugt sind, aber es schadet auch nichts, ihr zuzuhören.« Sie schob ihm einen gefüllten Kaffeebecher zu.

Jörg zuckte mit der Schulter. »Das habe ich getan. Aber Kartenlesen und Farben der Aura sind tatsächlich nichts für mich. Als Polizist stehe ich mehr auf Fakten. Auf alles, was ich sehen kann. Wenn jemand an Kristalle und ihre positive Energie glaubt, ist das für mich völlig in Ordnung. Ich unterscheide nur zwischen: Der Stein gefällt mir oder er gefällt mir nicht.«

»Und damit wählst du dann instinktiv die aus, die dir guttun«, erklärte Em schmunzelnd. »Die Kekse sind übrigens mit Karamellstückchen und Schokolade. Mark und seine

Jungs lieben sie. Greif zu und genieße es, dass sie dir niemand wegschnappt.«

Er konnte der älteren, reichlich spleenigen Dame einfach nicht böse sein und probierte das Gebäck. »Ich verstehe, dass es Kämpfe um diese Kekse gibt«, erklärte er bereits nach dem ersten Bissen. »Und ich bin heilfroh, dass Jan nicht hier ist.«

Andrea lachte und nahm sich auch ein Plätzchen. Kaum hatte sie abgebissen, vergaß sie ihre Manieren. »Ich brauche das Rezept. Unbedingt«, sagte sie mit vollem Mund.

Em nippte an ihrem Glas Wasser. »Ich schreibe es dir auf, wenn du mir versprichst, bei den Entscheidungen, die bei dir anstehen, die richtige Wahl zu treffen. Die Wege des Schicksals sind an einigen Stellen sehr fragil und ich möchte nicht mitansehen, wie du falsch abbiegst.«

Andrea legte den Keks auf ihrem Teller ab. »Ich weiß nicht, was du meinst. Ich denke immer sehr sorgfältig nach, bevor ich etwas tue oder mich entscheide!«

»Und genau das ist dein Fehler«, erklärte Em. »Manchmal muss man einfach sich und den anderen vertrauen.«

Da das merkwürdige Gespräch in einen Streit auszuufern drohte, hob Jörg die Hand. »Lasst das lieber. Jeder hat eben seine Meinung. Mich würde interessieren, ob ihr vor uns noch einen Besucher hattet? Der kam uns entgegen und hätte uns fast gerammt.«

Schaima seufzte. »Der hat es leider immer sehr eilig. Das war ein guter Kunde von mir. Er hatte einige Kräuter bestellt und gerade eben abgeholt.«

Wenn Jörg sich nicht sehr täuschte, schwang da ein gewisser Unterton bei ihr mit. »Der Kunde heißt nicht zufällig Marius oder Ralph?«, hakte er nach.

Die Frauen wechselten einen Blick. Schließlich übernahm Schaima die Antwort. »Ich kenne ihn nur unter seinem Heilernamen und der lautet Lux. Aber ich hatte selbst auch schon überlegt, ob es sich bei ihm um den Ralph handelt, nach dem Jan sich erkundigt hat.

»Wie kommst du darauf?«, hakte Jörg sofort nach.

»Eigentlich nur wegen der Kräuter und weil er so unglaublich verschlossen ist. Ich habe ihn eben gefragt, ob ich ihm eine Rechnung auf seinen Realnamen ausstellen soll, aber er hat abgelehnt und nur gemeint, ich solle die Einnahmen einfach so verbuchen. Er meint damit wohl am Finanzamt vorbei.«

Die Art, wie Em plötzlich den Tisch betrachtete und Schaima seinem Blick auswich, alarmierte Jörg. »Ich habe ganz bestimmt keine besonderen Fähigkeiten, aber dafür meine Erfahrung als Polizist. Und die sagt mir, dass ihr mir längst nicht alles erzählt habt! Ich will jetzt den Rest hören!«

Schaima funkelte ihn an. »Es ist so, wie ich gesagt habe. Du hast nur nicht richtig zugehört! Lux hatte bei seinem letzten Besuch Kräuter bei mir gekauft.«

»Ja, und?«

»Da waren auch seltene Pflanzen dabei. Solche, die im Tee von Felix und Anna Müller verwendet worden sind. Diese Kräuter bekommst du nicht an jeder Straßenecke und im Internet weißt du nie, wie alt sie sind und wie sie gelagert wurden.«

Als die Heilerin Felix erwähnte, kam Jörg eine Idee. Er zog sein Handy hervor und suchte nach dem Bild von Marius Meltzahn, das Heiner im Internet gefunden hatte, und zeigte es den beiden Frauen. »Ist das hier euer Lux?«

Schaima reichte ein kurzer Blick auf das Foto. »Er hat sich ganz schön verändert, aber ja, das ist er. Seine Haare sind nun viel länger und auch heller, also so richtig blond. Und er trägt Jeans und einfarbige T-Shirts, dazu viele Lederarmbänder und ein auffälliges Amulett.«

Jörg lehnte sich zurück und versuchte, die Informationen zu sortieren. Er hatte gehofft, dass es sich bei Schaimas Kunden um den ominösen Ralph handelte. Nachdem Astrid Lüders eine Ähnlichkeit zwischen Meltzahns Foto und Ralph festgestellt hatte, waren sie davon ausgegangen, dass Marius und Ralph ein und dieselbe Person waren. Aber lange, blonde Haare und die Kleidung, die Schaima ihm beschrieben hatte, passten einfach nicht. Auch die Freundin von Heiners Frau hatte von einem elegant gekleideten, gut aussehenden Mann mit kurzen, dunklen Haaren gesprochen. Selbst der Kombi stimmte nicht mit der erwähnten Limousine überein.

Dann hatte Liz wohl doch recht, wenn sie ihren ehemaligen Kollegen für unschuldig hielt, und damit war dann eine weitere Spur im Sande verlaufen. In gewisser Hinsicht waren sie dennoch nun einen Schritt weiter. Trotzdem blieben noch Unmengen von Fragen offen. Besonders interessierte ihn, woher Andrea diesen Marius beziehungsweise Lux wohl kannte. Denn wenigstens das stand fest: Der Mann, den sie in Port Olpenitz gesehen hatten, musste auch derjenige gewesen sein, der sie fast von der Straße gerammt hatte: Marius Meltzahn.

Jörg wusste von ihm nur, dass Liz ihm vertraute und er in der Immobilienbranche erfolgreich gewesen war. Letzteres könnte die Verbindung zu Andrea sein. Aber warum redete sie dann nicht darüber? Die einzige Erklärung, die ihm dafür einfiel, war, dass Andrea selbst in krumme Geschäfte involviert war.

»Kennst du diesen Marius?«, fragte er sie unvermittelt.

Andrea zuckte regelrecht zusammen. »Der Name sagt mir nichts«, antwortete sie dann leise.

Der köstliche Keks schmeckte plötzlich nach Pappe. Sonst hielt Jörg sich für relativ ausgeglichen und beherrscht, aber nun wäre ihm danach gewesen, gegen irgendwas zu treten oder mit Jans Ninja durch die Gegend zu rasen. Da seine Laune sowieso schon im Keller war, konnte er gleich den Punkt ansprechen, der ihn hierhergeführt hatte.

»Auch wenn wir den Namen von Lux nun kennen, hätte ich da noch das Kennzeichen des Mercedes, mit dem er unterwegs war. Möchtest du es haben?«, fragte Em.

Überrascht sah Jörg sie an. »Klar«, antwortete er. »Aber das war doch völlig verdreckt. Wie hast du das denn erkennen können?«

Em hob eine Augenbraue zu einem perfekten Bogen. »Na, ich bin einfach zu seinem Auto hingegangen, als er im Haus war. Aus der Nähe ließ das Schild sich lesen.«

Natürlich. Was auch sonst? »Na gut, dann gib es mir bitte, vielleicht hilft uns das weiter.« Damit war es dann wohl auch Zeit für die Gardinenpredigt. »Aber genau deswegen bin ich eigentlich bei euch vorbeigekommen. Mark ist sicher, dass es kein Zufall ist, dass ihr euch ausgerechnet jetzt hier trefft. Und ich stimme ihm zu. Überlasst die Jagd auf den Wunderheiler gefälligst uns! Das kann höllisch gefährlich werden und ich möchte nicht, dass euch etwas zustößt.«

Beide Frauen funkelten ihn an. Jörg war bestimmt kein Feigling, aber in diesem Moment erschien ihm der Gedanke, irgendwo in Deckung zu gehen, ausgesprochen verführerisch. Wieso hatte er nur angeboten, diesen Job zu übernehmen? Und wieso wirkte Schaima plötzlich viel größer? Sie saß immer noch auf ihrem Stuhl, hatte sich nicht bewegt.

»Ich denke, wir haben dir schon geholfen, indem wir uns meinen Kunden genauer angesehen haben«, erwiderte die Heilerin. »Wir sind keine unmündigen Schulkinder, denen ihr Vorschriften machen könnt.«

Ihre Stimme klang weich, aber jedes Wort war ein Befehl. Wie machte sie das nur? Diese Fähigkeit würde ihm in seinem Job helfen.

Jörg räusperte sich. »Wir machen uns eben Sorgen um euch.« Er duckte sich unwillkürlich, als Schaimas Blick etwas Durchdringendes bekam.

»Wir sorgen uns auch um euch. Und deshalb helfen wir euch ein wenig.«

»Und wie genau sieht dieses ›ein wenig‹ aus? Könnten wir es bei dem Kennzeichen des Kombis belassen?«

»Ich hole das Notebook«, verkündete Em und ging schnell ins Haus. Von ihrem Alter, das es ihr noch kurz zuvor angeblich unmöglich gemacht hatte, Kaffee und Kekse zu holen, war nichts mehr zu spüren.

Wenig später stand das Gerät auf dem Tisch und Em hatte Facebook aufgerufen. »In dieser Gruppe ist Ralph aktiv. So viel wissen wir schon. Wir haben uns einen Fake Account ausgedacht, mit dem er uns früher oder später garantiert ins Netz gehen wird.« Sie bedachte Jörg mit einem hoheitsvollen Blick. »Aber glaube nicht, dass wir uns direkt mit ihm anlegen werden! Das Treffen überlassen wir natürlich euch.«

»Das hoffe ich auch! Ist euch denn schon jemand aufgefallen?«

»Ja. Sieh mal, diese Elisabeth. Bei der stimmt was nicht. Die ist extrem aktiv, dafür, dass sie gerade erst der Gruppe beigetreten ist.«

Jörg biss sich auf die Lippen, als Em mit dem Mauszeiger ein Gruppenmitglied markierte. Dann gab er auf und lachte. »Ihr seid unglaublich. Also gut, solange ihr euch auf Facebook beschränkt, macht ruhig weiter. Aber bitte keine Alleingänge in der realen Welt, keine Verabredungen mit irgendwem! Wenn so etwas ansteht, sagt ihr uns Bescheid. Vielleicht stoßt ihr ja tatsächlich auf die fehlende Verbindung zwischen dem Tierschutzverein und dem Heiler.«

»Und was genau ist an unseren Recherchen so lustig? Findest du es so ungewöhnlich, dass eine Frau in meinem

Alter sich mit den neuen Medien auskennt?«, fragte Em sichtlich empört.

»Aber nein«, beeilte sich Jörg zu sagen. »Das ist völlig in Ordnung. Ich finde es nur witzig, dass ihr dieser Elisabeth hinterherschnüffeln wollt. Lasst das! Dahinter verbergen sich nämlich Felix und Liz, die die gleiche Idee hatten wie ihr.«

»Oh«, meinte Em und sah so verblüfft auf den Monitor, dass Jan wieder lachen musste.

Es sprach für die beiden Damen, dass sie nun ebenfalls schmunzelten. Allerdings fiel dadurch nur noch mehr auf, dass Andrea zwar noch mit ihnen am Tisch saß, sich aber nicht mehr an ihrem Gespräch beteiligte. Sie schien in Gedanken meilenweit entfernt zu sein.

Kapitel 18

Jan stoppte die Ninja vor dem Haus von Jo. Da nur Jörgs Wagen dort parkte, waren der Hausbesitzer und seine Frau wohl unterwegs. Die Temperaturen betrugen auch am frühen Abend noch über zwanzig Grad und keine Wolke zeigte sich am Himmel. Jan ahnte, wo er Jörg finden würde, und ging direkt zu dem Platz, an dem sie am Vorabend gegrillt hatten.

Statt einen der Stühle zu nutzen, saß Jörg direkt auf dem Holzsteg. Ginger lag neben ihm und ließ sich die Sonne auf den Rücken scheinen.

Jan zog seine Lederjacke aus und ließ sich neben ihm nieder. »Hey.«

Jörg nickte nur.

Die wortkarge Begrüßung war ungewöhnlich. »Störe ich?«

»Klar, beim Wildgänsebeobachten.«

Zwei Vögel flogen laut schnatternd über sie hinweg, als ob Jörg sie gerufen hätte. Ginger sprang auf und rannte bellend davon.

Sein Freund hob seine Bierflasche und hielt sie ihm hin. »Wenn du auch eine willst, bring mir eine mit.«

Jan zögerte, stand dann aber wieder auf. »Na gut, aber nur eins. Ich muss noch fahren.«

»Lass mich raten: Wenn du wieder hier pennst, setzt Lena dich vor die Tür.«

»So ungefähr.«

»Passt schon, ich sollte morgen früh auch fitter als heute sein.«

Jan nahm aus der Küche nicht nur die Bierflaschen mit, sondern auch eine Tüte Chips.

»Sehr gesunde Ernährung, Herr Doktor«, kommentierte Jörg den Anblick.

»Ich habe Hunger!«, verteidigte sich Jan, als er die Verpackung aufriss. »Und jetzt erzähl, was los ist. Du klangst vorhin am Telefon ziemlich daneben.«

Jörg verzog den Mund. »Markus hat den vorläufigen Obduktionsbericht von diesem Reik aus Kappeln und die Spusi hat ebenfalls ein bisschen was gefunden. Der Messerstich wurde mit relativ wenig Kraft ausgeführt und kann damit sowohl von einem Mann als auch einer Frau herrühren. Die Verletzung selbst wäre vermutlich nicht unbedingt tödlich gewesen, aber die Wunde hat in Verbindung mit dem Schock und dem Sturz ins Hafenbecken zum Ertrinken geführt. Es wäre möglich, dass Reik noch versucht hat, die Leiter zu erreichen, und da vom Täter weggetreten worden ist. Es gibt eine entsprechende Verletzung an der Hand.«

»Das klingt nicht nach einem geplanten Mord.«

»Finde ich auch. Mehr nach einem Streit, der eskaliert ist. Ansonsten ist Markus wegen des Papierkrams kurz vorm

Durchdrehen. Ich zitiere: ›Wie gut, dass ihr euch um die Ermittlungen kümmert, ich komme hier zu nichts, außer die Akte für die Staatsanwaltschaft anzulegen.‹«

Jan trank einen Schluck Bier und schüttelte den Kopf. »Na, so besonders erfolgreich sind wir ja leider nicht. Wir finden zwar alle möglichen neuen Fragen, aber bisher keine Antworten.«

Jörg sah wieder auf die Wasseroberfläche hinaus. »Ich bin sicher, dass wir jemanden kennen, der uns Antworten liefern könnte, das aber aus irgendwelchen Gründen nicht tut.«

Ratlos zuckte Jan mit der Schulter. »Wen meinst du?«

»Andrea.«

Fast wäre Jan die Flasche entglitten. Rasch stellte er sie auf den Steg. »Was? Wie kommst du denn darauf?«

»Sie hat in Port Olpenitz definitiv jemanden erkannt. Derjenige ist mit einem Kieler Wagen davongefahren. Und zwar zu Schaima, um dort bestellte Kräuter abzuholen.«

»Ernsthaft?«, entfuhr es Jan. Er hob sofort entschuldigend die Hand. »Ich bin nur überrascht, das bedeutet nicht, dass ich dir nicht glaube. Und weiter?«

»Schaima kennt den Mann nur unter dem Namen ›Lux‹. Es ist der Kollege von Liz, dieser Marius, der ihr die Kräuter für Felix angedreht hat.«

»Verdammt, ich hatte auf diesen Ralph gehofft. Was ist dann passiert?«

»Em hatte sich das Kennzeichen angesehen. Der Wagen, den der Mann fährt, ist auf ein Immobilienbüro in der Holtenauer Straße zugelassen. Und dem Laden gehört auch diese Holzhütte in Port Olpenitz.« Jörg zeigte Jan das Foto von dem Gebäude, aus dem Marius herausgekommen war. »Tja, und Andrea möchte nun morgen ausgerechnet dort mit Ida auf Shoppingtour gehen. Wie klingt das? Nebenbei war sie seit der Begegnung, die sie natürlich leugnet, wie ausgewechselt.

Ich habe sie nicht wiedererkannt. Aber um ganz ehrlich zu sein, das war nicht das erste Mal, dass ich das Gefühl hatte, sie verschweigt uns was.«

Nachdenklich sah Jan auf die Schlei hinaus. In einiger Entfernung kreuzten Segelboote, ansonsten war neben den Wasservögeln nur noch ein Angler in einem kleinen Motorboot in Sichtweite, der mit seinem Sportgerät herumhantierte. Die Idylle half Jan jedoch nicht, um die ganzen Informationen zu einem sinnvollen Bild zusammenzufügen.

»Ich hatte den gleichen Eindruck von Andrea«, gab er schließlich zu und überlegte weiter. »Wenn sie diesen Marius heute in Port Olpenitz gesehen hat, muss sie ihn entweder unter einem anderen Namen kennen oder sie kannte seinen Namen gar nicht. Denn sonst hätte sie in irgendeiner Form reagiert, als Liz von ihm erzählt hat. Mist, wenn ich Schaima und Em gestern schon das Foto von Marius gezeigt hätte, wären wir längst ein bisschen weiter gewesen.«

»Quatsch. Wir hätten nur früher eine weitere Frage auf dem Radar gehabt. Außerdem: Wer weiß, wofür es gut war, dass wir dort heute noch mal hingefahren sind.«

Jan grinste. »Nun klingst du schon wie die Damen ...«

»Du fliegst gleich ins Wasser«, drohte Jörg. »Aber zurück zu Andrea. Mir fällt kein Grund ein, warum sie ...« Er stockte. »Oder anders ausgedrückt: Was hat sie mit dem Kerl zu tun? Das ergibt doch keinen Sinn. Selbst, wenn beide in der Immobilienbranche arbeiten, liegen normalerweise ein paar Hundert Kilometer zwischen ihnen. Welche Verbindung kann es da geben?«

Jan trank einen weiteren Schluck Bier. »Ich habe keine Ahnung. Wir sollten abwarten, was sie in Kiel macht, und sie danach direkt darauf ansprechen. Was meinst du?«

Jörg atmete tief durch. »Das war auch meine Idee. Es ist nur ... Ich dachte, Andrea wäre ... Na, egal.«

Jan presste die Lippen fest zusammen. Er hatte gedacht, dass er über Andreas Verhalten nach Michaels Tod hinweg gewesen wäre. Aber die Vorstellung, dass sie nun ein falsches Spiel spielte und auch noch Jörgs Gefühle verletzt hatte, brachte ihn an den Rand der Beherrschung. »Du magst sie?«

»Dachte ich. Jetzt bin ich nicht mehr sicher.«

Jan wusste nicht, was er dazu sagen sollte, und beobachtete erneut den Mann auf dem Boot, der immer noch mit seiner Angel hantierte und dann wohl die richtige Position gefunden hatte.

Er wollte schon einem Schwarm Vögel nachsehen, als es in seinem Kopf plötzlich ›klick‹ machte. Das war keine Angel! Jan packte Jörg am Arm und riss ihn mit sich ins Wasser der Schlei.

Prustend tauchte Jörg wenig später wieder neben ihm auf. »Sag mal, geht's noch?«

»Runter!«

Jan tauchte in dem flachen Wasser ab und zog Jörg mit sich. An der Wasseroberfläche über ihnen prasselte etwas. Ein silberner Streifen zog dicht an Jan vorbei.

Rasch berechnete er den Schusswinkel und hatte sich dann entschieden. Er deutete nach rechts und zog Jörg mit sich. Sein Freund signalisierte ihm mit dem Daumen-hoch-Zeichen, dass er verstanden hatte. Dicht nebeneinander schwammen sie unter Wasser auf den Schilfgürtel zu, der dort das Grundstück von Jo umgab. Die Pflanzen waren ein perfekter Sichtschutz. Mehr stand ihnen hier momentan nicht zur Verfügung.

Die Stängel bogen sich, als sie sich im flachen Wasser robbend zum Ufer kämpften, und verrieten dem Schützen ihren ungefähren Standort. Einige Male zischte noch eine Kugel an ihnen vorbei, aber sie hatten Glück. Ihr Gegner verfehlte sie um etliche Zentimeter.

Als sie durch den Schlick gestapft waren und wieder festen Grund unter ihren Füßen spürten, ließ Jörg sich außer Atem auf den Boden fallen und rieb sich über eine Schramme an der Schulter. »So eine verdammte Scheiße. Meine Schuhe sind hin.«

Bedauernd sah Jan auf seine durchweichten Sneaker, die fast neu gewesen waren. »Frag mich mal. Ich würde sagen, die Schüsse zeigen, dass wir auf der richtigen Spur sind.«

Jörg schnaubte. »Eine schriftliche Bestätigung wäre mir lieber gewesen. Am liebsten würde ich rausschwimmen und mir den Kerl schnappen.«

Jan hob eine Augenbraue. »Das war auch mein erster Gedanke. Aber das wäre Selbstmord gewesen. Mit Sauerstoffflasche hätte das ganz anders ausgesehen.«

Jörg drehte sich auf den Bauch und spähte vorsichtig durch das Schilf hindurch auf die Schlei. »Er ist weg.«

Jan stand auf und hielt seinem Freund die Hand hin, der sich bereitwillig hochziehen ließ. »Gut. Dann lass uns mal reingehen. Ich muss mir die Verletzung an deiner Schulter genauer ansehen.«

»Das war nur ein scharfes Schilfblatt.«

»Na sicher. Für mich sieht das eher nach einem Hochgeschwindigkeitsgeschoss aus, das dich unter Wasser leicht gestreift hat. Deine Brandwunden sind schließlich auch noch nicht verheilt. Wenn du so weitermachst, tauchst du morgen als Mumie zu deinem Vorstellungsgespräch auf.« Jan musterte die dreckverschmierte Jeans, das fleckige T-Shirt und die nassen Haare seines Freundes. »Oder als Sumpfmonster.«

Jörg grinste flüchtig. »Als ob du besser aussiehst.

Jan kratzte sich am Kopf und verzog angeekelt den Mund. Das flache Wasser der Schlei war an dieser Stelle eindeutig nicht zum Baden geeignet. »Bringt es was, Markus zu informieren?«

Jörg schüttelte den Kopf. »Nicht offiziell. Wie willst du hier Geschossreste wiederfinden? Das würde nur noch mehr Papierkram für ihn bedeuten. Wir sollten mal lieber überlegen, wer wissen konnte, dass er uns hier trifft.« Er stutzte und grinste schief. »Also, nicht treffen im Sinne von Kugel verpassen, sondern ...«

Jan legte ihm eine Hand auf die unverletzte Schulter. »Ich weiß, was du meinst. Und ich habe schon Kopfschmerzen vom Nachdenken, weil ich keine Idee habe. Aber jetzt will ich mir deine Verletzung ansehen. Schlick ist nicht gerade gut für die Wundheilung. Außerdem müssen wir überlegen, wie wir uns die nächsten Tage verhalten. Ich möchte schon wegen Lena ungerne mit einer Zielscheibe auf dem Rücken umherlaufen.«

Ginger kam laut bellend auf sie zugelaufen, sprang um sie herum und drückte sich an Jörgs Bein. Der beugte sich hinab und streichelte den Hund. »Ein Glück, dass dir nichts passiert ist, meine Kleine.«

»Na, dich hat's ja ganz ordentlich erwischt. Wie bekommst du eigentlich deinen Job und einen Hund unter einen Hut?«, zog Jan ihn auf.

»Jo und Helga kümmern sich um sie und zur Not schicke ich Ginger halt zu Lena und dir.«

Der Hund kläffte zustimmend.

»Na, dann ...«

Erst wesentlich später als geplant, machte sich Jan auf den Rückweg. Auf der Fahrt überlegte er, wie er Lena am besten erklären konnte, warum er in geliehenen Klamotten unterwegs war. Als er die Ninja schließlich vor dem Haus seiner Freundin stoppte, war ihm allerdings immer noch keine passende Ausrede eingefallen. Sorgfältig sah er sich um, konnte aber keine verdächtigen Personen erkennen. Kurz überlegte er, ob es sicherer war, wenn er einfach weiterfuhr und in seiner eigenen Wohnung übernachtete. Aber in diesem Moment öffnete Lena schon die Tür, kam auf ihn zu und seufzte.

»Möchte ich wissen, was passiert ist?«

»Vermutlich nicht.«

»Okay, dann wirst du mir erst recht jedes Detail erzählen«, erwiderte sie und sah Jan ernst an. »Es wird Zeit, dass wir den Spuk hier beenden. Und komm gar nicht erst auf die Idee, in deine Wohnung zu fahren! Tarzan und ich sind keine Kleinkinder, die man vor irgendwelchen Gefahren in Schutz nehmen muss.«

Sie kannte ihn eindeutig zu gut. Er stieg ab und folgte Lena ins Haus.

Erst als sie trotz der Dunkelheit auf der Terrasse saßen und über ihnen die Sterne am immer noch wolkenlosen Himmel glitzerten, erzählte er ihr von den Schüssen an der Schlei und von Jörgs Verdacht. Die Kerze, die mit ihrem Zitronenduft erfolgreich die Mücken vertrieb, flackerte in der leichten Brise und der Whisky schmeckte verdammt gut. Wie so oft holte ihn erst mit geraumer Verspätung das Bewusstsein ein, dass er heute wieder einmal sehr knapp dem Tod entkommen war.

»Ich werde noch verrückt!« Lena kniff die Augen zusammen und starrte in die Dunkelheit. »Was ist, wenn da draußen jemand lauert?«

»Das glaube ich nicht. Außerdem kann er uns nicht richtig erkennen. Die Kerze verfälscht den Blick durch jedes Nachtsichtgerät und ...«

Lena verschluckte sich an ihrem Wein und hustete. »Das ist irgendwie nicht das, was ich hören wollte.«

Dann verschwieg er ihr besser, dass er überprüft hatte, ob und wie die Terrasse für einen Sniper einsehbar war. »Sorry, tröstet es dich, wenn ich dir sage, dass der Schütze nicht besonders gut ist? Alleine wie lange er mit dem Gewehr rumhantiert hat ...«

»Jan!«, fuhr Lena ihn an. »Das ist nicht witzig!«

»Okay, dann vertraue einfach auf Tarzan. Der würde sich schon melden, wenn hier jemand herumschleicht.«

»Na gut, das überzeugt mich. Aber über Gewehre und Schussdistanzen möchte ich nichts hören. Im Übrigen glaube ich nicht, dass Andrea in die Geschichte verwickelt ist. Sie mag etwas wissen und verschweigt uns was.« Sie drehte nachdenklich ihr Glas in den Händen. »Andrea glaubt bestimmt, dass sie gute Gründe für ihr Schweigen hat. Sie ist kein schlechter Mensch, nur extrem verunsichert und unglücklich.«

Das überraschte ihn. »Ich dachte, du magst sie nicht besonders.«

»Tue ich auch nicht. Und ich bin nicht begeistert, dass Jörg sich offenbar für sie interessiert. Aber ich traue ihr dennoch nicht zu, in die Verbrechen verstrickt zu sein.«

»Weibliche Intuition?«

Lena sah ihn misstrauisch an. »Meinst du das ironisch?«

»Nein. Wirklich nicht.«

»Gut. Was denkst du denn jetzt über Schaima und ihre Methoden?«

»So etwas Ähnliches wie über Globuli: Solange ihr Hokuspokus hilft, ist das okay. Hauptsache, die Mittelchen und Beschwörungsformeln schaden nicht.«

Ein Rabe flog krächzend über sie hinweg. Erschrocken duckte Jan sich etwas und hätte fast nach seiner Waffe gegriffen, die jedoch im Haus lag.

Lena kicherte. »Da war wohl jemand zu despektierlich.«

»Solange die Damen nicht auf ihren Besen hier vorbeifliegen ...«, erwiderte Jan, verkniff sich aber jeden weiteren hämischen Kommentar, als sich der Rabe ganz in der Nähe erneut lautstark bemerkbar machte.

Dass Lena sich prompt wieder verschluckte, dieses Mal allerdings ganz offensichtlich vor Lachen, war kein Trost.

Der Blick, mit dem Gerda ihn morgens in der Praxis empfing, versetzte Jan in Alarmbereitschaft. Es war offensichtlich, dass seine Helferin etwas ausgeheckt hatte.

Als er seinen Schreibtisch sah, stöhnte er. Zwei rosafarbene Kristalle standen neben seinem Monitor, daneben lag ein kleiner Stapel Visitenkarten, die in einem dezenten Dunkelblau gehalten waren, mit Schaimas Namen und ihrer Telefonnummer.

»Vergiss es!«, sagte er bestimmt. »Räum den Mist weg.«

»Hast du schon mal was von Feng-Shui, Elektrosmog und negativer Energie gehört?«

»Wenn ich das hier sehe, wird meine Stimmung extrem negativ. Meinst du das?«

Gerda stemmte die Hände in die Taille. »Du bist manchmal so verbohrt, Jan! Ich dachte, der Besuch bei Schaima hätte dich bekehrt.«

»Klar. Ich tanze jetzt jeden ersten Mai im Lendenschurz ums Feuer herum. Und statt Antibiotika zu verschreiben, verkaufe ich Teemischungen.« Da Gerda so rot anlief, dass er sich Sorgen um ihren Blutdruck machte, lenkte er ein. »Stell das Zeug auf die Fensterbank! Und die Karten nimmst du zu dir. Wenn es angebracht ist, geben wir sie Patienten. Ich denke da an so was wie Gürtelrose oder Warzen.«

Gerda schnaubte wie eine Dampfmaschine, lächelte dann aber. »Na, also. Warum denn nicht gleich so?«

In Jan wuchs der Verdacht, dass sein vermeintlicher Kompromiss genau das war, was sie von vornherein gewollt hatte.

Es war Zeit für einen Themawechsel. Und für eine Frage, die er am Vortag vergessen hatte. »Sag mal, hast du jemandem erzählt, dass ich zu Schaima wollte?«

Gerda zögerte keine Sekunde. »Das hat sich bestimmt mit dem einen oder anderen Patienten ergeben. Wieso fragst du?«

Anscheinend hatte der allgegenwärtige Klatsch versagt, wenn Gerda noch nichts von der Schießerei bei Schaima wusste. »Fällt dir jemand Bestimmtes ein?«

Gerda ging zu ihrem Schreibtisch, blickte auf den Monitor und rief die Termine des Vortages auf. »Also ganz sicher weiß ich es nur bei Heinrich Karl. Nachdem du mit ihm fertig warst und ich ihm das Rezept ausgestellt hatte, kamen wir auf Schaima zu sprechen. Er hatte mich nach einer Creme gefragt, die seine Mutter ihm als Kind immer gegeben hatte. So eine Erkältungssalbe. Ich habe ihm aber erklärt, dass das Medikament, das du ihm aufgeschrieben hast, die gleiche Wirkung hat und genauso angenehm riecht. Die Adresse von Schaima hab ich ihm trotzdem gegeben.«

»Wie jetzt? Der geht bei mir aus dem Behandlungszimmer raus und fragt dich dann nach der Adresse einer Heilerin?«

»Na ja, er hatte Gerüchte gehört, dass es hier in der Gegend jemanden geben soll, der wahre Wunder vollbringt. Heinrich Karl wollte seinen Husten eben möglichst schnell loswerden.«

Jan zählte gedanklich bis zehn. »Der angebliche Wunderheiler, von dem er gehört hat, dürfte derjenige sein, der den Gifttee unter die Leute bringt!«

Ruhig sah Gerda ihn an. »Das weiß ich doch und das habe ich ihm auch gesagt. Als Alternative habe ich ihm dann Schaima empfohlen und erwähnt, dass du ebenfalls zu ihr wolltest. Aber bevor du dich noch mehr aufregst: Ich habe ihm außerdem gesagt, dass er mit seinem Husten mal schön bei dir bleiben soll, bei anderen Problemen wie Warzen oder so jedoch ruhig zu ihr gehen kann. Also habe ich gestern exakt das getan, was du gerade gesagt hast. Der Punkt ist doch, dass sich das Gerücht von dem Wunderheiler offensichtlich verbreitet und wir irgendwie gegensteuern müssen! Ich möchte wirklich nicht wissen, wie vielen der Kerl inzwischen schon das Geld aus der Tasche gezogen hat.« Sie schüttelte den Kopf. »Wie macht der das nur? Es gibt ja nicht einmal ein Gerücht von wegen wundersame Heilung oder so.«

»Ich verstehe das auch nicht. Und du hast absolut nichts gehört?«

»Nee, gar nichts. Noch nicht einmal Erna weiß mehr. Und das will was heißen.«

Da stimmte Jan ihr zu. Normalerweise war die Kioskbesitzerin bestens informiert. Es war absolut ungewöhnlich, dass der Dorfklatsch in diesem Punkt so unergiebig war.

»Heiner will sich doch heute bei Anna Müller auf die Lauer legen, wenn der Wunderheiler ihr seinen Freitagsbesuch abstattet. Er soll sie mal fragen, ob die Kunden bei diesem Kerl vielleicht so eine Art Schweigegelübde ablegen«, schlug Gerda vor, während sie einen Zettel in DIN-A5-Größe von ihrem Aktenstapel nahm. Sie tippte auf das Papier. »Die hier hat mich auch auf Schaima angesprochen und sogar gefragt, ob du mit ihr zusammenarbeitest. Sie hat sich einen Termin von mir geben lassen und kommt um Viertel nach neun vorbei. Das ging so schnell, weil da jemand abgesagt hat.«

Jan sah sich die Werbung für einen Flohmarkt, dessen Einnahmen dem Tierschutzverein zugutekamen, an. »Die Frau von Arne Sanders war hier?«

»Jup. Du hattest einen Patienten und hast sie nicht bemerkt. Sie wollte einen Termin und dass ich den Zettel an die Pinnwand hefte. Ersteres habe ich ihr gegeben, aber den

Flyer vergessen.« Sie legte das Blatt wieder weg und stutzte dann. »Wieso fragst du denn eigentlich, wem ich davon erzählt habe, dass du zu Schaima wolltest?«

»Nicht so wichtig«, wiegelte er ab. »War die Frau von Arne Sanders schon mal bei uns? Ich habe sie nicht wiedererkannt, als ich mit Lena bei ihr war.«

»Nein, bei uns nicht. Aber bei deinem Vorgänger war sie Patientin. Ich habe dir die Akte schon rausgesucht, aber viel steht da nicht drin. Apropos Vorgänger. Nebenan tut sich was. Gestern Abend habe ich zufällig gesehen, dass dort jemand am Rödeln war. Ich glaube, da wurde ordentlich durchgeputzt.«

»Du meinst, Elvira kehrt zurück?«, hakte Jan nach. Das war genau das, was ihm noch gefehlt hatte.

Gerda legte den Kopf etwas schief. »Ich halte es für möglich. Es ist schließlich schon ein paar Monate her, dass sie wegging, und ewig kann sie ja nicht wegbleiben. Allerdings wirst du ihr dann nicht komplett ausweichen können, wenn ihr Tür an Tür wohnt oder zumindest arbeitet. Du kannst zwar zu Lena ziehen, aber die Praxis wirst du ja nicht mitnehmen können.«

Jan verschob das Problem auf später. Im Moment wollte er nicht darüber nachdenken, wie er der Frau begegnen sollte, die versucht hatte, ihn umzubringen – wenn auch recht dilettantisch.

Vor dem Fenster erblickte er die erste Patientin des Tages. »Ich telefoniere noch kurz mit Heiner, dann können wir loslegen«, sagte er und ging in sein Sprechzimmer.

Mit einem Anflug von Schuldbewusstsein wählte er die Nummer des ehemaligen Polizisten. Es war in den letzten Tagen so viel passiert, dass er Heiner nicht, wie geplant, auf dem Laufenden gehalten hatte. Allmählich brauchte Jan für seine nebenberuflichen Tätigkeiten eine Sekretärin.

Heiner reagierte verständnisvoll auf seine Erklärungen. »Ich dachte mir schon, dass ihr über beide Ohren in Arbeit steckt. Schließlich hast du auch noch die Praxis.«

Mit reichlich schlechtem Gewissen dachte Jan an den Grillabend, der nun wirklich nichts mit seinem Beruf zu tun hatte. »Ich hatte auch noch Besuch von Freunden aus Hamburg. Die Zeit läuft gerade einfach schneller, als ich gucken kann.«

»Das verstehe ich«, sagte Heiner und atmete dann tief durch. »Also ich weiß ja nicht, aber bei einem Messer als Tatwaffe muss ich immer an eine Frau als Täter denken. Traust du der Frau von Sanders das zu? Vielleicht hatte sie was mit diesem Reik am Laufen?«

»Ich weiß es nicht. Ich habe ja nur ein paar Minuten mit ihr geredet. Aber ich kann mir eigentlich nicht vorstellen, dass sie mit Reik eine Affäre hatte. Mal sehen, warum sie einen Termin bei mir haben wollte. Vielleicht wissen wir nachher mehr.«

»Hoffentlich. Ich fahre gleich zu Anna Müller und warte auf diesen Ralph. Ich denke noch mal über alles nach, aber für mich ist er im Moment die beste und auch einzige Spur, die wir haben.«

Nicht ganz, denn Jan hatte ihm aus gutem Grund Andreas merkwürdiges Verhalten verschwiegen. »Genau, aber pass auf dich auf. Und frag Frau Müller doch bitte, ob ihr der Wunderheiler verboten hat, mit anderen über seine tollen Taten zu reden. Ich wundere mich nämlich, warum es über diesen Kerl keine der üblichen Gerüchte im Dorf gibt.«

Heiner lachte leise. »Das kann ich machen, aber ich kenne die Antwort schon. Laut Irenes Freundin ist der Herr nämlich so berühmt und bekannt, dass seine Kräfte nicht ausreichen, um allen Bedürftigen zu helfen. Deshalb muss er leider um Diskretion bitten, damit er den wenigen Auserwählten seine ganze Kraft zur Verfügung stellen kann und nicht von der Meute überrannt wird.«

Übelkeit stieg in Jan auf und er brachte kein Wort hervor, als er sich vorstellte, wie die alleinstehenden, einsamen und eindeutig zu gutgläubigen Opfer von Ralph über den Tisch gezogen worden waren.

Heiner knurrte etwas vor sich hin. »Du musst dazu nichts sagen. Ich hätte fast gekotzt, als Astrid mir das erzählt hat.«

Jan atmete tief durch. »Das ging mir eben auch fast so«, gab er ehrlich zu.

Als er das Gespräch beendet hatte und das Handy in seiner Schreibtischschublade verstaute, wurde ihm bewusst, wie ironisch es war, dass Heiner sich bei ihren Ermittlungen tatsächlich als Hilfe entpuppte.

Gerda klopfte und kam in den Besprechungsraum. »Bist du so weit? Ich kann dir sonst auch noch ein wenig Zeit verschaffen.«

»Nee. Schon gut.«

Statt zu gehen und den ersten Patienten hereinzuschicken, schüttelte sie den Kopf. »Du hast gerade zu viele Baustellen. Aber das weißt du ja vermutlich selbst.«

Jan verzog den Mund und nickte. »Es könnte weniger sein.«

»Gut, dass du das ebenfalls so siehst, denn Einsicht ist der erste Weg zur Besserung!«

Jan rollte nur mit den Augen, Gerdas Belehrungen halfen ihm nicht weiter.

Nun hob Gerda jedoch auch noch mahnend einen Finger. »Heute Mittag fährst du dann bitte zu Liz und Felix. Du musst sowieso Medikamente vorbeibringen und isst dann gleich mit den beiden in Ruhe Mittag. Andrea und Ida sind ja in Kiel. Ich finde, du hast Felix in letzter Zeit ganz schön vernachlässigt.«

Das wusste er selbst. Jan verzog nur den Mund.

Gerda hatte seine Grimasse anscheinend falsch interpretiert, denn sie sah ihn streng an. »Das ist nicht lustig! Du und Jörg habt nun sogar noch Heiner ins Boot geholt – während Felix bei Liz versauert! Meinst du wirklich, dass ihm das guttut? Außerdem glaube ich nicht, dass er schon über Hannibal hinweg ist. Abgelenkt vielleicht, aber trotzdem braucht auch Felix einen Freund.«

Nachdem Jan schon gegenüber Heiner ein schlechtes Gewissen hatte, erreichte dies nun eine neue Dimension. Gerda hatte recht. Er wusste doch genau, dass Felix darunter litt, den gemeinsamen Männerabend versäumt zu haben. Und sie hatten ihn bisher tatsächlich von sämtlichen Ermittlungen so gut wie ausgeschlossen. Auch wenn Jan wegen der Krankheit Probleme von seinem Freund fernhalten wollte und er in den letzten Tagen nur wenig Zeit gehabt hatte, war sein Verhalten nicht besonders fair.

Er nickte knapp. »Hast ja recht. Ich fahre nachher zu Felix und bringe das in Ordnung.«

Gerda lächelte zufrieden. »Nun mache dich nicht schlechter, als du bist. Auch dein Tag hat nur vierundzwanzig Stunden, da kann man die Prioritäten schon mal aus den Augen verlieren.«

Das war so typisch für Gerda: Erst die Gardinenpredigt und danach verteidigte sie Jan.

Er stand auf und gab ihr einen Kuss auf die Wange. »Danke. Wenn ich dich nicht hätte …«

Wenige Minuten nach der vereinbarten Uhrzeit bat Jan Yvonne Sanders in sein Sprechzimmer. Innerlich korrigierte er seinen Eindruck von ›zierlich‹ auf ›erschreckend mager‹.

»Was kann ich für Sie tun?«, eröffnete er das Gespräch, nachdem sie sich gesetzt hatte, und ging bewusst nicht auf das Treffen mit ihrem Mann ein. Wenn sie mit ihm über den Mord am See oder andere Dinge reden wollte, musste sie die Ereignisse schon direkt erwähnen.

»Ich komme mir so dumm vor, dass ich Ihre Zeit verschwende, aber ich hoffe, Sie haben einen Tipp für mich.«

»Was fehlt Ihnen denn?«

»Schlaf! Ich komme einfach nicht mehr zur Ruhe. Und das geht seit Wochen so. Langsam bin ich am Ende meiner Kraft. Ich war schon bei einem Kollegen von Ihnen. In Kappeln. Aber der hat nur festgestellt, dass ich körperlich gesund bin. Er hat mir ein Nahrungsergänzungsmittel gegeben, weil er meinte, dass mein Problem vielleicht eine Folge meiner veganen Lebensweise sein könnte.«

»Nun, mein erster Ansatz wäre auch gewesen, Ihre Blutwerte und einiges mehr zu überprüfen. Wenn der Kollege das schon erledigt hat, kann ich ihn bitten, mir die Laborergebnisse zukommen zu lassen. Das würde Ihnen die lästige Pikserei erst mal ersparen. Sie wissen aber bestimmt, dass auch Stress ein Auslöser für Schlafstörungen sein kann.«

»Das kann ich ausschließen. Mein Job für den Tierschutzverein bringt mir Spaß und die Kinder machen zwar viel Arbeit, aber noch viel mehr Freude. Für den Haushalt und den Garten habe ich Hilfe. Stress kann also nicht der Grund sein.«

»Wenn es der nicht ist, dann vielleicht ein verborgener Kummer? Macht Ihnen irgendetwas Sorgen?«

Yvonne Sanders beugte sich leicht nach vorn und wich Jans Blick aus. »Wenn es so wäre, würde ich das Problem einfach lösen. Es gibt doch diesen Spruch, dass man Dinge akzeptieren muss, die man nicht ändern kann. Aber für die meisten Punkte gilt das nicht. Die muss man nur identifizieren und anpacken.« Sie schüttelte den Kopf. »Nein, daran kann es also auch nicht liegen.«

Die energischen Worte klangen wie einstudiert und passten nicht zu ihrer Körperhaltung. »Waren Sie früher in der Unternehmensberatung tätig?«, fragte Jan bewusst beiläufig, obwohl ihn die Antwort interessierte.

Frau Sanders lächelte etwas gequält. »Hat man das eben gemerkt? Ja, in Hamburg. Eine Achtzigstundenwoche gehörte damals immer mal wieder dazu. Ich würde also sagen, dass mich ein wenig Arbeit nicht gleich umhaut. Deshalb verstehe ich mein Problem auch nicht.«

»Was auch immer der Auslöser für Ihre innere Unruhe ist, er ist da«, erklärte Jan. »Und Sie sollten ihn ernst nehmen. Schlaflosigkeit ist wie ein Warnsignal und kann zu schlimmeren Gesundheitsproblemen führen.«

»Also sozusagen: Wehret den Anfängen?«

»Ganz genau. Selbst Depressionen beginnen häufig mit Unruhezuständen. Haben Sie schon ein Medikament gegen ihre Schlafstörungen genommen?«

»Nein, ich traue der ganzen Chemie nicht.«

»Dann wundert es mich ein wenig, dass Sie ausgerechnet zu mir gekommen sind. Es gibt ja auch Naturheilmittel, die in solchen Fällen helfen könnten.«

Sie schnaubte. »Sie glauben doch nicht ernsthaft, dass ich zu dieser Schaima gehe? Die ist mir nun wirklich suspekt.«

»Also, das überrascht mich. Sie schienen mir solchen Dingen gegenüber durchaus aufgeschlossen zu sein.«

Resolut schüttelte sie den Kopf. »Im Prinzip schon. Aber das gilt nicht für diese Frau. Haben Sie sich mal angesehen, was sie für ein Geld mit ihren Kräuterseminaren verdient? Das hat ein bisschen was von einer Mercedes-Werkstatt, denn da zahlt man ja schon, kaum, dass man auf den Hof fährt. So ähnlich ist das auch bei Schaima. Die nimmt ihre Patienten richtig aus! Ein Blick auf ihre Webseite reicht, um das festzustellen.«

Hinter der Empörung glaubte Jan, etwas Lauerndes zu erkennen. »Ich kenne die Geschäftspraktiken von Schaima nicht gut genug, um das beurteilen zu können«, wich er einer klaren Antwort aus. »Ich würde Ihnen ein leichtes Schlafmittel auf pflanzlicher Basis empfehlen. Das hat keine nennenswerten Nebenwirkungen und es besteht keine Gefahr einer Abhängigkeit. Aber ich muss Sie warnen: Sie bekämpfen damit nur die Symptome und ignorieren die Ursache. Sie müssen herausfinden, was Sie dermaßen beschäftigt, dass Sie nicht zur Ruhe kommen.«

»Ich denke darüber nach. Wenn ich das Problem erst seit dem Zwischenfall am See hätte, wüsste ich den Grund, aber das geht ja schon länger so.«

»Hatte Ihr Mann denn vorher vielleicht auch schon einen Unfall oder ist in Gefahr geraten?«

Völlig entgeistert sah Yvonne Sanders ihn an. »Wie kommen Sie denn darauf? Er war doch gar nicht das Ziel, sondern nur zufällig am falschen Ort.«

Jan lächelte. »Dann habe ich den Polizisten wohl falsch verstanden. Der schien nicht so recht zu wissen, wer das eigentliche Ziel war. Aber wenn es keine weiteren Zwischenfälle gab, ist ja alles gut.«

Frau Sanders war sichtlich blass geworden. Sie stand auf. »Vielen Dank. Das reicht mir fürs Erste. Ich probiere die Tabletten aus und denke darüber nach, was Sie gesagt haben.«

Jan war sicher, dass sie sich dabei ausschließlich auf seine letzten Sätze bezog, sagte aber nichts weiter, sondern verabschiedete sich freundlich.

Wenige Sekunden später stürmte Gerda in sein Zimmer. »Und?«, fragte sie.

Jan breitete die Hände aus. »Ich weiß es einfach nicht. Sie ist merkwürdig, bei ihr passt nichts so recht zusammen. Und ... Ach, vergiss es.«

»Nee, nun mal Butter bei die Fische.« Gerda stemmte die Hände in die Taille. »Was ging dir eben durch den Kopf?«

Na gut, mehr, als sich lächerlich zu machen, konnte er ja nicht. »Ich hatte das Gefühl, dass diese Sache mit den Meerschweinchen vor meiner Praxis irgendwie auf ihr Konto gehen könnte. Das würde zu ihr passen, weil es einerseits eine Warnung für mich war und andererseits etwas eigentlich Gutes für Felix. Dann würde der Karton mit dem Adressaufkleber ihres Mannes auch einen Sinn ergeben.«

Langsam nickte Gerda. »Ich finde das ausgesprochen clever überlegt von dir. Yvonne Sanders hätte genug Kontakte, um solche Viecher zu besorgen. Vielleicht sogar mit einer guten Absicht. Dass die Tiere die Explosion nicht überleben sollten, kann ja erst der Bombenbastler beschlossen haben.«

»Wenn man davon ausgeht, dass diese Aktion zwei verschiedene Handschriften trägt, passt tatsächlich alles zusammen«, überlegte Jan laut. Da er gerade bei seiner Nebenbeschäftigung war, konnte er auch noch kurz weitermachen, ehe er sich dem nächsten Patienten widmete. Normalerweise ignorierte er während der Praxiszeiten sein Handy, nun holte er es aus der Schublade und sah nach, ob er neue Mails hatte. Tatsächlich wurde ihm eine von Dirk angezeigt. Er überflog sie und atmete scharf ein.

»Was ist?«, fragte Gerda prompt.

»Dieser Hamburger Bank geht es finanziell nicht besonders gut. Kannst du gleich mal versuchen, Richie zu erreichen und nachzufragen, ob er oder seine Frau sich wieder daran erinnern, wer den Campingplatz kaufen wollte?«

Gerda nickte. »Klar, aber das ist nicht alles, oder?«

»Nee. Yvonne Sanders ist die Tochter des Hauptgesellschafters der Bank. Es war schwierig, auf diese Verbindung zu stoßen, weil sie vor der Hochzeit den Namen ihrer Mutter getragen hat.«

»Na, wenn das nicht passt ...« Gerda runzelte die Stirn. »Also irgendwie. Wie, weiß ich nicht.«

Jan grinste flüchtig. »Das dachte ich eben auch. Irgendwie ergibt das einen Sinn. Nur welchen? Die paar Euro Gewinn durch die Bankgeschäfte erscheinen mir als Motiv für die Morde und Mordversuche nicht ausreichend.«

Langsam nickte Gerda. »Da hast du leider recht. Da muss noch mehr dahinterstecken.«

Kapitel 19

Ida hatte sich Kopfhörer aufgesetzt und schien auf der Rückbank seines Passats bester Stimmung zu sein. Leider galt das nicht für ihre Mutter, die neben ihm auf dem Beifahrersitz saß. Jörg hätte Andrea zu gerne zum Lächeln gebracht und diese Traurigkeit aus ihrer Miene vertrieben.

Nichts deutete darauf hin, dass sie sich auf den Einkaufsbummel mit ihrer Tochter freute, sondern sie wirkte wie jemand, der einen mehrstündigen Zahnarztbesuch vor sich hatte. Immer wieder drehte sie eine der braunen Haarsträhnen zwischen ihren Fingern.

Trotz der vielen offenen Fragen und einer gehörigen Portion Misstrauen tat sie Jörg leid.

»Ist es denn so schrecklich, mit einem Teenager einzukaufen?«, fragte er.

»Wie?« Andrea blinzelte irritiert. »Nein, überhaupt nicht. Entschuldige, ich war gerade in Gedanken.«

»Manchmal hilft es, wenn man darüber spricht.« Einen Augenblick lang hatte er die Hoffnung, dass Andrea offen mit ihm reden würde, aber dann schüttelte sie den Kopf.

»Vielleicht später. Du konzentrierst dich erst einmal auf dein Vorstellungsgespräch! Ich weiß, wie wichtig dir der Job ist und dass du keinen Plan B hast. Darum kann der Mist warten, über den ich nachdenke. Vielleicht liege ich auch total falsch, ich war noch nie gut darin, Rätsel zu lösen.«

Ida beugte sich vor. »Das stimmt. Mama googelt alle Logikrätsel! Kennst du das mit den beiden Wachen vor zwei Türen? Einer lügt, einer sagt die Wahrheit. Du hast nur eine Frage, um herauszufinden, hinter welcher Tür das Schafott und hinter welcher die Freiheit wartet.«

Jörg grinste ihr im Rückspiegel zu. »Klar kenne ich das Rätsel. Ich habe es gehasst! Aber die Lösung gab's zum Glück bei Wikipedia.«

Schnaubend lehnte sich Ida wieder zurück. »Ihr seid solche Luschen!«

Jörg schmunzelte nur. »Lass mich kurz überlegen ... Mit dem Urteil kann ich verdammt gut leben. Es hat eben jeder andere Stärken. Kennst du das Rätsel der Sphinx?«

»Das ist doch easy. Ich wette, das habt sogar ihr hinbekommen.«

Jörg lachte. »Okay, Themawechsel. Wir erreichen die Holtenauer Straße in ungefähr einer Viertelstunde. Ich lasse euch da raus und sammele euch nach dem Gespräch wieder ein. Danach zeige ich euch den besten Eisladen Kiels und wir können uns noch direkt an der Förde Seehunde ansehen. Was meint ihr?«

Beide stimmten zu und Andrea schien endlich ein bisschen aufzutauen.

Jörg hielt in zweiter Reihe vor dem Geschäft, in das Ida unbedingt wollte. Ihm reichte der Anblick von außen, um sicher zu sein, dass er dort nicht freiwillig reingehen würde. »Na, dann viel Spaß«, verabschiedete er sich und fuhr weiter zum Kieler LKA.

Seine Aufregung wuchs, als er auf das Gebäude zuging, in dem sich Martin Harms' Büro befand. Laute Rufe lenkten ihn ab. Jörg blickte sich um und entdeckte eine Gruppe Männer, die sich am Parkhaus abseilten. Das heißt, normalerweise würden sie sich wohl abseilen. Im Moment versuchte stattdessen einer der Beamten, in voller Kampfmontur das Seil hochzuklettern.

Er hatte bisher nie darauf geachtet, wenn die Männer des MEK dort trainierten. Doch heute erschien ihm der Anblick wie ein Omen.

Es würde verdammt schwer werden, Harms davon zu überzeugen, dass Jörg mit seiner Vergangenheit der Richtige für den Job war.

»Nett anzusehen, solange man nicht selbst mitmachen muss«, sagte ein blonder Mann mit Vollbart, der plötzlich neben ihm stand.

Jörg nickte grinsend. »Denen dürfte bei dem Wetter ziemlich heiß in den Klamotten werden.«

»Selbst schuld. Es gibt bequemere Jobs in dem Laden«, stellte der Typ fest, nickte Jörg zu und ging dann weiter zum Parkhaus.

Damit blieb Jörg eine Antwort erspart.

Das Büro von Martin Harms fand er ohne Probleme. Es passte zu dem Job des MEK-Leiters, dass er direkten Blick auf das Training seiner Männer hatte. Das Zimmer war recht klein und bot gerade genug Platz für einen Schreibtisch und zwei Stühle. Zwei Schränke und vor allem der Berg aus schusssicheren Westen nahmen viel Platz ein.

»Es sieht hier gerade etwas wild aus, aber setzen Sie sich bitte«, lud Harms ihn ein.

Trotz des scheinbaren Durcheinanders auf seinem Schreibtisch zog er zielsicher einen dünnen Ordner aus einem Berg heraus. »Das ist Ihre Akte. Und Sie können sich bestimmt vorstellen, dass Ihr Lebenslauf einige Fragen aufwirft.«

Statt Jörg ins Verhör zu nehmen, entspann sich zwischen ihnen ein lockeres Gespräch, in dem Jörg offen und ehrlich über seine Motivation, zur Polizei zu gehen, sprach. In ihm wuchs die Hoffnung, dass er den Job bekommen würde.

Harms blickte auf die ausgedruckten Daten und runzelte dann die Stirn. »Ich verstehe die Dauer der Polizeiausbildung nicht ganz. Die ist eigentlich zu kurz. Und warum haben Sie dreimal die Schule gewechselt?«

Die Atmosphäre änderte sich – zum Schlechten hin. Trotzdem blieb Jörg dabei, absolut ehrlich zu antworten. »Als Teenager hatte ich Probleme und bin zweimal von der Schule geflogen. Als ich meine Einstellung geändert und mich richtig reingekniet habe, konnte ich an der letzten Schule das Abi innerhalb eines Jahres nachholen. Die Ausbildungszeit bei der Polizei konnte ich verkürzen, weil zufällig jemand mit meinen Skills bei einer laufenden Ermittlung gesucht wurde.«

Harms nahm sein Smartphone in die Hand und legte das Gerät wieder zur Seite. »Und so sind Sie bei der Jugendkriminalität gelandet?«

»Ganz genau. Sozusagen auf die andere Seite gewechselt. Leider bin ich dort für den Außendienst nun verbrannt und ein reiner Schreibtischjob reizt mich im Moment nicht.«

»Es gibt Dezernate, bei denen es nicht gerade langweilig zugeht.«

Das klang wie eine Fangfrage und war es vermutlich auch, aber darauf hatte Jörg sich vorbereitet. »Mir geht es nicht um Action, sondern um das Gefühl, etwas zu bewegen. Viele Dezernate beschränken sich meiner Meinung auf die Verwaltung und das Führen von Akten.« Er musste dabei unwillkürlich an Markus' Probleme denken.

Harms brummte etwas Unverständliches, lehnte sich dann zurück und legte die Fingerspitzen zusammen. »Ich verstehe Ihre Beurteilungen nicht. Einige sind nahezu euphorisch, andere eher schlecht. Aus den Letzteren lese ich heraus, dass Sie ein Problem mit Anweisungen haben.«

Jetzt verlief das Gespräch eindeutig nicht mehr gut. »Solange Anweisungen oder Befehle sinnvoll sind, führe ich sie auch aus.«

»Sie maßen sich ja recht viel an, wenn Sie glauben, das beurteilen zu können.«

Jörg schluckte, hielt aber Harms' forschendem Blick stand. »Tut mir leid, wenn das so wirkt. Aber für blinden Kadavergehorsam bin ich tatsächlich der falsche Mann.« Er war nicht sicher, ob bei Harms ein Lächeln aufblitzte.

Es klopfte an der Tür. Ohne eine Aufforderung abzuwarten, betrat ein Mann den Raum. Jörg stutzte, als er den Blonden wiedererkannte, der ihn vor dem Gebäude angesprochen hatte.

Der Neuankömmling stellte sich jedoch nicht vor, sondern lehnte sich gegen die Wand. »Lasst euch nicht stören.«

Harms atmete tief durch. »Ich musste mir gerade anhören, dass unser Bewerber eine Abneigung gegen blinden Gehorsam hat.«

Der Blonde zwinkerte Jörg zu. »Gesunde Einstellung, damit hätte es das Dritte Reich nicht gegeben. Und wie sieht's bei Ihnen mit dem Einhalten von Vorschriften aus?«

Es war Zeit für wenigstens etwas Diplomatie. »Ich bemühe mich darum.«

Harms rieb sich übers Kinn. »Vermutlich meinen Sie, dass Sie sich nicht dabei erwischen lassen, wie sie unser Regelwerk ignorieren …«

»Ich würde eher sagen, dass ich versuche, es so zu interpretieren, dass die Ermittlungen erfolgreich sind.«

»Ich schätze Ihre Ehrlichkeit«, erwiderte Harms. »Dann bin ich es auch. Der Job, für den wir jemanden suchen, ist nichts für Sie.«

Stille breitete sich in dem Raum aus. Was sollte Jörg dazu schon noch sagen?

Er stand auf. »Danke, dass Sie sich trotz meiner merkwürdigen Personalakte die Zeit für ein Gespräch genommen haben.« Er nickte dem Blonden zu, drehte sich um und hatte die Hand schon an der Klinke, als Harms ihn zurückrief.

»Sekunde. Du gehst jetzt einfach so?«

Verwirrt über die vertrauliche Anrede, nickte Jörg. »Ja, sicher. Was sollte ich denn sonst tun? Es ist doch alles gesagt.«

Harms und der immer noch namenlose andere Mann wechselten einen Blick. Plötzlich hatte Jörg das Gefühl, eine Prüfung bestanden zu haben.

Der Blonde hob eine Augenbraue. »Nun, ich hätte gedacht, dass für dich jetzt der perfekte Augenblick gewesen wäre, deine eindrucksvollen Freunde ins Spiel zu bringen.«

Jörg spürte, dass er rot anlief. »Entschuldigen Sie bitte, dass ich diesen Gesprächstermin auf nicht ganz faire Art bekommen habe. Ich wollte nicht …«

»Setz dich wieder!«, befahl Harms und lehnte sich zurück. Er wartete, bis Jörg seine Anweisung befolgt hatte. »Ich war auf dieses Gespräch wirklich gespannt und es hat meine Meinung nur bestätigt, dass der ausgeschriebene Job nichts für dich ist.«

Der Blonde lachte. »Das habe ich dir doch gesagt.«

Wieder wechselten die Männer einen Blick, der ihre Vertrautheit unter Beweis stellte, Jörg jedoch nervte. Mit Mühe verkniff er sich einen bissigen Kommentar.

»Heute Morgen hat Andi mich noch vor dem Frühstück überfallen und mir seine Meinung über dich gesagt«, erklärte Harms. »Dann rief mich Sven an, der mir eindrucksvoll schilderte, wie du ihm den Arsch gerettet hast. Sven ist damit Dirks Lobeshymnen nur um zwei Minuten zuvorgekommen.

Die beiden habe ich ja schon so halbwegs erwartet, aber dass mich dann noch Mark anrief, war doch etwas überraschend.«

Damit hatte Jörg auch nicht gerechnet. Er stand wieder auf. »Keine Sorge, ich erkläre denen, dass Ihre Entscheidung okay für mich ist. Und es tut mir wirklich leid, dass Sie so belästigt worden sind.«

Der Blonde trat einen Schritt auf Jörg zu und drückte ihn einfach zurück auf den Stuhl. »Noch einen Moment Geduld bitte. Lass Martin den kleinen Spaß auf deine Kosten, denn eigentlich mag es keiner von uns, wenn man irgendwelche Beziehungen spielen lässt. Aber hier liegt der Fall anders. Deine schräge Akte hätte dir das Gespräch versaut, aber Martin hätte mich nicht angerufen, wenn du ihn nicht überzeugt hättest.«

»Angerufen? Überzeugt?«, wiederholte Jörg fassungslos.

Harms grinste spöttisch. »Vorhin. Kurzwahl auf meinem Handy«, erklärte er, nahm ein Blatt von seinem Schreibtisch und reichte es Jörg. »Es bleibt dabei, dass die ausgeschriebene Stelle nichts für dich ist. Aber ich suche auch noch einen Nachfolger für Kilian.« Er deutete auf den Blonden, der damit nun endlich einen Namen hatte.

Jörg überflog den Text. Teamleiter beim MEK mit einer deutlich höheren Besoldungsstufe. »Das ist …« Er brach mitten im Satz ab, dann schüttelte er lächelnd den Kopf. »… dieser verdammte, schräge Humor, der anscheinend bei Spezialeinheiten dazugehört.«

»Du musst es ja wissen, denn ab dem 1.10. bist du auch dabei. Natürlich nur, wenn du willst«, erwiderte Kilian und hielt ihm fragend die Hand hin.

»Na klar«, sagte Jörg, ohne zu zögern, und schlug ein.

Kilian grinste breit. »Sehr schön. Dass wir es mit Förmlichkeiten nicht so haben, dürfte dir klar sein, Herr Oberkommissar Hansen. Dann lass uns mal den Jungs unten

Moin sagen. Und noch eine Info. Unter Einstand verstehen wir hier was Vernünftiges.«

Martin Harms kam um den Schreibtisch herum und hielt Jörg ebenfalls die Hand hin. »Martin. Ich hasse es, das zuzugeben, aber die verdammte Bande hatte recht. Ich wäre bescheuert gewesen, wenn ich dich wegen deiner verkorksten Akte nicht ins Team geholt hätte.«

Auf dem Weg zur Holtenauer Straße verflog Jörgs gute Laune schlagartig, als er eine WhatsApp von Ida bekam. *Mama ist weg und ich langweile mich. Wann kommst du? Wie war's?*

Obwohl er sonst überhaupt nichts davon hielt, beim Fahren das Handy zu bedienen, antwortete er: *Bin unterwegs. Wo bist du?*

Den Bäcker, den Ida ihm nannte, kannte er. Jörg hatte Glück: Als er dort ankam, wurde direkt vor dem Eingang ein Parkplatz frei.

An einem Tisch in der Ecke saß Ida wie ein Häufchen Elend. Vor ihr stand ein leerer Becher, neben ihr lagen zwei große Tüten auf der Bank.

Jörg sah auf die Uhr. Er war fast zwei Stunden unterwegs gewesen und hatte die Gespräche mit seinen zukünftigen Kollegen genossen. Allerdings war er auch davon ausgegangen, dass Andrea und Ida keine Probleme hatten, die Zeit gemeinsam zu verbringen. Doch damit hatte er offensichtlich gründlich danebengelegen. Er ärgerte sich über seine Fehleinschätzung, denn durch Andreas Verhalten und die Tatsache, dass sich das ominöse Maklerbüro in der Holtenauer Straße befand, hätte er vorgewarnt sein müssen.

Jörg setzte sich gegenüber von Ida auf einen Stuhl. »Hi. Tut mir leid, dass es länger als erwartet gedauert hat. Seit wann hängst du hier alleine rum?«

»Wie war's denn?«, ignorierte Ida seine Frage.

»Gut. Ich habe den Job.«

»Super. Wir waren in dem Geschäft, wo du uns rausgelassen hast. Ich habe da zwei echt coole T-Shirts und einen Pulli bekommen, aber das ging ratzfatz. Gleich danach hat Mama mir fünf Euro gegeben und mich gebeten, hier auf sie zu warten. Das war vor ...« Sie tippte auf ihr Smartphone. »... über neunzig Minuten.«

»Hast du versucht, sie anzurufen?«

»Einmal? Etliche Male. Sie liest meine WhatsApp-Nachrichten nicht und geht nicht ans Telefon.«

Jörg ließ sich bei Google Maps den Standort des Maklers anzeigen. Das Büro lag von dem Bäcker rund fünfzehn Minuten zu Fuß entfernt. »Ich habe eine Idee, wo sie sein könnte. Wir gehen mal nachsehen. Wenn sie in der Zwischenzeit hierherkommen sollte, sieht sie ja meinen Wagen und weiß, dass wir gleich wieder zurück sind. Ich schicke ihr aber auch noch eine kurze Nachricht.«

Ida stand abrupt auf und umarmte ihn. »Danke, dass du da bist.«

Jörg drückte sie an sich. »Alles wird gut. Wir bekommen das schon hin.«

Ida lächelte strahlend und Jörg spürte, dass sie begriffen hatte, dass er damit viel mehr als nur die Suche nach ihrer Mutter gemeint hatte.

Er verstaute Idas Einkaufstüten im Kofferraum, nahm seine Dienstwaffe aus dem abschließbaren Handschuhfach und befestigte das Holster an seinem Gürtel.

»Ernsthaft?«, fragte Ida, die jede seiner Bewegungen verfolgt hatte.

»Ich will nur auf Nummer sicher gehen. Mach dir keine Sorgen.«

»Tue ich aber. Weißt du ...« Sie biss sich auf die Unterlippe.

Eigentlich wollte Jörg möglichst schnell zu dem Maklerbüro, aber Ida schien plötzlich so verunsichert zu sein, dass er es nicht fertigbrachte, einfach loszugehen. »Na, erzähl. Woran denkst du gerade?«

»Damals, als Mama sich so mit Jan verkracht hatte, hatten wir richtig viel Geld. Unser altes Haus war riesig und Mamas Wagen richtig schick. Nach einem Jahr oder so war dann plötzlich alles anders. Wir mussten umziehen, auf jeden Euro achten. Sie hat sich sogar beschwert, dass die Meerschweinchen so viel kosten. Eigentlich hat sie nur noch gemeckert.«

Das, was Ida gerade beschrieb, konnte kaum eine Folge von Michaels Tod sein. Denn von Jan wusste er, dass die Angehörigen der Soldaten finanziell einigermaßen abgesichert waren. Zusammen mit Andreas merkwürdigem Verhalten verstärkte dies Jörgs Verdacht, dass Andrea in unsaubere Geschäfte verwickelt war.

»Das klingt nicht schön«, meinte er. »Aber wieso kommst du ausgerechnet jetzt darauf?«

»Ich weiß nicht. Irgendwie war Mama damals so komisch wie heute.«

»Es gibt einen wichtigen Unterschied zu der Zeit damals: Jetzt hast du auch noch mich. Komm, lass uns gehen. Allerdings musst du mir versprechen, genau das zu tun, was ich sage, wenn es irgendwie kniffelig wird. Verstanden?«

»Klar.«

Während sie die Holtenauer Straße entlanggingen, fragte Jörg sich, ob er Ida nicht doch besser in der Bäckerei zurückgelassen hätte. Aber das Mädchen hatte so verloren gewirkt, dass er es nicht übers Herz gebracht hatte. Solange sie ihm gehorchte, war sie eigentlich nicht in Gefahr. Theoretisch. Andererseits konnte und wollte er sich nicht vorstellen, dass es am helllichten Tag auf offener Straße zu einer Auseinandersetzung kam.

»Wieso fahren wir denn eigentlich nicht?«, fragte Ida unvermittelt.

»Weil hier Parkplätze Mangelware sind und ich deine Mutter nicht verfehlen wollte, wenn sie uns entgegenkommt. Die paar Minuten spielen nun auch keine Rolle mehr.« Hoffte er.

Wenige Minuten später erkannte er Andrea, die ihnen entgegeneilte, aber noch ein ganzes Stück entfernt war.

Jörg hielt Ida zurück, als das Mädchen loslaufen wollte. »Warte hier«, sagte er und ging schneller.

Der Mann, der Andrea folgte und nun zu ihr aufschloss, gefiel ihm nicht.

Tatsächlich! Als der Kerl sie erreicht hatte, packte er sie am Arm und sagte etwas zu ihr. Andrea drehte sich um und geriet ins Stolpern.

Jörg sprintete los, schubste einen Mann, der sein Rad schob, einfach zur Seite.

»Lassen Sie sie los. Aber sofort«, befahl Jörg.

Der Kerl grinste nur. »Und wenn nicht? Das hier ist nur ein harmloser Streit, wie er in jeder Ehe vorkommt. Ich nehme meine Frau jetzt mit nach Hause und wir klären das in aller Ruhe.«

»Hände weg!«, fuhr Jörg ihn an.

Andrea riss sich los. Als der Kerl nachsetzen wollte, trat sie ihm gegen das Schienbein und wich zurück.

Der Mann griff in seine Hosentasche und förderte ein Klappmesser zutage.

»Ich glaube einfach nicht, dass man so blöd sein kann«, sagte Jörg ruhig und zog seine Waffe. »Polizei. Messer weg und auf den Boden legen. Ganz schnell, sonst verpasse ich Ihnen eine Kugel ins Knie. Andrea, du kommst sofort her und stellst dich hinter mich.«

Die Augen weit aufgerissen, tat sie, was er verlangte.

»So ist das also«, stellte der Kerl fest.

»Ganz genau«, erwiderte Jörg. »So ist das. Brauchen Sie noch eine schriftliche Einladung? Messer weg und runter auf den Boden.«

Langsam warf der Typ das Messer auf den Bürgersteig, wirbelte dann jedoch herum und rannte los.

»Scheiße!« Jörg verkniff sich weitere wüste Beschimpfungen und sprintete dem Mann hinterher. Leider sah das deutsche Polizeirecht es nicht vor, dass man einen unbewaffneten, flüchtenden Verbrecher einfach niederschoss. Schon gar nicht, wenn sich noch Passanten in unmittelbarer Nähe befanden. Der Gedanke, dem Idioten eine Kugel in die Beine zu verpassen, war allerdings verdammt verführerisch.

Sportlich war der Typ jedenfalls, denn er wurde nicht langsamer. Jörg holte jedoch kontinuierlich auf.

Plötzlich nahm er von rechts einen Schatten wahr. Etwas traf ihn hart. Im nächsten Moment flog Jörg durch die Luft und schaffte es gerade noch, sich auf dem Gehweg abzurollen, verlor jedoch bei der harten Landung seine Waffe aus der Hand.

Fluchend rappelte er sich wieder hoch und hob die Walther auf. »Verdammt!« Jörg knirschte vor Wut mit den Zähnen.

Ein Audi war aus einer Grundstücksausfahrt gefahren und hatte ihn erwischt. Der Fahrer hielt neben dem Flüchtenden, der sich noch die Zeit nahm, Jörg den ausgestreckten Mittelfinger zu zeigen, ehe er einstieg. Bevor die Tür richtig ins Schloss gefallen war, raste der Wagen bereits mit überhöhter Geschwindigkeit davon.

Zwei Studenten waren stehen geblieben. »Ist Ihnen was passiert?«, fragten sie mit vor Schreck aufgerissenen Augen. »Das war ja mal ein Stunt!«

Jörg schüttelte den Kopf. »Alles gut.«

Die beiden gingen weiter. Jörg war froh, dass sie keine Zeit gehabt hatten, den Vorfall zu filmen. Er konnte gut darauf verzichten, auf YouTube zu erscheinen.

Nachdenklich musterte er das Gebäude, vor dem er stand: das Maklerbüro, dem der Mercedes Kombi gehörte und wo Andrea sich vermutlich längere Zeit aufgehalten hatte. Dass der Audi von dessen Hinterhof gekommen war, passte perfekt. Der Fahrer des Wagens musste die Situation aus einiger Entfernung beobachtet haben. Kurz überlegte Jörg, eine Fahndung nach dem Fahrzeug zu veranlassen. Aber so professionell, wie die Täter auftraten, würde der Audi innerhalb der nächsten Stunde irgendwo als brennendes Wrack auftauchen.

Wenigstens hatte er außer einigen blauen Flecken nichts abbekommen.

Andrea und Ida kamen auf ihn zugelaufen.

»Du blutest«, schrie Ida entsetzt und zeigte auf Jörgs Schulter.

»Ach, das ist nur ein Kratzer von gestern, der aufgegangen ist. Das hört auch wieder auf.« Wie gut, dass er sich für ein schwarzes T-Shirt entschieden hatte, da fiel der Fleck nicht weiter auf.

Er sah Andrea fest an. »Was genau hast du in diesem Büro gemacht, um eine solche Aktion zu provozieren?«

Sie wich seinem Blick aus. »Jetzt klingst du wie ein Polizist! Als ob es meine Schuld ist, dass mich dieser Typ angemacht hat!«

Ihre offensichtlich gespielte Empörung brachte seine Beherrschung endgültig ins Wanken. »Ich bin Polizist!«, brüllte er sie an.

Erst als Ida zusammenzuckte und eine ältere Dame ihn missbilligend ansah, bekam er sich wieder in den Griff. »Du solltest endlich alle Karten auf den Tisch legen«, forderte er beherrschter.

»Ich hatte mich da nur wegen eines Jobs vorgestellt«, erwiderte sie.

Ida kniff die Augen zusammen. »Da hängt ein Schild am Fenster, dass sie jemanden suchen.« Sie starrte ihre Mutter an. »Heißt das, dass wir hierbleiben und nicht mehr nach Hause zurückgehen?«

Andrea zuckte nur mit der Schulter.

Jörg wusste nicht mehr, was er glauben sollte. Andreas Begründung klang logisch. Aber dennoch: Ein einfaches Vorstellungsgespräch rechtfertigte kaum das Verhalten ihres Verfolgers, das für ihn wie ein Entführungsversuch ausgesehen hatte. Und wieso hätte sie ihm ihre Jobsuche verschweigen sollen? Nur eins war ihm klar: Solange Andrea nicht freiwillig redete, hatte er keine Chance, sie dazu zu bringen oder ihr zu helfen.

Mit Rücksicht auf Ida verzichtete er auf Fragen und Vorwürfe. Beides würde sie nicht weiterbringen, sondern alles, was sich vielleicht zwischen ihnen entwickelte, endgültig zerstören.

»Lasst uns zum Eisparadies gehen«, schlug er deshalb vor. »Das ist nicht weit von hier und dort gibt's das beste Eis in ganz Kiel.«

Andrea berührte ihn sanft am Arm. »Es tut mir wirklich leid.«

In ihren Worten lag so viel mehr, aber er wusste nicht, was er dazu sagen sollte. Er nickte nur und legte Ida locker einen Arm um die Schulter. »Eigentlich reicht eine Kugel Eis in dem Laden völlig, aber auf den Schreck spendiere ich dir zwei. Okay? Und danach sehen wir uns die Seehunde und die großen Schiffe in der Förde an. Es wird Zeit, dass wir den Tag genießen und meinen neuen Job feiern.«

Dankbar lächelte Ida. »Das klingt gut. Müssen wir denn nicht deine Kollegen anrufen?«

»Eigentlich schon, aber außer endlosem Papierkram würde uns das nicht weiterbringen. Ich maile Markus nachher eine Zusammenfassung.«

»Okay. Wo geht's lang?«

Wie gut, dass wenigstens Teenager noch schnell abzulenken waren. In Jörg schwelte eine ungesunde Mischung aus Wut und Misstrauen. Aber er würde alles tun, damit zumindest das Mädchen etwas Spaß hatte. Er hatte genug Erfahrung in Undercovereinsätzen, um sich erfolgreich zu verstellen. Dennoch fühlte er sich dabei schlecht.

Als sie die Eisdiele erreicht hatten, staunte Ida über die Warteschlange vor dem Laden.

»Das ist hier immer so, geht aber schnell. Stellt euch schon mal an. Ich muss mich noch kurz bei einigen Freunden bedanken, die ein gutes Wort beim MEK für mich eingelegt haben.«

Das tat Jörg dann auch per WhatsApp, bat Dirk allerdings zusätzlich darum, Andrea komplett zu durchleuchten – mit allem, was die Datenbanken hergaben, auf die sein Freund Zugriff hatte.

Während er die Nachricht tippte, fühlte Jörg einen dumpfen Schmerz in der Magengegend, den er auf seine unfreiwillige Stunteinlage schob.

Der Hamburger Wirtschaftsprüfer antwortete sofort. *Glückwunsch, dafür ist die nächste Feier fällig. Deine Bitte ist schöner Mist. Wird sofort erledigt. Ich hoffe, du irrst dich.*

Das hoffte Jörg auch, aber er zweifelte mittlerweile daran, dass er falschlag. Andrea verbarg etwas vor ihm und nicht einmal die Bedrohung durch den zwielichtigen Typen oder der Versuch, Jörg umzufahren, bewegte sie dazu, offen zu sein.

Er sah in Andreas Richtung und ihre Blicke trafen sich. Sie wandte sich als Erste ab. Jörg wertete das als Schuldeingeständnis.

Und wieder war da dieser Schmerz in seinem Inneren – als wäre etwas beendet, was noch nicht einmal richtig begonnen hatte.

Kapitel 20

Jan bat den zwölfjährigen Jungen, sich das T-Shirt wieder anzuziehen. »Die Prellung ist noch gut zu sehen, aber du merkst ja selbst, welche Bewegungen noch schmerzen und was schon wieder möglich ist.«

René sah ihn an. »Also Turnen in der Schule geht gar nicht, aber kicken mit meiner Mannschaft ist kein Problem.«

Jan grinste den Jungen an, der sich von seinem Radunfall bestens erholt hatte und heute sein letzter Patient war. »Also möchtest du für die Schule ein Attest?«

Die Mutter lachte leise. »Die Sportlehrerin steht kurz vor der Pensionierung und versucht, den Jungs Radschlagen und Handstand beizubringen.«

Jan bemühte sich, ernst zu bleiben. »Und das gilt natürlich als Mädchenkram.«

René schnaubte. »Nicht nur. Das geht auch irgendwie einfach nicht.«

»Zeigt sie euch denn nicht, wie ihr das machen müsst?«

»Nee, nicht wirklich.«

»Schade. Kennst du die Serie *Arrow*? Der Schauspieler macht alle seine Stunts selbst und hat sogar den Parcours bei *American Ninja Warrior* geschafft. Genau dafür braucht man solche Körperbeherrschung.«

René schwieg erst und nickte dann. »Ich verstehe, was Sie meinen. Ich muss das Attest ja nicht vorlegen, wenn die olle Frau Silber bereit ist, uns mal vernünftig zu zeigen, was wir eigentlich machen müssen.«

»Das klingt doch prima. Ich bitte Gerda, dir …«

Die Tür zu seinem Behandlungszimmer flog auf. »Jan! Du wirst bei Anna Müller gebraucht. Sofort. Bist du fertig?«

»Verdammt, ich hätte sie ins Krankenhaus …«

»Nein, nicht sie«, unterbrach Gerda ihn. »Heiner hat was abbekommen und weigert sich, den Notarzt kommen zu lassen.«

Renés Mutter lächelte nur. »Rasen Sie schon los. Wir sind hier ja durch. Aber fahren Sie vorsichtig, ohne Sie würde uns was fehlen.«

Das ließ sich Jan nicht zweimal sagen. Wenige Sekunden später saß er auf seiner Ninja und gab Gas. Als er durch Brodersby fuhr, machten ihm zwei Autofahrer, die er nicht kannte, bereitwillig Platz. Anscheinend hatte es sich herumgesprochen, dass ein Arzt auf einer Rennmaschine in dieser Gegend zum Straßenbild gehörte.

Wieder einmal trieb er das Motorrad an die Grenzen der Physik, nahm die Kurven in tiefer Schräglage und beschleunigte auf den geraden Strecken so stark, dass das Vorderrad abhob. Dank seines Fahrstils erreichte er das Haus von Anna Müller in absoluter Rekordzeit.

Aufgeregt kam ihm die alte Dame entgegengelaufen. »Schnell, Jan. Heiner blutet mir in der Küche alles voll und sieht ganz käsig aus.«

Jan stürmte an ihr vorbei in den kleinen Raum und atmete dann auf. Eindeutig wach und ansprechbar, aber auch sichtlich verärgert, saß Heiner auf der Sitzbank.

Der ehemalige Polizist presste sich ein Handtuch gegen den Hinterkopf, das bereits einen ordentlichen Blutfleck aufwies, und sah Jan betreten entgegen. »Nun mach nicht so ein Drama draus. Ich habe dir doch gesagt, dass Kopfverletzungen schlimmer aussehen, als sie sind. Du hättest Jan nicht verrückt machen sollen.«

»Mal sehen, ob ich deiner Diagnose zustimme«, erwiderte Jan.

Die Wunde sah tatsächlich gefährlicher aus, als sie war, aber dennoch musste Jan zwei Klammern benutzen, um sie zu schließen.

»Mist, so viele Haare habe ich dahinten nicht mehr, dass du sie mir einfach so abrasieren kannst«, beschwerte sich Heiner.

Jan ignorierte die Meckerei und betrachtete ihn prüfend. »Ist dir schlecht? Oder schwindelig? Deine Hand zittert etwas und dein Blutdruck ist mir zu hoch.«

»Das liegt daran, dass ich stinksauer bin!«, fuhr Heiner ihn an.

Anna Müller trat zu ihnen und stellte drei Gläser auf den Tisch, die vor Kälte beschlagen waren.

»Das ist selbst gebrannter Apfelkorn. Ein Schluck und die Welt sieht anders aus.«

»Danke.« Heiner wartete nicht, bis ihm jemand zuprostete, sondern stürzte den Schnaps in einem Zug hinunter. »Ich könnte mich immer noch ...«, sagte der ehemalige Polizist schon deutlich beherrschter.

Jan schob Heiner das Glas hin, das für ihn selbst vorgesehen war. »Schnaps und Ninja vertragen sich nicht«, erklärte er. »Aber dann will ich wissen, was passiert ist. Du hast da schon ordentlich was abbekommen.«

Zum ersten Mal lächelte Anna Müller. »Das liegt daran, dass sein Dickschädel mit der Eichenkommode im Flur kollidierte, als Heiner zu Boden gegangen ist.«

Jan hob eine Augenbraue. »Hat dieser ominöse Ralph was damit zu tun?«

Heiner knurrte etwas vor sich hin, sodass Anna Müller die Erklärung übernahm. »Aber so was von! Ich bat den Herrn in die Küche. Heiner kam einen Augenblick später hinzu, grüßte freundlich. Der feine Herr stand auf, eilte davon und rannte dabei Heiner einfach um.«

»Ein Glück, dass nicht mehr passiert ist«, erwiderte Jan. »Aber die Reaktion finde ich schon etwas heftig. Dann hat er dich wohl erkannt.«

Heiner nickte und verzog sofort den Mund.

»Halte den Kopf möglichst ruhig!«, befahl Jan.

»Danke, das habe ich auch gerade bemerkt.« Trotz seiner Worte neigte Heiner seinen Kopf leicht nach rechts und links. »Also, wenn der Typ mich erkannt hat, müsste ich ihn ja auch kennen. Tu ich aber nicht. Ich denke, der ist vor mir gewarnt worden. Wer kann denn wissen, dass wir beide gemeinsam auf die Jagd gegangen sind?«

Jan schmiss die benutzten Kompressen und Pflasterreste in den Mülleimer. »Gute Frage. Viele können das doch eigentlich nicht sein. Oder anders ausgedrückt: Die, die es wissen, können wir ausschließen, weil wir ihnen vertrauen können.«

»Ich muss da mal drüber nachdenken«, sagte Heiner und betrachtete die Schnapsflasche, die noch mitten auf dem Tisch stand.

Jan folgte seinem Blick. »Ich rufe Lena an und frage, ob sie dich nach Hause fahren kann. Mit der Wunde und dem Alkohol im Blut lass ich dich nicht mehr ans Steuer.«

»Ach was. Das …«

»Keine Diskussion!«, ermahnte Jan ihn.

»Mensch, ich wollte doch bloß sagen, dass das auch meine Frau machen kann. Sagte ich eigentlich schon, dass ich vor meinem Zusammenstoß mit Ralph den Wagentyp und das Kennzeichen notiert habe?«

»Nee. Dann erzähl mal.«

»Ein schwarzer Audi R8. Ganz was Feines. Mit Hamburger Kennzeichen.«

Jan pfiff durch die Zähne. »Tja, Frau Müller, da hatten Sie wohl recht. Der Herr hat offenbar Geschmack.«

Empört schnaufte die alte Frau. »Und ist ein ganz mieser Gauner! So ganz wollte ich dir ja erst nicht glauben. Aber so, wie der den Heiner durch die Gegend geschubst hat, das geht ja man gar nicht und zeigt, wes Geistes Kind er ist.«

So konnte man es natürlich auch sehen.

Jan nahm nicht den direkten Weg zu Felix und Liz, sondern wählte einen weiten Bogen, der ihn fast bis Lindaunis führte. Immer wieder sah er hinter Bäumen oder Feldern die Schlei. Bei gutem Wetter war die Landschaft traumhaft schön und die Straßen hatten für Motorradfahrer ausreichend Kurven. Als er schließlich neben Liz' Tesla anhielt, war Jan zwar bei der Suche nach den Zusammenhängen keinen Schritt weiter, aber er fühlte sich entspannter. Vielleicht brachte ihn das Gespräch mit Felix weiter.

Zwei Hunde kamen auf ihn zugelaufen: Rambo, dicht gefolgt von Ginger.

Jan beugte sich zu ihnen hinab und streichelte beide ausgiebig.

»Hey Kleine«, begrüßte er Ginger. »Du kannst deinem Herrchen nachher gratulieren. Er hat den neuen Job.«

Die Hündin kläffte, als ob sie ihn verstanden hatte, während Jan sich fragte, was in Kiel noch vorgefallen war. Jörg hatte ihm nur geschrieben, dass das Gespräch erfolgreich war und dass sie dringend reden mussten.

Gemeinsam mit den beiden Hunden, die um ihn herumsprangen, ging er auf die Terrasse.

»Welch seltener Gast«, begrüßte ihn Felix ironisch.

»Autsch«, antwortete Jan. »Tut mir wirklich leid. Bekomme ich mildernde Umstände? Denn ich brauche deine Hilfe. Ich habe komplett den Überblick verloren.«

Damit hatte er den richtigen Ton getroffen, denn Felix' finstere Miene wurde von Interesse abgelöst. »Na, dann setz dich mal hin. Liz und ich waren ja auch nicht untätig. Und ich habe mir schon mit Dirk die Zahlen dieser Bank genauer angesehen.«

Jan legte seinen Helm und die Jacke einfach auf den Boden. Als Ginger interessiert an beiden schnüffelte, scheuchte er sie weg. »Mich wundert es, dass Jörg sie nicht mit zum Bewerbungsgespräch geschleppt hat«, überlegte er laut, als er der Hündin hinterhersah.

Felix brummte zustimmend. »Den Jungen hat's wirklich erwischt. Und vermutlich nicht nur im Hinblick auf sein vierbeiniges Mädel.«

Jan grinste breit. Die wenig subtile Überleitung war typisch für seinen Freund. »Du meinst Andrea? Ich würde das als vorsichtiges Interesse bezeichnen, das zudem noch unerwartetem Störfeuer ausgesetzt ist.«

Felix schmunzelte. »Da kommt der Soldat bei dir durch ... Aber so ganz falsch liegst du nicht. Andrea muss erst einmal zu sich selbst finden.« Er hustete etwas und trank schnell einen Schluck Wasser.

Jan runzelte die Stirn. »Hast du dich erkältet?«

»Ach was, nur verschluckt.«

Misstrauisch hakte Jan nach: »Hast du noch mehr Beschwerden, von denen ich als dein Freund und Arzt wissen sollte?«

»Alles gut«, wiegelte Felix ab. »Möchtest du was trinken?«

»Ja, aber bleib sitzen, das hole ich mir selbst. Wo steckt eigentlich Liz?«

»Braut einen Gemüseeintopf zusammen, der hoffentlich bald fertig ist. So langsam bekomme ich nämlich Hunger.«

In der Küche stieß Jan auf seine Tante. Dass sie sich Sorgen machte, sah er auf den ersten Blick. »Was ist los?«

»Nichts«, erwiderte sie und rührte stoisch weiter in einem Topf, in dem verschiedene Gemüsesorten vor sich hin köchelten.

»Ich weiß, dass ich euch ein wenig vernachlässigt habe, aber ...«

Seine Tante hob drohend ihren Kochlöffel. »Ach was. Du hast genug um die Ohren und wir sind keine kleinen Kinder, um die man sich kümmern muss.«

»Na gut. Wie lange hustet Felix schon?«

»Darf ich dir nicht sagen.«

Die Formulierung ›darf‹ verriet Jan einiges. »So viel zum Thema Kleinkinder«, knurrte er und ärgerte sich gleichzeitig über seine eigene Nachlässigkeit. Schließlich wusste er, dass es Felix nicht gut ging und sein Freund dazu neigte, seinen Zustand herunterzuspielen.

Er gab seiner Tante einen Kuss auf die Wange. »Ich bin froh, dass du die letzten Tage für ihn da gewesen bist.«

»Ich ja auch. Aber so kann es nicht weitergehen. Dieses Mal war es der Verlust von Hannibal, durch den es ihm schlechter ging. Aber auch sonst schwebt seine Krankheit wie ein Damoklesschwert über uns. Na komm, geh wieder raus und nimm vier Teller und ausreichend Besteck mit. Das Essen ist gleich fertig.«

»Vier?«

»Ja. Und Gläser bitte auch.«

Anscheinend erwartete Liz noch einen Gast, hielt es aber nicht für nötig, ihm den Namen mitzuteilen. Jan verdrehte die Augen. Kindergarten oder Irrenhaus? Als ob er nicht genug andere Probleme hatte!

Während er das Geschirr verteilte, wandte sich Jan direkt an Felix: »Wer kommt denn noch?«

»Keine Ahnung. Ich dachte schon, du kannst nicht mehr bis drei zählen ...«

»Von wegen. Dann hat Liz was ausgeheckt.«

»Na, das werden wir ja sehen. Erzähl mal, was es Neues gibt.«

Jan brachte Felix auf den aktuellen Stand und hoffte dabei, dass vielleicht seinem Freund etwas auffiel, was ihm entgangen war.

»Ich sehe ein Muster«, sagte Felix nach kurzem Schweigen tatsächlich. »Was genau hatte Sven noch interessant gefunden?«

Jan musste erst überlegen, was Felix meinte. »Er hatte sich daran festgebissen, dass ich bei der Frau von Sanders ein merkwürdiges Gefühl hatte. Dazu würde ihr Auftritt heute Morgen in der Praxis passen. Wenn du mich fragst, ist sie nur vorbeigekommen, um mein Misstrauen gegen Schaima zu schüren.«

»Was genau hat sie gesagt?«

»Sie hat was von einem Vermögen, das Schaima durch Hexenseminare oder so ähnlich verdient, erzählt.«

Hinter Jans Rücken ertönte ein leises Lachen.

Erschrocken fuhr er herum. Normalerweise schaffte es niemand so leicht, sich ihm unbemerkt von hinten zu nähern. Es war nur ein geringer Trost, dass auch Felix zusammengezuckt war.

Schaima sah ihn lächelnd an. »Das war wohl Karma, dass ich in diesem Augenblick komme.«

Verlegen begrüßte Jan die Heilerin, die mit der engen Jeans und dem weiten T-Shirt in verschiedenen Orangetönen ungewöhnlich, aber auch passend bekleidet war. Eigentlich hätten ihre roten Haare nicht zu diesen Farben passen sollen, aber sie taten es.

Felix sah sie überrascht an. »Ich wusste nicht, dass du heute kommst, und auch nicht, dass ich was mit den Ohren habe. Normalerweise höre ich es, wenn ein Wagen vorfährt.«

»Das könnte daran liegen, dass ich mit dem Rad hier bin. Das Wetter ist zu schön, um Zeit in einer dieser Blechkisten zu verbringen.«

»Ich wusste gar nicht, dass ihr euch kennt«, hakte Jan nach.

Schaima legte den Kopf etwas schief. »Dann ist dir in den letzten Tagen wohl einiges entgangen.« Sie milderte den Vorwurf mit einem Augenzwinkern. »Allerdings erwartet auch niemand von dir, dass du an mehreren Orten gleichzeitig bist. Nur du selbst. Und das ist nicht gut für deine Gesundheit.«

Jan öffnete den Mund, um zu widersprechen, schwieg dann aber. So ganz falsch lag sie mit ihrer Diagnose schließlich nicht.

Felix grinste breit, musste jedoch erneut husten. Dieses Mal klang der Anfall nicht so schnell wieder ab.

Jan sprang auf, aber Schaima war schneller, weil sie direkt neben Felix stand. Sie legte ihm eine Hand auf die Brust und redete beruhigend auf ihn ein. Ihre Augen waren geschlossen, ihre Miene konzentriert. Da seinem Freund das Atmen sichtbar leichterfiel, mischte Jan sich nicht ein, beobachtete aber jede einzelne Bewegung der Heilerin genau.

Liz kam aus der Küche gestürmt. Ihre normale Sonnenbräune war einer ungesunden Blässe gewichen.

Schaima sah sie an und lächelte ihr beruhigend zu. »Es ist alles in Ordnung.«

Jans Tante hatte Tränen in den Augen. »Nichts ist in Ordnung. Der Husten wird von Tag zu Tag schlimmer. Aber dieser Dickkopf hat mir verboten, Jan anzurufen. Von dir hat er jedoch nichts gesagt.«

Felix atmete tief durch und hustete dann wieder leicht. »Ich werde mich das nächste Mal genauer ausdrücken! Es ist doch nur ein harmloser Husten.«

»Das sehe ich anders«, widersprach Jan. »Das war hart an der Grenze zu einem Asthmaanfall. Ich weiß, dass du eine Abneigung gegen Untersuchungen hast, aber darum kommst du jetzt nicht mehr herum. Ich muss deine Lunge …«

Schaima hob eine Hand. »Das musst du nicht«, erwiderte sie ruhig. »Seine Lunge ist völlig in Ordnung. Ich werde dir jetzt zeigen, was für ein Wissen ich in meinem angeblichen Hexenseminar vermittle. Felix geht rasch duschen und wäscht sich die Haare. Du, Jan, ziehst dir deine Motorradhandschuhe an und nimmst den Spaten mit, der da drüben an der Wand lehnt. Liz: Das Essen servierst du bitte in zehn Minuten.«

Mit ihrem Befehlston hätte Schaima auch bei der Bundeswehr Karriere machen können. Eigentlich ließ sich Jan von niemandem so herumkommandieren, aber er war neugierig, worauf dies alles hinauslief.

Während er den Spaten holte, ging Schaima langsam über die Terrasse auf die Weide zu und sah immer wieder auf den Boden. Schließlich winkte sie Jan zu. »Hierher!«

Jan ging zu ihr. »Und jetzt?«, fragte er und musste plötzlich niesen.

Schaimas Augen funkelten vor Vergnügen. »Felix' Lungen sind in Ordnung. Ich fühle das und wenn du mir nicht glaubst, überrede ihn zu einem Scan. Das hier ist der Übeltäter.«

Jan sah sich um. Auf der Weide grasten die Pferde und Ponys, die bei Felix ihr Gnadenbrot bekamen. Dazu liefen die beiden Hunde schnüffelnd umher und jagten ab und zu vergeblich einem Vogel nach. Jan sah absolut nichts, was zu Felix' Husten geführt haben könnte, und nieste erneut.

Nun lachte Schaima offen. »Nicht auf der Weide. Hier direkt vor deinen Füßen. Das Kraut muss weg.«

Jan sah auf den Boden. »Das sieht wie Mohrrübenkraut aus. Das soll so eine Reaktion auslösen?«

»Sicher, wenn der Wind richtig steht.«

Jan konnte ein weiteres Niesen gerade noch unterdrücken und musterte die Pflanze misstrauisch. »Was ist das denn für ein Zeug? Eigentlich sieht es ziemlich harmlos und klein aus.«

»Noch«, erklärte Schaima. »Die Pflanze wuchert aber ganz schnell und verbreitet sich enorm. Es gibt sogar eine Meldepflicht für ihr Auftreten. Buddel sie doch bitte inklusive der Wurzeln aus und dann kommt das ganze Zeug in den Restmüll. Bloß nicht in die Biotonne oder auf den Kompost, denn sonst verbreitet sie sich weiter. Wenn du noch mehr darüber wissen willst, musst du nach *Ambrosia* googeln. So heißt die Pflanze.«

»Okay, mache ich.« Er betrachtete die Pflanze. »Deshalb hast du Felix unter die Dusche geschickt: damit er die Pollen loswird.«

»Ganz genau.«

»Aber eine Frage habe ich noch. Wie bist du darauf gekommen, dass Felix' Husten durch eine Allergie ausgelöst wurde?«

Schaima wich seinem Blick nicht aus. »Glaubst du es mir denn, wenn ich dir sage, dass ich in seinem Lungenbereich keine Störung seiner Energie gespürt habe?«

»Mich würde es eher überzeugen, wenn du das Zeug gerochen hättest.«

»Tja, wenn du dich besser fühlst, dann glaube das«, gab sie schnippisch zurück.

Jan fuhr sich durch die Haare und stach dann den Spaten in die Erde. »Entschuldige. Ich habe gefragt. Du hast geantwortet. Ich akzeptiere das. Ohne Hintergedanken: Hast du noch mehr gespürt?«

Er war nicht sicher, ob er die Antwort hören wollte, und grub die Pflanze mit mehr Gewalt als erforderlich aus.

Schaima legte ihm eine Hand auf den Arm. »Du weißt, dass es Dinge gibt, die wir nicht ändern können. Es geht Felix etwas schlechter.« Jan wollte etwas sagen, doch sie redete einfach weiter. »Aber auch etwas besser. Die Dinge sind einigermaßen im Gleichgewicht, aber er ist es nicht und das begünstigt seine Krankheit.«

Jan schaufelte Erde über die Pflanze, weil er schon wieder ein unangenehmes Kribbeln in der Nase spürte. »Ich bin nicht sicher, ob ich verstehe, was du meinst. Aber bitte denke nicht, dass ich dich und deine … Tätigkeit nicht ernst nehme. Es gibt Bereiche wie beispielsweise Gürtelrose und Warzen, wo ich deine Methode zur Aktivierung der Selbstheilungskräfte der Schulmedizin vorziehe. Gerda wird solchen Patienten deine Kontaktdaten geben. Nur bei komplexeren Diagnosen …« Er zögerte und warf Schaima einen entschuldigenden Blick zu. »Ich sehe da Unterstützungsmöglichkeiten, aber keine wirklichen Chancen auf Heilung.«

Schaima lächelte. »Das ist doch schon mal ein Anfang. Aber zurück zu Felix. Ich denke, du weißt selbst, wieso es ihm schlechter geht.«

»Hannibal. Die beiden hat etwas Besonderes verbunden. Und ich war nicht da, um Felix nach diesem Verlust aufzufangen.«

Schaima kniff die Augen zusammen. »Du wärst für ihn da gewesen, wenn du Zeit gehabt hättest! Außerdem warst du da, als es drauf ankam. Und wenn du nicht gewusst hättest, dass Liz hier ist und sich um Felix kümmert, hättest du dir auch dafür noch irgendwie die Zeit genommen. Du übertreibst es mit deinem Verantwortungsgefühl! Denk mal drüber nach, denn das tut dir nicht gut. Aber um auf deinen Freund zurückzukommen: Ja, Hannibals Tod zieht Felix herunter. Er hat einen Seelenverwandten verloren. Manche mögen darüber lachen, weil wir hier über ein Meerschweinchen reden, aber ich weiß es zu schätzen, dass du das ernst nimmst. Dann kommt noch hinzu, dass Felix dich durch seine angeschlagene Gesundheit nicht so unterstützen konnte, wie er es gerne getan hätte. Er musste ja sogar auf das lange geplante Grillen verzichten. Plus eine Portion Schuldgefühle, weil er glaubt, für die Ereignisse am See mitverantwortlich zu sein. In Summe begünstigt das alles seine Krankheit.«

Zumindest an ihrer psychologischen Fähigkeit gab es nichts auszusetzen. Jan nickte knapp. »Hast du auch noch gute Nachrichten? Du erwähntest etwas Positives.«

»Sicher. Wer immer diese Meerschweinchen bei dir geparkt hat, löste unbeabsichtigt etwas Gutes aus. Felix wurde gebraucht. Und es liegt noch etwas anderes in der Luft, das dir bisher entgangen ist. Aber es ist nicht meine Aufgabe, dir das zu verraten. Wenn ich mir nun alles zusammen ansehe, finde ich, dass Felix auf einem guten Weg ist, Frieden mit sich und seiner Vergangenheit zu machen. Wenn ihm das gelingt, können wir vielleicht die Krankheit in den Griff bekommen. Damit meine ich, sie daran zu hindern, sich auszubreiten.«

»Wir?«

Schaima sagte nichts, sondern sah ihn nur ruhig an.

Schließlich gab Jan nach. »Okay. Wir!«

Schaima nickte zufrieden. »Ich besorge jetzt einen Müllbeutel, damit wir den Dreck hier entsorgen können, und dann wird Felix dir helfen, das Chaos in diesem Fall zu durchschauen.«

»Und sich dadurch besser fühlen«, sagte Jan mehr zu sich selbst. So ungern er es auch zugab, ein paar Dinge konnte er von der Heilerin noch lernen.

Nachdem Jan den gut gefüllten Beutel neben der Mülltonne verstaut und sich die Hände gewaschen hatte, stand schon die Suppe auf dem Tisch.

Schaima leitete als Erste zu dem Thema über, das Jan am Herzen lag. »Was war das vorhin mit dem Hexenseminar, das mich reich gemacht hat?«

Liz sah Jan so empört an, dass er abwehrend die Hände hob. »Ich habe nur zitiert, das kommt nicht von mir. Und ich glaube, es hieß Kräuterseminar.« Er erklärte ihnen, wie abfällig sich Yvonne Sanders über die Heilerin geäußert hatte. »Das war für mich bösartiger Klatsch, der fällt nicht unters Arztgeheimnis. Ich habe bisher nicht nachgesehen, was sie meinte. Aber sie erwähnte ausdrücklich deine Homepage«, schloss er.

Felix hob einen Löffel in die Luft. »Wenn ich mir alles, was wir bis jetzt an Fakten haben, ansehe, dann ist diese Yvonne Sanders der Dreh- und Angelpunkt in diesem Fall. Und außerdem die einzige Person, bei der du ein schlechtes Gefühl hattest.«

Jan seufzte. »Schon, aber ich sehe die Verbindungen nicht, die du siehst. Oder nur teilweise.«

»Dann lass mich mal …«

»Nix da! Erst einmal wird in Ruhe gegessen. Und danach erzählst du uns, wie das alles zusammenhängt!«, beendete Liz die Erklärung, ehe sie richtig begonnen hatte.

Felix und Jan zogen gleichzeitig den Kopf etwas ein. Es gab Momente, in denen man Liz besser nicht widersprach, und dieser gehörte dazu. Das wissende Lächeln von Schaima übersah Jan einfach.

Erst als der Tisch abgeräumt war und gefüllte Kaffeebecher vor ihnen standen, traute sich Felix, das Thema erneut anzusprechen. »Der Mann von Yvonne Sanders verdient sehr viel durch Vermittlungsgeschäfte, die er für die Hamburger Privatbank seines Schwiegervaters abwickelt. Seine Frau wusste, dass du zu Schaima fährst, und hat für unseren … ähm … Einsatz gegen die Gänsejagd gesorgt. Außerdem trägt alles, womit wir es in diesem Fall zu tun haben, irgendwie ihre Handschrift.«

»Wieso Handschrift?«, fragte Liz und kam damit Jan zuvor.

»Folge der Spur des Geldes und du entdeckst vieles ...«, begann Felix. »Die Verbrechen sind das eine. Aber im Mittelpunkt steht bei all dem ganz einfach der Versuch, Geld zu verdienen. Und dabei fahren die Verantwortlichen eine überaus geschickte Strategie: Sie kassieren ordentliches Kleingeld mit diesem Quacksalberkram wie Tee und Steinen. Wir wissen ja nicht, was dieser Ralph den leichtgläubigen Mitmenschen sonst noch so angedreht hat. Man sollte nicht unterschätzen, was dabei an Gewinn zusammenkommt. Als zweite Einnahmequelle haben die Drahtzieher des Ganzen dann natürlich noch die Sache mit den Immobilien am Laufen. An denen wiederum verdient die Bank ganz hervorragend. Dirk und ich haben das noch mal genau durchgerechnet und sind dabei auf einen zweistelligen Millionenbetrag gekommen. Pro Jahr.«

Jan pfiff leise. »So viel?«

»Ja. Die verdienen doppelt und dreifach: an den Verkäufen der Häuser, an der Finanzierung und an dem Vertrieb dieser Fonds. Letzteres ist übrigens ein ziemlich bekanntes Steuersparmodell für betuchte Anleger.«

Als Felix einfach weiterreden wollte, hob Schaima die Hand. »Sekunde mal. Mit Immobilien kenne ich mich nicht aus. Wie funktionieren diese Modelle?«

Felix lächelte. »Du nimmst ein Haus und verkaufst es zu einem übertreuerten Preis an den Fonds. Der Fonds hat damit schon mal einen netten Wert, weil er die Anschaffungskosten ansetzt. Den nimmst du, zerlegst ihn in kleine Stücke, die du dann in Form von Fondsanteilen weiterverkaufst. Damit fällt gar nicht mehr auf, dass für das Objekt viel zu viel bezahlt wurde. Und bei unserem Fall bleibt sogar alles in einer Familie.«

»Familie Sanders?«, warf Schaima ein.

Felix nickte. »Ganz genau. Yvonne Sanders war früher eine echte Powerfrau und hat für eine sehr bekannte Beratungsgesellschaft gearbeitet. Ich traue ihr zu, dass sie sich das ganze Finanzierungskonzept ausgedacht hat, bei dem ihr Mann an der Vermittlung der Geldanlage, die Bank am Fonds und an den Verkäufen der Häuser verdient. Außerdem bin ich sicher, dass ihr Mann das eigentliche Ziel am See war. Vielleicht wusste er zu viel oder sie mag ihn nicht mehr oder sonst was.«

Jan trank einen Schluck Kaffee und ließ sich Felix' Worte durch den Kopf gehen, schließlich prostete er ihm mit dem Becher zu. »Ich würde sagen, du hast es geschafft, alle Einzelteile zu einem Bild zusammenzufügen. Wir müssen nun nur noch herausfinden, wie dieser Marius, auch als Lux bekannt, und dieser ominöse Ralph dazugehören.«

Schaima hatte die Finger aneinandergelegt. »Habt ihr vielleicht ein Foto von dieser Yvonne? Mir fällt da gerade was ein.«

Felix nickte sofort. »Ich habe ein älteres auf der Seite ihres früheren Arbeitgebers und ein aktuelles bei dem Tierschutzverein gefunden. Sekunde.« Er tippte kurz auf seinem Smartphone und reichte es dann der Heilerin.

Schaima genügte ein Blick. »Ich kenne sie. Allerdings unter einem anderen Namen. Sie hat ein Seminar bei mir mitgemacht, aber man könnte sagen, unsere Chemie stimmte einfach nicht. Sie war auf der Suche nach einem Schalter, den man umlegt, um Zutritt zur spirituellen Welt zu erhalten. Aber so einfach funktioniert das eben nicht.«

Jan verkniff sich gerade noch ein Augenrollen, erntete aber trotzdem einen missbilligenden Blick von Schaima.

»Es ist wie mit Kampfsport«, belehrte sie ihn. »Da musst du auch Übungen so oft wiederholen, bist du sie nicht mehr sehen kannst! Aber wenn sie dir erst einmal in Fleisch und Blut übergegangen sind, hast du sie immer parat, wenn du sie brauchst.«

Jan zog es vor, das Thema nicht zu vertiefen. »Fällt dir sonst noch was zu Yvonne Sanders ein?«

»Sie war extrem an Zahlen interessiert. Wollte wissen, für welche Leistungen man wie viel Geld verlangen kann. Ich hatte bei ihr immer das Gefühl, in ihrem Kopf rattert eine Rechenmaschine, die alles genau kalkuliert.«

Liz schenkte ihnen Kaffee nach. »Damit bestätigst du ja Felix' Theorie. Aber ich verstehe nicht, wie Marius in das Bild reinpasst. Der Tee, den er Felix zusammengestellt hat, war ja nicht schlecht oder schädlich. Und ich kann mich da nur wiederholen: Er ist ein guter Mensch. Er war früher sehr erfolgreich und hat sich dann für einen anderen Weg entschieden – so in Richtung Schaima. Ich gebe ja zu, dass es sein kann, dass er irgendwie in diese unerfreuliche Angelegenheit verwickelt ist, aber ich weiß nicht wie. Ich denke, der eigentliche Bösewicht ist dieser Ralph. Der hat sich dann eben noch ein paar fiese Typen zur Unterstützung angeheuert. Und ausgeheckt hat das Ganze diese Yvonne.«

»Damit machst du es dir zu einfach«, widersprach Felix. »Du vergisst, dass Marius in Port Olpenitz gewesen ist und Andrea auf ihn reagiert hat.«

Langsam nickte Jan. »Ganz genau. Die restlichen Fragen kann uns nur Andrea beantworten …«

Schaima seufzte. »Sie steht an einem Scheideweg. Die eine Richtung kann direkt ins Verderben führen und sogar noch jemanden mitreißen, der euch am Herzen liegt.«

Jan dachte sofort an Jörg. »Wie kommst du denn jetzt darauf? Das klingt wie eine Prophezeiung.«

»Ist es auch, aber nicht von mir, sondern von meiner lieben Freundin Em. Sie hat heute Morgen ihre Karten befragt.«

Jan hätte Schaimas Worte zu gerne einfach ins Lächerliche gezogen. Aber leider stimmte diese Einschätzung exakt mit seinen eigenen Befürchtungen überein.

Kapitel 21

Jan beneidete Lena, die tief und fest schlief. Es war zwar erst halb elf abends, aber nachdem sie stundenlang an ihrem Zeichentisch gearbeitet hatte, weil ihr am späten Nachmittag plötzlich eingefallen war, wie sie ein Kinderbuch perfekt illustrieren konnte, war sie todmüde und ausgelaugt ins Bett gefallen.

Da er selbst viel zu unruhig war, um schon schlafen zu können, hatte er sich auf die Terrasse zurückgezogen. Der Nachthimmel war wolkenlos und die Luft immer noch warm genug, um im T-Shirt draußen zu sitzen. Er genoss die Stille, die nur ab und zu von natürlichen Geräuschen durchbrochen wurde. Kein Motorenlärm, nur das leise Schnarchen von Tarzan, der neben Jans Stuhl lag, und ab und zu ein Rascheln in den Büschen oder ein anderer Laut, der von einem Tier stammte.

Eigentlich war die friedliche Umgebung der perfekte Ort, um zur Ruhe zu kommen, aber heute Abend funktionierte das einfach nicht.

Dabei war der Tag recht positiv verlaufen. Markus hatte Felix' Theorie in Bezug auf Yvonne Sanders als Dreh- und Angelpunkt bestätigt, allerdings auch gestöhnt, weil ihnen konkrete Beweise fehlten.

Das Telefonat mit Jörg hatte Jan jedoch nicht gefallen. Als sein Freund ihm von den Geschehnissen in Kiel erzählt hatte, war Jörg anzumerken gewesen, wie sehr er unter Andreas undurchsichtiger Rolle litt.

Verdammt! Wie konnte er sie nur dazu bringen, offen mit ihnen zu reden?

Er trank einen Schluck Whisky, aber nicht einmal der *Talisker*, den er sonst sehr schätzte, schmeckte ihm im Moment.

Tarzan gab ein leises Kläffen von sich und brachte Jan damit zum Grinsen. Er streichelte den schlafenden Hund. »Na, hast wenigstens du im Traum das Kaninchen erwischt?«

Sein Handy vibrierte neben dem Whiskyglas. Jan seufzte. Ein Anruf um diese Zeit hieß vermutlich nichts Gutes. Im Display wurde ihm der Name von Felix angezeigt.

»Was ist passiert?«, fragte Jan besorgt.

»Andrea ist eben aus dem Haus geschlichen und weggefahren«, erklärte Felix. »Um diese Zeit ... Soll ich hinterher? Oder willst du das machen? Ihr kennt euch länger. Vielleicht bringst du sie ja irgendwie zur Vernunft. Jörg wollte ich lieber raushalten.«

»Das ist auch richtig so.« Jan dachte kurz nach. »Mir fällt nur ein mögliches Ziel ein, das Andrea hier in der Gegend anpeilen könnte: Port Olpenitz. Laut Jörg hat sie doch da so komisch auf ein Immobilienbüro reagiert.«

»Das war auch meine Idee. Allerdings die einzige, die ich habe.«

»Na, dann ... Ich fahre mal hin und sehe mich um.« Wenn er Andrea dort nicht fand, hatte er wenigstens eine kleine Motorradtour gemacht. Jan wollte schon auflegen, als ihm eine Idee kam. »Warte mal. Ich melde mich gleich noch mal. Ich weiß, wie wir sicher herausfinden, wo sie ist.« Sein Freund würde ihn für den Anruf um diese Zeit vermutlich lieben, aber das konnte er später wiedergutmachen. Er trennte die Verbindung und wählte Dirks Nummer.

Dirk hörte sich lediglich erstaunt, aber noch nicht verschlafen an. »Ist was passiert?«, erkundigte er sich sofort.

»Noch nicht«, meinte Jan. »Aber ich könnte deine Hilfe gebrauchen. Hattest du nicht erwähnt, dass du die Möglichkeit hast, ein Handy anzupeilen?«

Ein tiefer Atemzug war zu hören. »Offiziell ist das nicht möglich. Inoffiziell wäre es vielleicht drin. Worum geht's denn?«

In wenigen Worten erklärte Jan Andreas dubiose Rolle und ihr Verschwinden. »Wenn sie nicht nach Port Olpenitz gefahren ist, habe ich ein Problem.«

Nach kurzem Zögern willigte Dirk ein. »Also gut. Ich lasse den Standort auf dein Handy leiten.«

»Kannst du auch Felix' Handy dazu nehmen? Auf dem Motorrad sehe ich es sonst vielleicht zu spät.«

»Okay, aber bitte vergiss, dass das überhaupt funktioniert! Ich selbst nutze die Möglichkeit auch nur im absoluten Notfall. Und pass auf dich auf!«

»Klar. Danke.«

Dirk trennte die Verbindung. Jan rief wieder bei Felix an und brachte ihn auf den aktuellsten Stand.

»Möchte ich wissen, wie Dirk das macht?«

Jan holte tief Luft. »Nein, möchtest du nicht. Das Telefonat hat auch niemals stattgefunden. Ich mache mich auf den Weg. Bis ich bei der Ninja bin, dürften wir die Peilung schon haben.«

Er behielt mit seiner Prognose recht. Kaum stand er vor seinem Motorrad, vibrierte sein Handy wieder und meldete ihm den Eingang einer SMS. Jan ließ sich die Nachricht anzeigen, die nur einen Link enthielt. Er klickte ihn an. Sein Navigationsprogramm öffnete sich und zeigte einen roten Punkt, der sich bewegte – das musste Andreas Handy sein. Es befand sich auf der Straße, die nach Olpenitz führte. So weit hatte er also richtiggelegen – und hätte sich den Anruf eigentlich sparen können.

Jan startete den Motor und ignorierte bei seiner Fahrt durch das Dorf das Tempolimit. Bei nächster Gelegenheit würde er herausfinden, wieso Dirk Zugriff auf solche Möglichkeiten hatte. Vielleicht durch die Freundschaft mit Mark? Denn dass das amerikanische Militär solche Peilungen weltweit ohne rechtliche Hindernisse durchführen konnte, war bei Angehörigen von Spezialeinheiten kein Geheimnis. Normalerweise gingen Jan solche Maßnahmen entschieden zu weit. Wenn er jedoch Markus angerufen und um eine offizielle Peilung des Handys gebeten hätte, wären Stunden vergangen, ehe sie die erforderlichen Informationen bekommen hätten – wenn überhaupt. Ein Verfahren, das irgendwo in der Mitte zwischen beiden Extremen lag, wäre perfekt.

Die schnelle Fahrt durch die Nacht half ihm, seine Gedanken zu ordnen. Andrea wäre niemals so leichtsinnig, sich um diese Zeit auf ein Treffen mit jemandem einzulassen. Sie würde nicht riskieren, dass ihre Tochter auch noch die Mutter verlor. Damit gab es nur noch einen logischen Grund für Andreas Heimlichtuerei: Sie stellte eigene Nachforschungen an, weil sie in Port Olpenitz irgendetwas suchte. Jan würde als Erstes dafür sorgen, dass ihr nichts geschah, und sie dann dazu bringen, endlich die Wahrheit zu sagen.

Als er sich seinem Ziel näherte, verfluchte er in Gedanken die deutschen Gesetze. Es war nicht möglich, während der Fahrt die Scheinwerfer der Ninja auszuschalten. Wenn er unbemerkt bleiben wollte, musste er die letzten Meter laufen.

Er entdeckte Andreas Wagen am Straßenrand und stoppte. Nach einem Blick auf sein Handy kalkulierte Jan die Entfernung zu ihrem Standort. Andrea schien sich nicht zu bewegen, sondern sich in oder unmittelbar neben einem Gebäude aufzuhalten. Ungefähr da, wo Jörg ihre auffällige Reaktion bemerkt hatte.

Wie lange mochte sie schon vor Ort sein? Der Motor ihres Wagens war noch warm. Eigentlich konnte sie nur wenige Minuten vor ihm angekommen sein, denn so lange hatten die Telefonate mit Felix und Dirk nicht gedauert.

Er ließ seinen Helm und die Handschuhe auf der Sitzbank liegen und vergewisserte sich, dass er leicht an seine Pistole kam. Dann sprintete er an dem unbesetzten Wachhäuschen vorbei die Straße entlang, die ihn zu dem Immobilienbüro führte, wo sich nun Andrea aufhielt.

Die meisten Ferienhäuser waren um diese Jahreszeit anscheinend nicht vermietet. Nur in wenigen direkt am Meer gelegenen Gebäuden brannte Licht.

Erst als sein Ziel in Sichtweite war, wurde er langsamer. Der Mond schien hell genug, um nicht nur grobe Umrisse, sondern auch Details erkennen zu können. Bei der Immobilie, der Andreas Interesse galt, handelte es sich um ein Blockhaus, das etwas erhöht auf einer Art Holzpodest stand. Die Vorderfront des Gebäudes wurde nahezu komplett von einem riesigen Werbeschild eingenommen.

Genau so hatte das Gebäude auf dem Foto ausgesehen, das Jörg ihm gezeigt hatte.

In einem Fenster bemerkte Jan einen schwachen Lichtschein, wie von einer Kerze oder einer kleinen Taschenlampe. Ob das Andrea war? Laut seinem Handy musste sie ungefähr dort sein. Langsam umrundete er das Haus. Ihm fiel etwas auf, das wie ein Klettergerüst aussah, sich aber als eine schätzungsweise drei Meter hohe Aussichtsplattform entpuppte, die interessierten Käufern wohl einen Überblick über das Gelände ermöglichen sollte.

Er konzentrierte sich wieder auf das Immobilienbüro und fluchte innerlich, als er an der Rückseite des Gebäudes eine zerstörte Fensterscheibe bemerkte. Da hatte sich offensichtlich jemand Zutritt verschafft und er ahnte auch, wer das gewesen war.

Noch einmal sah er sich um. Kein Mensch weit und breit. Gut, dann konnte er mit Andrea verschwinden, ehe ihr Einbruch entdeckt wurde, und danach einige Dinge klären.

Er ging auf das zersplitterte Fenster zu, als sich plötzlich Scheinwerfer näherten. Ein Wagen fuhr langsam die Straße entlang.

Jan wich in den Schatten der Aussichtsplattform zurück. Viel zu spät bemerkte er, dass er nicht mehr alleine war.

Der Schlag kam förmlich aus dem Nichts, Jan schaffte nur noch eine minimale Ausweichbewegung. Statt ihn am Hinterkopf zu treffen, streifte etwas seinen Schädel und krachte dann auf seine rechte Schulter. Jans Knie gaben nach. Er taumelte zurück, stieß gegen einen Holzbalken und kassierte einen Tritt in den Magen. Nach Luft ringend, ging er zu Boden und hatte immer noch keine Ahnung, wer oder wie viele ihn überrascht hatten. Nur eins stand fest: Das hätte niemals passieren dürfen.

Der Strahl einer Taschenlampe blendete ihn, sodass er nichts mehr erkennen konnte.

»Das ist dieser Arzt!«, sagte jemand.

»Tja, da muss sich das Dorf wohl einen neuen suchen.«

Abwehrend hob Jan eine Hand vor die Augen, um etwas erkennen zu können. Zwei Männer. Einer, der die Taschenlampe hielt, mit einer Pistole bewaffnet, der andere mit einem Totschläger. Das wäre unter normalen Umständen mit ein bisschen Glück machbar – sofern er seinen Arm noch ausreichend bewegen konnte.

Der Kerl mit dem Totschläger beugte sich vor und riss Jan am Kragen seiner Jacke hoch. »Das war eine ziemlich dumme Idee, hier herumzuschnüffeln.«

Jan sagte kein einziges Wort, sondern bewegte nur unauffällig seine Schulter etwas. Schmerzhaft, aber es ging. Doch solange er nicht sicher war, ob die Typen auch Andrea in ihrer Gewalt hatten, konnte er nichts unternehmen.

Seine Ruhe irritierte die Männer offensichtlich. Sie sahen sich an.

Der mit der Pistole zuckte mit den Achseln. »Wie jetzt? Keine Beschwerden? Oder Erklärungen? Bist du begriffsstutzig, oder was?«

Jan blieb bei seiner Taktik und schwieg.

Der andere ließ den Totschläger in seine Handfläche klatschen. »Bring ihn zu der Tussi, die den Alarm ausgelöst hat. Vielleicht kennen sie sich. Das gibt dann allerdings ein kurzes, ziemlich explosives Wiedersehen. Los, vorwärts!«

Mit einem kräftigen Stoß in Richtung des Holzhauses zeigte der Kerl Jan, wo er hingehen sollte.

Mit wie vielen Gegnern hatte er es zu tun? Vier? Oder mehr? Die Männer waren brutal, aber nicht übermäßig professionell, sonst hätten sie ihn durchsucht und ihm die Waffe abgenommen. Jan umklammerte seine Schulter. Sollten die Typen doch denken, dass der Schlag ihn mehr behinderte, als es der Fall war.

Die Hintertür des Gebäudes stand nun offen. Im Inneren gab es nur einen Raum, in dem sich ein Empfangstresen und zwei Schreibtische mit jeweils zwei Besucherstühlen befanden. Andrea stand neben einem der Tische, auf dem ein aufgeschlagener Ordner lag, und sah Jan aus weit aufgerissenen Augen an. Zwei weitere Männer, von denen einer einen auffälligen grauen Vollbart hatte, befanden sich in ihrer unmittelbaren Nähe, beide hielten Pistolen in der Hand, deren Mündungen jedoch auf den Boden zeigten.

So weit, so gut. Wenn Jan schnell genug war und Andrea aus der Schusslinie bekam, hatte er eine realistische Chance.

Allerdings gefiel ihm die Propangasflasche überhaupt nicht, die der Kerl mit dem Totschläger nun in die Mitte des Raums schob. Ein kleiner Kasten mit einem Ziffernfeld zeigte einen Countdown an, der bei vier Minuten lag und weiter herunterzählte.

»Jan ...«, begann Andrea.

»Halt die Klappe«, fuhr sie der Typ mit dem grauen Bart an.

Jan drehte sich um, als er spürte, dass hinter ihm ein weiterer Mann das Blockhaus betrat. Der Neuankömmling war in jeder Hinsicht ein anderes Kaliber als die bisher anwesenden Männer.

Seine Jeans sah teuer aus, das weiße Hemd trug er offen. Mit den dunklen, fast schwarzen Haaren und den kantigen Gesichtszügen war er durchaus attraktiv und besaß eine erstaunliche Ausstrahlung.

Das war dann wohl der geheimnisvolle Ralph.

Andrea schnappte nach Luft. »Ich hätte nie gedacht, dass du zu so etwas fähig bist!«

Ralph ging auf sie zu und umfasste mit einer Hand ihren Unterkiefer. »Du hattest die Wahl. Zweimal. Aber besonders lernfähig bist du anscheinend nicht. Eine dritte Chance gibt es nicht.« Er ließ sie los und wandte sich an den Kerl mit dem Bart. »Macht es bei ihr schnell und schmerzlos. Bei ihm ist es mir egal. Aber hinterlasst keine Spuren, die das Feuer nicht vernichtet.«

»Geht klar, Boss«, erwiderte der Bartträger.

Jan blickte auf den Countdown. Noch über zwei Minuten. Ungeduldig wartete er darauf, dass Ralph das Gebäude verließ.

»Ich fahre den Wagen ein Stück weg. Wäre ja schade, wenn der was abbekäme«, kündigte Ralph an und ging.

Die Männer lachten.

Der Typ mit dem Totschläger hob eine Hand und wollte wieder zuschlagen, doch Jan war schneller. Er wich seitlich aus und trat seinem Gegenüber in die Seite. Blitzschnell riss er seine Waffe aus dem Holster und gab einen Warnschuss in die Decke ab.

»Der nächste trifft«, versprach er und wich so weit zurück, bis er die Wand im Rücken hatte. »Andrea! Hierher!«

Der Bartträger machte einen Schritt auf Jan zu.

Gleichzeitig riss ein Blonder, der sich bisher zurückgehalten hatte, Andrea an sich und legte ihr einen Arm um den Hals. »Deine Kleine bleibt hier!«

Jan grinste. »Dann fliegen wir eben alle in die Luft«, gab er zurück, suchte und fand den Blick von Andrea. Er nickte leicht.

Andrea kniff die Augen etwas zusammen, trat dem Blonden dann mit voller Wucht auf den Fuß und riss ihren Ellbogen zurück. Der andere Mann sah seine Chance gekommen und hob die Pistole.

Jan hatte keine Wahl. Er drückte zweimal hintereinander ab, sowohl der Kerl als auch der Typ, der schon wieder nach Andrea griff, gingen zu Boden. Ob er sie, wie geplant, im Schulterbereich oder schlimmer verletzt hatte, konnte Jan nicht erkennen. Es interessierte ihn auch nicht übermäßig.

Der Bartträger hatte ihn jetzt erreicht und schlug ihm die Waffe aus der Hand. Die Walther rutschte unter einen der Schreibtische. Jan riss das Knie hoch, traf den Typen aber nur am Oberschenkel und musste im Gegenzug einen Fausthieb gegen das Kinn einstecken. Jetzt hatte sich auch der Kerl mit dem Totschläger wieder berappelt und wollte sich auf Jan stürzen.

Für Finesse blieb keine Zeit, zumal der Countdown weiterlief. Jan tauchte unter einem Schlag weg, trat dem Bartträger mit voller Wucht in den Magen, wirbelte herum und landete einen Fußtritt am Hals des Typen mit dem Totschläger. Damit hatte er sich ausreichend Platz verschafft.

Mit einem Satz war er bei Andrea, fasste nach ihrer Hand und zog sie mit sich. So sehr er den Verlust der Walther auch bedauerte – ihm blieb keine Zeit, seine Waffe zu suchen.

Er rannte mit Andrea um die Aussichtsplattform herum auf das Meer zu, setzte dabei darauf, dass ihre Verfolger sie auf der Straße Richtung Kappeln suchen würden.

Sie hetzten durch Vorgärten und über Terrassen und gerieten ins Stolpern, als hinter ihnen mit einem dumpfen Knall das Gebäude in die Luft flog. Jan blieb stehen und sah zurück. Hohe Flammen schlugen in den Nachthimmel. Das war knapp gewesen. Viel zu knapp.

»Kannst du noch?«, erkundigte er sich bei Andrea. »Wir müssen in einem Bogen zurück zur Straße.«

»Ja. Sicher. Es tut ...«

»Später. Dafür haben wir keine Zeit.«

Eine Handvoll Urlauber rannte zu dem brennenden Gebäude, sonst war niemand zu sehen. Andrea und Jan hielten sich dicht im Schatten der Ferienhäuser und liefen in langsamem Joggingtempo durch die Siedlung. Da das Gelände nicht eingezäunt war, konnten sie einfach eine Wiese überqueren. Problemlos erreichten sie die Straße und damit auch ihre Fahrzeuge.

»Wir sollten ...«, begann Jan, fluchte dann jedoch.

Ein Fahrzeug mit sehr charakteristischen Scheinwerfern kam die Straße entlang.

Jan stülpte Andrea den Helm über den Kopf, verzichtete auf seine Handschuhe und startete den Motor der Ninja. Mit einer halbwegs gelungenen Stunteinlage wendete er sie. »Los, steig auf! Da kommt dein Freund Ralph mit seinem R8.«

»Er ist nicht mein Freund!«, brüllte Andrea, sprang aber hinter ihm auf die Sitzbank.

Jan wartete nicht, bis sie richtig saß, sondern gab sofort Gas. Andrea klammerte sich so fest an ihn, dass es schmerzte. Er nahm darauf keine Rücksicht, sondern beschleunigte weiter, während Andrea noch die richtige Sitzposition suchte.

Im Antritt war die Ninja dem Sportwagen überlegen, aber ansonsten war der Audi R8 ein ernsthafter Gegner. Vor allem, da sie zu zweit auf der Maschine saßen und die Straße keine vernünftigen Kurven hatte, in denen Jan die Wendigkeit des Motorrads ausspielen konnte. Bei der Höchstgeschwindigkeit, die auf dieser Strecke möglich war, konnte der Wagen mithalten.

Der Fahrtwind trieb Jan Tränen in die Augen, die seine Sicht behinderten. Normalerweise genoss er es durchaus, ohne Helm zu fahren, aber nicht bei diesen Geschwindigkeiten! Ein Sturz hätte für ihn fatale Folgen und auch Andrea würde ohne Schutzbekleidung einiges abbekommen. So weit durfte es einfach nicht kommen.

Er beschleunigte weiter, jagte mit knapp hundertachtzig Stundenkilometern über die Straße nach Kappeln und orientierte sich dabei in erster Linie an den Katzenaugen der Begrenzungspfähle am Straßenrand. Irgendwann kam eine Kreuzung, bei der er links abbiegen musste, aber er hatte keine Idee, wie er das schaffen sollte, ohne abzubremsen. Wenn er die Geschwindigkeit verringerte, hatte der R8 eine Chance aufzuholen und sie zu rammen.

Er brauchte einen Ausweg. Und zwar sofort.

Im Rückspiegel erkannte er zwar die Scheinwerfer des R8, konnte aber die Entfernung nicht einschätzen. Holte der Fahrer schon auf? Oder hielt Jan den Vorsprung?

Aus dem Augenwinkel nahm er ein Hinweisschild wahr. Die Kreuzung konnte nicht mehr allzu weit entfernt sein. Ein anderes Fahrzeug kam ihm entgegen, von dem er nicht viel mehr sah als ein verschwommenes Licht.

Vor ihm führte die Straße nicht weiter geradeaus. Er hatte die Wahl, entweder links Richtung Kappeln zu fahren oder rechts nach Ellenberg, das allerdings an die Schlei grenzte und somit im Prinzip eine Sackgasse war. Dort konnte er sich nicht vor Ralph verstecken. Eine direkte Konfrontation schied unbewaffnet und dazu noch in Begleitung von Andrea aus.

Die Wahl war einfach.

Jan trat voll auf die Bremse. Die Räder blockierten. Er hätte sich doch für das Modell mit ABS entscheiden sollen! Aber die Erkenntnis kam zu spät. Er schaffte es, die Maschine zu stabilisieren, und warf sie mit fast sechzig Sachen in die Kurve. Im Rückspiegel blendeten ihn die Scheinwerfer des R8, aber während der Audi noch mit der Kurve kämpfte, beschleunigte Jan schon wieder.

Andrea beugte sich vor. »Der McDonalds!«, brüllte sie ihm ins Ohr.

Jan überlegte fieberhaft. Ewig konnte er dem R8 nicht davonfahren, da die Straßen in Schwansen nun mal leider nicht als traditionelle Rennstrecke ausgelegt waren. Andreas Idee war gut. Das Fast-Food-Restaurant würde noch geöffnet haben und einige Gäste hielten sich da immer auf. Es war unwahrscheinlich, dass Ralph sie dort direkt angriff.

Um das Ziel zu erreichen, musste Jan an der nächsten Kreuzung lediglich geradeaus fahren und nur wenige Meter weiter rechts auf den McDonalds-Parkplatz abbiegen.

Vor ihm sah er bereits die Tankstelle, die neben dem Fast-Food-Restaurant lag. Und an der Kreuzung eine rote Ampel, für die er keine Zeit hatte. Hinter ihm hatte der R8 schon wieder aufgeholt und kam noch näher, weil Jan bereits das Gas wegnahm. Aber er hatte keine andere Wahl. In dem hohen Tempo würde er die Einfahrt zum Parkplatz niemals bekommen. Allerdings hatte er einen Vorteil: Ralph würde garantiert vermuten, dass Jan nach links auf die B 203 abbiegen wollte, statt geradeaus zu fahren.

Da Jan nicht erkennen konnte, ob sich andere Fahrzeuge der Kreuzung näherten, musste er es einfach riskieren. Ohne Rücksicht auf die rote Ampel raste er über die Bundesstraße und bremste dann wieder so stark, dass die Ninja auszubrechen drohte. In riskanter Schieflage bekam er das Motorrad durch die relativ breite Auffahrt zu dem Restaurant gelenkt. Der Auspuff schlug Funken auf dem Pflaster und die Verkleidung setzte auf. Mitten auf dem Parkplatz kam Jan zum Stehen. Seine Taille schmerzte, so fest hatte sich Andrea an ihn geklammert.

Das Manöver war erfolgreich gewesen, der R8 war ihm nicht gefolgt, sondern auf die Bundesstraße abgebogen. Aber Jan hörte schon wieder das charakteristische Röhren des hochgezüchteten Motors. Nach wenigen Metern wurden die Fahrbahnen der B 203 nur noch durch Linien und nicht durch eine Verkehrsinsel begrenzt. Offenbar wendete der Fahrer dort und würde in wenigen Sekunden hier eintreffen.

Andrea war bereits abgestiegen, hielt den Helm in der Hand und stand vor der Ninja.

Jans Entschluss stand fest. Er würde weiterfahren und es darauf ankommen lassen, wer schneller war. »Lauf rein«, befahl er.

Andrea schüttelte den Kopf. »Nicht ohne dich!« Sie umklammerte seinen Arm. »Ich weiß, was du vorhast. Du willst ihn von mir weglocken. Aber das kannst du vergessen. Komm mit. Wir rufen die Polizei!«

Jan hätte ihren Griff nur mit Gewalt lösen können und das brachte er nicht übers Herz.

Der R8 kam näher. Nun war es sowieso zu spät. Ein junges Paar ging mit zwei Papiertüten in den Händen zu einem alten Golf.

Jan stieg ab. »Ich fahre nicht weg. Aber geh bitte trotzdem ins Restaurant. Mir passiert schon nichts. Aber du lenkst mich zu sehr ab.«

Andrea löste ihre Hand von seinem Arm und ging wie in Zeitlupe Schritt für Schritt weiter zurück. Erst als der R8 wie eine angriffsbereite Raubkatze in der Einfahrt erschien, rannte Andrea los und stürmte in das Gebäude.

Jan blieb ruhig neben seinem Motorrad stehen, während der Sportwagen langsam näher rollte. Der R8 war nicht übermäßig wendig und auf dem Parkplatz standen noch vereinzelte Fahrzeuge. Viel Platz zum schnellen Rangieren hatte Ralph damit nicht, wenn er es darauf anlegte, Jan umzufahren. Als der Audi schließlich stoppte, wurde die Fahrertür geöffnet und Ralph stieg aus. Er hielt eine Pistole in der Hand, die er an den Oberschenkel presste, sodass ein Unbeteiligter sie nicht sofort sah.

Er blickte zu dem Fast-Food-Tempel hinüber. »Und Sie meinen, dass der Ihnen Sicherheit bietet?«

»Warum nicht?«, erwiderte Jan. »Es macht schon einen Unterschied, ob Sie jemanden heimtückisch in die Luft jagen oder vor Zeugen umlegen.«

»Sie hätten sich einfach aus meinen Geschäften heraushalten sollen.«

»Komisch. Etwas Ähnliches wollte ich auch sagen. Sie hätten meinen Patienten kein Gift andrehen sollen!«

Das junge Pärchen mit dem Golf verließ den Parkplatz. Jan konnte nur hoffen, dass es weitere Fans von Hamburgern und Co. hierherzog, sonst hatte er ein Problem. Andrea wäre in Gesellschaft der zwei oder drei Angestellten wohl sicher. Aber bis die Polizei eintraf, hatte sein Gegner Zeit genug, ihn zu erschießen.

Jan blinzelte überrascht, als plötzlich Scheinwerfer aufflammten. Ein Wagen war geräuschlos ohne Beleuchtung auf den Parkplatz gekommen. Der Fahrer hatte jetzt erst das Frontlicht eingeschaltet, und zwar so, dass er sowohl Jan als auch Ralph perfekt anstrahlte.

»Was ist denn hier los?«, erklang eine laute, raue Männerstimme. »Soll das ein illegales Straßenrennen zwischen Auto und Motorrad werden? So nicht, meine Herren! Meine Frau und ich möchten hier in Ruhe essen, aber ich rufe gerne erst die Polizei, damit sie den Parkplatz räumen lässt. Das ist ja unmöglich!«

Jan atmete auf und lehnte sich lässig gegen die Ninja. Da waren genau die Zeugen, die er so dringend gebraucht hatte! Jetzt hatte sich die Handypeilung also doch noch bezahlt gemacht und er würde sich ganz bestimmt nicht beschweren, dass Felix die Informationen auch zu nutzen gewusst hatte.

»Diesmal haben Sie Glück gehabt, aber wir sehen uns garantiert wieder. Vergessen Sie nicht, dass ich weiß, wo ich Sie finde!«, drohte Ralph und sprang in seinen Wagen. Nach einem perfekt ausgeführten Donut lag der Geruch nach heißem Reifenabrieb in der Luft und der R8 raste davon.

»Ich hätte nicht gedacht, dass man das mit der Karre hinbekommt«, überlegte Jan laut.

Liz kam auf ihn zugeeilt und legte ihm eine Hand auf die Wange. »Bist du in Ordnung?«, fragte sie besorgt. »Du siehst reichlich zerfleddert aus.«

Jan grinste nur und umarmte sie fest. »Da hat sich dein Elektrospielzeug aber wirklich bezahlt gemacht«, meinte er und blickte vielsagend auf ihren Tesla. Anschließend schlug er Felix kräftig auf die Schulter. »Gut, dass du dich auch auf den Weg gemacht hast!«

»Tja, als du uns wie eine gesengte Sau entgegengekommen bist und der R8 offensichtlich hinter dir her war, haben wir schnell gewendet und sind euch nachgefahren.« Felix legte dem Elektrofahrzeug eine Hand auf die Motorhaube. »Ganz so schnell waren wir mit dem Tässchen zwar nicht, aber es hat ja gereicht.«

Jan nahm sich vor, niemals wieder über den Tesla seiner Tante zu lästern. Wenn Ralph durch das näher kommende Motorengeräusch vorgewarnt worden wäre, hätte er vielleicht noch abgedrückt. »Das habt ihr verdammt clever gemacht.«

Liz deutete auf Felix. »Das war alles seine Idee. Von Anfang an.«

Jan lächelte seinem Freund zu. »Wenn du dich jemals wieder für überflüssig hältst, werde ich dich an diesen Moment erinnern. Du hast uns das Leben gerettet.«

»Nun übertreib mal nicht so«, wiegelte Felix ab, aber Jan merkte dennoch, wie sehr ihn das Lob freute. »Wo steckt denn jetzt eigentlich Andrea?«

Noch bevor Jan auf das Restaurant zeigen konnte, kam Andrea schon auf sie zugelaufen. Als sie Felix und Liz erkannte, zeigte sich schlagartig Verlegenheit in ihrer Miene. »Ich muss euch wohl einiges erklären …«

Liz nickte energisch. »Ganz sicher! Und das wirst du jetzt auch tun. Sieh dir doch mal an, wie Jan aussieht! Soll erst einer der Jungs umgebracht werden, ehe du Vernunft annimmst?«

Sichtlich betreten sah Andrea zu Boden, dann gab sie sich einen Ruck. »Ich würde gerne alles bloß einmal erzählen. Darum sollte Jörg dabei sein.«

Jan gefiel es, dass sie in dieser Situation an Jörg dachte. »Den brauche ich sowieso, um das Chaos aufzuräumen, das wir hinterlassen haben. Denn immerhin ist mir meine Waffe abhandengekommen. Das zieht endlos viele Formalitäten nach sich.«

Kapitel 22

Jan genoss den aromatischen Duft nach Kaffee. Nachdem die Aufregung vorbei war, spürte er die Folgen der Auseinandersetzung und der wilden Fahrt am ganzen Körper. Morgen würde er nicht nur einen ordentlichen Muskelkater, sondern auch einige eindrucksvolle Prellungen vorweisen können.

Felix und Liz hatten sich in das Arbeitszimmer seines Freundes zurückgezogen. Jan hatte nur noch mitbekommen, dass die beiden sich über irgendetwas heftig stritten. So wie er seine Tante kannte, würde sie sich am Ende durchsetzen.

Andrea hatte den Kaffee gekocht und war dann auf die Terrasse gegangen. Sie hatte aber vorher noch versprochen, sofort zurückzukehren, wenn Jörg eintraf.

Jan schätzte die Ruhe, die ihn momentan umgab, mindestens genauso wie den Kaffee.

Rambo hatte bisher entspannt neben ihm gelegen. Nun aber sprang der Hund auf, rannte zur Tür und wedelte heftig mit dem Schwanz. Wenig später kam Ginger in den Raum gestürmt und die beiden Hunde beschnüffelten sich ausgiebig.

Mit Jörg, der danach eintrat, hatte Jan gerechnet. Aber dass quasi zeitgleich auch Heiner in die Küche kam, überraschte ihn dann doch.

Der ehemalige Polizist lächelte ihn an. »Es ist zwar noch nicht Weihnachten, aber ich habe trotzdem jetzt schon ein Geschenk für dich. Na ja, eigentlich gehört es dir ja sowieso.« Er reichte ihm einen durchsichtigen Plastikbeutel.

»Meine Walther! Wie hast du das denn hinbekommen? Ich dachte, das zieht jetzt endlose Ermittlungen nach sich, nachdem ich mit ihr auf zwei Menschen geschossen habe ...«

Jörg setzte sich auf einen der Stühle und streckte die Beine lang aus. »Es war die beste Idee des Tages, dass ich Heiner um Hilfe gebeten habe. Ihn kannten die Kollegen vor Ort und haben ihm sofort zugehört. Markus ist jetzt auch dort, aber wir sind durch. Ich soll dich von ihm übrigens ausdrücklich *nicht* grüßen. Er ist ziemlich angepestet.«

»Das tut mir leid«, sagte Jan und meinte es auch so, war aber bereits dabei, seine Waffe durchzuchecken. Er lächelte Heiner an. »Danke. Ich weiß nicht, wie du das geschafft hast, aber ich freue mich wirklich, sie wiederzuhaben.«

Heiner grinste sichtlich zufrieden. »Wir sind ja alle ein bisschen abergläubisch. Und wenn ich mir vorstelle, wo die dich schon überall hinbegleitet hat, ist es besser, sie ist wieder bei dir, als dass sie noch ein paar Tage in einer Asservatenkammer rumliegt. So ein Typ mit einem grauen Vollbart hatte sie. Dank deiner Beschreibung von den Tätern haben wir uns die Schaulustigen vor Ort vorgenommen. Als wir von ihm wissen wollten, wieso er sich den Brand so interessiert ansieht, ist er abgehauen. Oder eher: Er hat es versucht. Wir haben ihn festgehalten und gleich zwei Pistolen bei ihm gefunden. Da du Jörg die Seriennummer der Walther gegeben hattest, wussten wir ja, wem das gute Stück gehört.«

»Habt ihr außer dem Kerl noch mehr von den Typen entdeckt?«

»Leider nicht«, sagte Jörg.

»Eigentlich schon«, erwiderte hingegen Heiner.

Jörg grinste schief. »Stimmt. Die Feuerwehr hat in den verkohlten Resten des Gebäudes eine Leiche gefunden.«

Jan schluckte und überlegte, wen von den Männern es wohl erwischt haben konnte. Besonders viel Mitleid hatte er mit keinem von den Typen, die ohne jeden Skrupel Andrea und ihn umgebracht hätten. Dennoch war der Gedanke nicht schön, dass sein Schuss direkt oder vielleicht auch nur indirekt durch das Feuer zum Tod eines Menschen geführt hatte.

Andrea betrat die Küche durch die Terrassentür. Sie entdeckte Jörg, blieb stehen und öffnete den Mund. Mit einem Schritt war Jörg bei ihr, berührte sie jedoch nicht.

Sie sahen sich stumm an.

Heiner kratzte sich an der Stirn. »Hier fliegen gleich die Sicherungen raus«, murmelte er und klatschte dann einfach in die Hände. »So. Ich will jetzt wissen, wie alles zusammenhängt. Jörg meinte, du kannst uns das verraten. Dann mal los.«

»Erst hat Liz noch was zu verkünden«, widersprach Felix, stapfte in die Küche und nahm sich Jans Kaffeebecher, den er in einem Zug leerte.

»Ich bleibe zukünftig ganz hier«, sagte Liz schlicht.

»Gut, dann wäre das auch geklärt. Nun zum eigentlichen Thema«, forderte Heiner.

Jan hätte fast laut losgelacht, als er Liz' verdatterte Miene sah. Übermäßige Rücksichtnahme auf die Gefühle der Anwesenden konnte man Heiner nicht vorwerfen. Kurz dachte er daran, dass Schaima von einer positiven Veränderung für Felix gesprochen hatte. Falls die Heilerin Liz' Entscheidung gemeint hatte, hoffte Jan, dass Schaima recht hatte und Liz seinem Freund half, mit der Krankheit zu leben.

Andrea lehnte sich gegen die Arbeitsplatte. »Ich weiß, dass ich euch das alles viel zu spät sage. Ich hatte geglaubt, dass ich die Sache alleine in den Griff bekomme, aber das war ein Irrtum, der Jan fast das Leben gekostet hätte. Ich kann das nicht entschuldigen, sondern euch nur die Gründe dafür nennen. Auf einen Teil meiner Vergangenheit bin ich nicht besonders stolz, deswegen wollte ich darüber nicht reden. Außerdem war ich mir einfach nicht sicher, ob ich nicht vielleicht doch völlig falschliege.«

»Fang mit Marius an!«, forderte Liz. »Ich kann mir einfach nicht vorstellen, dass er in solche Machenschaften verwickelt ist«, fügte sie noch hinzu.

Andreas Hand zitterte leicht, als sie sich eine Haarsträhne aus dem Gesicht strich. »Ich glaube, das ist er auch nicht. Jedenfalls nicht mehr, als ich es bin. Er und Ralph sind Brüder. Halbbrüder, vermute ich, weil sie unterschiedliche Nachnamen haben. Vor drei Jahren habe ich mit Ralph zusammengearbeitet. Unser damaliges Konzept war so ähnlich wie das, was er hier nutzt. Aber ich wusste nicht, dass er ...« Sie schluckte, bevor sie fortfuhr. »Also, er hat damals bei uns in der Gegend auch Grundstücke und Häuser günstig gekauft und deren Wert dann vervielfacht, weil er dort über Projektgesellschaften unterschiedliche Sachen hochgezogen hat. Einkaufszentren, Hotels, einen Kinokomplex ... Er hat damit viel Geld verdient. Und ich auch. Ich habe die Verträge gemacht, das ganze Organisatorische und ... Na ja, ich hatte mich schon etwas gewundert, dass er immer genau die Immobilien erwischt, auf denen irgendwas Großes geplant war, das aber nicht weiter hinterfragt. Irgendwann kam ein Kunde, das heißt eigentlich ein Erbe, ins Büro gestürmt und hat Ralph beschuldigt, seinen dementen Vater ausgetrickst zu haben. Ralph hat alles geleugnet, aber mein Misstrauen war geweckt und ich habe mir die Verkäufer genauer angesehen.« Sie rieb sich mit der Hand über die Stirn. »Ralph war immer so charmant und ich habe die Zusammenarbeit mit ihm genossen. Zu Hause wartete ja nur das Kind auf mich. Michael war damals fast ständig unterwegs. Das Ganze ist nie ... Also, da war nichts zwischen uns. Aber wenn der Zwischenfall mit diesem Erben nicht gewesen wäre ... Ich habe keine Ahnung. Eines Tages habe ich Ralph schließlich mit meinem Verdacht konfrontiert.«

»War das vor oder nach ... Afghanistan?«, fragte Jan.

Wieder schluckte Andrea. »Danach. Dadurch fiel es mir noch schwerer, den Job aufzugeben. Ralph tat meine Unterstellung lachend ab. Beweise hatte ich keine. Ich habe aber trotzdem gekündigt. Er hat alles versucht, um mich umzustimmen, und wurde dabei fast schon penetrant, aber ich bin hart geblieben.«

»Das hast du gut gemacht und ich finde auch nicht, dass dich an seinen Geschäftspraktiken irgendeine Schuld trifft«, sagte Jörg.

Andrea fuhr zu ihm herum. »Doch! Ich bin schuld daran, dass er diese Gegend ins Visier genommen hat! Ich hatte erwähnt, dass Immobilien hier günstig zu haben sind und die Region immer attraktiver für Investoren wird! Dabei hatte er doch genug Geld verdient. Ich hätte nie damit gerechnet, dass er weitermacht. Und dann noch hier.«

»Ach was! Das liegt nicht an dir, sondern an der Privatbank, die in all dem Schiet mit drinsteckt«, warf Felix ein. »Die Entfernung von Hamburg nach Schwansen ist doch überschaubar. Das heißt, die Banker wussten über die Lage des Immobilienmarktes hier vor Ort garantiert bestens Bescheid. Und zwar ganz ohne dich.« Er holte sein Handy aus der Hosentasche. »Im Internet bin ich auf ein Foto von Yvonne Sanders gestoßen, als ein Gebäude feierlich eingeweiht wurde.« Er tippte auf seinem Smartphone und reichte es dann Jan. »Ist das rechts neben ihr nicht der Kerl mit dem R8? Ich konnte den auf dem Parkplatz nicht so genau erkennen.«

Jan reichte ein Blick. Er nickte und las die Unterschrift. »Das ist er. Ralph Holden! Na, nun haben wir wenigstens eine Verbindung zwischen ihm und Yvonne Sanders.« Er sah Andrea fest an. »Und du gibst dir die Schuld, dass er sich diese Region vorgenommen hat? Weil du die Region einmal erwähnt hast?«

»Ja, genau. Ich habe ...«

Ehe Jan den Punkt klarstellen konnte, fuhr Jörg dazwischen. »Mensch, Andrea. Du hast doch das Wichtigste übersehen! Felix hat dich ja schon auf die Nähe zu Hamburg hingewiesen, aber da ist doch noch Yvonne Sanders. Wenn die Tochter des Bankers hier wohnt, dann weiß die doch genau, was bei uns in der Gegend möglich ist und was nicht. Deine Bemerkung wird da nichts ausgerichtet haben. Außerdem braucht so was auch ein bisschen mehr Vorlauf als die paar Monate, die Jan nun hier wohnt. Da müssen Bebauungspläne angepasst werden, Investoren ins Boot geholt werden. Na, das volle Programm eben.«

Jan grinste flüchtig. »Seit wann bist du so ein Wirtschaftsexperte?«

Jörg zwinkerte ihm zu. »Das hat Markus ausgegraben. Ich wiederhole das nur.«

»Also gut, aber wie passt denn nun Marius ins Bild. Und wer sollte am See ermordet werden?«, hakte Liz energisch nach.

»Ich habe Marius nur einmal kurz getroffen und kannte seinen Nachnamen gar nicht«, erklärte Andrea. »Er war bei uns im Büro zu Besuch und wir haben uns nett über esoterischen Kram unterhalten. Er machte damals gerade eine Fortbildung und erzählte mir, dass er einen Wohnort sucht, der weit weg von schädlichen Einflüssen ist, wo er wieder mit der Natur in Einklang leben kann.«

Jörg runzelte die Stirn. »Vermutlich hat er sich später hier oben niedergelassen.«

Jan nickte. »Genau. Jetzt wird das Bild rund. Vielleicht haben Yvonne oder Ralph die Chance erkannt, sich über diesen ganzen Heilkram ins Vertrauen der alten Menschen zu schleichen. Ralph knöpfte ihnen anschließend Unmengen Geld für sein Esoterikgedöns ab und war teilweise auf ihre

Immobilien aus. Mit Yvonne Sanders hatte er eine Insiderin für die Immobilien an seiner Seite. Außerdem konnte sie ihm Tipps geben, wo und bei wem es sich lohnt. Ihr Mann und die Bank haben dann noch kräftig an den krummen Geschäften mitverdient.« Er hob die Hände und ließ sie wieder fallen. »Ich mag mir gar nicht vorstellen, wie viele ältere Herrschaften ihm schon zum Opfer gefallen sind.«

Felix nickte. »Wenn man das so sieht, hat der Mord vom See sogar etwas Gutes. Sonst wäre uns das vielleicht niemals aufgefallen und sie hätten immer weitergemacht.« Er tippte auf das Notebook, das auf dem Tisch stand. »Denn über Facebook haben die beiden ja auch noch zusätzlich ihre Netze ausgeworfen.«

Jan nickte wieder. »Genau. So ist Ralph dann zum Beispiel auf eine naive Mutter gestoßen, die ihm unentgeltlich ihre teure Ferienwohnung zur Verfügung stellt. Der Typ ist ein unglaublich geschickter Schmarotzer.«

Andrea sah betreten auf den Boden. »So war er früher auch schon, aber ich habe das anders gesehen. Ralph wusste genau, von wem er welchen Vorteil bekommen konnte. Denn eins muss man ihm lassen: Er ist unglaublich charmant und gibt dir das Gefühl, etwas ganz Besonderes zu sein.«

Schweigen breitete sich aus, dann räusperte sich Jörg. »Und Arne Sanders ist der Sache auf die Spur gekommen und sollte am See aus dem Weg geräumt werden«, überlegte er laut.

»Oder dieser Ökobauer«, widersprach Jan.

»Tja, und damit sind wir fast wieder am Anfang«, stellte Heiner fest. »Wir haben eine saubere Theorie und so gut wie keinen Beweis. Selbst wenn wir diesen holden Ralph finden, stehen Jans und Andreas Aussage gegen seine. Das könnte zu wenig sein.«

»Willst du, Schatz?«, wandte sich Felix an Liz.

Jans Tante nickte mit einem strahlenden Lächeln. »Hatte ich eigentlich schon erwähnt, dass ich mich mit Ralph am Sonntag zu einem Käffchen in den Alsterarkaden verabredet habe? Er ist wohl an meinem Grundstück in Schönhagen sehr interessiert, das mir einfach zu viel Arbeit macht ...«

Jan lachte laut. »Ihr beide seid unmöglich. Da unternehmen Jörg und ich sonst was und ihr ...«

»Tja, man sollte uns eben nicht unterschätzen«, erwiderte Felix mit einer gehörigen Portion Selbstzufriedenheit, die er sich verdient hatte.

Andrea hielt ihr Smartphone hoch. »So ganz stimmt das mit den nicht vorhandenen Beweisen übrigens nicht. In Kiel habe ich zwar nichts gesehen, was auf Ralph hinwies. Aber nachdem dieser Typ mir dann auf der Straße gefolgt ist, war ich sicher, dass Ralph dahintersteckt. Schließlich hatte ich in Port Olpenitz ja seinen Bruder aus dem Immobilienbüro kommen sehen. Darum wollte ich dort heute Nacht nach Beweisen suchen. Einige Fotos habe ich noch machen können, ehe diese Kerle plötzlich aufgetaucht sind«, erklärte sie.

»Ich dachte, da wäre nachts niemand.«

Jan atmete tief durch. »Die sind nicht einfach so aufgetaucht. Du hast einen Alarm ausgelöst ...«

»Und wieso wusstest du, wo ich bin?«

»Felix hat dich wegfahren sehen und mich angerufen. So schwer war dein Ziel ja nicht zu erraten.«

Jan hatte nicht vor, Dirks Hilfe an die große Glocke zu hängen. Jörgs Blick sprach zwar Bände, aber sonst schien ihm jeder die Begründung abzunehmen.

Sie waren zwar ein großes Stück weiter, hatten aber noch das entscheidende Stück des Weges vor sich. Außerdem war da noch die Drohung von Ralph Holden, die Jan seinen Freunden wohlweislich verschwieg. Er hatte keineswegs vor, es alleine mit einem möglichen Hinterhalt aufzunehmen.

Aber es reichte, wenn er bei einer drohenden Konfrontation Jörg an seiner Seite hatte.

Jan stoppte die Ninja vor Ernas Kiosk und gähnte. Vorsichtig bewegte er seine Schulter, die den Schlag abbekommen hatte. Ohne die Schulterpolster der Lederjacke wäre er niemals ohne Knochenbruch davongekommen, aber ihm reichten die Schmerzen auch so schon. Jetzt hätte er seinen Arztrucksack gebrauchen können.

Jörg hielt neben ihm.

Jan ahnte, was er mit seiner Frage lostreten würde. »Sag mal, hast du zufällig Ibuprofen dabei?«

Jörgs Mundwinkel zuckten hoch. »Handschuhfach«, stieß er hervor und lachte dann doch.

Jan fand den Plastikstreifen und würgte zwei der Tabletten trocken herunter. In einer Viertelstunde sollte er die Schulter wieder schmerzfrei bewegen können.

Sie lehnten sich nebeneinander gegen die Motorhaube.

»Wenn die Typen wissen, dass du so halbwegs bei Lena wohnst, haben wir ein Problem«, meinte Jörg.

»Tun die nicht. Die Dorfbewohner klatschen zwar gerne, aber gegenüber Außenstehenden halten sie gewisse Dinge zurück.«

»Du meinst so was wie das Liebesleben ihres Arztes …«

Jan grinste flüchtig. »Ganz genau. Apropos Liebesleben. Tut mir leid, dass ich dich vorhin von Andrea weggelockt habe. Ich kann mir vorstellen, dass ihr gerne miteinander geredet hättet.«

Jörg wich seinem Blick aus. »Nee. Lass mal. Es ist gut so, wie es ist. Du brauchst meine Hilfe und ich bin begeistert, dass du keinen deiner sonst üblichen Alleingänge unternimmst. Außerdem weiß ich, was Andrea angeht, ja selbst nicht, was ich will.«

»Hör einfach auf dein Herz. Lass doch alles auf dich zukommen.«

»Hättest du denn ein Problem damit, wenn sich zwischen uns was Ernsteres ergibt?«

Jan überlegte kurz, ob er um das Gespräch herumkäme. Wohl eher nicht. »Nein. Es wäre nur etwas merkwürdig, weil du in gewisser Weise hier das für mich bist, was früher Michael für mich beim KSK war. Aber es wäre okay. Du darfst nicht vergessen, dass Michaels Tod nun schon über zwei Jahre her ist. Das Leben geht weiter, es muss weitergehen. Ich möchte, dass du glücklich bist. Nur das zählt.«

Jörg schwieg ein paar Sekunden. »Du hast ›du‹ und nicht ›ihr‹ gesagt«, stellte er dann fest.

»Ich weiß, das war unbewusst. Ich brauche mit Andrea einfach noch ein bisschen Zeit. Ich wünsche ihr nichts Schlechtes. Das nun wirklich nicht. Aber …«

Jörg winkte ab. »Du musst das nicht erklären, ich weiß, was du meinst. Ihr Verhalten ist grenzwertig gewesen. Aber vielleicht habe ich dafür mehr Verständnis als du. Ich musste mir ja selbst erst einige Dinge verzeihen. Ich bin mir aber auch nicht sicher, wie sie zu unserem Altersunterschied steht.«

Dieser Gedankensprung verriet Jan einiges über den Gemütszustand seines Freundes. »Du hast ja Probleme! Der Altersunterschied besteht doch nur auf dem Papier. Du benimmst dich deutlich älter, sie sich deutlich kindischer, das gleicht die sechs Jahre locker aus.«

Jörg schmunzelte bei der Rechnung.

Zufrieden grinste Jan. »Dann bin ich jetzt einfach mal gespannt, wohin das mit euch führt.«

»Na ja, sie hat ein Kind«, überlegte Jörg laut.

»Und zwar eins, das dich vergöttert.« Jan bewegte die Schulter und atmete auf. Deutlich besser! »Wir können los.«

»Schade, wurde gerade gemütlich.«

Jan stutzte. »Verdammt. Du hast noch nicht mal beim MEK angefangen und schon den schrägen Humor der Spezialeinheiten adaptiert.«

Jörg grinste. »Das liegt an meinem Umgang ...«

Da Jans Praxis nur ungefähr einen Kilometer von Ernas Kiosk entfernt lag, hatten sie sich entschieden, zu Fuß zu gehen, um niemanden vorzuwarnen. Mittlerweile war es fast halb drei nachts, die Straßen waren menschenleer. Jan gähnte und ermahnte sich gedanklich sofort, weiter wachsam zu bleiben. Der bisherige Verlauf des Abends steckte ihm noch in den Knochen.

Jörg warf ihm einen schnellen Blick zu.

Der Schein der Straßenlaterne reichte Jan, um zu erkennen, dass sein Freund sich Sorgen machte. »Ich bin fit genug«, knurrte er und ärgerte sich sofort, dass er sich überhaupt rechtfertigte.

Jörg wollte etwas sagen, aber Jan hob warnend eine Hand und zog seinen Freund in den Schatten eines Busches. Zunächst tat sich nichts und Jan glaubte schon, sich geirrt zu haben. Dann erkannte er eine Gestalt. Ein Mann kam ihnen entgegen, drehte jedoch um, ehe er sie erreicht hatte.

Die Art, wie der Typ seine Umgebung musterte, alarmierte Jan. Das war kein harmloser Spaziergänger.

Jörg brauchte keine Aufforderung. Lautlos folgten sie dem Mann mit ausreichendem Abstand. Es war keine Überraschung, dass der Verdächtige direkten Kurs auf die Straße nahm, in der die Praxis lag. Dort angekommen, ging er zu einem Opel, der einige Meter vor Jans Haus am Straßenrand parkte.

»Nichts zu sehen von ihm. Er müsste aus der Richtung kommen.«

»Der Typ musste ziemlich was einstecken, vielleicht ist er ins Krankenhaus gefahren«, kam die Antwort aus dem Fahrzeuginneren.

»Glaub ich nicht. Halt bloß die Augen offen, der hatte echt einiges drauf. Ich sehe noch mal nach, ob bei Günni hinten alles in Ordnung ist.«

Jörg hob drei Finger in die Luft und verzog den Mund.

Jan deutete auf den Wagen und zeigte dann die Straße entlang, um Jörg zu signalisieren, dass sie den Typen in dem Opel als Erstes ausschalten und sich dann die beiden anderen vornehmen würden.

Sein Freund nickte.

Ungeduldig warteten sie. Endlich hatte sich der Mann, dem sie gefolgt waren, ausreichend weit entfernt.

Jörg ging auf das immer noch offene Wagenfenster zu. »Guten Abend. Polizei. Ihren Ausweis bitte!«, bat er den Fahrer im höflichen Plauderton, nur um ihm im nächsten Moment einen Kinnhaken zu verpassen. »Ich sagte Ausweis und nicht Pistole«, belehrte er den benommenen Mann und legte ihm Handschellen an, die er zusätzlich durchs Lenkrad hindurchführte. Jörg beugte sich ins Wageninnere und holte den Zündschlüssel und ein Handy heraus. »Einer gesichert«, teilte er dann Jan mit, als ob sie beim Bier zusammensaßen. »Und warnen kann er seine Kumpels auch nicht mehr.«

»Na, dann weiter«, schlug Jan vor und gähnte. Er hob sofort eine Hand. »Sag bloß nichts. Du würdest jetzt auch lieber zu Hause im Bett liegen, statt hier durch die Gegend zu schleichen.«

»Stimmt. Dann lass uns das Ganze mal schnell klären, bevor du unterwegs einschläfst.«

Jan verzichtete auf einen weiteren verbalen Schlagabtausch, ehe er den verlor. Auf dem Weg zu ihrem Ziel achteten sie auf die Umgebung, fanden aber keinerlei Auffälligkeiten.

Als sie das Doppelhaus vor sich hatten, zögerte Jörg. »Wie würdest du vorgehen?«, fragte er leise.

»An deren Stelle würde ich im Garten darauf warten, dass drinnen das Licht angeht, und dann schießen.«

»Also sollten wir uns dort umsehen.«

Jan nickte, blieb aber bewegungslos stehen. Irgendetwas störte ihn, das er nicht zu fassen bekam. Beide Haushälften lagen dunkel vor ihm. Und dennoch ... Er schüttelte den Kopf, als Jörg ihn fragend ansah.

Sie eilten an der Straße entlang zur Rückseite des Anwesens. Büsche und Bäume rahmten die Rasenfläche hinter dem Haus ein. Dort würden die Verbrecher ausreichend Deckung finden. Die Grundstücke, die zur jeweiligen Haushälfte gehörten, wurden lediglich durch ein schmales Beet getrennt. Da das gesamte Gebäude früher im Besitz einer Familie gewesen war, hatte niemand auf einen Sichtschutz wert gelegt. Aus dem Grund hatte Jan die Terrasse nie besonders gemocht. Denn wenn sich seine Nachbarin, die Arztwitwe, ebenfalls draußen aufhielt, saßen sie praktisch nebeneinander. Nachdem Elvira sich auf monatelange, ausgedehnte Reisen begeben hatte, war ihm der Garten zwar ein wenig sympathischer geworden. Aber dennoch fühlte sich Jan auf dem Balkon und vor allem bei Lena wesentlich wohler.

Ein niedriger Jägerzaun wurde von den Büschen fast komplett verdeckt. Jörg deutete auf eine Lücke zwischen zwei Pflanzen. Jan nickte. Dort würden sie das Grundstück betreten können, ohne viel Aufmerksamkeit zu erregen. Allerdings mussten sie darauf hoffen, dass die Männer nicht auch diesen Weg genommen hatten und sich noch in unmittelbarer Nähe aufhielten.

Lautlos arbeiteten sie sich bis zu der Stelle vor, von der aus sie freien Blick auf den Rasen hatten.

Angestrengt spähte Jan in die Dunkelheit, konnte jedoch keine verdächtige Bewegung erkennen.

Plötzlich packte Jörg ihn am Arm und zeigte auf Elviras Grundstück. Tatsächlich, dort bewegten sich Äste in einer Höhe, die nicht zu einem Tier passte.

Angespannt lauschte Jan, dann war er sicher, leise Stimmen zu hören. Schlagartig begriff er, dass die Verbrecher sich schlicht und einfach die falsche Haushälfte ausgesucht hatten. Vielleicht hatten sie von dem Praxisschild auf seiner Seite darauf geschlossen, dass er privat den anderen Teil des Gebäudes bewohnte.

Jörg zog langsam seine Waffe aus dem Holster.

Jan folgte seinem Beispiel und kniff die Augen etwas zusammen. Aus dem Schatten der Büsche löste sich eine Gestalt und ging vorsichtig auf die Terrasse zu.

Unerwartet gingen an Elviras Hälfte Halogenscheinwerfer an. Ein Teil der Terrasse wurde so hell angeleuchtet, dass Jan blinzelte, um Einzelheiten zu erkennen.

Ein Mann hatte sich an der Tür zu schaffen gemacht und zerschoss im nächsten Moment einen der insgesamt vier Strahler.

»Wer immer sich da draußen herumtreibt: Ich bin bewaffnet und die Polizei ist unterwegs!«, erklang die laute Stimme der Arztwitwe, direkt nachdem das Schussgeräusch verhallt war. Als Beweis, dass sie es ernst meinte, drückte sie ab. Die Kugel zerfetzte eine Tannenspitze.

Verdammt, musste Elvira ausgerechnet jetzt nach Hause zurückkehren? Anscheinend hatte sie die Einbrecher bemerkt und sich eine der Schrotflinten ihres verstorbenen Mannes geholt.

Neben ihm fluchte Jörg leise und trat dann einen Schritt vor. »Die Polizei ist schon da! Keine Bewegung und Waffen weg. Stellen Sie das Feuer ein!«, befahl er.

Der Typ auf der Terrasse befolgte Jörgs Anweisung und hob sogar die Hände, aber Jan entdeckte den zweiten Mann, der auf seinen Freund anlegte. Er schnellte vor und riss Jörg zu Boden. Die Kugeln verfehlten sie knapp.

»Nicht schießen, Elvira! Ich bin es. Jan!«, rief er in die Dunkelheit, während er die Umgebung weiter nach ihren Gegnern absuchte.

»Einer ist vor der großen Tanne, einer auf deiner Terrasse«, antwortete die Arztwitwe und richtete den Strahl einer Taschenlampe abwechselnd auf die beiden Kerle.

Mehr Informationen brauchten sie nicht.

Jörg rappelte sich hoch und stürmte auf den Nadelbaum zu.

Jan war es ein Vergnügen, den Kerl von seinem Grundstücksanteil zu vertreiben. Sein Gegner bemerkte ihn viel zu spät. Ohne Schwierigkeiten schlug Jan ihm die Waffe aus der Hand und schickte ihn anschließend mit einem Tritt in den Magen zu Boden. Als der Kerl Anstalten machte, wieder hochzukommen, zielte Jan mit seiner Pistole auf dessen Stirn. »Ernsthaft?«

»Schon gut. Ich dachte, das Haus steht leer.«

Jan lachte grimmig. »Ist klar! Von wegen einfacher Einbruch ... Wir wissen beide, dass dahinter mehr steckt. In Kombination mit der Waffe wird das Ganze sowieso ein Raub, für den du wesentlich länger einfährst. Es sei denn, du packst aus. Aber das kann mein Freund dir besser erklären.« Er warf einen kurzen Blick zur Seite. »Alles klar bei dir, Jörg?«

»Logisch. Dank der Hilfe deiner Nachbarin war es ein Kinderspiel. Der Typ hat wie ein geblendetes Kaninchen auf mich gewartet.«

Apropos Nachbarin. Auch wenn Jan die Unterstützung zu schätzen wusste, hätte er auf die Begegnung gerne verzichtet. Im nächsten Moment kam Elvira auf sie zugelaufen. Es war durch den Mond hell genug, dass Jan sowohl die

Jagdflinte als auch das Nachtsichtgerät erkennen konnte, die sie in der Hand hielt.

»Willkommen zurück und danke«, sagte er schlicht.

Elvira lächelte zurückhaltend. »So viel Aufregung hatte ich die ganzen Monate nicht. Es ist schön, wieder zu Hause zu sein. Ich hoffe, das ist für dich in Ordnung.«

Was sollte er dazu schon sagen? Er konnte ihr kaum den Zutritt zu ihrem eigenen Haus verwehren. »Alles gut«, erwiderte er. Der Klang eines Martinshorns kam schnell näher und ersparte ihm eine längere Antwort.

Es dauerte eine halbe Ewigkeit, den Polizisten die Zusammenhänge zu erklären. Irgendwann war selbst Jörgs Geduld erschöpft. Sein Freund verwies gähnend auf die laufenden Ermittlungen des LKA und rief Markus an.

»Er wird mich dafür umbringen …«, sagte er, während er die Nummer wählte.

»Uns. Er wird uns umbringen«, korrigierte Jan und wünschte sich, er könnte einfach in sein Haus gehen und endlich schlafen. Aber er musste zurück zu Lena. Wenn sie morgens aufwachte und er war ohne Erklärung verschwunden, würde sie sich nur unnötig Sorgen machen.

Seine Uhr zeigte fünf Uhr morgens an, als er endlich Lenas Wohnung erreichte. Seine Ninja hatte er bei Erna stehen lassen und war stattdessen bei Jörg mitgefahren.

»Komm mit rein und penn im Wintergarten«, bot er an.

Jörg schaltete den Motor aus und gähnte. »Danke. Es reicht für heute. Morgen reden wir dann noch mal darüber, dass du alleine nach Port Olpenitz gefahren bist.«

»Das habe ich nur wegen Andrea gemacht. Ich hätte dich schon gerne dabeigehabt.«

»Dachte ich mir. Trotzdem. Aber jetzt lass uns reingehen, sonst penne ich hier ein.«

»Hey, was ist denn mit dir passiert?«

Jan registrierte zwar Lenas Stimme, zog sich aber einfach die Bettdecke über den Kopf und versuchte, weiterzuschlafen.

»Jan?«

Verdammt. Er zwang die Augenlider auseinander und sah auf sein Handy. Halb sieben. »Muss Tarzan raus? Übernimmst du das?«

»Klar. Aber was ist hier los? Du hast deine Jeans an, Blut am Mundwinkel und einen riesigen blauen Fleck an der Schulter!«

»Nichts. Alles gut. Ach ja. Jörg pennt im Wintergarten.« Damit müsste eigentlich alles gesagt sein. Er schloss die Augen und drehte sich um.

Mit einem Ruck wurde ihm die Bettdecke weggezogen. »Wir sind gestern Abend ganz normal ins Bett gegangen und … Nein, warte. Ich bin schon vorgegangen und du wolltest gleich nachkommen.«

Jan griff nach der Decke, aber Lena war schneller. Gähnend überlegte er, wie er ihr seinen nächtlichen Ausflug erklären konnte. »Andrea hat endlich geredet, wir wissen jetzt, wer Ralph ist, und am Sonntag bekommen wir ihn, wenn er sich mit Liz und Felix trifft. Kann ich jetzt weiterschlafen?«

Lena starrte ihn an, nickte aber. »Also gut. Ich warte, bis du ganz wach bist.«

Als er das nächste Mal aufwachte, roch er als Erstes den köstlichen Duft von Rührei und gebratenem Speck. Dann hörte er ein zweistimmiges Bellen. Tarzan und … Ginger. Jan blickte auf sein Handy. Zehn Uhr. Damit konnte er leben. Er stand auf und stieß in der Küche auf Lena, Andrea und Ida. Von Jörg noch keine Spur.

Als Andrea ihn sah, lächelte sie. »Na, dann wecke ich mal Jörg«, kündigte sie an.

Ida wollte ihrer Mutter folgen, aber Jan hielt sie zurück. »Hey, lass die beiden mal kurz in Ruhe. Okay?«

Lena richtete drohend ihren Pfannenwender auf ihn. »Das nächste Mal schließe ich die Tür ab, ehe ich schlafen gehe. Es ist ja unglaublich, was passiert ist. Andrea hat mir alles erzählt.«

»Ach was. War doch nicht so wild. Wir sollten uns nur mit dem Umzug beeilen. Elvira ist wieder da.«

»Was? Davon hat Andrea nichts gesagt.«

Konnte sie natürlich auch nicht, weil sie von der Konfrontation in seinem Garten noch gar nichts wusste. Jan kratzte sich am Kopf. »Ich gehe mal schnell unter die Dusche …«

»Und danach will ich alles wissen«, forderte Lena.

Ida lachte. »Ich würde lieber nachgeben, sie bekommt es sowieso aus dir heraus.«

»Wenn er ein Frühstück haben will, wird er schon reden«, gab Lena grinsend zurück.

Großartige Aussichten! Jan drehte sich kopfschüttelnd um und ließ die beiden in der Küche zurück.

Auf dem Weg ins Bad kam er ins Grübeln. Hoffentlich hatte sich Ralphs Drohung durch die Festnahme seiner Kumpane erst einmal erledigt und sie konnten den gesamten Fall morgen abschließen. Jan hatte keine Ahnung, wie er Lena sonst beschützen sollte. Die Ninja woanders zu parken, war einfach gewesen, konnte aber keine Dauerlösung sein. Gegen einen gezielten Schuss aus dem Hinterhalt war er machtlos. Letztlich waren Jörg und er dem Scharfschützen an der Schlei auch nur mit Glück entgangen.

Seine Stimmung hob sich etwas, als er durch die offene Tür sehen konnte, was sich gerade im Wintergarten abspielte. Der Kuss war schon fast filmreif …

Kapitel 23

Ab und zu gähnten Jörg und Jan noch, aber ansonsten hatten sie die Folgen der Nacht gut weggesteckt. Dass Jan noch mal ein paar Ibuprofen genommen hatte, musste ja keiner wissen.

Sie hatten Felix' Resthof kurzerhand zu ihrer Operationsbasis gemacht, um den Ausflug nach Hamburg zu planen. Dass Jan dadurch in erster Linie Lena von ihrer Wohnung und seinem Haus weglotsen wollte, musste ebenfalls keiner wissen. Jörg ahnte es, die anderen wollte er nicht beunruhigen.

Markus war nicht untätig gewesen und hatte sich die festgenommenen Männer genauer angesehen. Niemand von ihnen kam für die Sprengstoffanschläge oder als Scharfschütze infrage. Damit war Ralphs bester Mann noch auf freiem Fuß.

Obwohl sie scheinbar entspannt auf Felix' Terrasse saßen, behielten Jörg und Jan die Umgebung unauffällig im Auge. Durch die Hunde, die frei umherliefen, war eine unbemerkte Annäherung so gut wie ausgeschlossen, das galt jedoch nicht für die Wasseroberfläche.

Jörg sah wieder auf das Notebook und betrachtete die Alsterarkaden auf Google Earth. »Warum habt ihr denn nicht für euer Treffen mit Ralph das nette Café am Strand hier in der Nähe gewählt?«

Liz hob eine Augenbraue. »Suche es dir aus: Weil Hamburg besser zu unserer Tarnung passt oder weil ich das Strandcafé sehr schätze und nicht möchte, dass dort etwas zu Bruch geht. Hast du dir mal angesehen, wie viel Mühe sich die Besitzer mit der Renovierung gegeben haben? Es wäre ein Jammer, wenn da was kaputtginge.«

Nach einem Rippenstoß von Lena verzichtete Jan darauf, die Logik seiner Tante zu kommentieren. Stattdessen lauschte er und verzog das Gesicht, als er plötzlich ein Geräusch hörte, mit dem er nicht gerechnet hätte.

Jörg legte den Kopf etwas schief. »Der kaputte Auspuff ist einzigartig. Allerdings habe ich gerade echte Fluchtgedanken.«

»Ich auch«, gab Jan zu.

Dass Markus hochgradig genervt und sauer war, hatten sie bei ihren Telefonaten gemerkt. Leider lag das nicht nur daran, dass der LKA-Beamte zu wenig Schlaf bekommen hatte, sondern auch an der Tatsache, dass die Aktenlage in den Augen der Staatsanwaltschaft noch lange nicht ausreichend war, um eine Anklage gegen Ralph Holden und Yvonne Sanders zu erheben.

Eigentlich hatten sie mit Markus vereinbart, dass er das weitere Vorgehen mit ihren Freunden in Hamburg abstimmen würde. Doch das schien sich geändert zu haben. Im nächsten Augenblick hörte Jan allerdings auch noch den typischen Sound von Motorrädern.

Er sprang auf und ging, dicht gefolgt von Jörg, um das Haus herum. Als sie Markus begrüßt hatten – deutlich zurückhaltender als sonst –, stoppten Dirk und Sven gerade ihre Maschinen.

»Mit euch habe ich heute nicht gerechnet«, sprach Jörg Jans Gedanken aus.

Sven grinste breit. »Dann müsst ihr hier weniger Staub aufwirbeln! Aber dass eins klar ist: Für uns ist der Ausflug heute Arbeitszeit.« Er reckte sich. »Perfektes Wetter! Und für eine solche Tour auch noch bezahlt zu werden, hat echt was.«

Dirk schnaubte. »Du vergisst, dass unsere Frauen uns fast umgebracht hätten, als wir loswollten.« Er zwinkerte Jan zu.

»Darum haben wir ihnen noch nicht verraten, dass wir morgen unterwegs sein werden.«

Sven stieß seinem Partner den Ellbogen in die Rippen. »Ich wette einen Fuffziger, dass deine Frau morgen dabei ist. Wenn sie herausfindet, was los ist, wird sie nicht zu bremsen sein.«

Dirk seufzte. »Ich halte nicht dagegen. Aber lass uns das nicht hier besprechen. Felix hat hoffentlich ein kaltes Bier.« Er sah auf seine Armbanduhr. »Bis wir zurückfahren, ist es verdunstet.«

Markus runzelte die Stirn. »Ich dachte, ihr verbucht das als Arbeitszeit? Bier im Dienst?«

Sven fuhr sich schmunzelnd durch die Haare. »Du kannst natürlich gerne bei Saft und Wasser bleiben ...«

»Mensch, halt bloß die Klappe, sonst bin ich wieder auf hundertachtzig! Sagt mir wenigstens, dass ihr genug Futter für die Nervensägen von der Staatsanwaltschaft habt.«

Sven wurde schlagartig ernst und legte dem Kieler Polizisten eine Hand auf den Rücken. »Reg dich nicht auf. Ich weiß immerhin, wie wir genug bekommen. Der Rest wird sich finden. Lass uns in Ruhe miteinander reden.«

Kläffend kamen Tarzan, Rambo und Ginger angelaufen und umkreisten die Männer aufgeregt.

»Ruhe?«, wiederholte Dirk und beobachtete die Hunde. »Das könnte vielleicht ein Problem werden ...«

Jan gab ihm recht, dachte dabei aber eher an die Frauen auf der Terrasse, doch er hatte sich getäuscht.

Lena, Andrea und Liz kündigten an, zum Strand zu fahren. Ida war schon vorher mit Jonas losgezogen.

Jan hätte Lena den Ausflug am liebsten verboten, aber er beherrschte sich.

Jörg grinste ihn schief an. »Ich wette, wir haben beide das Gleiche gedacht.«

»Einsperren und den Schlüssel wegwerfen?«, fasste Jan seine Gedanken zusammen.

Dirk nickte verständnisvoll. »Ich habe von der Drohung gegen dich gehört. Und das Beste ist, dank Markus hat sie nun ein Gesicht.«

»Im Ernst?«, entfuhr es Jan.

»Ich bin da durch Zufall auf einen Namen gestoßen und …«, begann Markus.

»Sekunde mal«, unterbrach Sven ihn. »Das war kein Zufall, sondern astreine, nervenaufreibende Polizeiarbeit. Und genau die wird uns nun den Durchbruch bringen.«

Markus war anzusehen, wie sehr ihn das Lob freute. Kurz und knapp erklärte er, wie er im Zuge der Ermittlungen auf einen ehemaligen tschetschenischen Soldaten gestoßen war, der bereits mit Ralph Holden zusammengearbeitet hatte. Markus zeigte ihnen das Bild des Mannes. Jeder von ihnen prägte es sich ein.

»Ein Strafmandat?«, hakte Jörg nach.

Markus nickte. »Ja, dieser Czerny wurde von Holden als Fahrer angegeben und bekam damit die Punkte gutgeschrieben, als er mit dem Wagen irgendwann mal in einen Blitzer gerast ist.«

»Die Tatsache, dass der Wagen auf Holdens Firma zugelassen war, bricht dem Tschetschenen jetzt also das Genick«, fasste Jörg zusammen. »Aber auf die Idee muss man erst einmal kommen, so tief zu graben und dann noch den Typen zu überprüfen. Erstklassige Arbeit, Markus.«

Jan überflog die Daten, die Markus über Czerny recherchiert hatte. »Das militärische Profil passt. Mit Sprengstoff scheint er sich gut auszukennen, im Umgang mit Scharfschützengewehren hingegen ist er eher nur mittelmäßig begabt.« Unwillkürlich sah er wieder auf die Schlei hinaus, konnte aber kein verdächtiges Boot ausmachen.

»Du solltest dir deine Ninja genau ansehen, ehe du den Zündschlüssel drehst«, schlug Dirk vor. »Und was ist mit dem A8?«

Jan winkte ab. »Keine Sorge. Ich weiß noch, wie ich ein Fahrzeug auf Sprengstoff überprüfe. Lass uns lieber überlegen, wie wir morgen auf unseren Fall den Deckel draufmachen.«

Dirk nickte in Svens Richtung. »Das hat mein mit allen Wassern gewaschener Partner sich schon genau überlegt. Es wird zwar etwas riskant, aber wir haben ausreichend Back-up vor Ort.«

»Das MEK?«, fragte Jörg.

Dirk schüttelte den Kopf. »Dafür ist der Einsatz zu kurzfristig und wir würden Stunden mit den Formalitäten vergeuden. Wir machen das anders ...«

Der weitere Verlauf des Gesprächs erinnerte Jan an die Einsatzbesprechungen während seiner Bundeswehrzeit. Sie prüften und bewerteten jeden geplanten Schritt und wiederholten die einzelnen Punkte so lange, bis Felix die Geduld verlor.

Er schlug mit der flachen Hand auf den Tisch. »Es reicht. Ich bin kein bescheuertes Kleinkind und weiß, was ich zu tun habe.«

Dirk lenkte ein. »Also gut. Dann kommen wir jetzt eben zum gemütlichen Teil des Nachmittags. Wobei ... Eine Sache noch: Magst du mir das fiktive Facebook-Profil mal zeigen? Ich bin einfach nur neugierig, wie euch der Fisch so schnell ins Netz gehen konnte.«

Das interessierte Jan auch, aber er hatte Angst gehabt, dass Felix eine entsprechende Nachfrage als Kontrolle oder Misstrauen aufgefasst hätte. Neugierig betrachtete er nun gemeinsam mit Dirk die Chronik, die Felix und Liz erstellt hatten und deren Timeline rund vier Jahre zurückreichte.

Schließlich pfiff Jan so laut, dass Dirk zusammenzuckte und ihn genervt anfuhr: »Bist du bescheuert? Ich brauche meine Ohren noch!«

»Sorry, aber das ist genial gemacht.«

Felix' Wangen färbten sich rot. »Wir konnten euch ja sonst nicht unterstützen ...«

»Dann hast du wohl gestern deinen Starauftritt bei McDonalds vergessen«, widersprach Jan sofort. »Und ganz ehrlich: Euer Facebook-Profil ist einfach klasse. Jetzt ist mir auch klar, wieso Ralph sich das Geschäft nicht entgehen lassen will.«

Liz und Felix hatten etliche Urlaubsfotos, Bilder von ihren angeblichen Autos und zwei Häusern geschickt mit Texten kombiniert, sodass der Eindruck eines reichen, gelangweilten und etwas naiven älteren Paares entstanden war. Felix und Liz waren jedoch kein einziges Mal von vorne zu sehen, sondern lediglich von hinten oder als Schattenriss.

»Seid ihr das überhaupt?«, erkundigte sich Dirk.

»Teilweise, manchmal haben wir uns auch Bilder ›geliehen‹«, erklärte Felix. »Aber nur, wenn wir sicher waren, dass das niemand merkt. Seit es die Google-Bilder-Rückwärtssuche gibt, muss man da höllisch aufpassen.«

Jan verriet nicht, dass ihm dieser Punkt neu war, sondern nickte einfach.

Nachdem Felix wenig später ins Haus gegangen war, wandte sich Dirk an Jan. »Sag mal, wusstest du, dass man nach Bildern suchen kann?«, fragte er leise.

»Nö, aber das würde ich niemals zugeben.«

Sie grinsten sich an, während Markus und Jörg lediglich den Kopf schüttelten.

Am Sonntagnachmittag hatten weder Jan noch Jörg es geschafft, Lena und Andrea zu überzeugen, zu Hause zu bleiben. Selbst das Argument, dass Ida nicht alleine bleiben sollte, hatte nicht gezogen, weil das Mädchen sich mit Jonas verabredet hatte.

Deshalb waren sie nun zu viert auf dem Weg nach Hamburg – statt, wie vorgesehen, zu zweit. Jan hätte es zwar niemals zugegeben, aber er war froh, dass ihm dadurch die Tour mit der Ninja erspart geblieben war. Seine Schulter hatte doch mehr abbekommen, als er gedacht hatte, sodass er das Steuer des A8 freiwillig Jörg überlassen hatte.

Selbst an einem Sonntag war es nicht ganz einfach, einen Parkplatz in der Nähe ihres Ziels zu finden. Aber ihre Hamburger Freunde hatten vorgesorgt und sich in der Tiefgarage eines Hotels mit ihnen verabredet.

Neben Dirks Audi stand eine Ninja, die Jans zum Verwechseln ähnlich sah.

»Bekommst du das mit deiner Schulter hin?«, erkundigte sich Jörg leise, als er den A8 anhielt.

»Sicher. So schlimm ist es nicht, nur nervig.«

»Gut.« Jörg drehte sich zu Andrea und Lena um, die auf der Rückbank saßen, und sah sie ernst an. »Wenn ich euch in der Nähe der Arkaden bemerke, sorge ich dafür, dass ihr eine Nacht in U-Haft verbringt! Ihr riskiert, die ganze Aktion auffliegen zu lassen, und könntet uns oder einen der Kollegen in Lebensgefahr bringen. Ist das klar?«

Die Frauen wechselten einen beleidigten Blick.

Andrea hob das Kinn höher und ihre Augen blitzten vor Ärger. »Hältst du uns eigentlich für bescheuert? Wir bleiben am Gänsemarkt, bis ihr uns signalisiert, dass alles gelaufen ist.«

Jan überlegte, wo dieser Ort aufhörte und die Arkaden anfingen, fragte aber lieber nicht nach, sondern setzte darauf, dass bei den Frauen die Vernunft siegte. Er sah auf die Uhr. Noch knapp eine Stunde bis zum Showdown.

Kaum war er ausgestiegen, kam ein rothaariger Mann auf ihn zu. Neben Jan atmete Jörg scharf ein.

Der Typ grinste breit. »Hey. Ich bin Pat. Dirk und Mark sind schon in Position. Ich habe noch ein bisschen Ausrüstung für euch und gehe dann auch zu meinem Platz. Ich bin als Scharfschütze Teil eures Back-ups.«

Der amerikanische Akzent des Mannes war unverkennbar.

Jörg holte tief Luft und wollte etwas sagen, aber Pat berührte ihn leicht am Arm.

»Lass gut sein. Ich habe mich freiwillig für diesen Einsatz gemeldet. Wir reden irgendwann mal bei einem Bier in aller Ruhe miteinander. Die Rechnung übernimmst du natürlich. Oder wenn ich euch bei unserem gemeinsamen Training gezeigt habe, wo euer Platz ist. Nämlich weit hinter meinem Team ...«

Jetzt begriff Jan, dass Pat der SEAL war, dem Jörg damals ziemlich übel mitgespielt hatte. Aber anscheinend war die Sache geklärt.

Jörg räusperte sich. »Okay. Danke. Aber das mit dem Training kannst du vergessen. Die Reihenfolge wird am Ende anders aussehen.«

Pat lachte und verteilte Headsets, die kaum auffielen. Über einen Knopf im Ohr konnten die Gespräche der anderen mitgehört werden, während ein winziger Draht das übertrug, was man selbst sagte. »Noch ein letzter Punkt, Jan. Soll ich dir genau beschreiben, was Alexander mit dir macht, wenn seine Ninja auch nur einen einzigen Kratzer abbekommt?«

»Nee, das ist mir schon klar«, erwiderte Jan.

»Gut. Dann weiß jetzt also jeder, was er zu tun hat beziehungsweise nicht tun sollte, oder gibt es noch Fragen?«, erkundigte sich Pat und sah dabei eindringlich die Frauen an, die lediglich mit den Augen rollten.

Lena legte Jan eine Hand auf die Schulter. »Pass auf dich auf.«

»Klar, aber ich habe so viel Back-up, dass mir gar nichts passieren kann.«

»Das gilt auch für dich«, schloss sich Andrea an und sah Jörg ernst an. »Ich weiß zwar nicht, was das zwischen uns ist, aber ich will es nicht verlieren.«

Jörg lächelte. »Dann los«, gab er das Startsignal.

Die Ninja war ein Jahr älter als sein eigenes Modell, aber rein fahrtechnisch fühlte Jan sich wie zu Hause. Er blickte auf die Digitalziffern der Uhr im Cockpit und fuhr los. Jetzt kam es darauf an, dass Svens Plan aufging. Da sie bisher nicht genug gegen Ralph und Czerny in der Hand hatten, mussten sie eine Reaktion provozieren, die der Staatsanwaltschaft für eine Anklage reichen würde. Teilweise war das deutsche Rechtssystem die Hölle und Jan verstand, dass seine Freunde, allen voran Markus, manchmal schier verzweifelten.

Langsam fuhr er mit der Ninja an der Innenalster entlang. Erst als er sein Ziel vor sich sah – die Brücke am Jungfernstieg, an der die Arkaden begannen –, schaltete er einen Gang herunter und ließ den Motor möglichst laut laufen. Er ignorierte sämtliche Verkehrsvorschriften, fuhr zunächst in der Busspur und dann über den Fußweg. Dabei stellte er sicher, dass er maximalen Lärm verursachte. Den gereizten Blicken der Passanten nach, schien ihm das zu gelingen. Er stoppte die Ninja an dem Brückengeländer und stieg ab.

»Junger Mann, das ist aber ein sehr ungünstiger Parkplatz«, belehrte ihn eine ältere Dame, die ihren Dackel spazieren führte.

Er nahm den Helm ab und zwinkerte ihr zu. »Ich weiß. Mache ich auch nicht wieder.«

»Na gut.« Sie ging weiter.

Jan blickte auf die Arkaden. Da unter dem bogenförmigen Dach wenig Platz war, stand nur jeweils ein Tisch rechts und links des Durchganges, der von den Touristen zum Bummeln genutzt wurde. Jeder Stuhl in dem Café war besetzt – und das lag nicht an der beeindruckenden Aussicht.

Polizisten in Zivil hatten den Vierertisch bis zum Eintreffen von Felix und Liz belegt und ihn im richtigen Moment verlassen.

Ralph hatte gegenüber den beiden Platz genommen, redete auf sie ein, sah aber auch bereits in Jans Richtung. Der Lärm, den er mit der Ninja verursacht hatte, war erfolgreich gewesen!

Am rechten Nachbartisch warfen sich Dirk und seine Frau Alex verliebte Blicke zu und genossen ihre Cocktails. Links von ihnen saß ebenfalls ein Pärchen und hielt Händchen – die beiden arbeiteten fürs Drogendezernat.

Ein Mann lehnte sich entspannt gegen die Brüstung und genoss die Aussicht aufs Wasser. In Wirklichkeit behielt Mark die gesamte Gegend im Blick – ebenso wie Alexander, der alleine an einem Tisch saß und anscheinend konzentriert an seinem Tablet arbeitete.

Hoffentlich ließ sich Ralph zu der unbedachten Aktion hinreißen, auf die sie setzten.

Langsam ging Jan auf Felix und Liz zu und war dabei sicher, dass Ralph Holden ihn längst erkannt hatte.

»Wir haben gerade Yvonne Sanders entdeckt. Sie hat die Bank auf der anderen Seite der Alster verlassen und geht sehr eilig in eure Richtung. Ankunftszeit in ein paar Minuten«, sagte eine leise Stimme in Jans Ohrstecker.

»Festnehmen. Sofort. Aber unauffällig. Sie könnte sonst die Tarnung von Felix und Liz auffliegen lassen«, wies Sven an. »Wenn ich nicht sehr danebenliege, wird Czerny jeden Moment aktiv werden. Jan: Pass auf!«

Unbeirrt setzte Jan seinen Weg fort und blieb schließlich vor Ralph stehen. »Ein schöner Tag, um die nächsten Opfer zu betrügen.«

Ralph Holden lächelte Felix und Liz entschuldigend zu. »Ein Konkurrent, der bekannt dafür ist, zu unsauberen Mitteln zu greifen.« Er machte eine abfällige Handbewegung. »Wie gesagt: Ich arbeite mit einer der renommiertesten Privatbanken Hamburgs zusammen. Eine Repräsentantin wird jeden Moment eintreffen. Sogar am Sonntag ist die Dame für ihre Kunden im Einsatz.«

Wenn Jan nicht gewusst hätte, was hier vor sich ging, hätte er Ralph die Begründung abgenommen.

Holden stand auf. »Lassen Sie uns die Sache klären«, sagte er zu Jan. »Endgültig. Aber doch nicht vor den Herrschaften.« Er winkte den Kellner heran. »Bitte bringen Sie der Dame ein Glas Champagner und dem Herrn einen Whisky.« Daraufhin lächelte er wieder. »Eine kleine Entschädigung für den Ärger.«

Jan folgte Holden einige Meter.

»Mensch, nicht so weit, Jan!«, befahl Sven.

In einer Schaufensterscheibe registrierte er, dass Dirk sich bereits erhoben hatte und ihnen folgte.

Jan blieb hinter einem Drehständer mit Postkarten stehen. »Das reicht.«

Holden drehte sich zu ihm um. »Sie müssen verrückt sein, wenn Sie glauben, es mit mir aufnehmen zu können. Hat Ihnen die Lektion gestern noch nicht genügt?«

Jan grinste breit, denn jedes Wort, das sie wechselten, wurde von seinem Handy aufgezeichnet und sofort in einer Cloud gesichert. Ralphs Geständnis hatten sie schon mal. »Anscheinend nicht.«

»Und was wollen Sie?« In Holdens Miene zeigte sich pures Unverständnis.

»Meinen Teil vom Kuchen. Sie kennen sich doch in der Finanzwelt aus und wissen, wie bescheiden die Einkünfte der Ärzte geworden sind. Ich will auch so ein Haus haben wie ihre Freundin.«

»Wen meinen Sie?«

»Yvonne Sanders. Halten Sie mich für bescheuert? Ich weiß doch genau, was hier abläuft. Andrea hat mir ein wenig Nachhilfe erteilt.«

Wut verzerrte die sonst so attraktiven Gesichtszüge seines Gegenübers. »Ich war zu nachsichtig mit ihr. Das werde ich korrigieren. Aber eins nach dem anderen. Wenn Sie glauben, mich erpressen zu können, haben Sie sich getäuscht. Es war kein Vergnügen, Sie kennenzulernen!« Er steckte eine Hand lässig in die Tasche seines Sakkos und sah an Jan vorbei.

Instinktiv drehte sich Jan um und rechnete damit, dass Czerny aufgekreuzt war. Viel zu spät durchschaute Jan Holdens Absicht.

Der Verbrecher feuerte durch den Stoff der Jacke hindurch. Jan spürte einen harten Schlag gegen die Brust und kippte hintenüber. Als er zu Boden ging, kollidierte er schmerzhaft mit dem Postkartenständer.

Vergeblich kämpfte er gegen die Dunkelheit an, die sich über ihn senkte.

Wie aus weiter Ferne hörte er das Geräusch eines zweiten Schusses, dann war alles schwarz.

Als Jan wieder zu sich kam und sich seine Sicht ausreichend geklärt hatte, wünschte er sich sofort zurück in die Bewusstlosigkeit. Jörg, Dirk, Alexander und Mark übertrafen sich gegenseitig mit der Intensität ihrer vorwurfsvollen Blicke.

Mühsam rappelte Jan sich auf. Seine Jacke war bereits geöffnet worden, offenbar hatte sich schon einer seiner Freunde überzeugt, dass die schusssichere Weste der Kugel standgehalten hatte. Trotzdem hatte es die Wucht des Aufpralls in sich gehabt.

»Wenn du mit meiner Ninja auch so umgegangen bist wie mit deiner Gesundheit, hast du ein Problem«, durchbrach Alexander als Erster das Schweigen.

Jan zog es vor, die Anspielung zu ignorieren. »Was ist mit Holden?«

»Hat eine Kugel von Pat in die Schulter bekommen, als er wieder auf dich schießen wollte. Dieses Mal hatte Holden auf deinen Kopf gezielt.«

»Ich schulde ihm … euch allen was. Aber nun hört endlich auf, mich mit euren Blicken zu durchbohren! Holdens verdammter Taschenspielerblick hätte euch auch überraschen können. Niemand von uns ist davon ausgegangen, dass er so ausrastet.«

Dirk hustete leicht. »Um ehrlich zu sein: Du hast recht. Ich habe das auch nicht erwartet, sonst hätte ich dem Wahnsinn nie zugestimmt oder selbst eingegriffen. Wir waren sicher, dass er Czerny die Drecksarbeit überlässt. Du musst da echt einen Nerv getroffen haben, dass Holden so dermaßen durchgestartet ist.«

Unerwartet meldete sich Sven via Ohrstecker zu Wort. »Während ihr euren Kaffeeklatsch abhaltet, haben wir einen R8 gestoppt. Im Kofferraum haben wir ein Präzisionsgewehr gefunden und der Fahrer ist trotz eines anderslautenden Namens im Ausweis eindeutig Czerny. Es ist Zeit einzupacken, besonders unsere amerikanischen Freunde sollten verschwinden. Die Formalitäten werden sich hinziehen, aber wir haben sie.«

Dirk sah sich um. »Die Tische in dem Café sind nach dem Zwischenfall komplett frei und meine Frau sieht schon genauso ungeduldig aus wie die beiden Damen neben ihr. Lasst uns dort das weitere Vorgehen besprechen.«

Alexander und Mark winkten ab.

»Wir verschwinden und waren eigentlich auch gar nicht hier«, sagte Alexander, der das Dezernat für Organisierte Kriminalität leitete und die Öffentlichkeit scheute.

Jan gab ihm die Schlüssel für die Ninja zurück. »Vielen Dank.«

»Kein Ding. Lass es die nächsten Tage langsam angehen, die Prellungen nach solchen Treffern sind fies.«

Mark grinste schief. »Sieh es als Vorbereitung auf unser gemeinsames Training an. Ganz so schlimm wie Holdens Geschoss ist die Übungsmunition aber nicht.«

Jan grinste die Männer an. »Danke, dass ihr alle da gewesen seid. Ohne euch ... Na, ihr wisst schon.« Lange Dankesreden waren bei Spezialeinheiten nicht nötig oder üblich, aber den Männern wäre ohnehin klar, dass auch er sofort da sein würde, wenn seine Hilfe benötigt werden würde.

Jan schielte zu Lena, die bereits näher gekommen war. Es würde nicht leicht werden, ihr klarzumachen, dass eigentlich keine echte Gefahr bestanden hatte. Eigentlich ... Hätte Holden sofort auf einen Kopfschuss gesetzt, dann ... Jan verdrängte den Gedanken, wie knapp es gewesen war.

Plötzlich stand Jörg dicht neben ihm. »In dem Café haben sie auch vernünftige Single Malts. Du kannst definitiv einen vertragen, das sehe ich sogar ohne Medizinstudium.«

Vier Wochen später

»Was wollen wir an einem Samstagnachmittag bei Anna Müller?«, fragte Jan und erhielt von Lena wieder keine vernünftige Antwort.

So viele sonnige Tage gab es nicht mehr, ehe der stürmische und wechselhafte Herbst begann. Jan hätte sich viele angenehme Dinge vorstellen können, wie er die Stunden gern verbracht hätte – ein Besuch bei der älteren Dame gehörte nicht dazu.

»Nun warte es doch mal ab und komm endlich!«, forderte Lena.

Da Tarzan aus unverständlichen Gründen auch mitsollte, mussten sie den A8 statt der Ninja nehmen. Jans Stimmung rutschte noch eine Etage tiefer.

Anna Müller empfing sie vor ihrem Haus.

»Wie schön, dass ihr es einrichten konntet«, begrüßte sie Jan und Lena.

Sofort meldete sich Jans schlechtes Gewissen zu Wort. »Es ist ja Wochenende. Wie geht es Ihnen denn?«

»Sehr gut. Und ich bin wirklich ungeheuer beeindruckt, wie du und deine Freunde diesen Ralph hinter Gitter gebracht und den Mord am See aufgeklärt habt.«

Jan lächelte nur. Der Skandal hatte etliches Aufsehen erregt. Letztlich hatte sich herausgestellt, dass der Ökobauer tatsächlich unschuldig in die Schusslinie geraten war. Yvonne Sanders hatte von ihrem Ehemann schlicht und einfach genug gehabt. Denn der hatte bei ihren Machenschaften zwar teilweise mitgemischt, im Gegensatz zu seiner Frau aber moralische Grundsätze gehabt. Nun lebte er als alleinerziehender Vater in dem Prachtbau an der Schlei und seine Frau saß im Gefängnis. Während Ralph Holden und Yvonne Sanders noch versuchten, sich die ganze Angelegenheit gegenseitig in die Schuhe zu schieben, hatte Czerny erkannt, dass es die Haftzeit verkürzte, wenn er redete – und das tat er.

Anna Müller schien keine Antwort erwartet zu haben. »Und noch beeindruckter war ich von der Tatsache, dass du Heiner die Hand gereicht hast. Die Größe hätte nicht jeder gehabt.«

»Nun lassen Sie mal gut sein, sonst werde ich noch rot«, wehrte Jan ab.

»In Ordnung, dann kommen wir mal zum Grund eures Besuches. Wusstet ihr, dass Gisela Kelter und ich gute Freundinnen sind? Wir haben schon als Schulmädchen nebeneinander auf der Bank gesessen. Gisela hat sich jetzt entschlossen, in die Seniorenresidenz zu ziehen, weil sie eingesehen hat, dass das Alleineleben nicht mehr so dolle ist. Ich habe mich nach einigem Hin und Her entschieden, das auch zu tun. Das Zimmer neben ihr ist schon für mich reserviert. Damit brauche ich aber jemanden, der mein Haus so zu schätzen weiß, wie ich es all die Jahre getan habe. Und der nichts dagegen hat, wenn eine alte Frau vielleicht ab und zu mal vorbeiguckt und in Erinnerungen schwelgt. Ich habe ausgerechnet, wie viel Geld ich für zehn Jahre in der Residenz brauche, und exakt diesen Betrag hätte ich von euch gerne als Kaufpreis. Habt ihr Interesse?«

Jan blickte von Anna Müller zur Ostsee, dann wieder auf das Haus und wusste nicht, was er sagen sollte. Damit hatte er nicht gerechnet.

Er sah Lena an, die nicht überrascht schien. »Meine Wohnung kann dann Andrea haben«, schlug sie vor.

Andrea und Ida hatten sich entschieden, hierherzuziehen, und Jan war gespannt, wie sich Andreas Beziehung mit Jörg weiterentwickeln würde. Bisher schienen nicht nur die beiden, sondern auch Ida zufrieden und glücklich zu sein.

Jan nickte langsam. »Also gut, abgemacht. Aber über den Preis müssen wir noch reden. Der kommt mir schon sehr günstig vor.«

»Ach was«, widersprach die alte Dame, »es ist ja auch einiges zu modernisieren. Aber das klären wir in Ruhe. Nun geht erst mal runter an den Strand und genießt den Moment. So ein Haus kauft man schließlich nicht jeden Tag! Wenn ihr zurückkommt, besiegeln wir das Geschäft mit Handschlag und Apfelkorn!«

Hand in Hand liefen Jan und Lena den kurzen Weg zum Meer hinab. Tarzan rannte kläffend voraus.

Als sie das Wasser erreicht hatten, atmete Jan tief durch. So liebte er die Ostsee: Steine und angeschwemmtes Holz im Sand, keine Touristen, keine Strandkörbe, nur Natur und Ruhe. Hier gehörte er hin. Und hier konnte er sich vorstellen, eine Familie zu gründen.

Er räusperte sich. »Also, wenn schon Haus und so … Wollen wir es denn dann nicht gleich richtig machen? Mit Trauschein und Kind?«

Lena strahlte übers ganze Gesicht und fiel ihm um den Hals. »Ja, ja und noch mal ja! Aber versprich mir, dass du dich in Zukunft aus allen Gefahren raushältst!«

»Ähm …«

»Mensch, das war doch Spaß! Ich weiß, dass du und Jörg bestimmt wieder auf etwas stoßen werdet, was nur von euch und von niemandem sonst aufgeklärt werden kann.«

Er küsste sie lieber, als die Diskussion fortzusetzen.

Hinweis und Dank

Auch dieses Mal als Erstes der Hinweis, dass sich ein Besuch in der traumhaften Gegend zwischen Ostsee und Schlei lohnt! Ich freue mich, dass einige Leser bereits den Weg dorthin gefunden haben. Die Recherchen vor Ort habe ich wieder unglaublich genossen. Aber dennoch gilt auch bei diesem Buch: Sämtliche Ereignisse sind fiktiv und frei erfunden. Ähnlichkeiten mit lebenden oder verstorbenen Personen und Unternehmen sind rein zufällig und keinesfalls beabsichtigt.

Das Dorf Brodersby und Port Olpenitz gibt es wirklich. Ich habe dort jedoch einige Dinge angepasst (anpassen müssen), damit niemand plötzlich bei Jan oder Richie vor der Tür steht. (Bezüglich der Hausboote muss sich jeder seine eigene Meinung bilden …)

Mein Dank gilt dann wieder einmal meiner Familie, die dieses Projekt erst mit viel Unterstützung und Verständnis ermöglicht hat! Die gemeinsamen Recherchen in Port Olpenitz haben viel Spaß gemacht, insbesondere die Überlegungen, was man dort so alles in die Luft jagen kann (Mich wundert es immer noch, dass keiner der Touristen in der Nähe, die das Gespräch neugierig verfolgt haben, die Polizei gerufen hat …) – und natürlich der Ortstermin bei McDonalds in Kappeln, um zu testen, wie und ob Jan noch die Kurve bekommen kann. Der ›Jagdunfall‹ wurde bei einer Familienfeier unter sachkundiger Hilfe meines Schwiegervaters geplant, der den Söbyer See gut kennt und selbst Jäger ist. Die Todesart (Schrot …) wurde zum Entsetzen einiger britischer Touristen am Nachbartisch, die offensichtlich ausreichend Deutsch sprachen, in Ägypten mit Mann und Kind diskutiert und finalisiert. Die Widmung deutet darauf hin ... Auch bei uns ist ein ganz besonderes Meerschwein gegangen. Heute tobt Hazard an der Seite von Merlin über den Rasen oder durchs Gehege. Wann immer der Stress zu groß wird, sind die Fellnasen da. Danke!

Und natürlich möchte ich mich bei allen Lesern bedanken, die von Band eins so begeistert waren, dass ich ihn in vielen Buchläden gefunden habe und deshalb nun auch so schnell Band zwei geschrieben habe (oder schreiben musste – Jan kann extrem gut drängeln). Danke! Ich hoffe, dieser Ausflug an die Schlei wird euch und Ihnen gefallen. Wie beim letzten Mal gilt: Jan, Jörg und Felix warten schon wieder ungeduldig auf ihren nächsten Fall.

Ein ganz herzliches Danke geht auch an die Tourist-Information Schönhagen/Brodersby für die tolle Lesung im März, die nicht nur wegen des Schneechaos ein ganz besonderes Erlebnis war, sondern auch wegen des Brodersbyer Publikums, das meine kleinen Freiheiten so großartig aufgenommen hat! (Nochmals danke für den Hinweis auf den übersehenen Sportplatz!)

Und wieder geht *last*, aber ganz bestimmt nicht *least*, ein ganz herzlicher Dank an das tolle Team von Grafit – allen voran Ulrike Rodi und Gudrun Stegemann.

Der erste Fall für Landarzt Jan Storm

Stefanie Ross
Das Schweigen von Brodersby
Ein Landarzt-Krimi
ISBN 978-3-89425-490-2
Auch als E-Book erhältlich

Ein charismatischer Landarzt,
ein idyllisches Dorf,
kauzige Einwohner und
mysteriöse Todesfälle

Der ehemalige KSK-Soldat Jan Storm übernimmt auf der Suche nach einem Neuanfang die Landarztpraxis in Brodersby, einer idyllischen Gemeinde zwischen Schlei und Ostsee. Denn nach einem traumatischen Afghanistaneinsatz will er nur noch vergessen – und der kleine Ort scheint ihm meilenweit entfernt von Schusswunden, Explosionen und Toten.

Als er erfährt, dass sein kerngesunder Vorgänger unter mysteriösen Umständen verstarb, und weitere Dorfbewohner plötzlich zusammenbrechen, beschließt er, der Sache auf den Grund zu gehen. Doch damit bringt er nicht nur sich, sondern auch Arzthelferin Lena in tödliche Gefahr – denn seine Gegner haben ihn längst im Visier …

*»Der Krimi … funktioniert tadellos nach dem Motto:
Rau, aber herzlich.«* Kieler Nachrichten

»Es knallt, es funkt und es fliegen die Fetzen bei diesem sogenannten Landarzt-Krimi, der Humor kommt nicht zu kurz und ein bisschen Romantik und Drama runden dieses perfekte kleine Buch ab.«
Eschborner Stadtmagazin

Vom Publikum der ›Krimi-Couch‹ zum Buch des Jahres gekürt!

Der Anwalt und das Mädchen ...

Andreas Hoppert
Ein eindeutiger Fall
ISBN 978-3-89425-575-6
Auch als E-Book erhältlich

Ein Prozess, der nicht zu gewinnen ist.
Und ein Wiedersehen, das alles infrage stellt ...

Marc Hagen übernimmt kurzfristig das Mandat eines verstorbenen Kollegen. Der Fall scheint klar: Rainer Höller hat seine Tochter Monja ermordet, die Indizien lassen keinen anderen Schluss zu. Monjas Mutter war ausgerechnet Hagens erste große Liebe – es kommt zu einem Wiedersehen.

Während sich der Anwalt tiefer in die Akten eingräbt, beginnt er zu zweifeln, ob der Fall tatsächlich so eindeutig ist. Denn Monja war längst nicht so unschuldig, wie ihre Mutter sie darstellt ...

»Andreas Hoppert ist der beste Beleg dafür, dass Justizkrimis höchste Unterhaltung bieten können. Der Mann kann es einfach.«
Michael Schulte, Westfälische Nachrichten

»Bei Andreas Hoppert, im echten Leben Richter, kann man sich darauf verlassen: Juristisch ist stets alles in Ordnung, stilistisch probiert er immer wieder was Neues aus und heldenmäßig bringt er regelmäßig seinen etwas windigen Rechtsanwalt Marc Hagen in Schwierigkeiten.« Thomas Friedrich, Ultimo Münster

»Spannend und überraschend bis zum Schluss.«
Ulrike Weil, ekz Bibliotheksservice

»Spannender Gerichtsthriller, bei dem Freunde von John Grisham Romanen mehr als auf ihre Kosten kommen.«
buchticker.de, Rubrik: Thriller

Drei Frauen, drei Generationen, ein Mord

Christiane Antons
**Yasemins Kiosk –
Zwei Kaffee und eine Leiche**
ISBN 978-3-89425-582-4
Auch als E-Book erhältlich

Ein Toter im Altpapiercontainer –
und das ist nicht Yasemins einziges Problem …

Das Leben muss man nehmen, wie es kommt – das haben alle drei gelernt: Dorothee Klasbrummel, Besitzerin eines Bielefelder Mehrfamilienhauses, hat seit fünfzehn Jahren ihre Wohnung nicht verlassen. Polizistin Nina Gruber wurde suspendiert und die junge lebensfrohe Kioskbesitzerin Yasemin Nowak sieht sich den zunehmend unheimlicher werdenden Liebesbeweisen eines Stalkers ausgesetzt.

Als im Altpapiercontainer des Kiosks eine Leiche gefunden wird, tun sich die ungleichen Frauen zusammen und ermitteln auf eigene Faust. Primär, um sich von den eigenen Problemen abzulenken. Doch diese Rechnung geht nicht auf …

»Ja! Das hat Klasse! Das hat Charme! Und spannend ist es auch noch.« Ute Spangenmacher, www.bookola.de

»Flott geschriebener Krimi mit einem sympathischen Frauentrio, das man sofort ins Herz schließt.« Günter Keil, Freundin

»Eine sympathische Geschichte mit viel Lokalkolorit und Humor.« Stefan Keim, WDR 4

»Ein Debüt ganz nach meinem Geschmack, spannend und mit großartigen Figuren, auch eine gute Prise Humor fehlt nicht.« Eva Hüppen, www.leser-welt.de

»Eine raffiniert zusammengesetzte Geschichte … – mit viel Alltagscharme und Witz.« Julia Gass, Ruhr Nachrichten

Eine brisante Zukunftsvision

Jan Zweyer
Starkstrom
ISBN 978-3-89425-576-3
Auch als E-Book erhältlich

»Ein Flüchtling muss wissen, dass er stirbt,
wenn er versucht, den Zaun zu durchdringen.«

Europa verbarrikadiert sich: Ein meterhoher Metallzaun, der Flüchtlinge um jeden Preis fernhalten soll. Transitzentren, in denen Tausende Menschen festsitzen. Und eine Lotterie, die entscheidet, wer die Chance auf ein besseres Leben bekommt.

Als an der Abwehranlage ein Mensch stirbt, versuchen Politik und Sicherheitsfirmen mit allen Mitteln, den Vorfall zu verharmlosen. Zur gleichen Zeit begeben sich zwei senegalesische Flüchtlinge in die Hände einer Schlepperbande, um nach Europa zu gelangen. Von dem Zaun wissen sie nichts …

»*Wie man sieht: Es gibt unterhaltsame, spannende Krimis mit aktuellem Mehrwert.*« Iris Tscharf, https://schurken.blog

»*Die Hintergründe und Verwicklungen waren interessant, erschreckend und leider auch sehr überzeugend.*« Marion Brunner, https://buchwelten.wordpress.com

»*Der Krimiplot … verstört vor allem dort, wo sich die LeserIn bewusst macht, dass wir von der dystopischen Zukunftsvision der Transitlager und Stromzäune kaum einen Fußbreit entfernt sind.*« Bastian Pütter, Bodo – Das Straßenmagazin

»*Das beklemmende Gefühl, das sich beim Lesen einstellt, wirkt noch lange nach.*« Elke Preuß, www.lintorfer.eu

»*Brisante Unterhaltung.*« Jürgen Seefeldt, ekz Bibliotheksservice

»*Aktueller kann ein Politthriller nicht sein.*«
Jörg Pinnow, Literaturkurier

Möchten Sie regelmäßig über neue spannende Geschichten informiert werden?

Dann abonnieren Sie unseren Newsletter, wir halten Sie auf dem Laufenden!

www.grafit.de